孤独实验室

慕遥而寻 著

图书在版编目(CIP)数据

孤独实验室 / 慕遥而寻著. —重庆：重庆出版社，2021.1

ISBN 978-7-229-15365-6

Ⅰ.①孤…　Ⅱ.①慕…　Ⅲ.①推理小说—中国—当代　Ⅳ.①I247.5

中国版本图书馆CIP数据核字(2020)第206634号

孤独实验室
GUDU SHIYANSHI
慕遥而寻　著

选题策划：李　子　李　雯　汪建华
责任编辑：李　雯　汪建华
责任校对：杨　婧

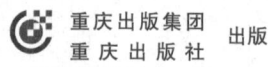

重庆出版集团
重庆出版社　出版

重庆市南岸区南滨路162号1幢　邮政编码：400061　http://www.cqph.com
重庆出版社艺术设计有限公司制版
重庆一诺印务有限公司印刷
重庆出版集团图书发行有限公司发行
E-MAIL:fxchu@cqph.com　邮购电话：023-61520646
全国新华书店经销

开本：890mm×1240mm　1/32　印张：10.5　字数：400千
2021年3月第1版　2021年3月第1次印刷
ISBN 978-7-229-15365-6
定价：49.00元

如有印装质量问题，请向本集团图书发行有限公司调换：023-61520678

版权所有　侵权必究

目录 | CONTENTS

第一章	旧裙子	/001
第二章	十三年前的凶手	/024
第三章	影子与棋子	/041
第四章	将错就错	/056
第五章	转折	/072
第六章	不可能谋杀	/090
第七章	神秘的第三人	/098
第八章	再撞南墙	/115
第九章	佟遥"解谜"	/122
第十章	叶升	/137
第十一章	重返现场	/156
第十二章	眼底藏尸	/166
第十三章	安亭的秘密	/189
第十四章	绑架	/196
第十五章	真相	/204
第十六章	记忆寻踪	/222
第十七章	惊心"洞"魄	/231
第十八章	时空迷宫	/242
第十九章	恶魔现身	/262
第二十章	重见天日	/272
第二十一章	绝焰	/285
第二十二章	死局	/301
第二十三章	交易	/318
终章	记忆的种子	/326

第一章

旧裙子

四号线是环线,自然也是换乘站点最多的地铁线路,虽然在拥挤程度上比不了穿行城市的横贯线,但是在每站上下车的人数频次上,却是有过之而无不及。这也就是为什么人们总是爱挤在车厢中段,只要眼神够准,速度够快,总能抢到些新腾出的空座。

佟遥反背着书包,倚在车厢角落,手指无聊地拨弄着包上缀的长耳兔挂件,两眼却习惯性地像扫描仪一般,由近及远一丝不落地观察着整个车厢。

永远站在角落,保持视角最大化,认真地观察并记住每一个场景和细节……这是亭姐对她一直的告诫,或者说是强制训练。

按她的说法,女孩子,特别是漂亮的女孩子,在这个弱肉强食的世界里总是会处于危险的境地,而保护自己的唯一办法,就是时刻保持观察和警惕,在第一时间发现并远离。

对于亭姐的说法,佟遥并不是完全理解,也没有什么切身的体验,不过这么多年的习惯,却让她有了一个过目不忘的好记性。

就像现在,稍稍给点时间,她便可以闭眼说出车厢里的总人数;如果再多给一分钟,让她稍加回忆和辨别,她甚至可以准确地还原出车厢内的男女比例和所有人的大致位置。

亭姐曾经称赞过她在记忆上很有天赋,不过在她看来,记性好有时候并不是件好事。总有一些不那么愉快的瞬间,如果她想刻意地去淡化,却是要比正常人难上许多。

一天漫无目的的忙碌,很轻易就榨干了人们所有的情绪,忽明忽暗的车窗上映照着一张张漠无表情的面孔,而地铁也似乎被这毫无生气的场景所传染,有气无力地穿行在漆黑的隧道之中,慢慢地缓下速度,迟缓地顿了顿,最后瘫停在了站台边。

"松山广场站到了,请要下车的旅客……"

车内广播提醒着目的地已到,佟遥立刻收回了视线和思绪。因为靠近车门,她护着书包,第一个冲出了车厢。

上了扶梯,刷卡出了闸机口,佟遥四处环视,立刻找到了和亭姐提前约好的4号出口。

天色已经半黑,出站口的路边停了不少接送人的车辆。佟遥认着车型和车牌,又顺着马路往前走了十多米,这才找到了亭姐那辆打着双闪的银灰色轿车。

"没有等太久吧?"佟遥绽开笑容,轻叩车窗,然后拉开车门,钻进了后座。

不知道为什么,虽然亭姐对她有莫大的恩情,她也曾经尝试过让自己更加主动亲近一些,但是却像有一层气膜始终横亘在两人之间,将她挡在半米开外,无法再进一步。

就像这辆车的副驾驶座,这么多年虽然一直空着,但是她却从没有胆量坐上去过。

"还好,我也是刚到。"

亭姐的话还算柔软,不过话音刚落,她的脸色就立刻暗沉了下来,紧皱眉头盯着佟遥颇为不满地打量着,样子就像一个发现学生作弊,恨铁不成钢的严师。

"怎么没有穿裙子?"

"天气这么冷,我以为不用……"

时间已经进入11月初,严格来说,再过几天就要立冬了,这样的季节再穿夏裙确实有些不合时宜。不过看着亭姐严肃的样子,刚解释到一半,佟遥便立刻收了声,心虚地咬起了嘴唇。

亭姐没有继续指责,也没有更多地解释,只是默默地从副驾驶座上拿出一个纸袋递给了佟遥:"赶紧换上吧。"

接过纸袋,稍稍瞥了一眼,佟遥心底暗暗吃惊。

从袋口露出的一角蓝色雪纺布料和白色的裙边来看,如果不出意外,里面的衣物和之前亭姐送自己的那件天蓝色连衣裙应该是同款。

她不知道这样一件连衣裙会有什么特别的含义,更没有想过会有第二件一模一样的衣服突然出现,而且看样子亭姐似乎早有准备并且随身携带。

带着疑问,佟遥拆掉纸袋,展开衣裙,眼前的景象立刻就印证了她的猜测。

除了尺码小上了一号之外，几乎就是同一件衣服。而且可以判定的是，这并不是一件新衣，虽然熨烫保管得极好，但是一眼就可以看出这件衣裙多少都有些年头了。

看了看前后的车辆还有人行道上来往的行人，佟遥有些不知所措。

虽然天色已晚，车窗上也贴了深色的防晒膜，但是在车内换衣还是挑战了她的承受底线。而且连衣裙属于夏衣，真要换上的话，肯定是要脱得只剩贴身内衣了。

就在佟遥尴尬犯难时，亭姐似乎也从后视镜发现了她的窘态。她叹着气头也不回地说道："又没让你在车里换，前面有个公共卫生间，动作快点。"

佟遥吐了吐舌头，如获大赦般地攥着衣裙推门下了车。

换上了夏裙，一股凉意立刻从腿部袭往全身，佟遥夹着外套缩着肩膀，瑟瑟发抖地跑回了车旁。

而此时，亭姐下了车正站在路边，看到佟遥哆哆嗦嗦的可怜样子，不禁笑出了声："你这蠢丫头，让你换衣服，又没让你故意找感冒。"

说完，就从佟遥手中拽过外套披在了她肩上，同时还语重心长地解释道："我们的患者是一个心理极度脆弱的群体，穿着阳光亲和一些，对第一次接触他们，打开他们的心扉非常重要，这一点希望你能理解。"

这些话虽然亭姐之前也曾和她说过，不过此刻听来，佟遥的心里还是立刻生起了一丝暖意，笑容也重新回到了一直有些委屈的脸上。

十多分钟后，不知道拐了多少弯，车子停在了一间灰矮的土砖房前。

一路上，佟遥都在暗自观察。这一片似乎都是这样的土砖房，两层楼已经算是高层建筑，而且这里的街道窄得让人有些胆战心惊，对面有来车时，必须降下车速非常小心，才能避免两车的剐蹭。

这样的情况让佟遥非常惊讶，毕竟这里是内环，她还从没有想过内环线里会有这么一大片贫民窟似的存在。

这样的地方停车有些伤脑筋，实在没有办法，只能把车子贴着墙根停在了路边。

亭姐手动收了后视镜，重新对了一遍门牌号后才带着佟遥敲响了锈迹斑斑的铁皮门。

铁皮门不怎么隔音，屋里稀里哗啦的麻将洗牌声清晰可辨，时不时还夹杂着几句争论的声音，不过说的都是当地方言，佟遥愣是一句也没听明白。

过了半晌，大门才吱呀地透开了一条缝，开门的是位佝偻着腰身的白发老太。

老太看上去至少也有七八十岁了，精气神倒还挺足，只不过眼神似乎不太好使，半躲在门后，眯着眼睛默不作声地打量着二人。

"老人家您好！我叫乔安亭，提前约过的，说是家里有病人需要帮助。"

乔安亭非常有礼貌地双手递出了名片，可是老人家却似乎并不领情，没有一点想要接下名片的意思，只是转身对着屋里嚷嚷了几句听不懂的方言，便扭头吞吞地进了屋，留下乔安亭和佟遥尴尬地杵在了门外。

不过好在这样的尴尬并没有持续多久，随着一阵拖鞋声临近，铁门唰地一下被完全拉开。

一个五十多岁的灰衣中年妇女堆着笑脸出现在二人面前："乔教授是吧？我是朱冬的母亲，赶快进屋，赶快进屋，早就盼着你们来了。"

乔安亭递了名片，客气地跟着寒暄了一声，便带着佟遥进了门。

"孤独实验室？心理学博士。"

中年妇女一边关门一边看着名片，名片背后的一大串专业术语估计没看懂多少，不过博士的头衔却清清楚楚，实验室的叫法也挺能唬人。一时间，中年妇女脸上喜笑颜开，仿佛终于等到了救星一般。

刚进屋，乔安亭就发现了问题。

不到十平方的堂屋里，根本就没有落座的地方，房间内并没有其他多余的家具，不过光是一张木床和一方老旧的木桌就已经几乎填满了客厅。

刚刚开门的白发老太坐在西风位，头也不抬地码着麻将牌。背对着门口的南风位坐着一位长发女性，单从背影很难分辨出年龄。东风位置也是个中年妇女，不过对刚进门的两个陌生人似乎并不感冒，稍稍瞥了一眼便开始搓手掷起了骰子。而唯一对两人感兴趣的，便只剩下了面对着她们的那个中年男子。那男子先是叼着烟看了看乔安亭，然后便把目光聚焦到了佟遥身上。确切地说，应该是直直地盯在了她光洁的腿上。

中年男子毫无顾忌的目光，让佟遥很不自在。本来就小上了一号的衣裙，此刻就更感觉像勒在身上一样，不过及膝的裙装确实遮无可遮，她只能是挪了两步，稍稍地躲在了乔安亭的身后。

"老房子，小了些，你看连坐的地方都没有，真是不好意思。"灰衣中年妇女颇为尴尬地指了指墙边的木板床："不嫌弃的话，要不坐床边聊吧？"

乔安亭心里是有些不满，倒不是因为这家的贫穷和破败，而是明明约好了要给家人治病，却还是若无其事地搓起了麻将，而且看起来除了母亲之外，家里的其他人似乎对患者的病情完全是漠不关心。

要知道自闭症患者在外人看来，虽然没有太多外表上的物理伤痛，但是对于患者来讲，内心的煎熬和苦楚却只会更甚，如果没有身边亲人适当的开导和排解，长期积累下来甚至会造成不可挽回的悲剧。

看了看依然热闹的麻将桌和墙角乱糟糟的床铺，乔安亭强忍着不满对患者母亲说道："朱冬的病情之前电话里已经大致地跟你了解过了，还是先见见本人，看看他的情况吧。"

话刚落音，麻将桌上的中年男子便嚷嚷了起来："什么病啊！都是闲出来的懒病，全是你平时给惯的。依我看，早就应该把他赶出去，饿着肚子你看他找不找工作。"

中年男子的声音霸道又无礼，麻将桌上的众人都默不作声，患者母亲似乎也早已习惯，不敢反驳一句，只是对着乔安亭做了一个不要介意的表情，然后指着里面的一扇木门说道："就在这屋。"

听语气，中年男子应该就是患者朱冬的父亲了。对待妻儿如此的态度，再加上满口的黄牙和一副极不耐烦的表情，让乔安亭心里的怒火更盛。不过她知道和这样层次的人没有什么道理可讲，就算把他骂上一顿，他也不会有任何的改变，气焰和声音反而有可能还会比你更大。

没有再出一声，乔安亭沉着脸跟着走到了屋子里角的木门前。

朱冬母亲刚抬手准备敲门，忽然间却停在了半空，然后有些不好意思地问道："对了，乔教授，这个治疗的费用……"

"这个上次已经和你说过，不会收取任何费用，你大可放心。"乔安亭微笑着回答道。

"那就好，那就好。我先进去知会一声。"朱冬母亲心里的石头落下，脸上也是写满了感激。

"冬子，妈妈进来一下啊。"朱冬母亲象征性地敲了敲门，然后便从兜里掏出一把拴了绳的钥匙插进了锁孔。

"可以了。"

半分钟后，朱冬母亲打开房门背着双手走了出来。虽然尽力地去遮挡，但是装着黄黑之物的搪瓷痰盂却是怎么遮也遮不住，这让佟遥皱起了眉头，心里也开始有些抵触起来。

乔安亭转身对佟遥点了点头。

虽然心里一百个不愿意，但是佟遥却只能硬着头皮脱下了外套，然后走到门前。

"等等……这个……不是教授您亲自？"朱冬母亲看到佟遥的动作，心里立刻打起了鼓。

在她看来，眼前的两人很明显一个是师父一个是徒弟，就像理发店一样，师父总要给徒弟练手的机会，可是这治病和理发却有天壤之别，虽然是免费治疗，但是她还是担心儿子的病情会出什么差错。

"不用担心，这只是我们治疗的正常流程，第一次接触的话，同龄人更容易被接受，后面的疗程还是由我来进行的，这个还请你放心。"

这样的疑问在以前的治疗过程中几乎每次都会遇到，乔安亭自然是回答得轻车熟路，合情合理。

听到这样的解释，朱冬母亲心里稍安，也没继续再多说什么。

看到患者母亲不再纠结，刚刚被叫停的佟遥敲了敲半掩的门，准备推门进房。而这时身后却传来了乔安亭的声音："等等，你忘了东西。"

佟遥好奇地转过身，看到乔安亭正单手拿着她的背包，递在了半空中。

刚推开门，一股酸腐的味道便扑鼻而来，不过刚刚患者母亲从房间带出的痰盂已经让佟遥早有了心理准备，稍稍皱了下眉，便快速地调整好了表情。

按照以往的惯例和步骤，一般都是由佟遥先出马，尝试着与患者沟通，等到患者达到了不抵抗，不反感，可以正常聊天的沟通状态后，再由乔安亭出面，进行后续的诊疗。

换种说法，佟遥的作用也就仅限于和病患的第一次接触，事后她就不再会有什么机会接触到患者。直到一段治疗结束后，乔安亭才会把诊疗记录丢给她，由她整理成文，然后发布到"孤独实验室"的公众号平台上。

这也是她虽然对乔安亭所做的事情无比认可也颇感兴趣，但是这么多年来却没有太多参与感和成就感的原因。

她也曾主动请缨，让乔安亭给她一次独立完成诊疗的机会，可是最后都被乔安亭用"以后再说"给搪塞了过去。

佟遥往屋内伸了伸脖子。

房间非常小，估算起来也就六七个平方左右，而且从单人床都很难放下的狭长结构来看，这里更像是边角的储藏室临时改造出来的一间简陋栖所，而非一间正规意义上的卧房。

房里大灯没开，只有角落的一盏台灯在四壁上染出一层薄薄的昏黄，窗边没挂窗帘，木窗玻璃上倒是贴满了报纸，而且厚厚的还不止一层。

房内摆设并不多，地面和桌面也没有什么积灰，不过却散乱着很多书籍杂物。

这样看来房间应该是定期打扫和收拾过，但是整理的节奏很明显赶不上乱扔的速度。

"你叫朱冬是吗？"

因为光线昏暗，佟遥并不能看清眼前这个男人的全貌，只能辨出他刀削一般的侧脸轮廓，以及架在鼻梁上的厚厚镜片。

小心地避开地上的杂物，佟遥慢慢地走到离朱冬大概一米处，然后停下了脚步。

这时她才发现，朱冬身边杂乱堆叠的几乎都是漫画书。

朱冬并没有任何回应，反而把头埋得更深，手里拿的漫画也开始不由自主地抖动起来。

"很巧耶，我平时也很爱看漫画。"佟遥蹲下身，拾起地上的一本简装漫画，面带笑意地问道，"原来你在看CLAMP的《圣传》，这一本可以借我吗？刚好这集我还没看过。"

通过共同爱好寻找话题，是打开自闭症患者心扉的一种常用方法。佟遥暗自庆幸，多亏自己平时断断续续还是翻了些漫画的。

佟遥的开场似乎收到了些成效，朱冬合上抖动的书页，身体微转，勉强露出半张侧脸，闪烁的眼神躲在厚厚的镜片之下，似乎克服了极大的阻力，才艰难地从地面往上移了移。

一双白色运动鞋，鞋带系得整整齐齐，如瓷般的脚踝和小腿肚……继续往上就再也挪不动分毫，最终卡在镜片的边缘，朱冬的视线停在了佟遥裙摆的白色花边处。

"我叫佟遥，人冬冬，遥远的遥。"佟遥微笑着伸出手，"我们可以交个朋友，我也收集了很多漫画，下次可以交换着看。"

佟遥的声音本就清甜，再加上此时刻意地放缓语速，让朱冬心中犹如一股暖流抚过，不由自主地想去亲近。

看着朱冬掰着手指继续纠结了一会儿，最终还是慢慢地转过身后，佟遥知道今天的任务已经完成了大半，于是便开始盘算起接下来的话题。

可是两人的视线刚一接触，朱冬就忽然像触了电一般浑身一颤，丢掉了手里的书，贴着墙钻到了书桌和地铺相邻的角落之中。

整个过程，朱冬的反应速度快得就像一只突然发现猎人枪口，亡命逃窜的惊鹿。

虽然只是一瞬间，但是佟遥依然可以清楚地感受到，和自己碰触的那双眼睛在极短的时间内，经历了由期待到恐惧的转变。

她不知道朱冬在害怕什么，但是那颤动的瞳孔，明显就像看到了恶魔一样，快速地扩张放大，然后仓皇地逃窜。

看到了什么吗？

佟遥好奇地回望了一眼空无一人的身后，那黑洞洞的角落，反倒让她也感受到了一丝恐惧。不过她知道自己此刻站在这里的使命，于是便咬了咬牙，强行赶走了脑中的胡思乱想。

"CLAMP还画过一套《魔卡少女樱》，你看过吗？"

佟遥站在原地没有继续靠近，她知道现在任何一个过大的动作，都有可能进一步刺激到朱冬，所以她选择继续聊起了漫画。

"不是我，不是我！"佟遥话音刚落，朱冬就开始埋着头哀嚎起来，"是他逼我的，是他。"

"是不是想起了一些不开心的事情，可以跟我讲讲吗？"佟遥知道朱冬肯定是想起了什么不愉快的过往，于是一边耐心地安慰一边矮下身，单腿跪在了地上，试图和朱冬保持在同一高度。

可是这样善意的行为，不仅没能起到安抚作用，反而更加刺激了处于惊恐中的朱冬。

"你不要找我，都是他逼我的，都是他。"朱冬一边颤抖地嘶吼，一边仿佛不知疼痛地用头撞着墙角。

这样的自残行为着实吓着了佟遥，可她也不敢贸然上前阻止，一时间手足无措，进退两难。

而就在这时，身后的房门却忽然被打开，乔安亭严肃的声音从身后幽幽传来："你出来吧！"

佟遥有些不甘心，不过亭姐的命令却不容置疑。

这样让病人失控的情况，以前还从来没有出现过，从声音虽然听不出明显的责怪，但是她知道这一次肯定是让亭姐失望了。

佟遥咬着嘴唇不敢直视亭姐的眼睛，刚想解释却又意识到时间和环境的不允许，于是只得委屈地退出了房间。

房门刚一关上，佟遥便把耳朵贴了上去，可是过了好一会儿，却依然听不出屋内有什么大的动静。

这时，佟遥才开始好奇，刚刚亭姐到底是如何知道自己陷入困境，并在第一时间进门，帮自己解困的呢？

九点二十分，佟遥看着手机上的时间，然后又望了望依然紧闭的房门，心中既焦急又烦闷，浑身不自在到了极点。

从乔安亭进到朱冬房间算起，差不多已经快接近三个小时了，这三个小时对于佟遥来讲异常地难熬。

被麻将桌占掉大半空间的屋内,她站也不是坐也不是,朱冬父亲时不时瞟过来的猥琐眼神,更是让她敢怒却不敢言。

刚开始的时候,朱冬母亲还拉着她坐在床头说些朱冬平时的情况,可是经过朱父数次恶狠狠地话语打断后,朱母便立刻收了声,眼神涣散地看着麻将桌上的你来我往。而佟遥也只能跟着在刺鼻的烟味和吵闹的牌桌喝闹声中默默地忍受和等待。

吱的一声,房门终于打开。佟遥感觉到压抑在胸口的巨石立刻被搬空。不过朱冬母亲表现得似乎比她更为着急,在她刚刚起身到一半的时候,便已经绕过她冲到了乔安亭面前。

"情况怎么样?"朱母一边焦急地询问,一边还颇为担心地往门缝内望了望。漫长的诊疗时间,让她满心期待的同时也充满了担忧。

"还算不错,我给他吃了点镇定药剂,晚上让他好好休息。明天我还会再来一趟,然后根据情况,再针对性地给出一套系统的治疗和康复计划。"

说完,乔安亭便给了佟遥一个眼神,然后转身朝大门走去。

佟遥愣了一愣,很明显没有反应过来。

一般情况下,完成首次诊疗后,至少会和患者家属有一段十来分钟的诊后沟通。一是根据治疗情况,向家属追加了解一些患者的过往细节;二是会和家属沟通一下后续的治疗计划并交代一些注意事项。

可是这一次,乔安亭基本上就是看完转头就走,回答朱母的也几乎都是应付性话语。而且不光如此,从走出门的那一刻起,佟遥就发现了乔安亭似乎有些异常,不仅脸色发青,话语急促,紧握的双手也是一直轻微地颤抖个不停。

虽然心中存疑,不过看到乔安亭果断离开的背影,佟遥也只好快步地跟了上去。

"谢谢了啊!"

刚走到门口,身后便传来了朱父充满调侃的声音。

虽然让人生厌,佟遥还是微微欠身,说了再见。

朱母对乔安亭的反馈很显然也是不甚满意,不过一直送到二人上了车,也没好意思再问出一句。

车子慢慢启动前行,佟遥从车窗回头看了看依然站在巷边的朱母,以及她身后那个透过报纸挣扎出一点微光的房间,心中一阵说不出来的心酸和凄凉。

深夜里巷内行车，既耗眼神又耗精力，佟遥一直没敢打扰一言不发的乔安亭。

直到车子开出巷口，进入主路等待红灯的时候，她才开口打破沉默，问出了心中的疑惑："今晚的治疗怎么用了这么久？"

按照乔安亭自己的理论，第一次和自闭症患者接触，主要是建立信任，达成沟通，并不适合进行太深入的沟通。之前的治疗基本上都是如此，最长也不会超过一个小时，可是这次却用掉了整整三个钟头。

对此，一向敏感的佟遥很难不生起好奇，不过此刻她最想知道的，其实还是乔安亭到底和患者沟通了什么。

想到这里，朱冬那惊恐的眼神、异常的自残举动和没来由的话语，又开始在她的脑海中浮荡。

斑马线两边的警示音滴滴地倒数，车厢内却安静得可怕。一直到红灯转绿，乔安亭也没有对佟遥的问话有任何回应，只是直直地盯着道路的远处发呆，直到后车传来不耐烦的喇叭催促声，这才回过神来，踩上了油门。

这时，乔安亭放在副驾驶座上的手机突然亮起，虽然调了静音，但是在阴暗的车厢内却是清晰可辨。不过任凭手机如何地催促，乔安亭却依然没有一丝想要接起的意思。

佟遥本想帮把手，可是想到亭姐刚刚的冷漠，探出一半的身子便又立刻缩了回来。

顺眼看了看手机屏幕，标注着方警官的来电信息依然在倔强地闪亮着。

忽然间，一个白影从车前十多米距离的对面车道闪了出来，佟遥还来不及呼喊提醒，车子便一个猛打方向盘来了个急转。

再接着，佟遥便在头侧与前座靠的撞击下，泛出了一阵耳鸣。

耳中短暂的嗡鸣过后，佟遥眯着眼看了看四周。

车前身已经冲进了路边绿化带，幸运的是，因为电线杆的阻挡，车子没有继续冲进人行道，也没发生侧翻。不过驾驶座上的乔安亭，此时却一动不动地伏在打开的安全气囊上，怎么呼喊都没了反应。

方遇三步并作两步地爬上楼梯，气喘吁吁地来到了急诊室二楼。

靠近楼道的是公共输液室，楼道靠里则是可供躺卧的单间输液房，夜间急诊的人不多，方遇一眼就看到了坐在走廊长椅上的佟遥。

接到佟遥电话后，他便立刻赶了过来。他本来就有急事找乔安亭，不过电话却是一直打不通，于是便直接去了城北等着，结果没想到乔安亭却在城南出了车祸。

从城北赶到城南浪费了不少时间,一路上也是心急如焚,不过看到佟遥还算正常的表情,方遇猜到应该没出什么大事,心里的担忧倒也少了些许。

"怎么样了?"

"医生说没什么大碍,只是惊吓加上气虚导致的昏迷,现在已经清醒,输完葡萄糖就可以出院了。"

佟遥还从来没遇到过车祸,虽然人都没事,但她还是被吓了个够呛。不过看到方遇出现,她倒是立刻松下了一口气。不知道为何,每次看到方遇都让她备感亲切,而且还有一种特别的安全感。

或许是因为他警察的身份吧。

方遇探头往病房内望了望,然后便叹着气回身坐到了佟遥身旁。

"怎么这么久才来?"佟遥对着方遇撇了撇嘴,一脸委屈跟变色龙似的从嘴角爬到了眉梢。

相较于乔安亭,面对方遇这个老好人时,佟遥总觉得轻松太多。方遇平日里也是言语亲切,时不时还会逗她一逗。这让佟遥在乔安亭那里的压抑和拘谨,也算是有了一个稍稍能够放松的口子。

"本来是有急事找安亭的,打了几个电话都不接,我就跑城北了。这不接了你的电话,第一时间就过来了吗?就差没闯红灯了。"方遇一边说一边掏出手机,好几个呼出电话排在屏幕上。

方遇这么一说,佟遥才想起来车祸前就有那么一通来电,这样看来,在治疗的那三个小时,亭姐也是拒接了他的电话。

想到这里,那个奇怪的患者又窜入了脑海,佟遥眉头不由得紧了起来。不过看到方遇给亭姐手机号备注的那个兼具亲切和暧昧的"亭"字时,佟遥立刻多云转晴,捧腹笑出了声。

方遇多年前也是亭姐的病人,至于一个警察是怎么得上抑郁症的,佟遥倒是一直没挖出来。她只知道,亭姐后来不仅治好了他的病,还套住了他的心,他隔三岔五就往办公室跑,明眼人一看就知道他葫芦里卖的什么药。

不过佟遥倒是真心希望两人能够配对成功,亭姐生活上的确需要有个人陪伴,而方遇怎么看都是个不可多得的好男人。

看到佟遥笑得不成样子,方遇立刻反应过来,红着耳朵收起了手机:"话说你们怎么这么晚还在城区瞎逛?又在看病人?"

"是的,今晚的病人有点怪……"

还没说完，病房里传来了乔安亭的呼喊声，佟遥立刻收声站了起来。

叫了护士拔了针头，佟遥扶着乔安亭起身穿鞋。

虽然打了葡萄糖，精神稍稍好了些，但是乔安亭依然感到阵阵晕眩，看到方遇在，她也只是微微抬头，算是打了招呼。

"你不用担心，我给交警队打过电话了，明天再陪你去取车。"方遇想了半天才蹦出了这么一句开场白，急得佟遥在一边龇牙咧嘴。

这个时候不是应该先体贴地嘘寒问暖一下吗？

乔安亭微微点头回应，不过想了一想又问道："晚上你好像打了好几个电话，是有什么急事吗？"

"我能有什么急事？"方遇笑着摸了摸耳朵。

他的确是有急事，但是想到乔安亭刚出车祸，精神欠佳，担心这时提起那事又会对她产生不小的打击，所以便临时改了主意。

不过一旁的佟遥可不知道这些，她只当方遇又犯起了木讷口笨的老毛病，真心为他着急，于是赶忙岔道："方叔，你不是刚刚还说有很重要的事要和亭姐说吗？"

说完，佟遥看到乔安亭没注意自己这边，赶忙对方遇做了个加油的手势，引得方遇一阵尴尬。

方遇有苦难言，不过看到乔安亭蹙眉询问的表情，也只好不再隐瞒："今天下午找到一具尸骨，和小晴体征相仿……"

"小佟，你先出去，把门带上。"

方遇刚开口没说两句，乔安亭立刻就厉声打断了他的话。

话语突然，再加上语气严厉，佟遥一时愣在了原地。

看了看乔安亭，又看了看方遇，她这才反应过来，然后咬着嘴唇走出了病房并关上了门。

虽然有些蒙，但是乔安亭的严厉和神经质，佟遥早已习惯，倒是刚刚方遇说到的什么尸骨让她瞬间好奇心爆棚。一关上门，她就把耳朵贴了上去，可是听了半天，也没听出半点声响。

几分钟后，乔安亭面色凝重地打开了门，方遇跟在后面责怪似的瞪了佟遥一眼，搞得佟遥心里慌慌，可是回想了一遍，却没觉得刚刚自己说错了什么话。纳闷间，佟遥只得摸不着头脑地跟在了两人身后。

三人就这样沉默无语，各怀心思地出了医院急诊大楼，来到了空旷的停车场。

看了看佟遥，乔安亭无奈地摇了摇头。

乔安亭心里着急，本打算让佟遥自己打车，可是又担心她夜里遇到什么危险,所以最终还是决定先送她回家。

夜间的内环高架几乎没有什么车,方遇也是一路都没松过油门。车窗外霓虹闪烁,车内却只有发动机沉闷的轰鸣。不知道为何,佟遥总觉得车里的氛围比往常要更加地压抑,让她都有些喘不过气来。

十分钟不到,车子抵达佟遥所住的城南公寓楼下。

佟遥打开车门,一阵湿冷的夜风立刻就灌进了胸腔,让她顿时神清气爽。刚准备下车,她又想起了乔安亭和朱冬母亲明天约好的复诊:"对了,明天几点?"

"这个不用你管。"乔安亭先是愣了一愣,这才想起佟遥所说何事。或许意识到话语有些过重,接着又降下声调补充道,"今晚已经很辛苦了,明天你好好休息一天吧。"

看着渐渐模糊远去的车尾灯,佟遥不禁有些失落,不过裙底的阵阵凉意却立刻打断了她的思绪。这时她才记起,换下的衣物都装在纸袋中,落在了方遇的车上。

"看我这臭记性。"一边自嘲,佟遥一边拿出手机,可是刚点亮屏幕,却又想起医院里亭姐着急的表情。

只能明天再说了。佟遥收回手机无奈地摇了摇头,然后缩着身子跑进了公寓楼。

"孤独实验室"的办公室之前是乔安亭托关系租在江城大学里的,不过今年年初学校扩招改建,诊所才被迫搬了出来。

对于佟遥来讲,这本来是个好消息。毕业大半年,同学们都早已进入了社会,自己却还憋屈地窝在学校,着实有些不像话。可是好不容易等来了搬家,最后却就近迁入了离学校大门一路之隔的商住公寓里。这让佟遥穿行于写字楼的白领梦瞬间就摔得稀碎。

对这一点,佟遥倒也是能理解,这几年诊所就她和亭姐两人,而且自己还要忙学业,再加上一直都是半收费半公益性质,虽然有一些公众号的自媒体收入能够补贴,不过光是想想,经济状况也不会好到哪里去。

打开房门,点亮灯,佟遥第一时间便倒在了客厅的沙发上。

说是客厅,其实就是诊所的办公室,屋里还有另外两间内房,一间用作诊疗,另一间就算是佟遥的卧室了。

这样的安排,佟遥也还算是满意,至少省去了同学们口中要命的早晚通勤。只是每到夜间的时候,就有些难过了,不知道是不是门口招牌上那两个字的原因,每天亭姐下班一走,这里就空荡得可怕,自己的心里也总像是缺了些什么。

至于诊所为什么取了"孤独实验室"这么个怪名，佟遥倒是一直没敢问，她只知道亭姐在资助自己上高中之前就已经开了这家诊所。

当然让她好奇却从不敢开口的问题还有很多。

例如，亭姐为什么要舍近求远地住在城北？为什么亭姐一直单身？为什么每次去见病人，亭姐都要求自己穿同一件裙子，背同一个背包……

想到这里，佟遥猛然间坐了起来，看了看身上的连衣裙，又看了看卧室的房门。

换下了衣服，佟遥坐在床上，面对着挂在衣柜把手上的两件连衣裙摇头晃脑地看了半天。

今天临时穿的那件除了小上一号外，现在在灯光下看起来，还略显得有些陈旧，布料的蓝色因为反复浆洗，已经有些微微泛白。

凑上去又仔细看了看，两件衣裙在拉链配件，裙角缀的花边上还是有很明显的不同。翻了翻衣领，小号的那件衣领内侧有着"eve"（伊芙）的标签。

这个品牌，佟遥倒是有些印象。在八九年前还是挺有名的一个国产潮牌，可是近些年在国外各种亲民大牌蜂拥进入中国市场的冲击下，基本上已经销声匿迹了。

佟遥很清楚地记得，连衣裙是自己到江城大学报到的那天，亭姐送给自己的。按道理说，那时已经很难买到这个牌子的衣服才对。

为了验证自己的想法，佟遥又翻来覆去地对比了下。自己的那件纽扣上没有"eve"的英文标志，裙角的白色花边纹路也有不同，而衣领上更是空空如也，连个品牌标签都没有。

很显然亭姐送自己的这件，是私下模仿着缝制出来的，而今天临时拿出的那件，才是真正的原版。

可是为什么呢？

一个个问号瞬间在佟遥脑中浮现了出来。

这时，先前乔安亭从车里取出衣服的场景，夹杂着一个奇怪的想法蹿入了她的脑海——亭姐就是穿小号，这件衣服亭姐以前穿过！

"这么晚了，要不明天再说吧。明天一大早我来接你，顺便去交警队取车，刚好顺路。"在病房里，乔安亭责备方遇说话没遮掩，不该在佟遥面前提起尸骨的事情，所以刚刚三人都在车上时，他就一直没出声。现在送回了佟遥，他才又想着要劝劝乔安亭。

"你平时跟小佟乱讲过什么吗？"乔安亭没有接方遇的话，反而是颇为严肃地责问了起来。

"每次跟她碰面的时候,你不是都在吗?而且她一个小姑娘,我跟她讲那事干吗?"方遇生怕乔安亭又来火,赶忙扭头解释。

看着乔安亭不再说话,方遇想了想继续问道:"为什么……平时对佟遥这么严厉?多活泼一个姑娘,每次在你面前,都变得畏畏缩缩的。"

其实方遇本来想问的是,乔安亭为什么要跟佟遥瞒自己的过往。在他看来,似乎没有什么理由需要隐瞒。可是刚准备开口,却又被乔安亭在医院时的警告给憋了回去,只好临时换了个问题来凑数。

乔安亭似乎也认为这是个不痛不痒的问题,并没有给出回答。不过车子沿山路绕了几个弯道,开到法医检验中心门口时,她的眼中一阵闪烁,然后才慢慢说道:"这都是为她好。"

江城多水多山,很多平常人不甚了解的机构就建在一些偏僻的山阴角落,比如说市殡仪中心以及与殡仪中心毗邻相通的市法医检验中心。

江城市法医检验中心原来是在城北的刑侦支队内,规模不大,根本满足不了日常需求,可是因为身处市区,却也没有什么扩充的余地。后来市郊龙尾山的殡仪中心统一扩建,算是给法医中心腾出了一块最合适不过的空地。之后经过一年多的扩建和设备更新,法医中心这才顺利地搬了新家。

对于这个地方,乔安亭并不陌生。确切地说,不论是原来城北刑侦支队的法医室还是现在鸟枪换炮的法医中心,她都已经算是熟客。只不过每次过来的结果,都是一样地让她失望,这也是多年来让她饱受折磨的原因之一。

方遇提前打过了招呼,值班警员非常客气地开了铁闸,迎了二人进门。

因为是深夜,而且只是带家属辨认尸骨,所以便省去了日常的更衣和风淋环节,方遇直接领着乔安亭奔向了解剖室。

为了方便,解剖室安排在一楼的右手侧,三间解剖室对面则是寒意甚重的"低温检材存放室"和"病理检材存放室",用来放置需要冷冻的器官、血液以及切片等。

虽然乔安亭来过数次,但是对每个房间的具体用处却是毫不知情,方遇本能地挡在她的身边,然后推开了中间解剖室的房门。

法医老孙正站在解剖台旁摆弄着手机,愁眉苦脸地应付着老伴儿不厌其烦的催促短信。听到房门有动静,眼睛还没离开手机,嘴里就已经开始骂咧起来:"你真的算是比王八还慢了。"

今天本是早早地就出了鉴定收了工,要不是看在方遇的面子上,他才不会陪着一把骨头,在这里干等上大半晚。

"真不好意思,路上出了点意外。"

方遇反身关了门,立刻就道上了歉。平日里工作那是另外一说,不过乔安亭的事情却多半算是私下帮忙,所以态度还是要摆一摆的。

老孙抬眼一瞥,发现乔安亭也在场,竖起的眉毛立刻就松了下来:"不打紧,不打紧,原来是安亭的事情,你怎么也不提前打个招呼?"

他也是一年多没有见过乔安亭了,所以一时倒忘了方遇一直在帮乔安亭找女儿尸骨的事情。

看到乔安亭强撑着疲惫向自己行礼打招呼的样子,老孙心里一阵唏嘘。算起来也有十多年了吧,还记得她第一次来找自己的时候,眼角连个皱纹儿都没有,现在再看,两鬓竟也染上了些许斑白。

当然,除了唏嘘之外,老孙这么多年也是颇有些不解。别人家丢了儿女,都是拼了命地寻人寻踪,可是她却是认了死理般地扎在这里找尸体。要知道,一直到现在,市局对当年的事情依然是定性为失踪案。

这也正是老孙纠结所在,每次面对新发现的无名女性尸骨时,他的心里都是充满了矛盾。作为一个正常人,他当然希望乔安亭的女儿能有一线生机,哪怕是失踪或者被拐,也总好过白白丢掉一条性命。可是每当面对执着的乔安亭时,他又希望能够让她得偿所愿,早日卸了那缠绕她多年的自我折磨和执念。

"报告出来了吗?"方遇哪里知道老孙的多愁善感,往解剖台上看了看,便开门见山地问起了正事儿。

老孙点点头,然后指了指解剖台,示意两人上前。

不锈钢制的解剖台上,主要的骨骼已经拼接成型,大部分骨头上都有些发黑,像是被烧过的样子,头骨的旁边还整齐地摆放着一些零星的小块碎骨。

"尸骨是在江城大学的后山上发现的。"老孙推了推眼镜说道。

方遇点点头,而乔安亭却盯着泛黑的尸骨,眉头紧锁,沉默不语。

尸骨的发现地点,方遇在医院时已经说过,这是第一次在当年的事发地发现尸骨,也正是如此,乔安亭才会出现乱了方寸的焦急和紧张。

似乎看出了乔安亭的心思,老孙解释道:"昨晚应该是有学生到山上摸黑探险,丢烟头引燃了枯叶,不过扑救及时,没有引发山火。今天早上,学校保卫处到现场复检时,才发现了尸骨,这也是大部分骨骼都有灼烧痕迹的原因。"

"衣物和随身物品呢?"方遇问道。

"因为现场失了火，所以除了尸骨外，并没有发现衣物等其他线索。不过好在尸骨保存还算完整，基本上没有什么遗漏。"

方遇摇了摇头，心里不免有些失望。

尸体化骨，又过了这么多年，本来就很难确定身份，如果发掘时能够找到衣物或是随身物品，对于明确尸源将会有莫大的帮助，可是偏偏却来了这么一场火。不过话说回来，如果不是这场火，尸骨还不知道什么时候才会重见天日。

"本来我不知道你是要带安亭过来，所以检查的时候就没刻意去比对，不过现在看来，这具尸骨和安亭描述的很多情况还是比较符合的。"

话刚说完，乔安亭便扭头看向了老孙，眼中既有期待，又夹杂着一丝不安。

"首先，从牙齿的磨损情况，还有耻骨联合面来判断，死者应该年纪不大，虽然暂时无法判断出具体年龄，但是以我多年的经验来看，应该不会超过20岁。另外，通过各处关键骨骼尺寸综合判断，死者的身高应该在160公分出头，误差不会太大。"

"还有，你们看这里。"老孙指着脚趾骨部分说道，"两只脚的大脚趾都出现了轻微的跖骨外翻情况。一般来讲，常年练习芭蕾或者穿高跟鞋都会出现这种现象，不过结合前面的年龄判断，我觉得穿高跟鞋的影响应该可能性不大。"

听到这里，乔安亭一阵眩晕，赶忙扶住解剖台边缘才稳住了身形。

小晴从6岁开始学芭蕾，到出事时差不多练了整整十年有余，一直到现在，自己还保存着女儿的芭蕾舞鞋。

方遇看到乔安亭有恙，赶忙上前了一步，不过乔安亭却倔强地示意自己没事，然后抬头继续追问："死因呢？"

看到乔安亭这个样子，老孙也不知道该不该继续下去，稍稍迟疑了一下，然后走到了颅骨旁，俯身指着颅骨侧底部靠耳朵的地方说道："死者的颞骨岩部有颜色加深的现象，一般来说是由机械性窒息造成的内出血所致，另外舌骨和甲状软骨也都出现了不同程度的骨折。所以综合考量，扼压或者勒缢颈部造成机械性窒息死亡的可能性比较大。"

听着听着，方遇发现乔安亭脸色越来越差，于是赶忙给老孙使了个眼色。

老孙也发现了不对，立刻语无伦次地补充道："这些，这些也都是初步判断，严格意义上讲都是存在误差的，不能作为确定身份的直接依据。而且现在最关键的死亡时间也无法判断，所以你先别瞎猜，等会儿我带你先抽血，等DNA匹配过后，才能……"

话还没说完，乔安亭便身体一软，瘫倒在了地上，还好方遇反应快，一把扶住了她的肩膀护住了头部。

"你就不能说得委婉一点？"方遇一边帮乔安亭掐着人中，一边抱怨起老孙。

"我这还不够委婉？"老孙摊了摊手，一脸冤枉。

"你这叫委婉？从后山挖出来，年龄十来岁，身高一米六，跳芭蕾，被掐死，你就只差告诉她躺在这里的是她女儿了。"

老孙挠了挠头，一时无语。自己说的的确是和乔安亭之前描述的女儿遇害过程一一对上了号，不要说乔安亭，就连他自己也几乎做了确定的判断。

"愣着干吗？还不快过来搭把手。"

老孙"哦"了一声，然后帮着把乔安亭扶到了方遇的背上。看到方遇背起人就要走，赶忙问道："血还抽不抽了？"

方遇听到后差点没气死，留了一句"抽你自己的吧！"就急匆匆地撞出了门。

小晴是谁？

听起来颇为吓人的尸骨又是怎么回事？

亭姐和方遇为什么要背着自己谈事情？

难道是有什么故意瞒着自己？

为什么亭姐非要自己穿着同一件裙子？

如果按亭姐的解释，是为了更容易与患者沟通，那是件裙子不就行了？为什么这么多年就单单让自己铆着一件穿？

那件旧裙子又是怎么回事？

亭姐真的自己穿过那件裙子吗？

如果她过去真的自己穿那件裙子去见患者，那又代表着什么呢？

整整一夜，佟遥在一个个想不通猜不透的问题中辗转反侧，彻夜难眠。

记性好有时候真的不是什么好事情，记的东西越多，问题也就越多，而面对越来越多的问题，选择无非有两种：一种就是选择做个神经大条的傻白甜，另一种则是被逼成一个凡事刨根问底的钻牛角尖儿的人。

当傻白甜是个需要天分的活儿，而佟遥好死不死刚好就缺了这一份先天条件。

这时，一个新的问题又开始向她招手，她脑袋里忽然蹦出了晚上亭姐在治疗那个名叫朱冬的患者时，出现的种种反常。

这些反常的治疗过程，还有诊疗后亭姐心神不宁的那种状态，都是她从未见过的。要知道亭姐可是大学教授，平时待人待事也都冷静理智，可是偏偏在见了朱冬后却像是突然变了一个人。

同时，也正是亭姐的行为大变和心神不宁，才导致了昨晚的车祸。想到这里，佟遥又是一阵后怕。

不知为何，她突然间感受到了一丝恐惧，一丝以前从未有过的，笼罩在亭姐和自己身上，说不清道不明的危险感。

而且直觉告诉她，所有事情之间一定有着什么联系！

可是关联点在哪里呢？

当她尝试着把所有的疑问放在一起寻找关联的时候，却发现思绪更加混乱了。要不就是一条猛然撞墙的断头路，要不就是更加复杂而没有头绪的迷宫。

苦思到凌晨，佟遥只得选择了放弃，这样毫无头绪的瞎猜，根本行不通。

要想彻底地搞清楚状况，方法只有两种。

第一，就是当面问。亭姐那里肯定是行不通的，方遇倒是有可能知道些什么，不过一想到他在亭姐面前的厌样，佟遥立刻就摇起了头。

第二，就是自己动手丰衣足食。不过想要私下调查，就得找一个自己可以介入的突破点。

冥思苦想之后，佟遥最终确定了能想到的唯一选择——那个让亭姐行为大变的病人朱冬。

第二天早上8点半，闹钟准时响起。

虽然有些头昏脑涨，但是佟遥还是咬着牙爬下了床。

她的计划很简单，就是赶在亭姐之前，再去会会那个朱冬。至于具体要了解什么情况，她倒是还没完全想好，但有一点是肯定的，那就是要搞清楚昨晚三个小时，亭姐和朱冬都聊了些什么。

简单洗漱之后，佟遥背上背包，然后在亭姐的办公桌上留了一张字条，说是要去见见老同学。

虽然亭姐昨晚放了她一天假，本人大概率也不会再来诊所，但是为了以防万一，她觉得留个口信还是有必要的。

走到门口时，她似乎又想起了什么，转身冲进卧室，面对着挂在衣柜上的两件裙子想了半天，最终还是选了那件旧连衣裙一把塞进了背包。

进了地铁站，佟遥算是人生第一次体验到了传说中的上班早高峰，不过对她来讲，好奇似乎更多过了面对拥挤时的烦躁。

不论是形形色色的人群，各种奇怪的味道，还是被挤在车门边上的身体压迫，都让她有了一种实实在在的存在感。相比较起来，之前的生活，特别是毕业这大半年来的工作，的确有些太过于飘忽了。

像昨晚一样，三站路后出了回廊坊站的四号口，佟遥看了看手机，9点10分。

昨晚出了车祸，亭姐上午应该有不少事情要处理，而且照昨天的状况来讲，应该也不会起得比自己早。这也正是她在睡眠不佳的情况下，依然选择早起的原因。

接下来就是地铁站到朱冬家的路程，这时佟遥的好记性就开始起到了作用。

虽然昨天是傍晚，而且还是坐车，但是她依然通过几处鲜明的建筑，清晰地理顺了路线。

从马路拐进巷口，佟遥边走边看，倒是慢慢修正了昨晚对于这块地界的认知。

这里哪是什么贫民区，沿路一个个醒目的"拆"字，仿佛一张张晃眼的支票，时时刻刻都在炫耀着这些破屋里住户的不菲身价。

这里可是内环，一旦拆迁完毕，这些本地土著可就是分分钟土鸡变土豪。不过这墙上斑驳褪色，有些年份的拆字标语，也很明显地表明，这些拆迁户的胃口似乎并没有那么容易被满足。

这也让佟遥立刻想通了为什么朱冬那么一大家子人，窝在一间逼仄的破房子里，却依然能够悠然自得打麻将的原因。如果知道未来的某天一定会中五百万，换了任何人，估计都很难再激起什么奋斗的动力了吧。

认路对于佟遥来说小菜一碟，女性天生方向感差这种说法，在她身上也似乎栽了跟头，七弯八拐之后，几乎没有浪费任何多余脚力，她就找到了朱冬家的大门。

可是站在巷口，望着不远处那道铁门，佟遥心里却敲起了鼓。

朱冬家昨晚的情形，特别是朱冬父亲那让人作呕的嘴脸和眼神，依然历历在目。这让她心里不由得生起了一丝紧张和抗拒。而就在她纠结着拿什么理由去叫门开场的时候，那道铁门却忽然间被推开。

佟遥本能地靠墙掩了身形，等到再探出头时，却惊讶地发现了亭姐的身影。

朱冬母亲拉着亭姐的手，似乎在感谢着什么，而亭姐的态度也好像比昨晚好上了不少，面带笑容和朱母客气地寒暄着。

这样的情形倒是佟遥完全没有意料到的。

首先，她没想到亭姐会这么早就过来，而且看样子已经治疗完毕。现在不到9点半，就算按照常规的一个小时诊疗时间，顶着早高峰从城北赶到这里至少也要7点出门。

按照亭姐的个性，不会无缘无故地对患者如此上心，更何况还是个免费的病人。除非她有什么急事，或者说这名患者对她来讲有着什么特殊的意义。

另外，让她感到意外地还有亭姐的态度和表现。

现在看来，亭姐已经完全没有了昨晚那些反常的影子，这让她甚至开始有些怀疑自己的判断。或许亭姐昨晚的反常是因为其他的事情，而非朱冬。

这样的想法，让佟遥顿感疑惑，同时陷入矛盾。再探身看时，两人已经结束了谈话，而亭姐则走到了反方向的路口，上了一辆黑色的小轿车。

等到轿车开出视线，佟遥才从巷角闪了出来。纳闷地看着车子消失的方向，她依稀记得车尾挂的似乎并不是本地的车牌。

佟遥开始犹豫行动还要不要继续下去，而这时，铁门却再次打开。这一次让佟遥更加地吃惊，因为从门里溜出来的竟然是朱冬。

朱冬穿着一件黑色卫衣，卫衣帽将头部遮得严严实实，一出门就低着头贴着墙根朝亭姐刚刚乘车离开的方向走去。

看得出来，他是临时决定要出门，卫衣内的浅格衬衣一边扎在裤子里，而另一边却露了大半在卫衣外。

朱冬竟然偷偷溜出了家门！

这样的发现瞬间就激起了佟遥的好奇心，刚刚的纠结立刻烟消云散，她也第一时间做出了跟上去的决定。

从昨晚有限的当面沟通来看，朱冬完全就是一名重度自闭症患者，而且根据朱冬母亲之前提供的诊前资料所说，他这样闭门不出，拒绝沟通的情况已经持续了十多年。

从案例和经验上来讲，重度自闭症患者基本上不会主动把自己暴露在阳光和人群之中，就算有生活和生理上的需要，大多也都会选择在深夜无人时离开自己的封闭空间。

而朱冬这样一个十多年闭门不出的患者，竟然选择了在一大早外出，这不得不让佟遥猜测起了他的目的。

就这样远远地跟在朱冬身后，佟遥不禁自嘲起自己竟然干起了变态跟踪的勾当。当然这样的行为也让她顿感刺激，大脑也跟着飞速地转了起来。

在拆迁区的巷子里，因为巷窄人少，佟遥便远远地跟在朱冬身后，等到他转弯时，再快步地追上。两人距离一直保持在二三十米。而上了马路，人行道上的路人多了起来，她则把跟踪距离缩到了十米以内。

相较于低头掩面的朱冬，一路戏精跟踪的佟遥反倒是更显得鬼鬼祟祟。她倒不是担心朱冬会认出她来，昨晚那几分钟的沟通过程中，朱冬根本就没正脸看过她一眼，她只是觉得跟踪就应该有个正经的跟踪样。

二十多分钟后，朱冬拐进了一家医院，佟遥特意看了看大门的招牌，"太阳神男性专科医院"几个烫金大字立刻就让她口水呛在了嗓子眼。

"男性专科"这个神秘又充满阳刚之气的名头，很自然地就让佟遥放弃了跟进去的想法。

想起还没吃早饭，她便在医院门口的便利店买了个饭卷，然后躲在人行道上的大树后，一边颇有滋味地啃着饭卷上的海苔，一边猜起了朱冬此行的目的。

买药？

治病？

见熟人？

该不会是为了钱，在里面试药吧？

就这样毫无逻辑地瞎猜了一阵，没过多久，朱冬竟然又两手空空地从医院走了出来。

佟遥蒙圈地往医院大门里望了望，这还不到十分钟呢，十分钟能干些啥？

回头又看了看朱冬，他的步伐加快了不少，转眼间已经走出十来米。佟遥见状，立刻把剩下的饭卷囫囵地塞进嘴里，然后一路小跑，赶紧追了上去。

从哪里来，回哪里去。佟遥就这样无惊无险，又极端无聊地跟着朱冬逛了一趟男性专科医院，然后又原路回了家。

这样就完了？

目送朱冬进了家门，佟遥呆若木鸡地站在朱冬家窗前原地发愣。

这时身后一阵车喇叭聒噪地响起，她才发现自己傻站在路中间挡了别人的车，于是赶忙歉意地闪到了窗边，让出了道。

车子是好车，开过身边时竟然一点发动机的噪声也没有。

佟遥总觉得车里有人在盯着自己，于是便好奇地多看了一眼，直到看清车尾锋锐的T字标和绿色的环保车牌，她这才想起刚刚在医院门口时，就有这么一辆拉风的特斯拉开了出来。

没有再多想，佟遥转身面对着朱冬家的破房子，又开始心有不甘地打起了朱冬的主意。

自己赶早跑来一趟，可不能就这么一点收获都没有地铩羽而归。看着那扇贴满了报纸的窗户，她忽然间想到了一个点子。

看了看四周无人，佟遥轻手轻脚地走上前，对着玻璃窗轻叩了两下。

窗子没动，但是屋里却有了声响，佟遥一看有戏，加重力道又敲了几声。

片刻之后，插销声响起，木窗透开一条缝。佟遥赶忙绽着笑脸迎了上去。

这是两人第一次这么近距离地面对面，可是透过窗缝看到朱冬的脸时，佟遥却吓了一跳。

朱冬脸色惨白得没有一丝血色，眼神中好奇夹杂着畏惧，左边厚厚的镜片却不知道为何碎开了花，左眼眶也是有着明显的乌青。

刚刚出门的时候还好好的，回来的路上也没见他有过摔倒碰撞，这样看来朱冬定是在医院的那几分钟里弄伤了自己。

看到是个陌生的女孩，朱冬迟疑了下便要关窗，佟遥赶忙伸手抵住了窗框："是我，不记得了吗？昨晚和你聊过天。"

朱冬还是没有任何反应，佟遥似乎想到了什么："你稍等，我给你看个东西。"

说完，佟遥便往后挪了两步，然后从包里拿出了那件连衣裙，双手靠肩比在了身前："记起来了吗？"

话还没说完，朱冬便一声惨叫，重重地拍上了窗户。

窗户上的报纸还在，可是玻璃却哐当一声，震碎了一地。

第二章

十三年前的凶手

方遇一大早就和交警队打了招呼,同时还联系了熟悉的汽修店,不过他手里没有钥匙,还是要等到乔安亭一起再去取车。

昨晚把乔安亭送回家后,他就一直心神不宁。

按照老孙的说法,那具在江城大学后山发现的女性尸骨,很有可能就是乔安亭13年前失踪的女儿叶时晴。

如果真的对上了号,那就代表13年前警方做出了错误的判断。可是不管方遇如何回忆,总还是觉得太不可思议。

13年前的案件调查,虽然没有亲历,但是他的确参与了那次几乎动员了大半个城南警力的搜山行动。而且后来认识乔安亭之后,他也把那次案件的前因后果和调查过程了解得清清楚楚。

当时,乔安亭夫妻两人先是报女儿叶时晴失踪案,在警方一直寻人未果又过了半年后,乔安亭独自返回江城,撤案重报,追加了女儿是被人谋杀的陈述,而且还附加了详细的案发现场线索。

对乔安亭时隔半年重新报案,并一口咬定女儿是在后山防空洞口被两名少年凌辱,然后扼颈致死就地埋尸的说法,案件的所有参与人员几乎都一致地保持了怀疑。

原因非常简单,当时正值暑假,叶时晴失踪的那晚,乔安亭和丈夫叶升正在参加江城大学和上海华东大学的交流晚宴。也就是说,在她后来向警方描述的女儿被害案发时间段内,他们夫妻两人是完全不在现场的。

人不在现场,没有监控,又没有其他目击证人提供线索,这样的情况下,乔安亭却非常确定并详细地描绘出了女儿被害的地点、时间,凶手的年龄,作案过程以及处理尸体的方式。

这对于任何一名办案刑警来讲,几乎都是一件无法理解的事情。而且这些详细的案发现场描述，都还是在报失踪案半年后才又额外追加的，这就更加让人难以理解了。

方遇还记得第一次报案时，江城大学和城南派出所的领导都十分重视，当时也考虑过叶时晴罹难的可能。所以那次搜山行动大规模地进行了两天，之后的小规模收尾工作也断断续续地持续了近一周。可是不要说尸体，最终就连半点犯罪行凶的痕迹也没找到。

所以乔安亭半年后的撤案重报，让警方对其报警动机和真实性产生了质疑。当时警方更倾向于乔安亭是因为无法接受一直找不到女儿下落的事实，从而选择夸大案情重新报案，给警方施压。

事后的结果不言而喻，警方并没有按照乔安亭提供的无法交代来源的线索和方向再进行深入的调查，乔安亭后来也没有再去过多纠缠。不过听老孙说，似乎从那以后，乔安亭就开始频繁地往法医中心跑了。

警方后来的猜测，逻辑上其实并没有什么问题，但是对于乔安亭的行为，方遇却很是不解。

他了解乔安亭，作为高级知识分子，她不可能用如此前后矛盾、不合常理的愚蠢方法来给警方施压。而且，又有谁会为了掩盖一个谎言，而苦苦追寻女儿尸骨整整13年呢？

可是，如果乔安亭第二次报警的描述为实，如果昨晚后山挖出来的那具尸体真的是叶时晴，那么13年前那晚案发现场的细节和线索，她又是从何得知的呢？

看了看窗外，乌压压的黑云正在地平线处挑衅似的积聚翻滚，而失了色彩的太阳则好像早已放弃了抵抗，远远地观望着这座即将被暴雨肆虐的城市。

看来又要下雨了。

方遇长叹了口气，收回思绪，习惯性地拨了号码，按了免提，然后把手机放在了手边。

他已经记不清这是今天上班以来，第几次拨打乔安亭的电话了。

从昨晚开始到现在，乔安亭就一直不明不白地联系不上，这让他心里莫名地烦躁不安。不过让他意外的是，这一次刚按下拨号键没两秒，就立刻传来了电话接通的声响。

方遇赶忙取消免提，拿起手机凑到了耳边。

"我找到凶手了。"还没等方遇开口，乔安亭激动颤抖的声音便从听筒里传来。

"什么凶手？"方遇一时没有反应过来。

"杀害我女儿的凶手,电话里不方便说,你到你们马路对面的咖啡馆等我,我5分钟就到。"说完,不等方遇回应,乔安亭就挂了电话。

虽然有些诧异,而且事发突然,但是方遇还是立刻穿了外套,拿起钱包冲出了办公室。

来到乔安亭指定的咖啡馆,方遇特地找了一个最角落的卡座,然后点了一壶乌龙茶。没等多久,就看见乔安亭急匆匆地走进了咖啡厅。

方遇站起身挥手示意,然后帮乔安亭挪了座位。

"13年了,13年了,我终于……终于找到了!"乔安亭刚落座,就激动得语不成声。

"别急,慢慢说。"方遇倒了一杯茶,然后轻轻地端到乔安亭面前。他还从没见过乔安亭如此激动失态的样子。

"昨晚我找到了13年前杀害我女儿的一名凶手,而且今天通过他的描述,也搞清了另一名凶手的信息。"

方遇听得一愣。

原来乔安亭这些年来不仅仅是在寻找女儿的尸骨,而且还一直没有放弃地在追寻当年她口中所说的那两名凶手。

"你是怎么找到凶手的?"

破案追凶并不容易,否则也就没警察什么事了。况且还是13年前一桩没头没脑甚至都没有正式立案的刑事案件。换句话讲,方遇并不是很相信乔安亭所说。

"昨晚我治疗了一个自闭症患者,他亲口承认了罪行,包括详细的犯罪细节。我百分百肯定就是他。"乔安亭信誓旦旦地说道。

"自闭症?"方遇露出了为难的表情,"一个自闭症病人怎么会无缘无故地承认自己是杀人犯?"

"我对他进行了催眠,催眠治疗是治疗自闭症、抑郁症患者的常规手段,可以引导病人回忆和描述部分显性以及隐性的记忆。这个你也是知道的。"乔安亭解释道。

方遇点了点头,6年前就是乔安亭帮自己治好了抑郁症,他怎么会不知道催眠治疗?不过转念一想,他又开始摇起了头。

"怎么,有什么问题吗?"看到方遇的反应,乔安亭疑惑地皱起了眉头。

"意思是你通过催眠引导,让病人亲口承认了过去犯下的罪行是吗?"方遇反问道。

"是的。"

"那个承认罪行的凶手名字是？"

"朱冬。"

"年龄呢？"

"28岁。"

"28岁，13年前就是15岁，倒也和你当时描述的凶手年龄相仿。"方遇点了点头继续问道，"病情呢？"

"从小就有点自闭倾向，初中毕业后病情加重，高中上了两年中途辍学，一直到现在大概十几年没有正常和人沟通过。我认为就是13年前的事情加重了他的病情。"乔安亭显得有些急不可耐。

"最后一个问题。"方遇忽然变得严肃起来："你打算如何让其他人相信这个朱冬所说的事是真正发生过的？"

方遇的语调重重地落在最后几个字上，这让乔安亭颇有些不满。

她心知肚明，虽然方遇嘴上一直没有明说，但是他和十多年前的那些警察一样，从来都没有真正相信过自己。

"不要误解我的意思，我肯定是会帮你的。但是要想惩凶，就必然离不开证据。"方遇解释道。

"他亲口承认的罪行，难道还需要什么证明吗？"乔安亭有些不解。

"催眠引导出的证词是无法作为实际证据的。"方遇提醒道。

听到这里，乔安亭不怒反喜："这些我知道，这个朱冬当年只是从犯，他告诉我他自己也是被另一名凶犯逼迫的，而且这么多年来他也受尽了内心的煎熬。所以他已经答应我自首，而且愿意帮我去指证主凶。"

"一个意思。"方遇无奈地摇了摇头，"你刚刚也说了，他是十多年的自闭症患者，也就是说有严重的精神疾病。这样的情况下，就算他愿意自首并站出来指证主凶，你觉得法庭上会怎么判呢？同时不要忘了，他还被你进行过催眠引导，而且理论上你还是这起案件的最直接关联人。"

听着听着，乔安亭略显单薄的双肩开始颤抖起来，手中的茶杯随之摇摇欲坠，脸上的精气神也在以肉眼可见的速度抽离消散。

很显然，方遇的一番话，对她打击极大。

"意思是……这么多年的努力全都白费了？"

过了许久，乔安亭才又颤巍巍地发出声，声音虚弱而无力，听上去更像是绝望之后的自言自语。

看着乔安亭茫然涣散的眼神，方遇忽然觉得自己的回答似乎有些过于狠心，同时，心里更是充满了自责。

作为警察，惩恶缉凶本就是自己的责任，可是在面对眼前这个以柔弱身躯独自寻凶十多年的女人时，自己不但帮不上什么忙，而且还在不断地打击她的信心。

更何况，此刻乔安亭面对的是女儿被害的真相，她又怎么会毫无根据地信口开河呢？

想到这里，方遇觉得自己应该为这件事做些什么。哪怕最终失败无果，也不能就这么站在一边，当一个看似冷静实则冷漠的旁观者。而且他知道，作出这个决定，不仅仅是因为对乔安心存爱慕，更多的则是要给自己，给自己身上的警徽一个合理的交代。

"你先别急，事情还不至于完全没有转机。我觉得还是要等尸骨的身份确认。一旦身份确定，就可以有的放矢地从中去寻找线索和证据了。"话虽这样说，但安慰的成分却是更多。尸骨发掘现场遭遇了火灾，没有相关物证留下，想要单纯从埋藏多年的尸骨上挖到线索，基本上是比登天还要难了。

"还有你说的那个主凶，身份信息先给我。接下来的事情，我会帮你处理。答应我，在事情没有搞清楚前，你可千万不要主动去招惹。"想了想，方遇继续补充道，"对了，还有你当时是如何得到小晴遇害现场线索的，可以告诉我吗？"

乔安亭依然处于精神恍惚之中，方遇的话也只听了七七八八，对最后的提醒和问题，她似懂非懂，只能是失了魂般地呆在那里，然后摇了摇头。

下了一整晚的秋雨，在天刚破晓的时候适时地放了晴。不过方遇出门时还是带了把短柄的雨伞，以备不时之需。

从天上盘亘未散的云团来看，接下来没有一周，这雨水怕是很难完全停下来。

身上的外套还算厚实，不过走出楼道时，方遇还是忍不住打了个哆嗦。

江城的秋天就是这样，气温全靠雨来带，一场雨就会降下好几度，直到进入寒冬，这雨才会慢慢消停下来。

小区门口解决了早饭，方遇没有像往常一样步行去警队，而是选择开车直接上了内环高架。今天的目的地是城南，他要会会乔安亭所说的那两名13年前的凶手。

昨天送走乔安亭之后，他花了整个下午加上晚上的时间，重新查阅了13年前那起案子的相关档案，同时他也详细地调研了乔安亭所说的那两名凶手的背景资料。

相关的案情材料保存得还算完备，不过和之前一样，除了案件调查过程中的重重疑点，还有乔安亭夫妇诸多不合理的行为和证词之外，再也没有其他更有用的线索可以挖掘。

不过在查阅乔安亭怀疑的两名对象资料时，方遇倒是发现了一些颇为巧合的地方。

朱冬还有那个乔安亭口中的主犯宋及春，在2003年，也就是13年前刚好15岁，和当时的叶时晴一样，都是刚刚初中毕业。而让他特别留意的是两人毕业的学校——江城大学附属中学。

这所中学位于江城大学后山脚下，如果真如乔安亭所说，13年前女儿是在后山遇害，那么这两者之间倒是有些可以联系起来的地方了。

而且那个宋及春在过去几年内，还有过多次猥亵妇女和打架斗殴的前科。这样看来，这小子还真不是个什么省油的灯，在13年前犯下罪行倒也不无可能。

正是因为这个发现，方遇昨晚才下了决心赶早跑城南，至于能不能挖到点什么，他心里倒真没谱。不过寻访和调研就是这样，往往会有那么些有用的线索就藏在阴暗的犄角旮旯里，你不去碰它，就永远不会重见天日。

当然，这次寻访并不是正规的案件调查，所以方遇只能选择一人独行，权当了解情况了。

为了躲避早高峰，方遇从内环直接转到了外环高速，绕点路总好过堵死在市区。一个钟头之后，方遇的车子停在了城南区"太阳神男性专科医院"的门口。

按资料显示，宋及春中专毕业后就在这家医院工作，而这家私人连锁医院的老板则是宋及春的父亲宋洋。

这是一般富二代家族传承的惯用套路。读个好学校镀镀金，再到自家企业混混资历，然后子承父业，顺利上位。不过宋及春连高中都没上，而是直接去混了个中专文凭，这倒是让方遇有些意外。

私人医院可是赚钱的行当，而且这些年宋洋一直把家产经营得不错，江城三镇都有分院，再怎么说也是个被重点关注的纳税大户。让儿子初中毕业直接去上中专，可是有点说不过去了。

方遇能想到的唯一解释，就是这个宋及春实在是太扶不上墙，没出息到用金钱都堆不出个人模狗样。

进了医院，打听到宋及春在内务科工作，不过经过细问才知道，他从昨天下午就开始旷了工，今天上午到现在也还没来上班。

继续问下去，那些同事就开始支支吾吾，闪烁其词。方遇倒也没怎么在意，毕竟是医院的太子爷，换谁也不敢在私下里胡乱议论。

出了内务科，方遇决定找宋及春的父亲宋洋去了解些情况，赶了大早过来，总不能白跑一趟。就这样，他又从内务科回到了一楼大堂。

前台小姑娘颇为机警，听说又要找院长，便开始推三阻四找了各种理由搪塞，生怕是来找茬儿闹事的。直到方遇掏出了警官证，这才像变了个人似的，又是打内线请示，又是赔笑道歉，然后还亲自带路上了电梯。

院长兼董事长办公室在大楼的最顶层，面积大得吓人，占了整整半个楼层有余。里面一溜水的全是红木家私，看得出来都不是便宜货，但是方遇却怎么看怎么觉得别扭。

接着院长秘书进来，说是宋洋在开例会，待会儿就到，然后笑盈盈地招呼方遇先在会客区等待。

似乎对方遇的警察身份有所忌惮，倒了茶水后，秘书就和前台暗递眼色一起溜出了办公室。

方遇闲等得无聊，一边欣赏着老板桌后龙飞凤舞的"杜甫能动"，一边品味着塞满办公室的"满堂红"，脑中开始自行脑补起了这位男性专科医院大院长的"绰约丰姿"。

等了不到一分钟，方遇便听到一阵爽朗的笑声从门外传来。转身回看，一个穿着白褂的中年男子，堆着夸张的笑容，碎着步子进了门。

这么官场的笑容，应该就是院长宋洋本人无疑了。

宋洋表现得极其热情，嘴上问着好，双手也同时紧跟着握了上来，好像两人早已很熟络的样子。

这样两手齐上，热情洋溢，革命同志般的握手方式，让方遇记忆深刻，而让他更加一眼难忘的，则是宋洋的长相。

和他想象中大腹便便、油头肥面的暴发户形象完全不一样。宋洋虽然个子不高，但是身形还算匀称，五官也还端正，再加上一副金边眼镜，看上去反倒是有一种文质彬彬的感觉。

只是侧过脸时，却有一块巴掌大的乌黑胎记，死死地赖在左脸颊到耳根的交接处，占去了左边大半张脸，让整个人的观感顿时打了九成的折扣。

"真是不像话，怎么能给贵客泡茶包呢？"还不等方遇开口，宋洋便开始捣鼓起了几案上的茶具，"我这里新到了些正宗的正岩大红袍，方警官不嫌弃的话，刚好一起品上一品。"

"不用麻烦了，我过来主要是想了解一下宋及春的情况，不会耽误你太多时间。"对这种自来熟的社交风格,方遇倒是挺羡慕,不过他知道这是商人的标配,自己是怎么学也学不来的。

"这小子又犯事了?"宋洋听完,脸就立刻拉了下来,"您稍等,我马上把他叫上来。"

"哦,不用了,我就是顺道了解一下情况,不需要见他本人。"见宋洋还不知道儿子旷工的事情,方遇也就没好当面戳穿。

"哎!这孩子妈死得早,我工作也忙,平时缺乏管教,给你们添麻烦了。"宋洋言辞恳切,而且似乎知道儿子平时不老实,所以也没继续追问方遇来的具体目的。

"宋及春初中是在哪里读的?"因为涉及多年前的案件,同时也不知道宋洋会不会早有防备以作包庇,所以方遇决定先挑些边角问题进行试探。

"初中吗?应该是在江大附中。"宋洋往电热壶中倒了一瓶矿泉水,然后按下开关,壶中立刻便传出咕咕的烧水声。

"据我所知,多年前你家的祖屋是在回廊坊,离江城大学并不近,应该不属于江大附中的学区吧?"

方遇实际想问的,其实是以宋及春这样的资质,怎么会读上江大附中。江大附中是江城数一数二的中学,当然每年也会跨学区招收一些优质生源,但是很明显,宋及春肯定不属于这个优选范畴。

没有想到方遇竟然连自家多年前的祖屋情况都调查得一清二楚,宋洋先是愣了一下,之后才说道:"哦,很久之前政府就在规划回廊坊的拆迁改造,我这个人一向支持政府工作,所以当时就带头签了拆迁补偿协议,结果拆了十年还没拆下来,现在看起来,可算是亏大了。"

"跑题了,跑题了,我这个人一说到祖屋就爱跑题,主要是这个亏吃得太刻骨铭心,还请不要介意。"宋洋一边呵呵地拍着脑袋,一边解释道,"当时为了加速拆迁,除了赔偿款,政府还给了一些配套的补偿方案,其中就包含了江大附中的部分入学名额,我们运气好,刚好就赶上了那一拨。"

原来是因为这个,方遇一听便解决了疑惑,朱冬家也住在回廊坊,应该同样属于这种情况。

"你还记不记得宋及春在初中时,有没有什么要好的同学或者朋友?"

"这个我倒还真不清楚,那时候正是医院发展最快的阶段,我也没什么精力管他的学习,说起来还真是有些惭愧。"宋洋回忆起来,内疚之情也溢于言表,"不过就算交了什么朋友,也不会正经到哪里去,他就是在初中阶段给耽误了。"

"能不能回忆一下，宋及春在初中毕业后，确切地说应该是毕业后的暑假阶段有没有什么异常行为？"开始进入正题，方遇小心地观察起宋洋的表情和反应。

"初中暑假吗？时间有些久远啊！"宋洋眉头紧锁，一边努力地搜寻着记忆，一边提起烧好的水壶，往装好茶叶的紫砂罐里倒着水。倒着倒着，水就漫出了罐沿，再加上倒水时用力过猛，内里的茶叶被冲溢出了不少。

宋洋赶忙不好意思地拿纸巾吸掉了溢出的水渍，然后端起紫砂罐赔着礼给方遇斟上了一小盏："不好意思，最近忙着筹备开分院，好几天都没睡上一个好觉了。现在对于我们这种民营专科医院，政策不太友善。款子不好贷，地也不好批了。"

"又跑题了，又跑题了。刚说什么来着？初中暑假？"宋洋一脸歉意。

"是的。"方遇点了点头。

宋洋又一次陷入了沉思，过了好一会儿才缓缓地说道："你这么一问，我倒想起些事情来。及春这孩子虽然顽劣，但是在家里却是从来不敢放肆的。不过初中毕业那个暑假，他倒是实实在在地把我给气了个半死。"

"哦？"方遇立刻竖起了耳朵。

"你也知道，这个畜生学习差劲，中考也考得一塌糊涂，本来我已经花钱托关系帮他找了一所高中，结果暑假快结束的时候，他却给我玩了一个离家出走。"

"离家出走？"

"对，离家出走了快一个月，最后还是钱花光了，才又灰头土脸地跑回了家。等他死回来时已经开学了好几周，本来谈好的学校也没办法进了，所以最后才又托关系进了一家中专学校。中专管理没有那么严，不过也是让我低三下四地求了不少人，脸面都让他给丢光了。"

宋洋恨铁不成钢地拍了拍脸，然后便是一声长叹，额上的皱纹也似乎立刻深邃了不少。

"照你所说，宋及春当时离家出走的时间应该是在暑假末和开学初咯？"

"对的，这个是不会记错的。"宋洋点了点头。

"具体的时间呢？可以稍微确切一些吗？"方遇追问道。

"离家应该是8月24号之后。他8月24号生日，我记得还给了他两千的零花钱，鼓励他高中好好加油，没想到这不成器的东西却给我玩了这么一出。"说着说着，宋洋便又来了气，"他也就是靠着这笔钱才在外面潇洒了一个月，我当时也是犯了糊涂，怎么就忘了禀性难移这个说法呢？"

长叹了口气，宋洋继续补充道："至于回家的日子我倒记不清了，不过肯定是在十一国庆之前。"

听到这里，方遇攥了攥拳头，心里一阵激动——13年前，乔安亭并没有说谎。

继续问了一些不痛不痒的问题之后，方遇结束了和宋洋的沟通。

虽然没有当面见到宋及春，但是此次城南之行却歪打正着地获得了一些意外之喜。

之所以说歪打正着，主要就是因为错过了宋及春本人，而选择了和其父宋洋先进行沟通了解。

而所谓的意外之喜，就是和宋洋沟通带来的有用线索。本来以为宋洋并不知情，或者就算知道些情况也会选择隐瞒包庇，没想到却从他那里意外地得到了关键信息。

总的来说，宋及春当年的时间线和叶时晴被害的时间线基本上是对上了，具体表现就是，宋及春在叶时晴被害后立即做出了难以解释的不合理行为。

再顽劣不堪的少年，也不会在升学读书这种关系到脸面和人生命运的事情上儿戏。如果不是遇到了什么矛盾或者是为了躲避什么危险的话，宋及春绝对不会在行将入学之际选择离家出走。

这里有两个时间点非常巧合：

第一，2003年8月23日，叶时晴在江城大学后山遇害，而2003年8月24日到8月31日，高中入学前一周的某一天，也就是叶时晴遇害后的一周内，宋及春恰恰就不合常理地背着家人离家出走。

第二，宋及春从8月末出走到9月末返家的这一个月离家时间，不仅让他错过了高中开学的时间，同时也完美地避开了当时警方的搜山行动。

警方的搜寻收尾工作，专案组的撤销都是在9月中旬，而宋及春却刚好赶在这之后返回了家。

这样惊人的时间巧合，的确很难让人不对其动机产生好奇和怀疑。

再结合乔安亭通过催眠在朱冬嘴里套出的犯罪行为和细节，方遇认为作出13年前朱冬和宋及春强奸并杀害叶时晴，然后掩埋尸体隐藏犯罪行为的判断，应该是没有问题的。

而之后的离家出走，很显然就是宋及春事后担心罪行暴露的逃跑行为。

明确了嫌疑人，对上了作案时间，剩下的作案动机和作案过程的推断其实也并不是太难。

宋及春本身就有顽劣的过往，而叶时晴当时只是随父母到访江城大学不到几天的时间，这样看来，两人互相认识的可能性不是太大。很有可能就是宋及春在后山偶遇了叶时晴，然后见色起意，带着朱冬对其进行了侮辱。

之后，可能是制止叶时晴反抗中的误杀，也有可能是担心叶时晴事后的报警，宋及春两人选择了杀人埋尸，隐藏罪证。这样的过程，在以往的强奸杀人案例中比比皆是，不足为奇。

不过，这样临时起意的强奸杀人，在事后的侦破调查中往往也是困难重重。

没有前因后果，没办法从死者的日常人际关系入手，如果作案地点偏僻，尸体处理得又足够干净的话，很容易成为无头悬案。

好在现在至少明确了嫌疑人，虽然时隔已久，挖掘线索和证据也并非易事，但总好过没头没脑地抹黑瞎撞。

想到这里，方遇觉得似乎有必要给乔安亭一个电话，虽然还没有发现什么明确的证据，但是这时候的肯定，至少能给她一些安慰。不过稍稍想了想，他决定还是先见过另一名凶手朱冬再说。

朱冬住在回廊坊，离宋及春家的医院并不算远。

就像宋洋所说，这里很多年前就是待整改的棚户改造区，只不过地处内环内，拆迁成本过高，这些年没有足够实力的地产商敢于贸然接盘，所以就一直搁置到了今天。

地如其名，回廊坊面积不小，不过其中却多是些上世纪五六十年代的土房窄巷。其中巷巷相通，纵横交错，宛如一个回字结构的大迷宫。坊内的居民倒没什么不方便，不过对于初来的访客，却是很容易就迷路走岔了道。

方遇虽然开着车，但是狭窄的巷子却限制了车速，再加上挨门挨户地寻找门牌，一路上也是耽搁了不少时间。

等快找到目的地附近时，周围的人却忽然慢慢多了起来，不时还有小孩儿你追我赶地从车两边跑过。

拐了个弯，没开多远，方遇立刻踩下刹车，挂了空挡，把车慢慢停了下来。因为再往前一个路口就无路可走了，黑压压的一群人基本上把前面的巷子阻了个水泄不通。

从挡风玻璃望出去，可以看到巷口停了两辆警车，巷内有三分之一的路段直接被看热闹的街坊邻居给围了起来。

找了个空地贴墙停下车，方遇看了看手机上记录的房牌信息，然后下车锁门,颇为好奇地走了过去。

来到围观人群外围,方遇一眼就看到了亮黄色的警戒带,还有一名身着制服的警察守在屋子正中的大门处,盯着警戒线外的一举一动。

再抬眼望了望被围房屋的门牌号,方遇心中立刻一震,这明明就是乔安亭昨天给的朱冬家的门号。

带着疑问,方遇穿过了看热闹的人群,然后直接钻过了警戒线。

那名维持现场秩序的年轻警察一边制止一边走了过来,不过看到了方遇掏出的警官证后,立刻就把手戳向帽檐,然后放了行。

门口的铁门微掩,方遇刚刚靠近,就听到从门缝里传出一个女人断断续续的哭声。

拉开布满锈迹的铁门走进屋,一股厨房油烟味混合着浓烈的劣质香烟味道立刻扑鼻而来。

因为房间小,方遇一眼就看到了刚刚哭声的主人。一个身着灰色布褂的中年妇女,正坐在房门斜角的一张单人木床上不停地抽泣,声音沙哑而无力,眼睛红肿却不见眼泪,整个人仿佛虚脱一般地靠在床后的墙面上。

床前屋子正中摆着一张铺了红布的四方木桌,红布上散落着一堆绿底白面的麻将子。桌旁坐了两人,迎着大门的是一个秃了头的中年男人,背着房门而坐的则是一名身着制服的警察。很明显,两人正在进行现场的问询。

推门而入的时候,中年男子正将一张名片双手递在了半空,嘴里还同时嘀咕着"就是她们,哪有这么巧的事?"而对面的警察听到身后有人进门,则立刻转身回看了一眼。

"哟,什么风把方队您给吹来了。"警察见是方遇,马上恭敬地站起了身,把男子递过来的名片直接晾在了身后。

"呵呵,巧了。我是刚好碰巧路过,见到有情况就进来看看。"方遇一见是熟人,立刻打起了招呼。

负责问询的警察叫邹华,以前在市支队干过,前几年才调到了城南刑侦大队。年龄刚过三十,正是当打之年,虽然没有直接跟过方遇,但是论辈分也要叫上一句老师了。

邹华习惯性地递上了一支烟,方遇看了看靠在床上的中年妇女,然后礼貌性地摆了摆手。

"没关系,这家主人抽烟比你我还凶。"邹华指了指麻将桌角落堆满烟蒂的烟缸笑着说道。

"戒了,我现在吃这个。"方遇一边解释,一边从上衣口袋掏出一盒绿壳薄荷糖。

"戒了?"邹华笑着给出了一脸不信的表情。

"这里什么情况?"方遇点点头,然后问起了正事。

"昨天夜里死了人。"邹华指着里角的一道木门回答道。

"尸体还在?"

"是的,法医刚到。"

"带我去看看。"

"警官,名片。"见邹华要走,刚刚那名中年男子赶忙着急地岔了话。

"你先休息,等会儿我们再继续。"邹华安抚完,便领着方遇走向木门。

中年男子见状,只得把名片放到了桌上。

方遇跟着邹华,顺便瞥了一眼桌上的名片,"乔安亭"三个字立刻就映入了眼帘。

木门里是一个狭长结构的卧室,确切地来讲,说是卧室有些勉强,从宽1米5左右,长不过4米的房屋结构来看,倒更像是一个放置杂物的储物间。

房里靠窗的地上铺着垫褥和床单,垫褥边缘露出了一角夏日用的发黄凉席,看起来就是一个简易的地铺。

地铺边上是一张半米高的小板桌,桌上和地下杂乱地散倒着一堆书籍。桌上的台灯半悬在桌边,因为电线的牵扯,才没有掉落到床铺上。

从死者右脚的位置来看,死前应该是有过剧烈的挣扎,不出意外,正是在挣扎的过程中,才踢到了板桌。

死者的尸体身着黑色卫衣,呈半坐半靠的姿态倚在地铺相邻的窗下的坎墙上,脑袋耷拉着,似乎随时有滑倒的迹象。

死者头部上方三四十公分处是一扇对开的合页木窗,窗扇是内开的,窗扇上的玻璃已经打碎,不过房内似乎没有看到玻璃的碎片。

法医正在检查尸体,除了一名警员在给房间各处拍照外,房里已经没有其他的勘验人员。

"死者的身份确定了吗?"方遇看着尸体耷拉着的脑袋问道。

"这家的儿子,名叫朱冬,28岁,未婚单身,一直是待业状态。"邹华用手在鼻翼前扇着风。

虽然心里早有准备,但是听到"朱冬"两个字的时候,方遇心里还是猛地一沉。

"死亡时间呢?"

"据死者母亲描述，是早上9点出头给儿子送早饭的时候发现的尸体，而与死者最后一次对话是在昨晚10点左右。死亡时间应该就是在这11个小时内，不过具体时间就要看法医怎么说了。"邹华下巴朝尸体方向努了努。

两人避过地上凌乱的杂物，走到地铺边上，进门时就闻到的尿臊味似乎又更浓了些。方遇下意识地看了看尸体的两腿间，下面的白色床单上的确有一圈淡淡的黄色尿印。

感受到两人靠近，法医扭过头站起身，然后取下了口罩。

法医的长相，方遇很眼熟，不过却叫不出名字，似乎在法医中心见到过几次。法医中心有轮班制，每隔段时间都会有人到江城三镇的刑侦大队驻岗轮班，办案时碰到熟面孔也不足为奇。

"怎么样？"邹华笑着问道。

"差不多了。"中年法医点了点头，然后看了看腕上的手表，"尸体僵直已经蔓延全身，不过尸斑按压还有轻微褪色现象，角膜还未出现浑浊。初步估计死亡时间应该在九个小时以上，十二个小时以内。要更具体一些就需要看解剖结果了。"

方遇看了看手机上的时间，10点35分，这样看的话，朱冬是在凌晨12点前后一两小时内死亡的。

他清楚地记得，昨晚10点左右还给乔安亭发了微信，不过她没有回。

"死因呢？"

尸体的颈部可以看到明显的勒痕，但是方遇觉得还是有必要了解清楚。

"机械性窒息死亡，除此之外，死者左眼眶有乌青，左边眼镜碎裂，应该是有一定程度的反抗。而且从血液抽检中还发现了镇定剂成分。"法医指了指窗户，"凶手应该是从窗外敲碎了玻璃，打开了插销，然后从死者身后行凶。凶手能够顺利地从身后勒住死者的颈部，应该和镇定剂有一点关系，至于如何让死者服用了镇定剂，就不是很清楚了。不过从勒痕来看，凶器有些特殊。"

"哦？"邹华眼睛一亮。

法医重新蹲下，然后拿出放大镜对着尸体的颈部照了起来，方遇二人也跟着跪到床垫上，把头凑了过去。

不用放大镜看得也很清楚，尸体脖子上的勒痕的确很特殊。绕颈部位基本上是一个图案的不断重复，而重复的图案是个一厘米左右长、半厘米左右宽的长方形，长方形两头还各有两个半环状的痕迹，而且半环状痕迹相较于长方形要更深一些。

"的确从来没见过，能还原出是什么东西吗？"邹华问道。

"女士包链。"法医信誓旦旦地回答道。

"女士包链？"邹华开始在脑海中回忆自家老婆常用包包上的链条，不过想来想去似乎并没有抓住法医所说的要点，"这个半环状的痕迹的确有些像，不过如果是金属包链的话，不应该是一圈一圈的环状吗？而且中间这个淡淡的长方形又是怎么回事？"

"是穿皮革的金属包链。"法医指着勒痕继续解释道，"皮革从金属环穿过，所以留下了规则的长方形印记。我从死者的指甲缝里，找到一些PU革的皮屑，应该就是反抗抓挠时留下的。"

方遇一听就明白了，他的身体一个冷战，脑海中立刻就记起乔安亭经常背的那款手包，就是PU革穿金属环的链条设计。说实话，这样的包链设计并不常见。

"明白了，不过还是有问题。"邹华摸了摸脑袋，然后看了看窗户上一道道的防盗铁栏杆，"包链是连在包包上的，如果凶手用包链行凶，有防盗栏杆的阻挡，肯定不能直接套住，可是如果伸手穿过栏杆，那不是应该留下两道勒痕吗？"

"很多包链是鱼嘴扣结构，可以取下来的，方便更换链条。"

方遇给出了回答，法医跟着点了点头。

"原来是这样。"

"如果没有其他什么事情，我就先把'东西'带走了。"法医指了指朱冬的尸体，"和家属说过尸检解剖的事情了吗？"

"说过了，带走吧。"邹华点了点头。

"现场其他勘验工作怎么样了？"

为了不妨碍搬运尸体，方遇和邹华退出了房间。如果凶手是从窗外发难，房间里倒也没有什么值得继续研究的地方。

"都差不多了。"邹华回答道。

"有发现什么有用的线索吗？"问到这里时，方遇不知道为何，竟有些紧张了起来。

"线索不多，但是应该够用了。"邹华颇为神秘地笑道。

方遇搞不明白这句够用是什么意思，正准备继续发问，一名年轻刑警从另一间卧房走了出来，然后对着邹华汇报道："死者的女性关系已经基本上摸清。除了死者的母亲、妹妹、奶奶还有一名姑姑同住外，因为死者常年患有自闭症，基本上处于无社交状态，和其他女性似乎没有什么明显的接触史。"

"就没有其他认识的女性了吗?女朋友呢?上学时的老相好也没有吗?"邹华反问道。

"现阶段应该是没女朋友的,这个已经和他父母还有周边的邻居证实过。上学时候的事情有点久远了,这个如果需要还要再调查。不过死者姑姑描述,这两天有两个心理诊所的女医生和死者有过接触。"

"知道了,继续去调查吧!"心理医生的事情,刚刚死者父亲已经跟邹华讲得很清楚了。

"为什么要专门调查死者的女性关系,难道有什么特定的发现?"方遇好奇地问道。如果仅仅是因为凶器是包链就断定凶手的性别,未免有些武断了。

"你跟我来。"邹华对方遇做了个手势,然后就朝大门外走去。

方遇跟着邹华走到了屋外。因为殡仪车要开进来,几个警员已经引导着人群让出了道,不过看热闹的群众依然没有散去,他们在等待着尸体被搬出来的那一刻。

邹华走到了朱冬房间外的窗户前。

站在这里,方遇脑中很自然地就勾勒出凶手昨夜行凶的场景,顺便看了看地上,原来窗户上的玻璃都碎在了外面。

"我们在窗框侧围发现了一枚指纹、唯一一枚指纹。"邹华特意强调道,"昨晚有暴雨,不过因为是在侧围,窗户又是内开,所以指纹才得以保留。"

"已经确定了是女性的指纹?"邹华如此强调,方遇很自然就联想到应该是指纹让调查的对象锁定在了女性范围。但是让他有些不解的是,通过指纹的确可以分辨性别,不过却是要通过复杂的化验过程,现场肯定是完成不了的。

"指纹的确比正常男性要小上一些,但是还不能完全确定就是女性,不过在指纹旁边,我们发现了少量指甲油的残余。应该是开窗户时,不小心刮蹭下来的。从指纹和指甲油残留的位置来看,应该是同一时刻留下的。"邹华解释道。

方遇摸着下巴点了点头,这样的判断并没有什么问题。

看了看地上的玻璃碎片,他又提出了新的疑问:"窗户上玻璃的碎片为什么都落在外面呢?如果凶手从外面敲碎了玻璃,再伸手打开了窗户,玻璃应该是大多碎在里面才对啊?"

"这个我也注意到了,我想应该是窗户里面贴了报纸的缘故。玻璃打碎后,被报纸挡住,然后才掉到了屋外。"邹华解释道。

方遇看了看窗户,上面一层完好的玻璃后面全部都贴着报纸,不过下层窗户除了窗扇边缘还有少量的碎报纸外,中间大部分都已经空空如也。

"报纸应该是被凶手撕掉了,当然跟昨晚下雨也有一定的关系。"邹华继续解释。

"这样看来,凶手的确很有可能是女性。不过如果是女性的话,双方力量肯定有差距,又怎么会这么顺利地完成勒杀呢?"

方遇做了一个用绳子勒脖子的动作。

"借力点。"邹华颇有信心地说道,然后对着窗下的坎墙抬了抬脚,"死者是背身被勒,基本上没有着力点。而凶手双手勒颈的同时,可以利用脚部蹬墙借力。这样的情况下,单凭女性的力量完成勒杀应该是没有问题的。"

"同时,别忘了死者还服用了镇定药剂,剂量现在我们还不清楚,不过如果剂量大的话,肯定会影响到死者的反抗。"邹华继续补充道,"不管怎样,凶手是死者熟人的概率更大一些,或者说凶手的身份可以让死者足够信任,否则不会让死者如此大意到把背部交给凶手。"

邹华说到"足够信任"的时候,特意加重了语气,立刻让方遇联想到了乔安亭心理医生的身份。

方遇揉了揉鼻梁,继续仔细看向窗下的墙壁,却并没有发现什么鞋印的痕迹。如果用脚蹬墙借力,肯定使力不小,而且昨晚下雨,满地泥水,不可能不留下印迹。

不过想了想,他便放弃了辩驳。首先,因为乔安亭,他已经颇有些心虚;另外,强行辩驳这些就有些钻牛角尖儿了,毕竟借力并不只有这一种方式。

"有目击者吗?"

"这里人员还算密集,不过昨晚刚好下大雨。附近也没有人听到过夜间有玻璃碎裂和呼叫的声音,多少和暴雨也有一定的关系。"

"指纹比对过了吗?"

"在现场的已经比对过了,都不是。"

"那现在主要怀疑对象应该就是那两个心理医生咯?"问出这句话的时候,方遇不自觉地去掏口袋里的薄荷糖,不过伸到衣兜里的时候,他发现手指已经不受控制地颤抖了起来。

"的确。"邹华点了点头,然后把烟头狠狠地丢在地上用脚踩灭,似乎准备马上大干一场的感觉。

这时,方遇脑中忽然一炸。

凶手是两名,乔安亭肯定不会就此罢休。

第三章

影子与棋子

佟遥取下耳机,搭在脖子上,耳边的清静悠扬立刻变成了街边的熙熙攘攘。

抬头看了看小区大门拱顶、景观灯把"紫竹园"三个字照得五彩斑斓,应该就是这里了。

亭姐在城北的住处,对于佟遥来说,其实一直是个谜。

她不仅对亭姐舍近求远地选择住在城北摸不着头脑,同时对具体的住址也是毫不知情。能够找到这里,还多亏之前方遇偶然提过一句。

往小区两边街铺看了看,佟遥的目光落在了一把绿色的遮阳伞上。遮阳伞上印着一个冒着热气的咖啡杯,应该是家咖啡店。

下意识地摸了摸荷包,佟遥还是下决心走了过去。这是街边唯一一家有露天座位的店铺,而且离小区门口不远,视角也足够好。

进到店里,看了半天价目表,佟遥最后点了杯最便宜的美式,然后端着咖啡坐到了店外的阳伞下。

前晚出了车祸,车子应该没有这么快修好,而且小区似乎不允许计程车通行,亭姐如果回家,只能是选择步行。这里离小区门口不到20米,不分神的话,应该不会错过。

就这样目不转睛地盯着小区门口,想象着等会儿要硬着头皮和亭姐说的话,佟遥心里不免有些忐忑起来。

这两天发生了不少事,自己还无聊到玩起了疑神疑鬼的跟踪,这让她再一次意识到自己现在无比尴尬的状态。

整个大四下学期,她都听外出找工作实习的同学们说着外面世界的精彩,可是一直到现在,这些精彩似乎却离自己越来越远。

倒不是对现在的工作不满意。专业对口,又能帮到亭姐,如果能把诊所做好做大，那自然是最好不过了。可是亭姐对诊所的发展似乎并不在意，不仅给自己的机会少之又少，像最近这样整天不见人影也联系不上的情况更是家常便饭。

于是，无事可做便成了她现在最日常的状态，当然也是她最无法容忍的状态。她能够清晰地感受到自己的踏步不前，而且这样的状况，在她看来短期之内也根本看不到任何改变的可能。

这也就是她今天一个人想了很久之后，决定来找乔安亭谈谈的原因。

离开诊所是不可能的，亭姐铁定不会放人，而且她自己心里也过意不去。最终她想到的是一个折中的办法，那就是说服亭姐让自己去做一些其他的兼职工作。如果像目前一样，只是隔三岔五地维护一下公众号的话，自己完全是可以兼顾的。

办法是想到了，不过一想到亭姐严厉的样子，她的心里就开始敲起了鼓。

总还是要争取一次的，而且来都已经来了。佟遥定了定神，说服自己不再多想，然后握住了扶手，把自己牢牢地摁在椅子上。

就这样等了大约半小时，天色完全黑了下来，眼睛似乎有些不够用了，而且一杯咖啡下肚，小腹也有些憋得难受。看了看小区溜出来的狗子围着树干不停地抬腿打转，佟遥不由自主地夹着双腿跺起脚来。

这时，阳伞顶棚传来了稀稀拉拉的雨点声，人行道干燥的地砖上也由点到面，慢慢地被雨水浸湿。

佟遥身在伞下，随着落雨猝不及防地烦闷了起来。整个人感觉被闷在了一个鼓里，而绷紧的防雨布就像鼓面，把雨滴声成倍地放大，从她的耳膜钻入，然后顺着脊椎神经而下，直接敲在了她鼓囊囊的膀胱上。

终于有些坐不住了，佟遥揉了揉有些生痛的眼睛，然后继续盯着小区门口，但是人却是从椅子上站了起来。

行人纷纷找地儿避雨，留在路面上的也都把身子藏在了雨伞中，再难分辨面容，如果亭姐真的这会儿回小区，肯定是没办法确认了，总不能每个打伞的女性都上前去亲自确认一番。

看来今天是没戏了。

佟遥抬头望了望天空厚重的云层，又低头瞅了瞅地面。雨肯定是会越下越大，地面还没完全打湿，现在冲进地铁站还来得及，再晚几分钟，肯定是要成落汤鸡了。当然，最重要的还是地铁站内有卫生间。

给自己找足了主观以及客观上的理由后，佟遥顶起了背包，准备打道回府。而这时，兜里的手机却忽然聒噪了起来。

自从办了银行卡和手机支付后,各种推销电话就慢慢多了起来,每天都让佟遥不堪其扰。不过趁着还在雨棚下,她还是掏出手机,瞥了一眼来电显示。

真是会挑时间。看到手机上亮起的名字,佟遥一阵抱怨,然后接通了电话。

"你和安亭在一起吗?"

还没来得及打招呼,听筒里已经传来了方遇的询问声,听起来似乎很着急的样子。

"没有啊,我也在找亭姐。"

"你不在办公室吗?"方遇应该是听到了这边马路上车辆来往的声音。

"是的,我在城北呢。"

"你一个人到城北干吗?"

"不是说了找亭姐吗?"佟遥忍不住一个白眼。

"你在紫竹园?人找到了吗?"

"我不知道地址,怎么找?"

"你不知道安亭的地址?"方遇似乎有些诧异,"不知道地址,你去干吗?"

"别绕了,找我有什么事?"佟遥发现把自己绕进了一个圈,但是她已经懒得解释,而且似乎也很难解释得清楚。

"刚好你在紫竹园,帮我看看安亭在不在,她电话一直关机。"

"楼号房号告诉我。"佟遥捂着肚子一阵后悔,刚怎么就忘了问方遇呢?白等这么久了。

"7栋503。"方遇说完还不忘又补问了一句,"你真不知道安亭的住址?"

"骗你干吗?好了我挂了,等会儿给你消息。"

"等等,还有事问你。"

"什么事?"

"算了,电话不方便,晚些时候我到你们办公室当面再说吧!"

说完,方遇就匆匆地挂断了电话。

收起电话,看了看遮阳伞外,雨势比刚刚大了不少,而且还有越下越大的趋势。看来是没办法等到雨停了,佟遥摇了摇头,只得脱下外套塞进包里,然后穿着单衣,顶着背包,冲向了小区。

和意料中一样,亭姐并不在家。佟遥倒没多大的失望,给方遇发了消息之后,立刻就顶着大雨坐地铁回了城南。

狼狈地奔回到公寓楼下，在地铁上已经稍稍阴干的衣服又一次被淋了个通透，不过好在新买的外套躲在包里幸免于难。

佟遥一边感叹着今天的倒霉，一边等在了电梯旁，不过等了整整一分钟，电梯却依然还是停在八楼。

八楼是一家做电商的公司，搬运货物经常会占用这部唯一的公用电梯。佟遥自认倒霉，只能是苦哈哈地爬起了消防通道的楼梯。

消防通道一片漆黑，平时用得少，声控灯坏了物业也没空搭理。佟遥刚准备掏出手机照明，右腿便撞上了停在通道躲雨的电动车。

一阵钻心剧痛从膝盖传入脑中，同时进入脑中的还有刺耳的防盗蜂鸣。

蜂鸣声在空旷的楼道回荡，就像一堆街妇从四面八方嘲笑着佟遥的愚蠢和可笑，而随着蜂鸣声的传递，二楼三楼的声控灯也一一亮起，凑起热闹加入了这场嘲讽。

今天真不该出门！佟遥的心情，到这一刻已经丧到了极点。

揉着膝盖，数着台阶，佟遥真想快点回到家里，一头扎进床上，然后结束这诸事不顺的一天。

不过她知道，回家还有洗头洗澡等一堆杂七杂八的事情在等着她，而且依然贴着脸颊淌着水滴的湿发也提醒着她，之前方遇还约了她回办公室谈事情。

苦着脸，一瘸一拐地往上爬着，还没到三楼，头上传来了一阵踱步声，紧接着就是一股浓烈的烟草味道。

佟遥第一时间想到的是方遇，不过亭姐已经用薄荷糖强制他戒烟多年，难道这家伙一直在背地里躲着抽烟？

刚刚的坏心情瞬间抛之脑后，佟遥恶作剧心理冒起，轻下了手脚，掏出手机，准备录下罪状，抓方遇一个现行。可是当三楼消防通道门口的那个男性身影出现在手机屏幕上的时候，佟遥却大大地吃了一惊。

叼着烟嘴等在楼道的正是朱冬的父亲。而此刻他也发现了佟遥的身影，看到佟遥举着手机对着他，两道紧挨着的眉毛立刻提了起来，露出了恶狠狠的表情。

朱冬父亲狰狞的样子显然吓到了佟遥，不过她立刻就恢复了理智。她完全想不通朱冬父亲会在这个时间出现在这个地点。

唯一的解释就是亭姐约了他谈朱冬的病情，可是就算要约的话，来的不应该是朱冬的母亲吗？

"您好！是亭姐约你过来的吗？"虽然讨厌这个人，但毕竟是患者家属，佟遥强颜挤出了笑脸，问起了来意。

"总算让我等到了，你们看看怎么赔偿吧？"朱冬父亲丢掉烟头，火也不灭，摆出一副凶相，语气也并不友善。

一时间佟遥一头雾水，站在原地不知道如何应付。这时楼道的声控灯灭下，朱父巴掌一拍，把佟遥惊得退了两级台阶。

随着巴掌声，灯光复明，看着佟遥不进反退，朱冬父亲跟着朝前逼近了两步，同时朝楼道下望了几眼，见没有其他人，于是回过眼又盯向了佟遥。

这样的场景，佟遥并不陌生，在自己身上胡乱飘飞的眼神，让她一阵恶心。低头看了看，她才发现，自己湿透的上衣紧贴着皮肤，内衣的轮廓也是清晰可见。

这样的情形，让佟遥顿感尴尬，一边急着往楼下退去，一边取下背包挡在了身前。朱冬父亲见状，也快步跟下了楼梯，嘴里还咕叨着听不懂的脏话。

"你别过来。"感受到身后的追赶，佟遥心里慌到了极点，一边呼喊，一边转身直接把背包向朱冬父亲砸了过去。

惊慌之下，佟遥几乎是用尽了全身的力气，没想到这一扔的反力却让她身体一斜，脚下随之踏空，整个人狠狠地摔在了楼道间。

剧烈的疼痛，再加上逼近的脚步，佟遥算是第一次体验到了亭姐所说的危险是一种什么样的感觉。而这时，一声呵斥从三楼通道口传来，佟遥听出了是方遇的声音。

方遇刚从电梯出来就听到了呼喊声，没想到冲进楼道却刚好看见佟遥摔倒的场景。而更让他没想到的是，紧追佟遥的却是白天见过的死者朱冬的父亲。稍一思考，他便明白过来了其中的缘由。

朱冬父亲也是被身后的怒斥声吓了一跳，转身看向方遇时，这才想起白天似乎见过。

"警察同志，别误会，就是她害了我家朱冬。"朱冬父亲赶忙指着佟遥开口解释。从白天的情形不难猜出方遇的身份，所以他理所当然地认为，方遇也是来抓人的。

"你想进号子吗？"

方遇哪管他什么解释，掏出手铐就要上前。而这时，佟遥也在楼道带着哭腔喊了一句"方叔"。

朱冬父亲听出了不对，看到明晃晃的手铐，心里暗呼一声不好，赶忙转身跳下台阶，绕过佟遥冲向了楼下，嘴里还恶狠狠地喊着："原来你们是一伙儿的。"

方遇心知其中缘故,也就没再追,赶忙快步下了楼梯,扶起了佟遥。

"没受伤吧?"

佟遥惊魂未定,既不回话,也不摇头,心里只顾着委屈,等到方遇把她整个人扶起,眼里打转的泪水,才一下子涌了出来。

"先回家再说吧。"看着佟遥头发散乱、梨花带雨的模样,方遇一时嘴拙,不知道该如何安慰,同时也不清楚她有没有受伤,于是干脆转过身子,直接将佟遥背到了身上。

"分量不轻啊,看来最近胃口不错嘛。"方遇挺了挺腰,仿佛在掂量重量一般。

佟遥伏在背上,立刻被方遇一句话逗得破涕为笑,心中也顿时生起了一片温暖。她还记得很小的时候,伏在另一个宽阔肩膀上的感觉,只不过背她那人的容貌,却早已经模糊到只剩下一个虚影。

听到背上的笑声,方遇也是松了口气,正准备拾起地上的背包上楼,可是却被背包旁的兔子挂件吸住了眼神,呆呆地立在了原地。

挂件经过碰撞,已经从侧边的接缝处破开成了两半,一半空空如也,而另一半则塞着一个瓶盖大小的小黑盒。小黑盒通过一红一黑两根电线连在一颗银色的纽扣电池上,小黑盒边角还凸起一截非常短的天线。

窃听器!

方遇脑中一震,没有人比他更熟悉这东西了。

客厅里只有沙发没有茶几,方遇和佟遥分坐在沙发的两端,两人中间平铺着两件天蓝色的连衣裙,连衣裙上放着已从背包上拆下的兔子挂件,挂件肚中的电线、电池和窃听器,在两人的注视下显得异常的突兀。

刚刚佟遥已经跟方遇描述过了这些年乔安亭带她见病人时的一些情况。对乔安亭这样做的目的,方遇不难猜到,但是对这样的行为,他却是有些唏嘘。

作为一个母亲,在治疗过程中寻找13年前杀害女儿的凶手,他完全可以理解,不过把佟遥这孩子牵扯进来,就有点让人难以接受了。

不过对这一点,他也是有些自责的。记得6年前,在安亭委托他帮忙找女儿尸骨时,还是他建议安亭去领养或者资助一个女孩。他本意是想让安亭通过领养可以转移对女儿的执念,可是没想到,却有了这样的结果。

这时,他也终于明白,乔安亭为什么要一直对佟遥隐瞒自己的过往。如果知道了13年前的事情,以佟遥的聪明劲,不可能猜不出些什么。

"这么说,每次见病人的时候,安亭都是让你穿这件裙子,背这个包咯?"看着满脸疑惑的佟遥,方遇纠结着是不是该告诉佟遥真相。

"是的。"佟遥盯着挂件中的窃听器,脑中有些发蒙,回答得也是漫不经心。

她很难将这种电影里才会出现,与她八竿子打不着边儿的东西与自己挂起钩来。

不过有一点是可以确定的,窃听器不会自己跑进挂件里。而这个挂件从一开始就挂在书包上,而书包和那件连衣裙都是大一开学的那天,亭姐亲手送给自己的。也正因为如此,对这两件东西她才如此地珍视。

当然,此刻她还明白了另外一件之前没有想明白的事情,那就是在与朱冬沟通的过程中,亭姐是如何在第一时间知道她遇到了困境,并出面帮她解困的。

很明显,在治疗过程中,亭姐一直在偷听自己和患者的谈话。

可是为什么要偷听呢?

除了治疗过程外,其他的时间,自己的行为是不是也在亭姐的监控之下呢?

想到这里,佟遥后脊开始发凉,心中也满是酸楚。

"方叔,你和亭姐是不是有什么事儿瞒着我?"

佟遥两眼泛红,雾蒙蒙带着一层潮气,吹了半干的头发,垂在肩上,挡住了脸颊,看上去楚楚可怜,让人心生怜惜。不用问,方遇一看便知道她肯定是猜到了些什么。

"你知道今晚朱冬的父亲为什么会找到这里吗?"

犹豫了片刻,方遇还是决定把安亭的故事讲给佟遥,否则对她来讲就太不公平了。况且现在的情形也根本没办法找借口糊弄过去,如果继续隐瞒,佟遥也只会毫无目的地瞎猜下去。这样对她自己,对安亭都没有好处。

"为……为什么?"

方遇忽然又提到刚刚在楼道发生的事情,让佟遥十分地诧异。同时更让她不解的是,方遇竟然认识朱冬的父亲。这时,刚刚朱冬父亲开口叫方遇警察的场景开始浮现在脑海。不知道为何,佟遥心中立刻生起了一丝不安。

"朱冬死了。"方遇的声音中没有掺杂任何感情。

"怎……怎么会?"佟遥彻底晕了头,她记得明明昨天自己还跟着朱冬溜了一大圈,不过转念一想,她便立刻发现了不对,"朱冬死了,他父亲为什么要找到这里?"

"因为他认为是安亭杀了他儿子。"方遇说完便看向了靠窗位置的两张办公桌,他似乎隐约看到了安亭伏案办公的背影。

"含血喷人,亭姐怎么会杀人?"佟遥心中着急,她本来是想从方遇那里问出点什么,结果没想到却扯出了这样一件让她想都不敢想的事情。

"先不谈这个,你不是想知道安亭的事情吗?等我讲完了,或许你就知道其中的缘由了。"不知道为何,方遇此刻特别地想抽烟,不过探了探口袋,却只摸到了薄荷糖。

"嗯。"佟遥呆呆地点了点头。

"安亭是心理学博士,这个你应该是知道的。不过她很多年前就已经辞去了大学教授的工作,然后一个人来到了江城,也是那时候她办起了这家诊所。"

"等等,亭姐不是本地人吗?"佟遥略显诧异,一直以来,她都认为亭姐是江城本地人。

"她是上海人,2003年的时候,她不仅辞了工作,而且还和丈夫离了婚,算一算,在江城也孤苦伶仃地待了13年了。"

佟遥两眼瞪圆,张大了嘴巴,却发不出任何声音。方遇一开口就颠覆了她的认知,原来朝夕相处的亭姐对她来说,竟然是如此的陌生。

"没有缘由地辞掉大学教授的优渥工作,毫无征兆地突然与丈夫离婚,一个人背井离乡地来到江城一待就是13年。这样的选择,换了任何人,估计就很难理解吧?"方遇满是回忆地继续说道,"我是6年前认识的安亭,那之前,'孤独实验室'已经开了7年,我的病也是那时候她帮我治好的。在后来的接触中,我开始慢慢了解到她的经历,不过她只身来到江城的目的,我也是这两天才开始弄清楚。"

在听到目的两个字的时候,佟遥心中一紧,她隐约能够猜到,亭姐的目的应该和自己有关。

"我就从头讲起吧,这样你或许更容易理解一些。"方遇掏出糖盒,打开封盖,递给了佟遥。佟遥摆了摆手,方遇往自己嘴里丢了两颗。

"13年前,也就是2003年的暑假,安亭和同为大学教授的丈夫叶升来江城大学参加学术研讨会。和他们一起来的,还有他们的两个孩子,大女儿叶时晴,小儿子叶时雨。"

没有理会佟遥夸张的表情,方遇继续讲道:"当时江城大学安排所有与会的教授住在校招待所里,这个你应该知道,现在已经扩建成江大迎宾楼了。"

佟遥点了点头,她们这一届就是在迎宾楼吃的毕业散伙饭。

"研讨会开始没几天，江大作为承办方临时举办了一个交流晚宴，安亭和丈夫叶升参加了晚宴，但是出于礼貌，他们让叶时晴和叶时雨姐弟两人待在了招待所的房间里。"

"在晚宴结束后，我记得应该是凌晨12点半左右，安亭夫妇向江大校派出所报了警，说是女儿叶时晴在江大后山夜间探险时失踪。当时江大校领导非常重视这件事情，所以安排了连夜寻人工作。搜寻了一夜无果后，第二天又上报城南区派出所，接下来又进行了一次更大规模搜寻。"

"搜寻工作持续了整整一周，这一周不仅发了寻人启事，进行了大规模的周边区域地搜，还排查了所有交通要道的监控，但是都没有发现任何叶时晴的踪迹和线索，同时也没有收到绑架勒索的电话。"

"失踪寻人的黄金时间是三天，过了72小时再寻到的难度就很大了，更何况是失踪了整整一周。这件事最终惊动了江城分管教育的市领导，于是市局专门为此事成立了专案组。不过最终还是一无所获。"

"接下来案子一直没有结果，安亭夫妇也带着小儿子回到了上海。不过过了大概半年后，安亭一个人又回到了江城，并再次报了警。"

"又发生了什么事情？"

方遇的讲述，不仅让佟遥大感意外，同时更是吊起了她的好奇心，一时间竟紧张地将沙发的罩布拽得紧绷了起来。

"报案的内容还是关于女儿叶时晴，不过这一次却不是失踪，而是谋杀。"

"谋杀？"佟遥惊得几乎跳了起来。

"是的，谋杀。确切来讲，她是推翻了之前女儿失踪的说法，然后非常确定地向警方指控，女儿是被两名少年在交流晚宴的当晚给谋杀的。"方遇回答道。

"那……叶时晴……亭姐的女儿真的死了吗？"佟遥的声音已经有些颤抖，似乎想到了什么，同样颤抖的目光立刻投向了沙发上的两件天蓝色连衣裙。

"本来我一直是不信的，不过这两天我已经基本上确定，安亭的女儿在13年前就已经去世了。"顺着佟遥的目光，方遇看了看两件极其相似的连衣裙，然后继续缓缓地说道，"而且如果没有猜错的话，叶时晴在13年前遇害时，穿的就是和这两件同款的连衣裙。"

"原来如此……"

佟遥摇着头，目光涣散地喃喃自语着。

两件连衣裙在她的泪目中闪烁出了虚影，然后又在闪光处渐渐重合。

她似乎看到了亭姐牵着一个身穿蓝色裙子的女孩，在夕阳下渐渐远去的模糊身影。而当那个女孩蓦然回首时，她看到的却是自己那熟悉而又陌生的脸庞。

原来自己只是那虚幻中的一道影子！

"当然，关于叶时晴的生死，官方并没有定论，当时警方是以失踪定案，一直到现在依然如此。"

方遇的继续讲述，将佟遥的思绪打断，拉回到现实之中。

"人一直没有找到吗？"佟遥本想说的是尸体，话到嘴边却又立即改了口。

"是的。"

"那前天你和亭姐在医院里提到的尸骨又是怎么回事？"佟遥想起了前天晚上方遇和亭姐躲在病房里密谈的事情。

"前天的确发现了一具尸体，那晚我急着找安亭，就是带她去辨认尸骨。"

"结果呢？"

"从初步的尸检来看，大体和叶时晴的身体特征、死因还有死亡地点都对上了。而且昨天安亭来找过我，说是在治疗过程中发现朱冬就是当年谋害女儿的凶手之一。我觉得安亭不会拿女儿生死的真相来开玩笑。所以这也就是我刚刚所说，基本上确定叶时晴在13年前已经遇害的原因。"

"原来，亭姐这13年都在寻找杀害女儿的凶手。"佟遥嘴唇微动，看上去更像是自言自语。

这样的结论不难得出，如果不是为了寻找女儿尸骨和凶犯的下落，亭姐不可能抛掉原来的生活独自来到江城，而且一待就是13年。

当然佟遥也瞬间明白了为何前天晚上朱冬对着穿蓝裙的自己，会有如此过激的行为，还有亭姐的反常以及对自己这些年奇怪的要求等等，之前所有的疑惑都有了合理的解释。

可是，此时尘埃落定，佟遥却难过得有些想哭。

这些年，如果不是亭姐资助她读书，照顾她生活，她有可能到现在还是一个举目无亲、孤苦伶仃的农村女孩。如果不是亭姐教会她如何认识自己，如何面对这个世界，她有可能连自我意识都不健全，甚至会破罐破摔，走上歧途。

也正是如此，即便亭姐对她严厉苛刻，她也一直心怀感恩，甚至将亭姐当作母亲一样看待。

可是现在看来，自己却只是一个半生不熟的替代品，一个可有可无的影子。

不，或许自己连影子也配不上。

归根到底，自己只不过是一枚复仇的棋子，寻凶的工具罢了。

窗外的乌云一层叠过一层，将本就漆黑的夜空又添上了数道重墨，压着斜风泻下的雨帘，无色无光，不夹带丝毫感情地泼洒冲刷着这个城市的每个角落。

而此刻，一窗之隔的佟遥心里也如同经历了一场痛苦的洗礼，将她多年来的认知冲刷殆尽。仿佛这六年来的一切，都只是脑海表面漂浮的一层虚幻泡沫，一场骤来的风雨就让它瞬间荡然无存。

"是的，如果不出意外，安亭一直就是通过诊所在寻找当年她口中描述的两名凶手。6年前给我治好病后，她就一直托我帮她寻找小晴的尸骨。我当年并没有参与她的案子，所以就没多想，如果早发现……唉！"方遇叹出一口浊气，脸上写满了悔意。

这两天的确是充满了巧合，刚好在治疗中发现了朱冬，刚好又在同一天找到了尸骨，巧合到仿佛是老天安排好的一样。

当然也正是这种巧合，才点燃了安亭复仇的火焰。如果这两件事情不是在这么短的时间内相继发生，相信安亭经过思考和冷却，应该会理智很多。

想到这里，昨天安亭找自己聊起凶手时的场景也闪回进他脑中。如果当时自己表现出的不是否定和质疑，或者选择先担下责任再说，也许安亭就不会做出这样的傻事了。

方遇一声自责的长叹。中午从回廊坊出来的时候，他就已经认定，安亭就是因为他的反馈，认为通过法律手段无法为女儿复仇，这才选择了铤而走险，自行惩凶。

这样的想法如同一根棘刺扎在了他心里，让他深陷愧疚，再难自拔。

"你也不用太过自责，毕竟如果亭姐刻意想要隐瞒，没人会猜到她心里的真实想法。"佟遥出言安慰道。

方遇有些诧异地看向佟遥。

这么多年来毫不知情地被安亭牵扯进来作为寻找凶手的工具，无论是谁，都难免会有些情绪。按道理来讲应该是自己来安慰她才是，可是佟遥看上去不仅并没有什么怨言，而且还反过来安慰起了自己。

看来这孩子还是比自己想象的要成熟多了，方遇甚感欣慰地想到。可是他不知道的是，佟遥早已在心中有了自己的决定。

这时，佟遥似乎想到了什么，突然从沙发上跳起，然后跑到办公桌的电脑前，晃动着鼠标，敲起了键盘。

方遇见她认真，就一直看着没有打扰，十多分钟后，佟遥一脸释然地回到沙发，然后说道："我刚查了下这些年的诊疗记录。"

"嗯。"

"从进入大学开始帮亭姐打理诊所以后，我就发现了一个问题。每次我经手的患者都是20多岁的男性。本来以为只是因为我参与，不过刚刚仔细看了下，亭姐自己经手的病人也是如此。而且我参与之前的那几年也是同样的情况，只不过患者的年纪相应小了一些。"佟遥顿了顿，继续说道，"当然也有少数例外，你就是其中之一。"

方遇苦涩地笑了笑，还好自己是例外。

"这件小号的，是我参与之前，亭姐自己穿的。"佟遥接着指了指两件连衣裙中偏小的那件淡淡地说道。结合方遇的讲述，她基本上已经认定了上次自己的猜测。

方遇看了看那件有些发旧的连衣裙，安亭穿着不合年纪的衣服治病寻凶的样子立刻浮上心头，一股酸意开始在鼻腔打转。仰头长呼一口气，才没让自己在佟遥面前出了丑。

"不对。"佟遥似乎发现了什么，"你难道没发现什么不对吗？"

方遇低回头，带着疑问看向佟遥。

"这13年间，亭姐一直在通过治疗精神疾病患者的方式来寻找凶手。问题是她是如何确定当年的凶手就一定患有这些精神疾病呢？"

对于亭姐，佟遥再了解不过。虽然固执，但却理智，她不相信亭姐会仅靠运气就毫无目的地瞎猜乱撞，选择精神疾病患者作为寻凶路径，其中一定有什么原因。

方遇眼睛一亮，这个问题他的确不曾想到过。

这也不能怪他职业敏感度不够，这么多年乔安亭只是委托他方便时帮忙寻找尸骨，并没有提及寻凶的事情。再加上当年的案件存有疑点，一直未有定论，所以他并没有往这方面想。

直到昨天安亭找上门，讲了朱冬的事情，他才知道了这么多年她艰辛的寻凶之路。之后，便接连发生了朱冬遇害，安亭失踪的事，一直到现在他都在马不停蹄地寻找安亭的行踪，完全来不及细想其中的联系。

"你这么一提醒，这其中还真有些蹊跷。"方遇蹙眉深思，点头赞同，"其实不光你提到的这一点，13年前安亭在报案时，也有诸多的反常行为和疑点。"

"哦？"佟遥作出了洗耳恭听的姿势。

"刚刚我不是说到，安亭在报案女儿失踪半年后，又重新报了一次案吗？"

"改成了谋杀案。不过这有什么问题吗？"对于刑侦司法知识，佟遥并没有什么储备，她只能通过逻辑来理解。在她看来，如果在报案后的半年，亭姐又发现了什么新线索，重新报案应该是一件理所当然的事情。

"如果是重新发现了线索，更新报案内容，其实是没有什么问题的。问题在于，安亭第二次报案描述的内容，在当时的现实情况下是完全不可能发生的。"

13年前的案子，方遇已经翻来覆去地思考过很多遍，却一直想不通其中蹊跷。这次见过宋洋，意识到安亭的说法可能正确的时候，他是想着向安亭亲自询问解惑的。可是却恰好碰到了朱冬被害的事情，紧跟着，安亭也跟着失去了联系。他下午已经找遍了所有能想到安亭会出现的地方，可是却没有任何结果。

方遇的话，佟遥似乎并不是很明白，闪动着眼神催促方遇继续讲下去。

"安亭第二次单独来报案时，提供的信息不多，不过每一条都足以让当时的警方咋舌。

"第一，安亭认为女儿叶时晴不是失踪，而是被谋杀；第二，安亭指出，女儿被杀害的时间是交流晚宴当晚8点到10点间，地点是江城大学后山的防空洞口附近；最后还非常明确地指出了杀害女儿的是两名学生，而且两名凶犯掐死了叶时晴后，还将尸体就埋在了后山。"

讲述这一段的时候，方遇故意略去了叶时晴被强奸的内容。

"这些线索听上去很详细啊，好像亲眼看到一样。难道说当时有其他目击者？"虽然佟遥大学时对后山并不怎么熟悉，但是她知道后山极大，很多学生都会到后山找乐子，而且山上肯定是没有监控的。

"是啊，如果不是亲眼所见，不可能描述得这么详细。可是夫妇两人当时正在参加交流晚宴，而且还在交流晚宴上发了言，两人离开时快十点，这一点会场的上百人都可以证明。唯一可以解释的就是有目击者告诉了两人案发的过程，不过两人对此却是矢口否认。"

"没有目击者，没有监控，两人案发时也不在现场，却提供了如此详细的细节描述，这明显是违背常理的。"

"可是人的的确确是失踪了啊？亭姐肯定不会说谎的。"佟遥了解亭姐的为人，而且事关女儿生死，换了任何人都不会拿这种事胡编乱造。

"是的，毕竟人是不见了，当时校方和城南警方，组织了大规模的搜山行动。当时我在汇江区工作，也被临时抽调参与了搜山，所以搜山的结果还是很清楚的，不仅没有找到尸体，甚至连一点行凶的痕迹也没有找到。"

"然后呢？"

"搜山没有结果，后续的调查寻踪也没有任何进展。当时警方认为拐卖的可能性最大，每年都有大量的人口失踪案件挂在那里，也是没有办法的事。刚刚我也说了，半年后安亭的再次报警疑点太多，所以警方认为后来的报警是因为安亭无法接受一直找不到女儿下落的事实，从而选择夸大案情重新报案，给警方施压。"

"这些警察完全就是酒囊饭袋。"佟遥刚说完就发现自己连方遇也一起骂了进去，脸上一阵尴尬。

"从现在的情况看，13年前的确所有人都误解了安亭，但是在当时的情况下，这种误解和怀疑不可避免。"方遇摇了摇头，"不过现在说这些已经没什么意义了，当年的具体情况，或许只有安亭心里最清楚，现在最主要的任务就是先找到她人。"

佟遥想了想，然后抬起头，一脸严肃地问道："朱冬真的是亭姐所杀吗？"

面对佟遥的问题，方遇有些不知所措。他很想给出否定的回答，但是白天现场那一个明确的线索却让他没有底气说出任何违心的话。

"给案件定性，是一个极其严谨的过程……"

"亭姐杀了朱冬，我应该算是帮凶咯？"方遇还未说完，便被佟遥又一个问题打断。

"你不能这么钻牛角尖。"对佟遥这样的想法，方遇有些无奈。

"如果亭姐真的杀了人，你会怎么做？"佟遥马不停蹄，问出了第三个问题。

方遇脑中一嗡，如果前两个问题，他还是显得有些无奈，那么这第三个问题却如闪电一样击中了他的内心，让他瞬间忘记了呼吸。

方遇虽然没有回答，但是他的表情和反应已经让佟遥得出了她想要的答案。

佟遥知道，方遇警察的身份，再加上和亭姐之间的关系，已经让他在这件事情上无法独善其身，而面对亭姐的犯罪事实，他肯定会陷入异常两难的境地。

但是她不一样，不管亭姐做了什么，她都必须站在亭姐一边。

这就是佟遥此刻所想的，也是她接连问出这三个问题的原因。

在刚刚方遇讲述亭姐经历的过程中,自己该怎么做,她心里早就有了答案。

亭姐这些年给了她一个仿佛真实存在的幻想,当然同时也给了她巨大的阴影,但是她知道,当幻想破灭时,她的心里不能只剩下阴影。否则,她将一辈子都会陷入这个阴影之中,无法自拔。

而走出阴影的办法只有一个,那就是偿还。如果这一次能够帮到亭姐,至少对亭姐的恩情,她将不再亏欠。

至于该如何帮到亭姐,她还完全没有想法,但是有一点是肯定的,那就是一定要赶在警方之前找到亭姐,而方遇,在她看来自然也属于必须要跳过的那个环节。

第四章

将错就错

"我有个问题。"有了帮助亭姐的想法之后,佟遥决定试着从方遇口中套出更多的信息。

"嗯?"方遇很显然还处于刚刚两难的思考之中。

"如果单凭这段经历就判断是亭姐杀了朱冬,未免有些武断了吧?"

"确切地说,警方现在并不知道安亭的这段经历,目前的怀疑主要是来自于现场的证据。当然随着调查的深入,这段过往被揭开也只是早晚的事情。到时候有了证据,又坐实了动机,安亭恐怕……"方遇深叹一声,在他看来,安亭在这件事情上几乎已经没有转圜的可能。

"等等。"佟遥想了想忽然兴奋地说道,"警察顶多只会发现亭姐和13年前案件的关系,而朱冬的事情只有你我知。意思是,只要你我不说,在警察眼里,亭姐和朱冬之间也就只是医生和病人的关系,是不是?"

佟遥的话并没有错,不过却将方遇又一次推入了为难的境地,这明显就是包庇和知情不报。

思考了一会儿,方遇摇头说道:"没有用的,就算你我不说,在确凿的证据面前,安亭也逃不过指控,而且安亭自己肯定也会交代动机。她在决定自行惩凶之前一定做好了玉石俱焚的准备,她要的只是复仇,而且她也不是个会说谎的人。"

"你一直说的证据,到底是什么?一定能证明亭姐就是凶手吗?"方遇的话并没有打击到佟遥,反而更加坚定了她要在警方之前找到亭姐的想法。

"从现场看,朱冬是今天凌晨被人从窗外隔着铁栏杆勒颈窒息而死,也就是说凶手并没有进屋,而是直接从窗外进行的袭击。这代表着凶手肯定是朱冬所认识和信任的人,否则不会这么轻易地给凶手机会。而且朱冬死时,血液中查出了镇静剂成分,这也是警方认为凶手能如此轻松得手的原因之一。"在案件尚未侦破时,相关线索按说应该属于绝对机密,不过此时面对的是佟遥,方遇自然没有考虑太多。

"熟人这么多,不能就因此指定是亭姐吧?而镇定剂本来就是治疗时给朱冬服用的,这根本就是个巧合。而且就算是镇定剂,不到一定剂量是达不到麻醉效果的,治疗剂量肯定不会大到那个程度,这个应该很好检测吧?"佟遥想了想说道。

"从朱冬致死的勒痕来看,凶器应该是女士的包链,而且属于那种很少见的皮革穿链条的包链,这样的包包我想你应该见安亭背过吧?"方遇继续说道。

"这种包包少见,但不一定代表就只有亭姐有啊?"虽然依旧在辩驳,但是佟遥的声音已经小了很多,底气也是明显不足。

"接下来还有最重要的一点。在死亡现场的窗框上,发现了指纹和少量的指甲油残余,从两者出现的位置来看,大概率就是凶手留下的。警方也因此才推断凶手应该是女性。"虽然指纹当场没有进行比对,但是在方遇看来,肯定就是安亭留下的无疑了。

听到指纹时,佟遥整个人立刻萎靡了下来,前面两个还不算是很明确的证据,可是这指纹却是辩无可辩的。

"再质疑这些已经没有意义了,现在最重要的是要赶快找到安亭。13年前的凶手有两名,安亭杀了朱冬后肯定不会就此收手。我们需要赶在安亭再次动手之前阻止她,否则就真的是万劫不复了。"方遇很理解佟遥现在的心情,但是一直这样无理地纠结和猜度,很显然就是在浪费时间。

"不对。"反复地思考过后,佟遥似乎发现了什么,"你刚说最主要的证据是那枚指纹和指甲油是吧?"

方遇点了点头。

"你看过亭姐涂指甲油吗?"佟遥反问道。

"这倒记不清了,谁天天没事儿盯着手看啊。"方遇尴尬地说道,不过他的印象中,的确是没有看到安亭涂过什么指甲油。

"亭姐从不涂指甲油,而且平时连口红都很少涂。"佟遥非常确定地说道,说完还不忘丢下一句,"怪不得一直单身到现在。"

方遇没有理会佟遥的调侃,不过从不涂指甲油的说法倒是让他思考了起来。平时的确没看到安亭在这些事情上面多费心思,可是如果万一指纹不是她的,那又是怎么回事儿呢?

"指纹没有验过吗?"佟遥好奇地问道。

"哪有这么简单？比对指纹必须要以嫌疑人为基础，如果没有嫌疑人的话，在庞大的指纹库进行筛查，工作量那可是要人命。而且就算确定了嫌疑人范围，如果嫌疑人从没有录入过指纹到指纹库，那也是没有办法进行比对的。"方遇解释道。

佟遥摸摸脑袋想了想，似乎的确是那么回事。当然出生那会儿她是不清楚的，但是从她有记忆以来，还从来没人找她录过什么指纹，如果她在什么与她八竿子打不着的犯罪现场留下了指纹，警察凭什么能通过指纹找到她呢？

佟遥在一边儿脑补，方遇却是着急了起来，赶忙拿出手机拨了邹华的电话。他知道安亭之前出过国、买过房，指纹是一定录过的，这大半天已经过去了，邹华那边肯定已经比对出了结果。

电话拨通，拨号声在右耳响起，一串苹果手机的标准铃声同时从左耳传来，方遇愣了下，偏了偏头，分辨出铃声来自于房门外。

而这时，大门的门铃忽然响起。佟遥一阵激灵，刚踏出一步准备去开门，却又想起亭姐有钥匙，平时都是自己直接进门，而且从来没有按门铃的习惯。

不会是朱冬父亲趁夜又折返回来了吧？想到那双色眯眯的眼睛，佟遥一个哆嗦，不进反退。

"喂，方队。有什么事吗？"方遇这边的电话也已经接通，从听筒中可以很明显听到类似于楼道的回声。

"小邹，你现在在哪里？"方遇一边回话，一边拦住了佟遥，眼神示意由自己来开门。

贴着大门，听到门外和听筒里传来了同样的声音后，方遇立刻挂断了电话。

很明显，邹华就在门外，至于为什么来这里，不用猜也能明白。不过手按在门把儿上，他倒是有些犹豫，毕竟自己这个时间出现在这里肯定会让邹华误会，不过想了想，他还是打开了房门。

门外站的是邹华和一名年轻民警，本来是准备好了一脸笑容打招呼的邹华，一看开门的是方遇，脸上的表情立刻变得丰富了起来。

"怎……怎么是你？"邹华纳闷地问道，同时还望屋内瞧了瞧，恰巧和佟遥好奇的眼神撞在了一起。

"我和诊所的老板认识，之前帮我治过病。"方遇小心地解释道。他一般非常不愿意提到6年前的那档事儿，不过此时为了避嫌，也就顾不上那么多了。

"没别人?"邹华又仔细往里看了佟遥一眼,表情怪异地问道。

"别误会,她是老板的学生,就是她陪着老板一起到回廊坊看的朱冬,我晚上也就是专门来问这事儿。刚准备给你打电话来着,你就到了。"方遇回头看了一眼,然后小声解释道。

邹华点点头,方遇6年前带病休了快有一整年,看心理医生这事他是听说过的。没有通知自己,私自来问情况虽有不妥,但是以方遇的警衔,他也不好说什么。但是这样的行为加上其中的关系,却让他心里多少有了些芥蒂。

刚想说什么,邹华却又中途止住,眼神示意方遇出门说话,然后上前探身关上了房门。

"这姑娘叫佟……佟什么来着?"邹华一时想不起来,转身询问旁边的年轻民警。

"佟遥。"方遇帮忙答道。

"对,佟遥。"邹华疑神疑鬼地压低声调倾身问道,"你和她关系怎么样?"

"我和她老师熟悉,她刚毕业来这里。"方遇被问得心里有些冒火,只能随便打了个马虎眼。

"那就好,那就好。"

"怎么了?"方遇被邹华疑神疑鬼的样子搞得有些莫名其妙。

邹华检查了下已经关上的房门,然后眯着眼小声地说道:"这个佟遥,现在应该是朱冬案件最大的嫌疑人。"

"佟遥?嫌疑犯?"怀疑自己听错,方遇瞪着眼睛又问了一遍。

"是的。"方遇的反应让邹华大感疑惑,纳闷地点了点头,脸上的表情也是充满了疑问。好似在问,难道你刚说的不熟是骗人的鬼话?

方遇之所以如此诧异,并不是因为邹华把佟遥列为了嫌疑人。从今天上午现场的结果来看,作为朱冬的心理治疗医生,安亭和佟遥都在怀疑对象之列。方遇大感意外的主要原因,是邹华只谈佟遥,未谈安亭,一丁点儿都没提。

意识到自己的反应过大,方遇故作沉思状,然后缓缓地问道:"确定是她,而不是她的老师?"

"是的,确定是她。"

"按道理说,治疗权、用药权都在她老师手里,而且业务也是她老师亲自谈的。而她只不过是个刚毕业的学生,助手的角色而已,和这个朱冬没有任何瓜葛。而且我刚问了,她也就前天晚上见过死者一面。我的意思是，如果要说嫌疑的话，她的老师不是更大一些吗？"看着邹华的表情不像是在开玩笑，方遇选择了试探性地反问。

"你已经问询过了？"

"也不算问询，只是平时认识，试探性地聊了几句。"方遇找了借口解释道。

"恐怕她是对你撒了谎。"邹华煞有介事地说道。

"怎么说？"

或许是怕隔门有耳，邹华给了个眼神示意换个地方说话。

先是交代了随行民警守在门口看住人，接着看了看四周，邹华指了指电梯旁的一扇门，然后拉着方遇进了黑漆漆的消防通道。

一巴掌拍亮了声控灯，邹华掏出烟盒抖出一支烟，递了一半，这才想起方遇戒了烟，于是又缩了回来直接塞进了自己嘴里。

"给我也来支。"一天遭遇了这么多事，方遇有些气闷，心里也跟着痒了起来。

"这才对嘛，你看国内外哪个大侦探离得了这玩意儿？"邹华笑着把火机和整包烟递给了方遇。

"柯南。"方遇接过烟火，嘴里却冷不丁冒出一句。

邹华先是一愣，然后便哈哈大笑起来。

方遇也搞不清楚自己怎么就突然来了这么一句。想了想，这《名侦探柯南》还是之前佟遥硬塞给他看的，没想到一看就上了瘾，上千剧集，每一集案件都不带重样。

想到这里，方遇一阵摇头。他实在想不通，佟遥这丫头，在邹华这里怎么就突然变成了最主要的怀疑对象。

"下午的时候，我查了从昨天到今早的监控。"邹华收起笑脸谈起了正事，"回廊坊年年都在喊拆，所以一直没舍得装摄像头。不过我查了回廊坊与龙华大道相接两个出入口的监控录像，这个佟遥在昨天早上还进了一次回廊坊。所以说她和你交代的只去了一次朱冬家，肯定是在说谎。"

"前天晚上为病人治疗，第二天早上做个回访，应该……咳咳……也没什么问题吧？"好几年没抽烟，方遇猛地一口下去，差点呛了嗓子。

"并不是回访。"楼道灯灭，邹华又是一巴掌，"确切地说，她应该是在跟踪。"

"跟踪？"方遇彻底蒙了头，"你是说她在跟踪朱冬？"

"是的。"

"朱冬不是常年自闭在家几乎不出门吗？"

"自闭症这个咱不懂,不过监控录像可不会说谎。"

两人在昏黄的灯光下争相吞云吐雾,方遇被熏得两眼发红,脑中也顿时云里雾里。不过仔细想想后,还是觉得有哪里不对:"那个乔安亭呢?监控里就只发现了佟遥吗?"

"乔安亭倒是没发现,现场只能监控到步行,不过朱冬家人反映她昨天早上见过朱冬一面,应该是坐车进出的。"

乔安亭的车前晚出了车祸,现在应该还停在汽修店,不可能开车去,那应该就是搭的计程车了。

"重点还不止这些,还记得案发现场窗户上的那枚指纹吗?"邹华接着说道,他似乎对于方遇提到的乔安亭的情况并不是很感兴趣。

"还有指甲油。"方遇点了点头。

"已经比对过了,就是她的。"

"确定没错?"

"电脑比对,哪会出错?当时我就猜年轻的这个嫌疑更大些,年过50的女人一般很少涂指甲油。"邹华表情颇为得意,却是有些马后炮的意思。

"可是两人并无瓜葛,杀人也是要个动机的吧?"方遇的身份让他在这件案子中所处的位置异常地尴尬,不过身为警察,他还是不由自主地想把邹华从错误的路上往回拉一拉。

"动机什么的还需要深入调查,不过证据已经算是很明确了。无缘无故地跟踪,在案发现场留下指纹,想不怀疑都难啊!不管最终凶手是不是她,事情总还是要调查清楚的。"虽然嘴上这样说,但是方遇可以看出来,邹华基本上已经盯准了佟遥这颗裂了缝的鸡蛋了。

"唉……"明知是乌龙,却无法解释,方遇只能是无可奈何地叹出一口浊气。

"是有些可惜,不过现在的年轻人也说不准。现在的社会啊,看不懂了!"看着方遇无奈地叹气,邹华只当他是心生了怜意,于是便也跟着发起了感慨。

这时,楼道灯灭,两个忽明忽暗的烟头,在黑暗中同时落地,然后被踩灭,仿佛在漆黑森林中苦苦寻索的火把,瞬间被暗藏的陷阱所吞没。

"找我?什么事情?"

当两名身着制服的警察站在面前的时候,佟遥心知肚明,却装作一脸无辜。迷茫的眼神中夹杂着一丝敬畏,把初面警察时的那种不知所措,刻画得惟妙惟肖,活脱脱一个刚入社会、稚气尚存的无知少女。这让为了避嫌落在门口的方遇看得是目瞪口呆。

其实刚刚在方遇开门时，佟遥就借门缝看到了邹华二人的身份。

警察这么快就找上门，让她诧异之中更有些慌乱。如果邹华立刻进门盘查，她肯定会乱了阵脚露了怯，不过好在方遇又和他们聊了一阵，这才让她稍稍有了一些思考对策的时间。

在她看来，警察这时找上门，肯定是因为朱冬的身亡，而对方的目标自然就是亭姐。联想起之前方遇说到过的现场证据，她猜测警察肯定是通过指纹验出了亭姐的身份，否则不会连夜赶来抓人。

这样的想法，让佟遥万分焦急却又不知所措，无奈之下，只得认准了一个最原始的对策——认死理，装无知。不管警察问什么，一概都回答不知道。

邹华一进门就开门见山地做了自我介绍，他本来板着脸打算立立威，可是看着佟遥写满可怜的瓜子脸，说着说着，言语就不由自主地柔和了下来。

不过当他看到佟遥因为紧张而交叉搭在身前，涂着指甲油的双手时，松下的眉头立刻又绷了回去，嘴角也伴随着鼻腔的一声轻哼，拉出了一道早已看穿一切的弧线。

佟遥被盯得有些发怵，心里立刻赞叹起了亭姐的阅历和老到。对于女生，这个世界还真是充满危险，多有不善。自从走出校园后，自己就经常被这种色眯眯的眼神盯上，看来这些油腻的中年男人，的确没有一个不是披着羊皮的狼。

当然，方遇除外。

佟遥求救似的看了看站在门口的方遇，可是却没得到哪怕一丝眼神上的暗示，这让她顿感失望的同时也更添了一丝慌乱。

"方便吗？"邹华转身指了指佟遥的卧室。

佟遥先是一愣，然后才会过意来，这两个警察看来是要审讯自己，于是咬着嘴唇颤巍巍地指了指卧室旁边的房门说道："那间是卧室，这边的诊疗室可以……"

诊疗室里有一张可调节的半躺沙发，一把带滑轮的圆凳，其他的陈列也都相应的简单。

邹华一进门就坐上了凳子，年轻民警也从客厅搬来了一张靠背椅，留给佟遥的就只剩了那张精神病人才会躺的沙发。

佟遥坐在沙发上颇有些尴尬，躺也不是，正坐着角度却又不对，最后只能是屁股搭在沙发边缘，吃力地板起了腰。

"你认识朱冬吗？"已经有了明确的证据，按理说应该是要带回队里走审讯流程的，不过邹华认为路程中会让嫌犯有过多的应付思考时间，先现场临时进行一遍高压的讯问或许可以起到意想不到的效果。因此，一开口他便选择了直奔主题。

"认识。他是我们前几天刚接的一位病人。"佟遥点了点头。

"你和他见过几次？"

"一次，就前天晚上治疗的时候。"

"你和他见面时都沟通了些什么？"邹华问话时，同时也在继续观察佟遥的双手。刚刚已经确认她涂了亮粉色的指甲油，这与现场收集到的相符合，不过是否哪个指甲上有刮损，却是很难明显地看出来。

"就聊了些漫画什么的，我们一般会通过患者感兴趣的话题来建立初步的关系。"佟遥实话实说。

"在此之前，你和他从来没见过面吗？"

"没有。"佟遥摇了摇头。对面这个警察从一开始就没提过亭姐一句，而且不知道是不是方遇已经和他有过沟通，他们进门后连亭姐在不在都没有问过，这让佟遥颇有些意外。

这时，邹华忽然站起身，然后走到佟遥面前笑着问道："我可以看看你的手吗？"

忽然听到这样的要求，佟遥有些摸不着头脑，诧异地仰头看了看邹华，又低头看了看自己搭在膝盖上的双手。手上的指甲油在灯光下闪闪发亮，而左手中指的指甲盖上却突兀地缺了一块儿。

指甲油！

指纹！

原来如此！

佟遥心里顿时就止不住地乐了起来。

刚刚方遇说过，朱冬是在今天凌晨被人从窗外勒死的，而最重要的现场证据就是一枚指纹和指甲油的残留。

很显然，这个现场指的就是窗边，而刚好自己好死不死就在昨天上午还和朱冬在窗边有过那么一次"亲密接触"，当时自己握过窗框，肯定会留下指纹，而且还刚好蹭掉了指甲油。

在今晚之前，警察是没见过自己的，肯定不会因为指甲油而生疑。警察能快速地找到这里，应该就是因为那枚指纹了，可是自己完全记不清什么时候被警察录过指纹。研究生考试前倒是摁过那么一次，难道考个试还和警察有关？看来代考作弊犯法一说并不是空穴来风吓唬人的话。

难怪方遇说警方把怀疑对象锁定在了女性上，难怪警察进门不问亭姐却一直紧咬着自己。

这样看来，亭姐并没有暴露，警方也没有掌握什么真正实质性的证据。一切都是自己和方遇先入为主，自己吓唬自己的胡思乱想。一切都是虚惊一场。

有了这样的想法，佟遥心里乐开了花，刚刚的紧张和不知所措也都瞬间消失，小心思也开始在脑袋里滴溜起来。

"可以看看你的手吗？"邹华又重复了一遍。

"手……有什么好看的？"佟遥故意握住了手指，咬着嘴唇，看上去既害羞又有些心虚。

"只需要看看指甲部分就可以，还请配合。"看到佟遥极力隐藏的样子，邹华心里一阵好笑，年轻人心理素质就是差，稍加威压便立刻自露了马脚。

佟遥扭捏纠结了一会儿，终于还是应了要求，像宠物狗一样地把双手软塌塌地搭在了胸前，再配上一副委屈的样子，看起来着实有些可怜。

不过邹华可不管这些，俯下身立刻就开始眯着眼睛在佟遥的十根手指尖找了起来。

"这里怎么回事？"压抑住心中的狂喜，邹华指着佟遥的左手中指问道。

佟遥翻起了左手，眨巴着眼睛看了看，然后又一脸无辜，不知其意地看向了邹华。

"为什么少了一块儿？"邹华耐住性子又问了一遍。

"咦？怎么会掉了一块儿？你不提，我还真没发现。"佟遥皱起眉头，一副心疼的模样。

"真的想不起来了？"邹华笑着转身坐回了圆凳。

"真想不起来了，平时磕磕碰碰难免，谁会注意这些？还有，你们找我到底是为什么？我可没犯什么罪啊！"说着说着，佟遥便红起了眼。先前聊起亭姐过往的时候，她刚哭过一场，现在看起来，委屈的样子倒也真切。

"我也就不和你绕弯子了。"邹华的脸瞬间板了下来，在他看来证据基本坐实，多说废话也就无益了，"我们怀疑你涉及一起故意杀人案件，还请配合我们的调查，接下来我的问题希望你如实回答。"

"杀人案？怎么……怎么可能？"提到杀人两个字，佟遥浑身发抖，眼神惊恐，音调也是提了整整一个八度，其中带着恐惧，更夹杂着一丝不可思议。

"请控制好你的情绪，回答我的问题即可。"邹华清了清嗓子，"请问你和朱冬除了医患之外，还有没有其他关系？"

"没有，这个我保证，前天晚上是我见到他的第一面。"佟遥脱口而出，急于解释。

"第一面？那就是还见过第二面咯？"邹华冷哼一声，"前晚之后，也就是昨天，你有没有再次去过他家？"

"昨天吗？昨天上午去过一次。"佟遥点头回答。

"那一开始，你为什么说只和朱冬见过一次面？"邹华乘胜追击，不给佟遥一丝喘息的机会。

"我的确只和他见过一次面，昨天上午我是到过他家，但是和他却连个照面也没打。"佟遥苦着脸解释道。

"到他家却没见面？那你说说去他家干吗？"

"前晚治疗完后，老师就和他家人约了第二天大早进行后续的常规回访。"

"回访？那为什么昨天早上只有你老师见了他，你却不在？"

邹华从朱冬父母那里得到的信息是，昨天早上8点半左右，乔安亭按约回访，并在一个小时后，也就是9点半离开。而监控显示，佟遥从龙华大道南向路口进入回廊坊是9点14分，接下来9点38分跟踪朱冬从龙华大道北向路口出回廊坊，然后朱冬进入"太阳神男性专科医院"，佟遥盯梢在外，10分钟后，也就是9点53分又跟着朱冬原路返回了回廊坊。最后，在10点20分左右，佟遥独自一人离开回廊坊，后续的监控和乘车记录显示，之后她便直接回了江城大学站。

邹华对整个过程进行过仔细的分析，除了佟遥对朱冬的跟踪大有疑点外，其中的时间轴也是颇让人玩味。

首先，佟遥进入回廊坊的时间为9点14分，乔安亭结束回访时间为9点29分，而从龙华大道南向入口到朱冬家，就算慢行的话也顶多只需要10分钟。

意思是，如果佟遥真正的目的是回访的话，她完全有时间在乔安亭离开前与其会合，可是朱冬母亲反映，并没有见到过她。

另外，乔安亭离开后，佟遥一路跟踪朱冬，除去跟踪往返路程以及独自走出回廊坊的步行时间，她在回廊坊又待了整整10分钟左右。这其中定有蹊跷。

邹华经过分析得出的结论是，佟遥一定是有其他目的，才故意和乔安亭错开了时间，并暗中观察，避开了乔安亭。而之后跟踪朱冬，并在朱冬家外逗留，就是为了观察周边环境，为晚上谋害朱冬做提前的准备。

在他看来，这样的解释合情合理，也能充分地和佟遥的异常行为，还有时间轴一一对应上。除此之外，他想不出还有什么其他的可能。

"的确是约了第二天早上回访。"佟遥有些着急，"只不过我迟到了。"

"迟到？"邹华完全没有想到会得到这样的回答。

"是的，忘记定闹钟，起晚了，而且还赶上了早高峰。"佟遥面露苦色。

"监控显示你到回廊坊的时间是早上9点14分，你老师9点30分才离开，这中间难道你们没有碰到？"邹华继续发问。

"回廊坊路太难找，前天晚上我是坐老师车去的，又是晚上，所以根本没记清路线，所以进了回廊坊走岔了个巷口，耽搁了不少时间。等我到朱冬家的时候，我刚好看到老师坐车离开，所以就没打上照面。"佟遥一边回忆一边说道。

迷路！又是一个不靠谱，但却难以反驳的理由。

"那你后来为什么要跟踪朱冬？"邹华急得牙痒痒，于是直接搬出了杀手锏。

原来如此，警察肯定是通过监控发现了自己跟踪朱冬的行为。佟遥心里一个乐呵，脸上却没有半分变化："跟踪？哦，你说的是后来吧？我当时是出于好奇。"

"好奇？"邹华满脸不解，猜不出佟遥接下来又会冒出怎样稀奇古怪的解释。

"是啊！当时看到老师离开，我以为白跑了一趟，本来已经做好了回办公室挨骂的准备，可是却发现朱冬一个人偷偷地从家里跑了出来。我当时就很好奇，一个十多年不出门的重度自闭症患者为什么在大白天偷跑了出来，所以就直接跟了上去。"佟遥一本正经地说道。

"就因为这个原因？"邹华太阳穴已经开始有些隐隐作痛。

"是啊！要不跟他干吗？我哪有那么无聊？"佟遥无辜地摊了摊手。

邹华看了看正在做笔录的助手，本子上已经密密麻麻地写了一大堆，可是他知道，记的这些一点屁用都没有。

"你跟踪朱冬回到回廊坊后又发生了什么？监控显示，从你们返回，一直到你离开，你在回廊坊又待了整整二十多分钟。不要告诉我，这二十多分钟，你又迷路了。"

"哦，当时我跟踪朱冬，看到他进了一家医院，是什么男性专科医院。当时我就好奇了，他不仅反常地在白天出门，而且还进了这么一家医院。所以我就……"

"你就什么?"

"因为我回访病人迟到,担心被老师骂。刚好又碰到了朱冬的反常行为,所以我就想着如果能挖出点什么病人的线索,或许会对治疗过程有所帮助,这样也许老师就会少扣我点奖金。你们知道患者的治疗和康复是很困难并且复杂的,很多都是因为心理精神层面受到过创伤。如果能顺利找出他们的心理症结所在,无疑是可以提高治疗效率的。"

佟遥调了调难受的坐姿,然后继续说道:"朱冬肯定不会无缘无故地在大清早一个人跑出来,所以我当时猜测,去那家男性专科医院或许他的病因有关。所以我就打算当面和他沟通,做一些了解。"

"你不是说没跟朱冬沟通吗?"邹华问道。

"是没沟通,我就跟他隔着窗户见了一面。"佟遥摸了摸头,不好意思地回道。

"隔着窗户?"邹华脑中一闪,立刻发现了不对。

"是啊,我本来是敲了门,但却没人应。当时我想家里肯定就只有朱冬一人,以他的情况,肯定不会随便出来开门,所以我就去敲了他的窗户。"

"后来呢?"这回轮到邹华开始紧张起来。

"对了,我记起来了,我手上的指甲油应该就是那时候被蹭掉的。当时他开了窗,我问他去男性专科医院干吗。他听完好像很气愤,一句话都没说就狠狠地关了窗户,玻璃碎了一地,而且还差点夹住我手。"

"碎了玻璃?"听到这里,邹华脑袋一空。

"是啊,后来想想,是有些鲁莽了。老师说过对待患者要有耐性,我也是急于想挖出点东西。所以……"佟遥摆出一副悔恨的样子,"等等。你们一直在提朱冬,不会是他出了什么事情吧?"

对于佟遥的问题,邹华置若罔闻,未予回复,因为此刻他的大脑已经基本上被佟遥搅成了一锅粥。

最开始,他认为佟遥是在强词夺理,胡编乱造。

独自一人秘访回廊坊,被解释成了贪睡迟到和迷路;偷偷地跟踪朱冬,是因为好奇;就连留在窗边现场最重要的指纹证据和指甲油残留物也被她说成了关心患者,寻找病因。

每一个回答和理由单独听上去都觉得不可理喻,可是把所有的解释连在一起,再将她的行为与时间轴相匹配时,竟然觉得还真有可能是那么回事。

回廊坊对于外来人员的确像一个迷宫,作为心理医生,遇到常年自闭在家的患者反常地溜出门,好奇地跟踪了解似乎也在情理之中。而整个案件最重要的证据指纹和指甲油残余在她那里也得到了听起来颇为合理的解释。

如果佟遥在说谎,那么如此短的时间内,能把故事编得这么圆泛,邹华是有些不信的。一个二十出头的小姑娘,如果真是她杀了人,面对警察的问讯,能够做到不紧张就已经很了不起了,邹华不信佟遥能有这么好的心理素质。

当然,如果是提前编排好的,那就是另外一说了。可是,一个杀人犯在月黑风高的杀人现场,怎么可能还能回想起自己留了指纹,指甲油被蹭掉这些细枝末节,然后回家把现场逻辑编织得如此滴水不漏呢?

不甘心,好不容易得来的证据和线索,这样几句话就轻易地被推翻,换做谁都不会甘心。

邹华看了看佟遥,又望了望通往客厅紧闭的房门。忽然间,他有了一个连他自己都吓了一跳的想法——方遇有问题。

案发现场,方遇以路过为由恰好出现在了案发勘验现场,而且在现场,他几乎了解到了所有的线索和细节。而自己比对好指纹、分析好监控,第一时间找上疑犯时,方遇却又是快自己一步。难道是为了通风报信,让佟遥提前做准备?

这个想法刚刚冒出,便如洪水猛兽一样席卷了邹华的大脑,让他再难摆脱。而有了这个想法之后,邹华进而意识到另一个严重的问题:监控上的所有线索都并不是案发时间段的,只能证明佟遥有异常,这一点对老刑警方遇来讲,那是再清楚不过的。如果佟遥把这些异常都圆了过去,那就只剩案发时间段的不在场证明和那个包链凶器可以着手了。

如果真是方遇通风报信,甚至帮忙出谋划策,那么凶器也肯定会被提前处理,很难再找到了。而所谓的不在场证明并不是一个非对即错的绝对性环节,方遇只需要教佟遥随便编一个无法证伪的说法,例如心情不好,在一个没有监控、人烟稀少的地方散心。这样的话,自己除了质疑以外,就完全束手无策了。

想到这里,邹华几近抓狂。本来以为搞清了指纹就可以快速破案,隔日庆功。没想到刚刚开始,就陷进了死胡同。

"昨天晚上9点以后,你在哪里?"邹华自顾自想,情绪低落,不过该问的还得问。

"昨晚吗?我7点多吃了晚饭后,就一直待在家里整理资料。"佟遥回答道。

"什么?"佟遥的回答完全超出邹华意料,这栋楼可是有监控的,有监控就代表所有行踪都可追查。可她不是应该继续编下去吗?

邹华此刻已经完全被佟遥给搅得一团乱麻,之前想好的话语和招数也完全没了用处,一时间愣在那里,半天说不出话来。

"有问题吗?"看着邹华半张了嘴巴,一直没有下文,佟遥好奇地反问了起来。

"意思是你从昨晚7点一直到今早,都是在这栋楼里咯?"邹华跟着问道。

"是的,一直在房间。今天早上9点多去了一趟城北,晚上的时候才回来。"佟遥如实回答。

接下来再问讯已经没什么必要了,邹华立刻安排随行的年轻民警去公寓物业查实监控,而他自己为了以防万一,则带着佟遥在房间里找起了链条包包。

方遇知道邹华在做无用功,看着两人在房间翻来翻去,帮也不是,不帮也不是,最后只得讨了打火机,躲到楼道抽起了闷烟,眼不见为净。

半小时后,年轻民警返回,在邹华耳边说了几句,引得邹华眉头紧皱,大感疑惑。佟遥并没有说谎,从昨晚7点进了公寓楼后,她就再也没有出去过,直到第二天早上。

邹华待在原地想了想,总觉得不放心,于是又到各个房间的窗台看了看。整个房屋没有阳台,每个窗户都装了防盗窗,而且防盗窗也没有短期拆卸过的痕迹。这样说来,佟遥也不可能是半夜从窗户偷溜了出去。

看了看佟遥和方遇,邹华心情烦躁到了极点。

看来得全部推倒重来了。

虽然已经基本上排除了嫌疑,但是因为涉及关键证据,邹华还是带着佟遥回队里做了笔录,而方遇自然是选择了随行。

"看来是一场乌龙。"趁着佟遥做笔录的时间,邹华和方遇两人在刑警队大楼门口又一起抽起了烟。经过了一番折腾,邹华算是稍稍冷静了下来,又把前因后果大致捋了一遍。

"这么说,窗户的玻璃不是凶手打破的?"刚刚邹华已经把佟遥的描述和方遇大致讲了一遍。方遇听得是一阵摇头,他不知道佟遥说的有几分是真几分是假,以她鬼精的心思,说不定全是鬼扯都有可能。

"是的,这也真是太巧合了,我从警这么久,还从没遇到过这么巧合的事情。"邹华猛吐一口烟苦笑道,"不过从另一个角度来说,这丫头倒是帮了凶手一个大忙。"

邹华说的没错，凌晨时分，万籁俱寂，敲碎玻璃肯定是大动静，如果不是玻璃提前碎掉，凶手估计也不会这么容易得手。

"那现在还有其他方向吗？"方遇想了想问道。

"哪有什么方向？现在除了那个包链凶器，其他一点头绪都没有。"邹华烦闷地叹了口气。

"不是有监控吗？"方遇提醒道。

"回廊坊这么大，每天行人无数，车辆进出也是成百上千，根本没办法一个个查。而且北边靠着毕家山，围墙也不高，凶手完全有可能翻墙进出。"邹华苦着脸摇摇头，想了一会儿又眯着眼睛问道，"你说，会不会是他家里人干的？"

"家里人？"方遇大为错愕，不知道邹华怎么会提出这么个不靠谱的看法。

"是的，你看啊，朱冬是个自闭在家多年的精神疾病患者，根本没有机会接触外人，十多年来朝夕相处的也只有家人。而且刚刚在做笔录前，佟遥提到有一点我觉得还是很有参考意义的。"

"提到什么？"方遇皱起了眉头，不知道佟遥又搞了什么鬼。

"这个你应该知道。她刚刚说今晚回家的时候，遇到了朱冬的父亲堵在门口，说是要找她们赔偿。样子很凶，听说还差点动手，后来还是你及时赶到救了她。"

"的确如此。"方遇点点头。

"佟遥还说到，在前晚给朱冬治疗时，朱冬父亲朱卫国似乎并不配合。意思就是朱卫国一直认为朱冬是家里的累赘，早就想把朱冬赶出家门。这一点我们从朱冬母亲还有街坊邻居的口中也得到了一定程度的印证。"

"你在怀疑朱冬父亲？"方遇有些哭笑不得。

"是的。你看啊，自家孩子死了，我现场没看到朱卫国有一点伤心的样子。事后什么结论都还没出，就一直缠着跟我抱怨指证两名心理医生，而且还堵在人家门前要赔偿，根本就是一副要钱不要命的嘴脸。而且我听小道消息说，回廊坊估计这次是要真拆了，赔偿不是一点两点，会不会在拆迁赔偿的分配上有什么矛盾？"邹华若有所思地说道，"不行，我得查查他是不是提前给朱冬买了意外保险。"

看到邹华越走越偏，方遇有些过意不去，心里也是矛盾到了极点。这时，佟遥做完笔录从大楼里走了出来，样子颇为委屈。

邹华知道理亏，赶忙走上前跟佟遥表达了歉意，然后匆匆跟二人道了别，转身冲回了办公室。

看着邹华着急的身影，方遇无可奈何地摇了摇头，不知道这可怜的家伙今晚会白忙活到几点。

看到邹华离开，佟遥脸上的委屈样突然就没了影，龇牙咧嘴地拍了拍脸颊，然后在夜风中伸了一个大大的懒腰，好像刚打完了一场胜仗一样。

"怎么？不走吗？"佟遥嬉皮笑脸地问道。

"你这样严格意义上来讲，可算是妨碍公务了。"方遇站着不动，声音也是颇为严肃。

佟遥歪了歪头，一脸不在乎地说道："有吗？"

"如果深究的话，你这不仅是包庇，更有同谋之嫌。"方遇皱着眉头说道。

"怎么？你想告发？"佟遥立刻就变了脸色。

还不等方遇反驳，佟遥双手就并拢着伸出，摆出了一副束手就擒的样子："好啊！既然你有这个想法，那就赶紧把我这个杀人同谋丢进大牢吧！"

第五章

转折

看到佟遥一副无所谓的样子,方遇心里一阵着急。她初生牛犊,一心只想着包庇安亭,却完全不知道自己的行为会造成什么样的后果。

刚刚在诊所结束问讯出来的时候,虽然没明说,但是他能够感受到邹华看他时的异样眼神。很显然,邹华已经对他起了疑心。

现在虽然佟遥暂时把水给搅浑了,但是这个案子早晚会结,安亭最后也难逃法网,到时候自己和佟遥肯定都逃不了干系。当然自己怎么样都无所谓,可是安亭犯的可是杀人的罪行,佟遥的所作所为也足够牢狱之灾。

一想到可能产生的判罚和后果,方遇的心里就仿佛滴出了鲜血。这时,佟遥之前对他的质问,又开始在耳边回荡。

他到底该怎么做呢?

夜雨没有一点弱下来的意思,而每一滴雨水落地,仿佛都狠狠地砸在了方遇的心上,然后发出了灵魂拷问般的声响。眼前看不到尽头的黑夜与身后依然繁忙的灯火,也宛如两只无形的巨手,生拽着他,拉扯着他,仿佛随时都会将他撕裂成两半。

这样的冲击顿时让方遇一阵眩晕,幸好拿雨伞拄着地,才勉强维持住了身形。稍稍缓了缓,望了望大楼门口一排排警车上的警徽,又看了看充满朝气,青春洋溢的佟遥,方遇咬了咬牙,最终还是作出了决定。

身为警察,他没有其他的选择。

他能做的,就是快点找到安亭,说服她停止继续犯错,然后自首。这样,或许能争取从轻判罚。当然,还有阻止佟遥也不明不白地被牵连进来。

安亭已经踏出了无法挽回的一步,他不允许佟遥也跟着陷进来,他决不允许自己眼睁睁地看着这对可怜的"母女"一起坠入深渊。

他不仅把安亭和佟遥看成是一对真正的母女,而且对佟遥,他也早已把她当作女儿看待。6年前,他已经失去过一次,而这一次,他决不允许悲剧重演。

想清楚了,方遇便不再纠结。撑开伞,走到依然气呼呼模样的佟遥身边,然后说道:"我送你回家。今天过后,警察短期之内应该不会再来找你,你也就当作什么都没有发生过,以后也不要再掺和进这件事里来了。"

从这句话中,佟遥听到的是一股理智的味道,不带一丝感情的理智。但是她不明白的是这句话背后真正的含义,她不知道方遇说出这句话时,已经决定就算搭上自己,也要一点不剩地把她从这个案子中择出来。

"你抽烟了吧?"对于方遇的话,佟遥不置可否,耸了耸鼻子在方遇的身上闻了闻,然后反问道。

还不等方遇回答,佟遥冷笑着继续说道:"亭姐治好了你的病,还关心你让你戒烟。你对她说的话一点也不在乎吗?"

说完,佟遥便撑开自己的折叠伞,走进了夜雨中。

佟遥的话充满了讽刺,那句不在乎,仿佛蓄满了力的撞木,狠狠地冲在了方遇的心上,让他胸口一阵痉挛。

方遇闷哼一声,呼出一口浊气,然后赶紧追了出去,拦在了佟遥身前:"小佟,现在不是耍小孩脾气的时候。你这样说谎误导警方,不仅帮不了安亭,到时候连你自己都会搭进去。你要真的想帮安亭,就必须听我的。"

"听你的?"佟遥笑了笑,"好啊,那说来听听,你准备怎么帮亭姐?"

方遇一时语塞,他不可能告诉佟遥准备劝安亭自首。这对她来讲,和自己亲手抓了安亭丢进牢里,没有任何两样。

"哦,看来你也只是嘴上说说罢了。"佟遥态度不善,嘴巴不饶人,但是她心里其实并不怨方遇。方遇身为警察,肯定两难,她只希望通过激将法,能让方遇心里稍稍念及亭姐的好,保持中立即可。

从今晚的经历来看,如果不知道亭姐接触朱冬的目的,警察是很难将朱冬的死与亭姐联系起来的。

"还有,你们警察不都是讲证据的吗?"佟遥昂着头,咄咄逼人地直视着方遇的双眼,"你现在什么证据都拿不出来,凭什么一副认定亭姐就是凶手的样子?难道你亲眼看到了亭姐杀人?"

方遇又是一阵无语,很明显佟遥就是在强词夺理,自欺欺人。

"不管怎样,你不能再掺和进来。你不了解警方的侦查手段,你每说一句谎话,都会把事情搞得更糟。"方遇想了想,把声音柔和了下来,他知道佟遥的倔脾气。

"我可没说谎。我说的可都是事实。"佟遥依然一副不在乎的表情。

"其他的你怎么解释都无所谓，警察并不能去完全地核实。但是你骗警察窗户玻璃是你打碎的就太冒险了，这一步是行凶的关键，警方会有严谨的科学方法来查证，到时候肯定会反查到你身上。"

方遇并没有危言耸听，虽然在案发时间佟遥有了不在场证明，但是如果最终安亭落网，考虑到佟遥和安亭的关系，警察完全有理由怀疑，佟遥在白天打碎玻璃，是有意帮助安亭，为安亭行凶提供帮助。

"更正一下，不是我打碎了玻璃，是朱冬自己关窗户时拍碎的。"

"朱冬自己弄碎的？"方遇满脸疑惑。

"是啊，我当时以为他不记得我了，所以就在窗外给他看了看那件连衣裙，没想到他反应这么强烈。"佟遥解释道。

方遇看了看佟遥，认真的表情并不像是在说谎。这时他又想到了案发现场的情况，玻璃碎在了外面，屋里却没有任何残渣。当时的解释是，凶手在敲碎玻璃时，贴在里面的报纸把玻璃给挡在了外面。

这样的解释看起来并没有什么问题，但是如果仔细推敲，却还是有些瑕疵。当时时逢深夜，凶手肯定不会弄出大动静，用力也不会太猛。就算报纸会把部分玻璃挡住，也只会落在窗台上，而不会整块落在窗外的地面上。而猛然关窗的反作用力却可以达到这个效果。

"真是朱冬自己关窗拍碎的？"

"骗你干吗？"

"那你没事去敲他窗户干吗？"刚刚邹华只是大致地和方遇说了下佟遥的关键时间轴和行为，并没有交代得很细。包括佟遥跟踪朱冬到了医院，朱冬返回时的伤势等细节，方遇一概不知。

"我前天到朱冬家时看到他一个人出门，就跟了上去。后来他的行踪很奇怪，出了回廊坊后，进了一家什么男性专科医院，没待几分钟，就又原路回了家。我当时好奇，就想着问问缘由……"

"等等，你说朱冬进了一家男性专科医院？"方遇打断了佟遥的话语。

"是的，有什么问题吗？"

"是不是太阳神男性专科医院？"方遇着急地问道。

看着方遇一脸焦急的样子，佟遥纳闷地点了点头。

"他到医院干什么？有没有见什么人？"

"我又没跟着进去。"方遇不停地发问，让佟遥意识到这家医院似乎有什么蹊跷，"不过，有一点很奇怪。我跟踪他出门的时候，他还好好的，不过等他回家后，我敲窗看到他时，他好像受了伤。"

"受伤？在医院里？"方遇似乎意识到了些什么。

"左眼的镜片碎了，右眼好像也有一些乌青，一路的过程中没有看到他有什么摔倒或者磕碰，当时我就猜是不是在医院发生了什么事情。难道这家医院有什么问题吗？"看着方遇蹙眉思考的样子，佟遥越来越好奇。

听到这些，方遇已经完全相信佟遥所说非假。自己从没跟她说过朱冬在现场的伤情，邹华在问讯时也不可能透露这些细节，如果不是亲眼所见，她不可能如此详细地描述出朱冬死前的伤势。

"朱冬受伤这一点你和邹华说过吗？就是刚刚找你问话的那个警察。"

"没有，他又没问我。"佟遥回答道。

方遇点点头，当时邹华并没有跟他提到医院这一段，而且似乎也没有对朱冬反常外出提出过什么质疑。如果知道了朱冬在医院受了伤，相信邹华肯定不会漏掉这么大的疑点，而不是像现在一样完全没有头绪，甚至被佟遥错误地引导而怀疑起朱冬父亲来。

现在看来，情况已经非常清楚了。朱冬离家光顾太阳神男性专科医院这一点，非常地关键。

昨天大清早，安亭去回廊坊和朱冬有过沟通。从邹华提供的监控时间来看，朱冬应该是刚和安亭结束沟通，便反常地一个人溜出了门。他的目的地非常明确，就是另一名凶手宋及春工作的地方——太阳神男性专科医院。而他到医院的具体目的虽然不好说，但似乎也并不难猜。

昨天中午的时候，安亭来找过自己。她谈到了很重要一点，就是已经说服了朱冬自首，并指证另一名凶手宋及春。安亭的说服工作应该就是在昨天早上，而朱冬立刻动身去找宋及春，不出意外，应该就是想说服宋及春和他一起自首，结束这困扰他多年的罪恶感。当然，还有另外一种可能，就是朱冬内疚是假，被安亭套出罪行之后第一时间找同伙宋及春商量对策是真。

不过，不管是哪种可能，两人沟通的结果肯定是不愉快的，这一点从朱冬的眼伤以及朱冬进医院没多久便立刻返身就可以看出来。从这一点来讲，前一种可能似乎可能性更大。不过如果朱冬真的是去说服宋及春一起自首，那么他的脑子的确是因为长久的精神疾病而显得有些不怎么正常了。

相对朱冬来说，宋及春是一个正常人，从一个正常人的角度来看，自保首先是第一位的。对他来讲，朱冬自首的决定，无疑会将他一起拉入火坑。

这对于逍遥法外13年，或许早已把当年恶行抛之脑后的宋及春来讲肯定是无法接受的。而要阻止这一切的发生，无疑就只有两种办法，第一就是说服朱冬改变想法；而另一种就是让朱冬永远无法开口说话。

至于宋及春是否真的采取过温和的方式，试图说服阻止朱冬，这个已经没办法知道，但是朱冬现在的确是已经再也无法开口说话了。

这样说来，拥有杀死朱冬动机的并非只有安亭，宋及春为了13年前的秘密免于泄漏，也是有杀人动机的，甚至他的动机比安亭还要更加地直接。

或许安亭真的没有杀人，或许现在这些只是一场虚惊。

分析到这里，方遇一阵激动，对着刚刚还在和自己唇枪舌剑的佟遥说道："或许我们俩都错了。"

"我们都错了？你是指？"方遇忽然来了这么一句，让佟遥完全摸不着头脑。

"或许朱冬真的不是安亭所杀。"方遇又在脑中确定了一遍刚刚的分析，然后才慢慢说道。

"这……你是不是有什么发现？"方遇态度如此快地转变，让佟遥一时没能反应过来。她不认为自己的激将法可以这么快地改变方遇，再结合刚刚两人一直谈论的话题，她猜测方遇一定是发现了什么。

"太阳神男性专科医院，我今天上午去过。"方遇淡淡地说道。从佟遥的描述中，应该可以看出，她并不知道另一名凶手宋及春的事情。

"啊……你去那里干吗？"佟遥听得一愣，但是却还是没抓住方遇的意思。

"13年前杀害小晴的凶手有两名，这你是知道的。"方遇解释道，"其中一个是朱冬，按照安亭的话来讲，他只是从犯，而另一名主犯名字叫宋及春。"

"主犯？"佟遥想起前天和朱冬第一次接触时，他嘴里一直莫名其妙地提到的那句"是他逼我的"。

"是的，昨天安亭来找过我。她告诉我通过深度催眠，她确定了朱冬就是13年前两名凶手中的一人，而且她通过朱冬之口也同时搞清了另一名凶手的信息。这名主犯就是宋及春，而这个宋及春就在太阳神男性专科医院工作。"

"意思是，朱冬去那家医院是找宋及春？那亭姐岂不是危险？"佟遥惊呼了出来。

对于亭姐确认朱冬是凶手，并且同时挖出另一名凶犯，佟遥并不惊讶,她非常清楚亭姐的专业手段。她担心的是朱冬去找宋及春的目的,如果是去通风报信的话,那亭姐就是打草惊蛇了。再结合上这两天的失联,她很自然地就担心起了亭姐的安危。

"安亭告诉我,朱冬已经表达出忏悔和自首的意愿,而且愿意帮助指证宋及春。所以我猜,朱冬去见宋及春,很有可能是想说服他一起自首。"佟遥提到安亭的危险,也正是方遇现在所担心的问题。如果真如他所分析的那样,宋及春为了自保而对朱冬下毒手,那么安亭必定也在他的目标之中。

"我明白了,你的意思是,朱冬要自首,所以宋及春杀了他灭口?"方遇这么一说,佟遥立刻就明白了。

"这只是我的分析,原来我认为只是安亭有杀朱冬的动机,现在看来这个宋及春也是具备杀人动机的⋯⋯你干吗?"方遇还没说完,就被佟遥拉住了手,朝刚刚出来的刑侦大楼冲去。

"还能干吗?赶快去告诉警察真相啊。"佟遥心里着急,雨伞都差点没拿稳。

"你傻吗?"方遇拉住佟遥。

佟遥被方遇问得呆在原地。

"城南警方现在根本连安亭的边儿都没怀疑到,你现在过去解释,不是打自己的脸吗?"

"亭姐不可能杀人,肯定是那个宋及春干的。"

"证据呢?"

方遇一句话就把佟遥问得哑口无言。

"我都说了,只是猜测。现在只能说安亭和宋及春都有杀人动机,除此之外,其他什么都没有。万一我猜错了呢?"

其实方遇现在心里已经完全确定安亭不是凶手了。昨天安亭来找自己,已经摆明了是想通过法律途径来惩罚凶手,而且朱冬已经答应自首并愿意出庭作证,她没有理由再去杀他。同时,她也答应过自己不会去主动招惹宋及春。只是让人没想到的是朱冬竟然自作主张地先去见了宋及春。

如果城南警方已经把嫌疑目标锁定为安亭或者说已经缉拿了安亭,那么现在去曝光宋及春的事情是没问题的。但是现在安亭完全不在嫌疑范围之内,再去多此一举,不但不会有所帮助,反而会把事情搞得更复杂。

要知道,曝光宋及春必定就要牵连出13年前那不明不白的案件,同时安亭这些年的所作所为也肯定藏不住。而且通过催眠挖出凶手,这本来就是一件很难让人理解的事情。

以方遇对邹华性格的了解，他肯定会更加怀疑安亭。毕竟突然冒出来两名13年前的凶手，对于警察来说是莫须有的事情，罪行也根本无法证实，而安亭这些年的所作所为却是实打实地奔着复仇而去。

"那现在怎么办？"佟遥着急地问道。

"还能怎么办？现在只能想尽一切办法去找安亭了。"

方遇现在心里已经慌到了无以复加的地步，因为没有人比他更清楚此刻安亭的境遇。非常简单，朱冬是被安亭的包链勒死的，如果不是安亭下的手，那么就代表安亭有很大可能已经被宋及春所控制。

不论是安亭耐不住性子鲁莽地去找了宋及春，还是宋及春主动地找上了安亭，此刻安亭无疑都处于极大的危险之中，甚至会有生命危险。

想到这里，方遇就像被一双大手勒住了喉咙，难受得无法呼吸。

"怎么找？"佟遥也重新估量起了乔安亭所处的危险。

方遇想了想，然后无奈地叹了口气："安亭的手机从昨晚就开始关机。包括太阳神男性专科医院还有宋及春的住处，甚至江城大学的后山，我今天把能找的地方都找了。"

"那怎么办？"佟遥已经着急得泛起了哭腔，挂在脸上的水珠完全分不清是沾上的雨水还是急出的眼泪。

"先不要着急，找安亭光靠我们两人不行，我现在就立刻让邹华来帮忙。我会重新找个理由，不会透露安亭找凶手的事情。"方遇心里其实并不乐观，不过现在必须稳定佟遥的情绪，而且城南警方也是必须要调动起来。

"窃听器！"佟遥忽然兴奋地惊呼了一声，"窃听器行不行？我看电影里都可以通过窃听器找到窃听源。你们警察肯定有这方面的仪器对不对？"

佟遥算是提了一个很聪明的方法，但是方遇想了想还是摇起了头："我看过了，你包上藏的是那种最简易的组装窃听器，监听距离非常短，而且是通过手机接收监听内容，现在安亭手机处于关机状态，就算是通过地搜也是没有办法找到监听源的。"

佟遥听完一阵失望，急得在雨中跺起了脚。而这时，一道刺眼的汽车远光直直地照在了两人身上。方遇赶忙拉着佟遥，闪到了花坛边，给来车让出了行路。

方遇本就烦躁，车子开远光的行为更是让他心里发毛，可是车子似乎又很有礼貌，从两人身边路过时开得小心翼翼，生怕溅了泥水到二人身上。

而让方遇没想到的是，车子开过两人后，却忽然停了下来，然后又缓缓地倒回到两人身边。

方遇看着车子正纳闷时，驾驶座的车窗玻璃落了下来，一个熟悉的面孔从车里探了出来，左脸上的大块胎记在黑夜中看上去特别的诡异和扎眼。

"方警官。"宋洋伸手打了招呼，虽然面带笑容，但是眉头却紧紧皱在一起，"我说看上去怎么这么像，原来还真是你。"

"你怎么来这里？"这个时候，在这个地点碰到宋洋，方遇着实有些吃惊。

"唉，别说了。"宋洋愁眉苦脸地说道，"我是来报警的。"

"报警？"方遇大致猜到应该是因为宋及春，但却拿不准具体原因。

"是啊，你上午不是让我找这兔崽子吗？我找了一整天都没找到，所以才来报警。"宋洋指着与刑侦队大楼相反方向的另一栋建筑说道。

城南刑侦大队和城南公安分局因为历史原因，一直窝在一个大院办公，只不过分了两栋不同的建筑而已。

"你是确定他失踪了还是？"按道理来说，宋及春也就一天未归家，作为成年人来讲，这样的情况报警显得有些夸张了。

"我今天下午才发现，这小子昨天偷了我的印章，在医院财务预领了50万。真是气死我了。"宋洋嘴上这样说，但是表情却是充满了担心，"这么大一笔钱，我是担心他……担心他是不是被人勒索了，或者被骗了。"

方遇听完，心里就是一惊。宋及春忽然拿了这么多钱，很明显就是为了跑路，如果是逃跑的话，那就代表他已经达成了目的，那么安亭……

方遇已经不敢再往下想，一个箭步冲到宋洋面前，大声地问道："他是什么时候拿的钱？"

"昨天……昨天中午，吃完午饭后。"宋洋被方遇夸张的动作吓了一跳，脸上充满了疑惑，似乎很不理解为何方遇比他还要紧张。

"快想想，他会逃到哪里去？"方遇现在已经完全没了其他的想法，他唯一想知道的就是宋及春的下落，或者说是安亭的下落。他已经很坚定地认为，安亭已经落在了宋及春的手里。

"逃？"宋洋似乎并不理解方遇为什么会用到这个词，"方警官，这小子是不是犯了什么事？"

"这个以后再说，快想想，还有什么地方他可能会去？"方遇满心焦急，没空解释，着急地拍起了车门。

"这……我也不知道啊。他住的地方我也找了，电话也关机……"看到方遇不同寻常的表情和行为，宋洋这时才意识到问题的严重性，"或许可以问问经常跟他混在一起的那些朋友。"

"那赶紧问啊！"方遇催促道。

"我……我也不知道啊。我只知道他有几个经常混在一起的狐朋狗友，不过我可都没有联系方式。"

"那你说来干吗？"刚说出口，方遇意识到有些不礼貌，于是降下语调继续说道，"你试试回想下，看有没有办法联系上他的那些朋友，今晚一定要找到他。"

现在找宋及春的朋友，并不一定有什么作用，但是至少是一条路，总好过完全没有头绪，说不定宋及春真有可能找什么人帮忙。

听到方遇的话，宋洋有些慌，似乎还想问原因，但是又不好开口。过了一会儿，宋洋拍了下方向盘，然后说道："还有一个地方我没找过。"

"快说。"

"我家的老宅。"

"老宅？回廊坊？"方遇眼前一亮，"你不是很多年前就已经签了拆迁协议了吗？"

"签是签了，但是一直没拆，也没人来管这事，所以老宅还一直空在那里。我是很少过去的，不过去年听一个老邻居说，看到过臭小子带着几个人进去胡闹过。"

"赶快带我过去。"方遇听完二话不说，就打开车后门，钻了进去。从诊所过来时，坐的是邹华的车，他的那辆雪弗兰现在还停在佟遥家楼下。

看见方遇上了车，佟遥立刻收了伞，也赶紧跟着钻了进去。

宋洋从后视镜偷偷地瞥了一眼后座的两人，喉头一阵涌动，似乎想问问儿子到底是牵扯上了什么事情，以至于让方遇如此急着要找人。但是看到方遇满脸发黑，默不作声地看着窗外，他便没敢问出声，只是摇了摇头继续开车。

此刻方遇坐在车上，也稍稍冷静了下来，他知道急并不能解决问题。接着刚刚在雨中的分析，他的脑子里又开始继续拼凑起那些极其有限的线索。

他希望能够推导出一些比较乐观的情况，比如说朱冬去找宋及春时，有可能只是谈到了自首，而并未提到安亭。这样的话，宋及春就算是要灭口也只会找到朱冬，而不会立刻把安亭也纳入目标。

但是类似这样的想法，还未开始，方遇便立刻自行做了否定。因为勒死朱冬的那个女士包链太具备指向性了，单凭这一点，就能够确定安亭已经被宋及春所控制。

不过安亭有没有生命危险，或者说安亭是否已经被害，方遇还无法确定。刚开始，完全只是主观意志阻止了他做出这样悲观的论断，不过再稍稍深入思考，方遇意识到或许安亭还真有可能留有一线生机。

作出这样的判断，关键点还是在于杀死朱冬的那条女士包链。

现在情况已经很清楚，在知道了朱冬要自首以及安亭的信息后，宋及春为了13年前的罪行不被暴露，最终选择了铤而走险。他随后的犯罪过程也相对明确，先是控制了安亭，取走安亭的包链，然后利用安亭的包链勒杀了朱冬。

其中为什么要选择用安亭的包链来完成行凶，非常值得推敲。比较直接的理解，应该就是宋及春想要嫁祸安亭。

对某些穷凶极恶的罪犯来讲，杀两个人和杀一个人并没有任何区别，反正到了最后都是死罪。但是对某些有想法的人来讲，杀一个人和杀两个人还是不一样的。杀一个人能办到的事情，为什么要多沾上一条人命呢？更何况，多杀一人，便算是多一次冒险，同时也会留下更多的线索和隐患。

对宋及春来说，朱冬是个行为不受控制的精神疾病患者，就算能够说服他这次不去自首，日后也必将是个随时都会爆炸的定时炸弹。所以，朱冬是必须要死的。

但是，安亭却是未必。宋及春知道安亭手里完全没有证据，否则不会一等就是13年，而且他应该已经从朱冬嘴里得知并判断出，安亭是在进行自闭症治疗的情况下，才偶然得知了13年前的真相。

意思就是，只有朱冬和安亭知道他13年前杀了人，同时安亭隐忍了13年就是为了复仇。所以只需要杀了朱冬，再嫁祸给安亭，便能达到继续掩埋13年前案件真相的目的。

这样的情况下，安亭面对朱冬的死亡，几乎辩无可辩。就算安亭讲出实情，警方也只会当个故事来听。毕竟这样的故事，13年前警方已经听过了一次。

当然，这样的推断还有许多的漏洞，但是此刻，方遇却无比地希望宋及春不是之前他认为的那种满脑糨糊的纨绔子弟。他希望宋及春能够像自己刚刚分析的那样多想一步，也只有这样安亭或许才能留有一线生机。

就在方遇被自己悲观与乐观交织的想法所折磨时，手上的手机突然亮起了一条信息。

方遇抽回思绪看了看屏幕——"我觉得有问题。"

信息的内容很简短，而发送人竟然是坐在自己身边的佟遥。

方遇诧异地扭头看向佟遥，佟遥则小心翼翼地望了望驾驶座，然后用眼神示意他不要说话，继续看信息。

对于佟遥疑神疑鬼的行为，方遇有些不解，不过看佟遥如此谨慎，他也就没有开口问话，只是照着指示继续盯着手机，等待下一条信息的出现。

一分钟后，方遇的信息提示音再次响起。

"这辆特斯拉，我前天跟踪朱冬时看到过。朱冬从医院出来的时候，车还停在医院里，等我跟着朱冬回家后，这辆车却紧跟着出现在了朱冬家门口。我觉得他应该是在跟踪朱冬。"

看完信息，方遇有些惊讶。他这才想起从刚才和宋洋说话的那阵儿开始，佟遥就没说过一句话，而上车后，她也是沉默不语，原来是发现了疑点。

照佟遥所说，这辆车在朱冬刚找完宋及春沟通之后，就跟踪着朱冬回了家。如果情况属实，这应该是个非常有价值的线索了。而佟遥信息中的"他"想要表达的是宋及春还是宋洋，方遇就有些不明白了，毕竟佟遥并没有表明现场在车上看到的是谁。

如果说是宋及春开车跟踪，不管是为了搞清楚朱冬的住处，还是提前观察环境为昨晚的行凶做准备，都是顺理成章。可是如果是宋洋开车跟踪，就有些难以理解了。要知道今天上午，还是宋洋提供了13年前的关键信息。

想了想，方遇快速地打字回复："那他发现你了吗？"

佟遥努力地回忆了一下当时的情景然后回道："不确定，不过我想应该没有。"

不论是宋洋还是宋及春，肯定都是不认识佟遥的，而且那样的情况下，又有谁会想到还有另外一个人也在跟踪朱冬呢？

"那你看到了开车的人吗？"方遇继续问道。

"没有。我只瞥了一眼，并没有注意到人。"佟遥回道。

原来如此，看来佟遥并不能确定当时开车跟踪朱冬的人是谁。方遇正思考着，忽然间思绪却被迎面车道的喇叭抗议声和远近交替的闪烁车灯给打断。

这时，方遇才想起，宋洋一直开着远光灯。

"市区内开车还是关掉远光为好。"方遇拍了拍前座，轻声提醒道。

"什么？"宋洋似乎没有反应过来。

"你的车一直开着远光。"看来宋洋并不知道这回事，于是方遇又解释了一遍。

"不会吧?"宋洋有些尴尬,找了半天才搞清楚远光在哪里关。在这个过程中,车子还歪歪扭扭地摇晃了起来,幸亏宋洋及时把住了方向盘,才没有偏离车道。

"你平时很少开车?"方遇纳闷地问道。看宋洋的样子,完全就是一个新手司机。

"呵呵,平时都是司机开车,我自己很久没开车了,今天太晚,不好再麻烦司机,所以就自己开了车出来。"宋洋有些不好意思。这时车子开始拐进回廊坊,安全起见,他把车速降了下来。

"这车平时不是你在开吗?"方遇追问道。

"哦,这车是那臭小子两年前骗我买的,说是有面子还不费油,结果没想到充电这么麻烦,所以后来就丢给他在开了。唉,我看他就是故意的。"说到宋及春,宋洋又开始唉声叹气起来。不过方遇能看得出来,虽然对儿子的不争气颇有不满,但是宋洋内心里还是很在意这个儿子的,否则也不会这么晚还担心到亲自来报警。

听到宋洋这样的解释,方遇点了点头。这样一来就说得通了,而且宋及春整个作案过程也变得更加清晰和合理。

朱冬昨天上午找到宋及春后,两人现场发生了矛盾和争执。朱冬受伤离开后,宋及春冷静下来一定是想到了可能产生的后果,所以决定对朱冬灭口,这才紧跟着开车跟踪了朱冬,去了解朱冬的住处和周围环境。

而在跟踪的过程中,宋及春恰好发现了佟遥敲窗和朱冬沟通以及玻璃破碎的一幕,这才让他最终做出了在夜间从窗外进行袭击的决定。

虽然从现实情况和最终的结果来看,选择窗外行凶无疑是一个最佳的选择。但是要想做出这样的选择,必须非常熟悉朱冬家的构造以及朱冬的房间位置才行,这也就是邹华死活都在朱冬的熟人关系中打转的重要原因之一。可是却没人想到,宋及春是因为跟踪发现了窗户碎裂这巧合的一幕,才规划了这样的行凶过程。

所以如邹华所说的,从另一个角度来看佟遥倒是帮了凶手一把,原则上应该是没错的。

跟踪完朱冬以后,宋及春就把车开回了医院。而在夜间行凶时,他肯定是不会再开车的,因为开车一定会走马路,驾驶座的情况也会被监控记录下来。

所以如果不出意外,宋及春昨天下午旷工就是在筹划夜间的行凶,而之后,他应该是通过某种非常规的方式不知不觉地埋伏进了回廊坊。比如说从北边毕家山翻墙进入，这样警方就完全查不到他的行踪了。

照这么推算下去，安亭很有可能在昨天中午见过自己之后，又被宋及春运用某种方法引进了回廊坊，并且就是在这个时间内被宋及春所控制。

因为宋及春如果真想嫁祸安亭，就必须制造在案发时间安亭出现在回廊坊的证据。而要想在回廊坊待上这么久的时间而不被人发现，最好的地方无疑就是宋及春家早已荒废的老宅。

想到这里，方遇一阵激动，同时神经也开始紧绷起来。他不知道自己的分析正确与否，可是如果自己是对的，那等会儿在宋家的老宅，又会是如何一番情景呢？

"快到了吗？"方遇有些紧张起来。

"前面就是了。"宋洋透过挡风玻璃，往前指了指。

半分钟后，车子停在了一个十字巷口。和朱冬家所在的西南角不一样，宋家的老宅在回廊坊的东北方向，这一带房子虽然也很老旧，但是规模和质地却要好上不少，而且大多数房子都是两层以上。

方遇和佟遥撑伞下了车，跟着宋洋往巷口拐角的一栋两层楼房走去。方遇向四周望了望，附近一大片区域亮灯的没几家，看来这里之前的居民条件应该好上不少，不管签没签拆迁协议，平时应该都不会在这样的地方长住的。

宋洋刚准备掏出钥匙开门，却发现大门并没有锁，而是掩了一条窄窄的缝隙。纳闷间，宋洋正准备回头征求一下意见，方遇却急匆匆地绕过了他，直接一把推开了铁门。

年久失修的大门在深夜里挤出一道诡异的吱呀声，而房内立刻回应了一串惊慌失措的猫叫。

佟遥心里害怕，立刻紧跟着方遇进了屋，宋洋落在最后、关上了门。随着房门关闭，整个屋子立刻就陷入了一片漆黑。

方遇赶忙掏出手机，迅速地打开了电筒，而在射灯亮起的一瞬间，身后立刻传来了佟遥惊恐的尖叫声。

佟遥几乎就在耳边的尖叫，让方遇也是心头一颤。顺着电筒看过去，却发现只不过是一只白猫弓着腰伏在走廊充满戒备地盯着这边，不过再仔细一看，方遇也立刻倒吸了一口凉气。

白猫的嘴上沾着一团红黑不明的物体，乍一看去，异常地怪异。而在白猫身前一直到自己脚下的过廊上，有一道类似拖把蘸了墨汁刷过的长长痕迹，在其周边还散落着许多或浅或深的梅花状印迹。

方遇蹲下身，拿手机照了照，脑中立刻便传来一阵眩晕。

那一道长痕，哪里是什么污迹，分明就是已经干涸的血迹。

而周边散落的则是猫爪印，密密麻麻，带血的猫爪印！

如此的场景，就这样猝不及防地显露在眼前，方遇的心脏几乎就要停止跳动，而地面上那拖出长尾的血痕和斑斑血迹，此刻也如同溅出的钢水一般灼在了心上，让他悲痛交加，几欲窒息。

他很想阻断自己将这些血迹与安亭联系起来，但是仅存的理智告诉他，安亭的遇害已成事实。在这个地方这个时间发现血迹，除了安亭，他想不出来还有什么其他的解释。

同时，从拖行的血痕可以看出，宋及春不仅杀了安亭，而且应该已经运走了安亭的尸体。

想到了安亭冰冷的身体被凶手在水泥地上无情拖拽的场景，方遇的双手不由愤怒得颤抖起来，手机背后的射灯也在过廊发泄似的乱晃，吓得白猫一个转身便窜得没了影子。而这时宋洋也在身后亮起了电筒，紧接着就是一声闷呼，很显然，他也发现了地上的血迹。

"这……这是……这是？"宋洋已经惊得说不出话来。

"你们先在这里等着，不要乱走。"方遇用了全身的力气站起了身，强迫自己镇定下来，握了握佟遥紧拽住自己衣角颤抖的双手以作安抚，然后一个人举着手机，绕过血迹往过廊走去。

宋家的老屋构造比较奇怪，一进门便是搭着雨棚的过廊，过廊差不多五六米的样子，左右都是抹了水泥的砖墙。只不过右手边的砖墙只到了过廊尽头，而左边的墙体却一直延伸到远处的黑暗之中。过廊外应该是一片空地，可以明显听到雨水落地的声音。

根据刚在门外观察到的方位，左边这堵单墙是沿着巷子的，照这样推测，右手边的则是宋家的两层楼房，而过廊外应该就是一个类似院子的空地了。

走到过廊的尽头，方遇举着手机照了照，眼前的景象立刻印证了他的猜测。宋家的房子就是由一栋二层小楼和一个铺了水泥的院子组成，只不过是屋子沿街，院子在后的构造。

院子不小，八九十平米的样子，和左边沿巷的墙体一样，院子的另外两边都是单墙，墙外没有建筑，应该是隔壁两家的空院。看样子，这里一带的民居大都是这样房前院后的结构。

没有撑伞，方遇跨过倒在过廊口的一把木板凳，淋着雨贴着墙角右转进了院子。

贴着墙根出了过廊往右，是一段半米多宽，铺了白瓷砖的楼前过道。

上方没有阳台也没有雨棚，过道早已被雨水冲刷干净，不过依然可以通过电筒灯光看到断断续续的血丝浮在靠里的墙根。

楼前过道有两扇门，一扇就在方遇的右手边，临近进门的过廊。另一扇则在整个楼房的正中，而在楼前过道的最尽头则是一个没门的开口，不出意外，应该就是上二楼的楼梯了。

方遇将衬衣袖口解开，然后拉出包住手掌推了推右手的房门，房门是关上的，正准备扭动把手看看能不能打开时，宋洋从过廊探出身来："这是厨房，没锁的。"

说完，宋洋就从过廊走了出来，而佟遥也撑了伞跟在了身后。

"不是让你们等着吗？"方遇伸手拦住了二人。

"灯在进门左墙上。"宋洋指了指房门解释道。

方遇想了想，对着宋洋点了点头，然后朝佟遥说道："你就等在外面。"

拧开了厨房的大门，方遇找到门口左墙，按了开关，可是屋里却没半点反应。

方遇拿手机照了照，的确是一个狭长的厨房，没什么家具，整个房屋一目了然，重点照了照地面，也没发现任何血迹。

"看来是断电了。"宋洋把头伸进来说道。

两人离开了厨房，顺手关上了房门。

"这是堂屋。那边是上二楼的楼梯。"宋洋指着尽头的门洞解释道。

方遇抬头看了看，然后径直往正门走去。宋及春不会选择在二楼行凶，不管是把人引上去，还是处理尸体，都太过麻烦了。

走到正门旁，方遇拿着手机上下照了照，门槛上的血迹不多，但却清晰可辨，房门微掩未锁，刚好露出一道猫身可过的缝隙。

门楣和门框两边贴着金字红底的横批对联，而随着长期的荒废和风雨侵蚀，字迹已经残破不堪。横批上的"大展宏图"四字，右边已经脱落悬空，而左边一眼看去，竟隐约只剩了诡异的"人尸"两字。再配上门面上两个黑白面相的门神在黑夜中狰狞着面目，整个景象让人不寒而栗。

回头看了看雨中撑伞的佟遥，确认她没有跟着进门的意思后，方遇呼出一口气，然后一把将大门整个推开。

大门打开的瞬间，一阵慌乱的猫叫传来，刚刚的那只白猫留下一道白影飞快地窜进了堂屋左边的房门，另有一白两花三只小奶猫，似乎因为惊慌失了方向，逃到了右边的墙角，挤在一块，争相发出凄厉的求救声。

堂屋很大，手机的灯光顾左不能顾右，不过方遇还是一眼就看到了布满房屋地面的猫爪血印。

忽然间，开关声响起，屋子的灯光也跟着亮了起来，紧接着宋洋在门口传来一阵惊呼。

从目眩中缓过神来的方遇立刻看到了房屋靠左上角的一摊血迹，同时，从血迹到大门口还有一道长长的拖拽血痕。

血迹已经半干，灯光下亲眼看到地上的殷红，刚刚一进门闻到的血腥味似乎又浓烈了许多。方遇一阵心绞，很显然，安亭就是在这里遇害的。

"要不要报警？"宋洋声音颤抖，站在门口不敢往里一步，很显然是被自家老宅的血腥场景吓坏了。

方遇转身看着宋洋惊慌的样子，握紧了拳头点了点头，如果不是一丝理智尚存，他几乎就要冲上去教训这个教出杀人凶手的男人。

宋洋赶忙拨通手机出了大门，而佟遥此刻正躲在门外朝里望着，撑开的雨伞已经落在了地上。看着佟遥痛苦的表情，方遇知道她已经猜到了些什么。

佟遥两腿颤抖着跨进了门槛，看了看地上触目惊心的血迹，然后红着眼看向了方遇。

面对佟遥询问的眼神，方遇完全不知道该如何开口。

"等警察过来吧。"方遇扶着佟遥退回到门边，堂屋现在满地血迹，极有可能留有宋及春的脚印。这时候，最重要的是保护好现场。

而这时，佟遥却愣在原地，瞪大了眼睛指着堂屋左手边的里屋门口，惊恐得说不出话来。

顺着佟遥手指的方向，方遇看了过去，那只白猫正立在门口，盯着这边，似乎在等着机会穿过堂屋和自己的子女团聚。与刚才比较，白猫的身上似乎又沾染上了大片新的血迹，而在白猫身后，可以很明显地看到一摊红黑之物。

方遇安抚住佟遥，示意她不要乱动，然后疑惑地朝里屋走去。

感觉到了方遇的逼近，白猫飞快地沿着墙根，绕开堂屋的血渍，奔向了墙角的三只小奶猫。

方遇没有理会，只是盯着白猫留在身后的从里屋流出来的血迹，半天说不出话来。

怎么会有两摊血渍？

带着疑问，方遇小心地绕过血渍，然后走进屋里，同时拿包着衬衣的手摸到了门口墙边的开关。

灯光骤然亮起，而眼前的场景却让方遇差点惊呼出来。

里屋是一间卧室，卧室里有一张简单的单人床和两个床头柜，正对房门的位置摆着一张老式的带镜衣柜，正中的单人床只剩一个床架，而床架旁地面上的血泊中仰面躺着一具女尸。虽然尸体嘴巴上的胶带几乎遮去了一半的脸，整个脸部也血迹模糊，但是方遇还是一眼就认出了是安亭。

方遇完全没有想到安亭的尸体还在这里安安静静地躺着，而亲眼见到尸体，则让他脑中一阵晕眩。

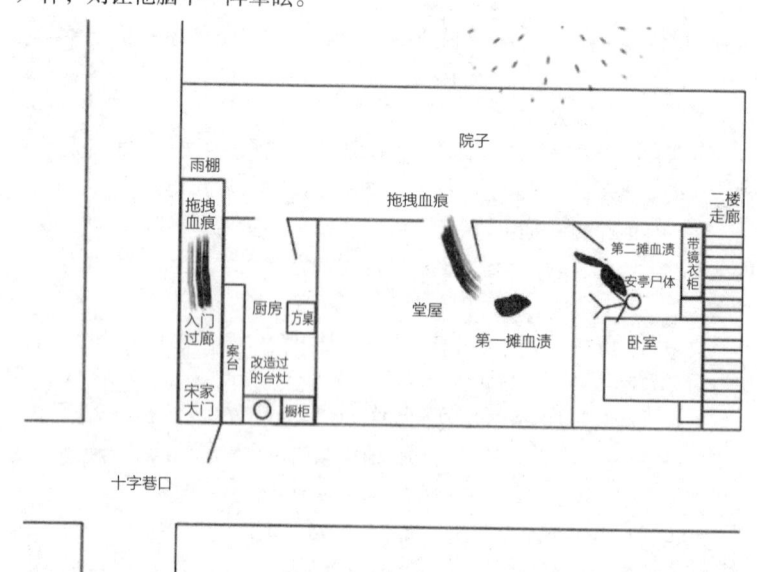

[图：宋家房屋平面图，标注有十字巷口、宋家大门、入门过廊、拖拽血痕、雨棚、厨房、案台、改造过的台灶、橱柜、方桌、堂屋、第一摊血渍、第二摊血渍、院子、卧室、带镜衣柜、安亭尸体、二楼走廊]

花了很久时间，方遇才从眩晕中睁开了双眼。稍稍冷静下来之后，他的脑海里闪出的第一个问题就是，安亭的尸体尚在，那么进门时那道拖拽的血痕又是怎么回事？

强迫着自己定住视线，方遇观察起了安亭的尸体。

安亭两眼紧闭，双脚伸直并起，而双手则背向被压在了身后，看样子是一个被反绑的姿势，但是脚上却没有绳索。双手因为被压在身下，所以无法进行判断。

封口的胶带遮住了脸的下部，再加上满脸的血污，根本无法分辨出面容和表情。昨天见面时穿过的灰色风衣上沾满了喷溅的血迹，而风衣领部和胸部则完全被血液浸红。地面上的血迹面积大得惊人，那款常背的链条包仿佛漂在了血泊中一般。

从尸体的姿态来看，应该是死亡前被捆绑，而且似乎也没有什么反抗的迹象。

致命伤很明显来自于颈部，具体的伤口因为大量血液的覆盖已经很难看清，但是触目惊心的血渍已经证明了一切，而且除此之外，身体的其他部位衣物完好，并没有什么其他创伤。

割喉致死，这让方遇心中的怒火更旺了起来，同时也让他的疑惑更甚。

割喉肯定是致命的，从颈部流到卧室门口的血迹也具有连续性，这就代表了安亭的尸体并没有被移动过。那么堂屋里的那摊血渍又是从何而来？

而且从堂屋的血渍到门口，包括刚进大门时的过廊都有拖拽痕迹，很明显就是在处理尸体。

难道，除了安亭之外，还有第二具尸体？

第六章

不可能谋杀

死者乔安亭，女，籍贯上海，1965年生，51岁，原华东大学心理系教授，生前在江城市开设心理诊所13年。

死亡地点为回廊坊6街12号一楼东侧卧室内，死亡时间为2016年11月4日凌晨3点至5点之间。死亡前手脚有被捆绑的痕迹，但现场并未遗留捆绑工具。致命伤同时也是身体唯一的伤口来自于颈部，属锋利锐器切创伤。伤口部位长12厘米，深1.3厘米，伤及气管，同时颈侧大动脉被割断。

具体死因初判为颈部切创流出的血液被吸入切断的气管，进入支气管和肺部，导致吸入性窒息死亡。

经勘验，现场并未发现致死凶器。房屋常年没人居住，家具和墙面均有不同程度的积灰，但卧室和客厅的地面却相对干净，很明显经过了清扫，室内包括室外院子，均未发现有效指纹和脚印。

在死者所处的卧室及卧室外的客厅有两摊主要血迹，经初步化验，血迹分属两人。其中卧室血迹为B型血，隶属于死者；客厅血迹为A型血，隶属不详，需进行进一步检测比对。

另外，从客厅到大门过廊有两段拖拽血痕，其中血液经过比对，与客厅的血迹相匹配……

邹华脑中一边回想着刚刚法医和技术科给到的现场勘验和现场初步尸检结果，一边慢慢地踏上通往二楼的楼梯，然后走进楼上的第一间房。

进房的时候他没有开灯，而是直接走到了靠近巷子的窗前，烦闷地点上了一支烟。

屋外的电线就在窗下穿过，然后在巷口和其他方向的线缆乌压压地纠缠在了一起，像极了他现在的心情。

一天之内在回廊坊连续发生了两起命案，而且两起命案从实际的案发时间来看，相隔不到几个小时。再加上两名死者之间的关系，邹华完全有理由相信这两起案件是有一定联系的。

同时从现场来看，除了已经确定的两名死者外，应该还有一人生死未卜。从楼下客厅的那摊血迹的血量来说，这剩下的一人不死也是重伤了。万一这人也死了，那可就是3条人命。

一天3命，放到哪里都算是大案了。

当然，让他头痛的不仅仅是这些。他现在抛开楼下的热火朝天，一个人偷偷地躲到楼上，完全是因为方遇。

他需要避开方遇一个人静静地理清思绪，搞清楚方遇和这两起案件到底有一种什么样的关系。

这一次的死者乔安亭，按照方遇的话来讲，应该和他有着六年的交情，而之前有着不在场证明的那个小姑娘佟遥，看起来和他的关系也不一般。而第一个死者朱冬又是这两人新接手的病人，至于朱冬与方遇之间有没有什么直接的联系，那就不好说了。

方遇与两起案件都有如此复杂的关系，这让人很难不对他产生怀疑。

在朱冬案件中，警方到达现场不到一个小时，方遇就以路过为由出现。紧接着在晚间去传唤嫌疑人时，方遇更是抢在自己之前和嫌疑人有了沟通。而这一次，方遇更是成为了案发现场的第一发现人。

如此的巧合，看起来方遇就像可以未卜先知一样。

对于这样的情况，邹华能想到的就只有两种情况：

第一，方遇是在秘密地调查什么案子；

第二，方遇和被害人或者凶手，或者和双方都有着不可告人的关系和秘密。

如果是第一种可能，那倒没什么。可是如果是第二种情况，自己或许就摊上大麻烦了。要知道，方遇可是市刑侦支队的副队长，工作将近30年的老干警，不论是在公检法体系，还是其他方面的社会关系可都是硬杠杠。如果他故意从中作梗，自己在这一系列的案件调查过程中可算是困难重重了。

"咚咚咚。"

正在内心反复纠结之时，身后传来了敲门声，邹华扭头回看，发现方遇正站在门口。

"一天两起命案，难办啊！"邹华立刻转身，摊手做出了一个为难的手势，不过表情却无论如何也没办法立刻调整到一个自然的状态，还好进房的时候没有开灯。

"你是不是有什么疑惑?"方遇摸索着打开房灯,然后走进屋。

"是啊,疑点颇多,这两起案件很可能有关联。"邹华挤了挤眉目,然后指了指屋子正中的床板,示意方遇坐下聊。

方遇坐上床板,想了想然后继续说道:"我指的是你对我是不是有什么疑惑。"

"你说笑了,对你能有什么疑惑?"邹华赶忙笑着打起了马虎眼。

"这两起案件,我都是第一时间出现在了现场,而且和死者还有之前的嫌疑人都有直接关系。不起疑心的话,你可就不是一个合格的警察了。"方遇话语很是直白,但是语调却颇为诚恳。

之前因为错判安亭杀了朱冬,所以一直对邹华有所隐瞒,但是现在安亭已死,他也就没了心理上的顾虑了,而且现在最主要的就是要抓住凶手,为安亭平冤复仇。他决定把13年前的案件还有最近发生的事情和邹华都说清楚,不过邹华能听明白多少,是否愿意相信,那就是另外一回事了。

对于方遇的直接,邹华很是诧异。他咽了咽口水,然后眯着眼睛轻声问道:"方队,你是不是在查什么大案?"

"我是在调查一个案子,不过倒也不是什么大案。"方遇不知该如何说起,看了看邹华,然后做了个讨烟的姿势。

邹华赶忙掏出烟盒,递上一支,然后点燃打火机凑到了方遇嘴边。

"我调查的其实是一桩13年前的失踪案,不过却是今天这两起案件的直接起因。"方遇往前凑了凑,点燃了香烟。

"哦?什么案件?"方遇的话直接勾起了邹华的好奇。

在袅袅青烟的笼罩中,方遇把13年前安亭女儿遇害案的前因后果,以及这两天安亭在治疗中发现朱冬和宋及春两名凶手的事情,包括自己调查宋及春的过程都一一和邹华仔细地讲了一遍。不过,对之前怀疑安亭向朱冬复仇的事情,却选择性地做了省略。

"怪不得乔安亭死在了宋及春家的这座老宅里。"邹华单手摩挲着下巴,若有所思地说道。不过稍作停顿,他又皱起了眉梢歪起了头:"不过,你讲的这些的确和结果相符,但是内容和过程我总觉得有些不合理的地方。"

"嗯,你觉得哪些不合理?"方遇笑了笑,13年前的案件内容如果听了觉得合理,那才叫真正的不合理。

"催眠挖掘记忆什么的我是不懂,但是倒也不难理解,电影里也会经常看到类似的说法,这一点我没什么好质疑的。而且从目前的结果来看,这个乔安亭13年前报警说两名少年杀死女儿的说法,似乎也没错。如果不是非常确定的话,我相信她不会如此执着地坚持寻凶13年,除非她有妄想症。而且她和朱冬也不会这么无缘无故地死掉。"

稍稍顿了顿,邹华继续说道:"但是这样的话,13年前乔安亭不在现场,却对案发细节描述如此清晰,就显得有些过于诡异和反常理了。"

"还有吗?"方遇听完点了点头。果然在这么多年后,了解了安亭的所作所为,特别是已经发生了这样的悲剧之后,13年前安亭对于女儿被谋害的描述,已经变得没有那么让人难以置信了。不过邹华提出的质疑,随着安亭的离去,可能就变成了一个永远都没办法解开的谜团。

"还有就是,乔安亭是如何知道凶手会患上精神疾病的?难道完全是靠猜测?如果真是这样的话,拿13年的岁月去赌这样低概率的事情,会不会太托大了?"邹华继续说道。

"的确,你提的这两点不论是在13年前还是现在,都是已经无法回答的问题了。除非安亭能够活过来。"说到这里,方遇一声长叹,悲痛之情溢于言表。

"你跟她相识这么多年,从来都没问过?"从方遇的表情中,邹华能看出他和乔安亭的感情并不一般。所以对这件事情,方遇如此上心,他也就非常能理解了。

"我也是昨天刚知道她这么多年一直在寻凶。"方遇难过地摇了摇头。

两人开始沉默地抽起了烟,过了一会儿,邹华忽然抬起头兴奋地说道:"或许13年前的谜团还有解开的可能。"

方遇也跟着疑惑地抬起了头。

"13年前的当事人不是还有乔安亭的丈……前夫吗?"邹华反问道。

方遇恍然大悟地点了点头。

"刚好乔安亭死亡的事情也是要通知家属的,虽然只是前夫,我想应该也是要通知到位的。"邹华补充道。

"嗯,通知的事情就由我来吧。我觉得有必要让佟遥也和他见见面。"虽然已经离婚,但是方遇相信安亭的死,对她的前夫来讲肯定也会是一件很难面对的事情。让佟遥出面,或许能起到一些安慰作用。

"那楼下的情况你怎么看?"宋洋还有佟遥都已经进行了问讯,而方遇既是现场的第一目击人,同时对整个案件情况也最熟,邹华当然要首先征求他的意见。

"从现在的情况来看,宋及春的凶手身份是跑不掉了。不过有一点我倒是还没完全想通。"在等待出警的过程中,方遇已经对现场的情况进行过分析,其中疑点的确不少。

"哦?"邹华做出了洗耳恭听的姿势。

"现场的血迹。"嘴里说着,方遇的脑海中立刻浮现出堂屋和卧室那两摊触目惊心的血泊。

"从正常的逻辑来讲,宋及春应该是要杀朱冬和乔安亭灭口的。但是从朱冬被乔安亭包链勒死的实际情况来看,宋及春最终是选择了杀死朱冬,再嫁祸给乔安亭的做法。否则,他没有必要专门选择乔安亭的包链来行凶。"

"是这么个理。"邹华点了点头。

方遇续上了一支烟继续说道:"如果是嫁祸,那么乔安亭是不用死的,不然,绕这么一大圈的嫁祸行为也就没了意义。要知道按现在的情况,宋及春必须先控制住乔安亭,再取包链去杀朱冬。这样做的复杂程度和风险比起直接杀掉两人无疑要大得许多。如果不是为了嫁祸,宋及春不可能这样做,除非他脑子坏掉了。"

"可是乔安亭的的确确是死了,而且是在朱冬之后大约两三小时左右。"邹华对乔安亭的死亡时间进行了补充,因为尸检和现场勘验情况方遇现在还并不清楚。

"是的,这就是矛盾之处。"方遇点了点头继续说道,"我能想到的唯一解释是,宋及春本来是想嫁祸而非杀死乔安亭,但是在他到朱冬家作案的时候,乔安亭摆脱了控制。而在宋及春作案返回后,与挣脱束缚的乔安亭发生了冲突,最终宋及春负伤,乔安亭身亡。这一点,从现场的两摊血迹应该可以得到验证。"

"很有可能。从尸检的初步结果来看,乔安亭手脚都有捆绑的痕迹,但是实际情况却是身上以及现场都没有发现用来捆绑的绳索,这样的确可以说明乔安亭是挣脱掉了捆绑。"邹华点头附和。

"不过如果真是这样的话,有一点却是很难解释。"方遇皱起眉头,吸了口烟。

"哪一点?"

"不知道你有没有注意到现场的血迹分布。两摊血迹分别位于正中的堂屋和东向的卧室。乔安亭是在卧室被割喉身亡的,这是一击毙命的致死伤害,死后也没有尸体移动的迹象,所以如果两人发生了争斗,那么地点就应该是在堂屋的血迹处。"

方遇挪了挪身体,继续说道:"过程简单地还原下,应该是乔安亭趁宋及春行凶返回时，在堂屋袭击了他，致其重伤留下血迹。不过宋及春身强力壮，虽然身负重伤，却还是制服了乔安亭，并将乔安亭拖拽至卧室将其杀害。你想想还有没有其他可能。"

"应该只能这样了。"邹华想了想，然后摇起了头。

"我也反复想过，从现场的血迹分布来看，只有这一种可能。不过这种可能却又是完全不可能发生的。"方遇胸有成竹地说道。

"什么意思？"方遇完全自相矛盾的描述，邹华是完全没有听懂。

"从堂屋的那摊血迹可以看出，宋及春受的伤不轻，流了这么多血肯定不是一时半会儿的事。"方遇解释道。

"对哦，宋及春不可能是打晕了乔安亭，然后倒在地上等到流了这么多血之后，再把人拖到卧室下杀手。按照现场的失血量，不死也是要休克的。"方遇这样一解释，邹华就全通了，不过想了想，又有些不确定地问道："不过，会不会是宋及春到卧室完成行凶，回到堂屋时才因伤体力不支倒在了血迹处？"

"逻辑上你这种说法是可行的，相当于位置颠倒过来。乔安亭挣脱束缚后，刚好宋及春赶回来，所以躲在卧室里，等到宋及春出现然后袭击重伤了他。接着宋及春凭借身体差异反杀了乔安亭，然后按照你说的，离开卧室时因伤倒在了堂屋的血迹处。但是，法医现场确认过，卧室里除了乔安亭的喷溅血迹外，地上从尸体颈部流出的血液是完整和连续的，除此之外，现场没有其他单独的血迹，也就是说卧室里根本没出现过宋及春的血迹。同样的情况，从堂屋血迹处到卧室除了猫爪血印外，也没有其他的血迹。宋及春要想在卧室完成行凶，必然会在途中留下血迹。总不能受了伤后一点血也不流，然后等到杀死乔安亭后才开始莫名其妙地流血吧？"方遇继续解释道。

"道理我懂了，因为堂屋和卧室有两摊完全不同的血迹，所以如果宋及春先在卧室杀了乔安亭，他就不可能因受伤而在堂屋留下大量血迹。而如果先负了伤，他又不可能在途中不留任何血迹的情况下到卧室杀了乔安亭。这一点虽然细微，但的确是非常关键的线索。你要是不说，我还真的想不到这里来。"听完分析，邹华对方遇的观察和推理能力开始另眼相看。之前一直以为他是个坐办公室的文职型领导，没想到业务能力也如此优秀。

"除此之外，我觉得现场还有另一个疑点可以放在一起来思考。"方遇接着说道。

"哦？"邹华竖起了耳朵，生怕疏忽大意听漏了什么。

"从堂屋的血迹处到门口，还有整个进门前的过廊，都有很长而且连续的拖拽或者爬行留下的血痕。这个代表着什么应该很明显吧？"

"是的，这表明受伤者想要离开现场，这两处之间的走道铺了瓷砖，所以中间段爬行留下的血痕被雨水冲掉了，不过依然可以发现少量的血液残留。这些血痕都化验过了，和堂屋的那摊血迹同属一人。"邹华点头补充。

"但是爬行的血痕到了大门口就立刻中断了，我有出门看过，出了大门后就完全没有一丝血迹。虽然昨晚和今晚都下了大雨，但是屋檐下的干燥处也没有任何血迹就有点不正常了。如果是宋及春受了重伤要逃走，按照当时受伤的状态不可能刚好腾空跳过了这一段。而且就算雨水冲刷，屋外也不可能一丁点血迹都不留下。"

顿了顿，方遇继续说道："还有，你刚也说了，乔安亭是在朱冬死后2到3个小时才被杀，假设朱冬是在今天零点身亡，那么宋及春离开这里的时间就应该是今天凌晨3点左右。今早雨已经没那么大了，而且在早上6点多的时候已经完全停了下来，所以说只要宋及春带伤到了屋外，那就一定会留下不少的血迹。这里是十字巷口，大清早的不可能没有人注意到这些。"

"朱冬的尸检报告已经出来了，具体的死亡时间是在今天凌晨1点左右，误差不超过半个小时。"邹华补充道。

"这个对于判断影响不大。"方遇摆了摆手。

"宋及春受重伤想逃出这里，但是爬行的血痕却在门口中断，难道是有人在门口帮他止了血，然后用交通工具带他离开的？或者清理过痕迹？"邹华想了想然后问道。

还不等方遇回答，邹华双手一拍："就是了，刚刚已经勘验过，案发现场都有很明显的清扫痕迹。但暂时还没有发现任何的指纹和脚印，并且凶器还有捆绑乔安亭的绳索都没有找到。宋及春受了重伤，不可能是他来善后销毁线索的。那就代表一定还有第三个人出现在现场。"

"的确是有第三个人出现在案发现场，不过我不认为是这第三人做了善后，并协助宋及春逃走。"方遇丢掉烟头，用脚踩灭，然后站起了身。

"那现场的清扫痕迹，还有在大门口中断的血痕又该如何解释？"邹华有些不明白了。

"我刚说过，两个疑点需要结合起来看。走，我们下去把现场重新走一遍。"说完，方遇指了指脚下，然后往门口走去。

两人重回到一楼堂屋，勘验人员依然在现场寻找着蛛丝马迹，而法医则在卧室里忙碌着。

方遇指了指堂屋的那摊血泊说道："最开始，我们提到了这个案子最大的疑点，就是如果现场只有宋及春和乔安亭两人，那么堂屋和卧室的两摊血迹，包括乔安亭是如何被割喉就成了无法解释的矛盾。"

"是的，受重伤的宋及春不可能隔空到卧室杀人。"邹华点点头。

"那么我问问你，有杀害乔安亭动机的现在都有谁？"方遇看了看卧室门口，不过眼神刚刚触及便又立刻飘开。一看到门口的血迹，他就会不由自主地想到安亭惨死的模样。

"从现在掌握的信息来看，只有宋及春。"邹华拍了拍大腿，"明白了，在现场只有宋及春和乔安亭两人的前提下，根本无法解释两摊血迹的问题。所以堂屋的这摊血迹根本就不是宋及春的，而从第二个疑点分析出来的第三个人才是宋及春。你刚刚说的两个疑点要结合起来考虑，是不是就是这个意思？"

"是的，这第三个人才是真正杀害乔安亭的凶手。而从这里到大门口的血痕，也不是什么受伤爬行造成的，而是拖拽伤者或者尸体留下的痕迹。"方遇指着一直延伸到门口的血痕说道。

"这样一说，就全通了。所有的疑点也都有了合理的解释。"邹华摩拳擦掌，一副豁然开朗的表情。

"不过在这堂屋受重伤的人又是谁呢？"解开了两个疑点，而新的疑点又随之产生。根据现在掌握的前因后果，方遇完全无法想出堂屋这摊血泊的主人是谁。

"这样的话，今天凌晨的现场还原就要推倒重来了。"邹华想了想说道，"会不会是宋及春叫了帮手一起绑架了乔安亭，然后取了包链去执行杀朱冬嫁祸她的行动。在这个过程中，帮手帮忙看着乔安亭，结果被挣脱束缚的乔安亭袭击受伤。却又恰好被完成任务返回的宋及春发现，宋及春看到事态已经恶化，无法再执行原来嫁祸的计划，所以最后干脆对乔安亭也下了杀手？"

方遇听完不置可否。逻辑上来讲，邹华进行的重新还原有一定道理，这样不仅圆了前两个疑点，而且顺带着连宋及春先嫁祸后杀人这个自相矛盾的点也给解释清楚了。

不过他总觉得真相应该不会这么简单，毕竟就连13年前的同伙朱冬表达了一下想要自首的意愿，都会被灭口，宋及春又怎么会把埋藏了13年的秘密轻易地分享给其他人呢？

这时，屋外传来一阵喧闹，似乎是勘验人员发现了什么。方遇和邹华对了一个眼神，然后不约而同地绕开地上的血痕，一起走出了房门。

"怎么了？"邹华对着围在厨房门口的两名刑警问道。

"发现了半个血脚印。"其中一名刑警转过身兴奋地回道。

第七章

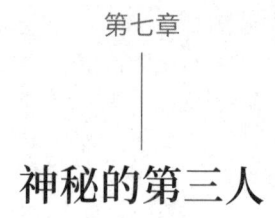

神秘的第三人

"血脚印?"邹华听完立刻淋着雨小跑了过去。虽然已经基本上确定了凶手的身份,但在排除堂屋血迹属于宋及春后,这是目前为止,发现的唯一和凶手有直接关联的证据,意义非同一般。

方遇紧跟在邹华身后,一进厨房门,就看到2名勘验人员对着一张木凳打着强光拍照。木凳凳面上有个非常淡的浅红色脚印,不过在强光下隐约可以看出只有前半脚掌的痕迹印在凳面的边缘。

"只有前脚掌的印记,脚印呈规则波纹状,宽11.5公分,长13公分,换算成鞋码的话大概是42码左右。发现时,木凳是倒在厨房外靠进门过廊的墙根处,因为凳子表面贴着墙,所以减少了雨水冲刷。"其中一名技术人员指着厨房门外解释道。

这张木凳的确是倒在厨房旁的墙根处,之前出过廊时方遇是有印象的。不过,为什么现场地面都有过打扫,却唯独这木板凳上留了半个脚印?

方遇带着疑问退回到厨房门口,凭着记忆还原了木凳倒地的位置,然后打开手机电筒,举起朝着过廊上的顶棚照了照。一角透明塑料防雨布挂在了顶棚边缘,同时一块压着雨布的红砖也露了小半截在雨棚外,看起来摇摇欲坠。

雨棚上压着的防雨布是被人拉拽过的。

方遇心里大概有了谱,立刻叫了邹华,然后指着顶棚说道:"血迹在大门口中断的原因应该找到了。"

邹华顺着方遇手指的方向抬头看了看,立刻会意,然后马上从厨房找了另一张一模一样的木凳,摆正位置站了上去,拽住露出的防雨布使劲一拉,啪啪几块红砖落地,一大块防雨布带着积水落了下来。

邹华被淋了个满身透，不过他却顾不上这些，跳下凳子捡起雨布仔细地检查了起来。

"有被刀割过的痕迹。"不一会儿，邹华抓着雨布的一边，兴奋地说道，"如果你分析得没错，应该就是宋及春用这防雨布运走了受伤的同伙。这样看来，接下来就好办了。"

方遇看了看雨布边缘不规则的刀割痕迹，点了点头。

此刻邹华的心底颇有些激动。自己的地界上几小时内连续发生了两起血腥命案，而且现场不仅没有监控，同时因为凶手的狡猾和恶劣的天气，也没留下什么明确的线索。最主要的是如果不是方遇提起，死者和凶手之间这段近乎不可思议的关系，根本就没有曝光的可能。可以说，如果不是方遇的介入，这起案子基本上就没办法破。

而现在，不仅确认了凶手的身份，而且还发现了血脚印这个重要的证据。同时，连整个作案的过程也得到了清晰的还原，甚至还挖出了作案的同伙。有了现场的血迹，宋及春同伙的身份确定只是时间早晚的问题。

接下来，方向已经非常明确，如果效率够高，说不定不等天亮就可以两案并破。那自己可就算是创造纪录了。

想到这里，邹华的大脑又开始飞速地运转起来，规划起了接下来的工作。

按照邹华的打算，现场已经没有继续待下去的必要，当前情况下，他赶的是时间，要的是效率。离宋及春逃走已经过了一个白天，想要立刻抓到人肯定不现实。但是好在目标已经锁定，接下来只需要走正规的嫌疑人抓捕流程即可。

根据邹华的安排，连夜查监控是必不可少的，重点锁定的时间是案发前后特别是昨天凌晨3点以后。带着重伤的同伙，宋及春不可能从北面翻围墙逃离，这样的话，不论是通过交通工具还是徒步，总免不了从回廊坊的两个出入口经过。

另外一点，就是彻查城南区昨天各大医院、诊所和药房，这项工作要等到天亮之后才能进行。

还有就是各大公共交通系统，为了防止宋及春逃出江城，车站、火车站、机场还有各个高速、省道都是要通知到位。当然为了确定宋及春是否在昨天白天已经逃离，购票记录和道路监控也是要查的。

剩下的，邹华决定带着宋及春的父亲宋洋一起把宋及春家里先搜查一遍，虽然躲在家里的概率不大，但是该排除的总要先排除。而且作为宋及春的父亲，没有人会比他更了解自己的儿子。

邹华的安排算是非常周密了，方遇听完表示赞同，同时要求与邹华一起行动，这一点邹华当然是求之不得。

交代好了一切，两人立刻出了宋家老宅，急匆匆地走到警车旁。

"这姑娘怎么办？"邹华指着后座车窗问道。

邹华这么一提醒，方遇才想到了佟遥。刚刚为了不影响现场勘验，佟遥和宋洋被安排到了屋外警车内躲雨，顺便做现场的问讯。看了看时间，已经快凌晨2点，两人和司机在车里待了差不多快两个小时，想来也是着急了。

透过车窗看了看靠着后座发呆的佟遥，方遇心里一阵难受："先送她回家吧！经历了这样的场面，这孩子肯定受了不小的打击。"

邹华看了看警车，又看了看宋家老宅，表情有些为难。屋里的收尾工作肯定还得好一阵，暂时也抽不出人来。而这时坐在副驾驶的宋洋，刚好引起了他的注意："你们是怎么来的？"

"坐宋洋的车。"方遇答道。

"这样，我让司机先送佟遥回家，为了不耽误时间，我俩就直接坐宋洋的车好了。等调查完了，再叫司机来接我们。"邹华一边说，一边望了望旁边停的那辆特斯拉。

方遇点了点头，破案为重，这样也算是比较合理的安排了。

接着，邹华打开副驾车门，把宋洋叫了出来，和司机简单交代了几句，然后下车把宋洋拉到了一旁。

"困了吧？"方遇趁机钻进了后座，坐在了佟遥身旁。

"不困。你不用担心我，我自己回家就好。"刚刚佟遥已经听到了邹华交代司机送她回家的谈话，虽然她很想和方遇一起抓住凶手，但是她知道自己跟着肯定只会添乱，而且警察的规矩也不允许这样。

方遇一时想不到什么安慰的话，同时也不想再提到安亭，以免加重对佟遥的打击，只能是强挤出微笑拍了拍佟遥的肩膀，然后便转身下了车。

车子慢慢开动，而这时车后窗突然落下，佟遥探出头红着眼对方遇喊道："方叔，一定要抓住凶手，给妈妈报仇。"

说完，佟遥的情绪便再也控制不住，一直憋在眼眶中的泪水，仿佛积攒了多年，然后在此刻一股脑地喷涌而出，混着冰冷又无情的夜雨挂满了脸庞，浸湿了衣裳。

看着泪如泉涌，渐行渐远的佟遥，特别是听到那声从来没从她嘴里喊出过的"妈妈"的时候，方遇一阵酸意涌上鼻腔。

刚刚在案发现场中一直忙碌着的各种理智和分析，瞬间就在脑中烟消云散，而留下的只有安亭和佟遥，只有6年来她们和自己相处的种种片段和瞬间。

那些美好而珍贵的记忆，以及对记忆中人的爱意，方遇一直深埋在心底，羞于表露。在他看来所有的这些都宛如一面五彩斑斓的镜子，他一直在找机会将镜中的美妙带进现实。

可是这一切，却在今晚被以最残酷的方式打破，碎成零星，再难重圆。而他也再没有机会对镜中人说出哪怕一句，曾经的美好也瞬间变成了凄厉的噩梦。

方遇狠咬着牙根，仰头迎着雨水，任凭苦涩落进眼里，将悲伤冲散溶解，化为一股愤怒。就像佟遥所说，既然噩梦已来，那他可以选择的就是将这个噩梦的制造者狠狠地击垮，他唯一能做的，就是抓住凶手，为安亭报仇，给她13年的愤恨和执着最终画上一个句号。

长吁一口气，方遇抹了把脸，然后对着等在车旁的邹华说了句"出发"。

邹华看着方遇的样子，心中一阵感叹，想了想，直接帮方遇拉开了后座的车门。这时候最好不要让他和凶手的父亲靠得太近，而且能让他一个人静静也是更好。

一路上，方遇坐在后座一言不发，而邹华对宋洋不断抛来的问题，类似于宋及春有没有生命危险，人是不是宋及春杀的之类，也都一概以暂时还不清楚为由给搪塞了过去。

不过在他家老宅发生了这样难以置信的凶杀案，而且宋及春也恰好在这个点失踪，换了谁都能联想到什么。方遇能观察到宋洋在路上偷偷地抹了几把眼泪，车开得也是仿佛失了魂般的歪歪扭扭。

十多分钟后，宋洋把车子开到了他家医院不远处的一家廉租公寓旁。

"宋及春就住这里？"邹华下车，抬眼看了看灭了一个字的公寓霓虹招牌，有些不相信地问道。

"是的，是他自己执意要搬出来住的。"宋洋萎靡地回答道。

邹华好奇的并不是宋及春没有和家人同住，他想不通的是以宋家的财力，宋及春住得也太差了点。不过看到宋洋垂头丧气的样子，他也就懒得继续深究下去。

三人进了公寓大堂，邹华问了楼层房号就急匆匆地去按电梯，而方遇则是掏出了警官证找管理员拿了备用钥匙。他昨天下午刚来过，宋洋手里并没有宋及春房间的钥匙。

电梯上到4楼，方遇抢先出了电梯右拐来到了403房间，然后插入钥匙打开了房门。

房间不大,说是一室一厅,可是卧室和客厅之间就只有半扇落地玻璃勉强作为隔断。方遇走进屋子,简单扫了一眼,和昨天下午来时并没有什么两样。

邹华站在客厅四处打量。宋及春不在,他也没显露出什么失望的表情,这本来就在他的意料之中。

邹华东看西看,一时也想不到该搜些什么。这时方遇走到门口的鞋架处,叫了邹华一声,然后指了指鞋架上的鞋。

邹华顺眼看去,立刻会意,宋及春的鞋都在这里,刚好可以比对一下鞋印。

方遇随手拿起了一只运动鞋,抬起脚往自己脚底一比,然后诧异地看向了邹华。

邹华俯身仔细看了看,也是大吃一惊,那双球鞋比方遇的鞋长宽都小了一大截。

"你穿多大码?"

"41。"方遇回道。

"怎么可能?"邹华不相信地又拿起了几只不同的鞋翻看了一遍,鞋内侧标注的欧洲码都是38码。

一阵折腾之后,方遇和邹华尴尬地对视了一眼。

"看来,我们搞错了。"

当方遇开口承认推断错误的时候,邹华完全懵了圈。他仔细地回想了一下,怎么都觉得现场的分析不可能还有第二种可能。

"宋及春是38码的脚?"邹华头一歪,朝宋洋不甘心地问道。

"是的,遗传他妈,天生脚小。"宋洋纳闷地点了点头。他搞不清这两个人对着鞋一阵比画到底是在干什么。

听完宋洋的回答,邹华烦闷地摇了摇头,然后想了想,板起脸严肃地说道:"你先在房间里待着,不要动任何东西。"

说完,便不管宋洋的反应,拉着方遇走出房,顺手带上了房门。

"怎么了?"邹华的行为让方遇有些不解。

"得重新捋捋。"邹华把方遇拉到了电梯口,这样既可以观察到403房门,又可以防止宋洋在门内偷听。

"看来推断的确有误,那个血脚印不是宋及春留下的。"方遇摊了摊手。

邹华没有继续说话,反而在身上找起了烟,可是搜了半天却只翻出个空烟盒。不知道是因为断粮在了关键时刻,还是因为之前的分析被推翻,他显得异常地焦躁。

方遇很理解邹华此刻的心情。现场就发现了血脚印这么一个像样的线索,虽然不算是什么关键性证据,但是如果对上号,至少代表之前的方向走对了。可是现在证据与宋及春之间的关联被推翻,所有的思路立刻又被全部打乱。

邹华将空烟盒揉成一团,狠狠地丢进了电梯旁的垃圾桶,然后叹出一口浊气,挠了挠头,又摸了摸下巴,双手完全无处安放。

"拿这个先凑合凑合吧。"方遇掏出薄荷糖铁盒,顺便出言安慰。

"如果脚印不是宋及春留下的,那还有什么可能?"邹华摆了摆手,干脆直接进入了主题。

"如果脚印不是宋及春的,那剩下的就只有一种可能了。"方遇不假思索,直接回道。

"宋及春是受伤的那个?"

方遇点了点头。

"可是两摊血迹的矛盾又该如何解释?"邹华眉头紧皱,努力地思考着。

"虽然很难接受,但是的确只剩这个可能了。"方遇想了想继续说道,"至于隔空割喉的矛盾,你之前也分析过,宋及春应该是受伤后电话求助了帮手。只不过现在看来,这个帮手不仅协助了宋及春逃走,还帮他杀了乔安亭,顺便清扫了现场证据。"

"这……"邹华总觉得哪里不对,却又无处反驳。

"是不是觉得难以置信?"方遇问道。

"总觉得有些不合常理。如果真是这样,这不就是越俎代庖了吗?"邹华把手指插进头发,闭着眼睛想了半天,却依然想不出更合适的言语来表达自己的感受。

"的确是有些不合常理。叫人帮忙逃走不难,就算最终暴露,最后也顶多就是个协助凶手逃逸,知情不报。可是动手杀了安亭,可就是死罪难逃了。我实在想不出,关系得好成什么样,才会让那第三个人不顾后果地动手帮宋及春杀了乔安亭,而且还是割喉这么残忍的手段。"方遇掏了两颗薄荷糖塞进嘴里,口腔中立刻一片清凉,可是脑中却依然是一团混乱。

"而且这个人不仅手段老辣残酷,心思也是细腻到了极致。"想着凶手近乎冷酷到无情地割喉一个并没有深仇大恨和直接利益关系的女性,而且还冷静到事后从容不迫地打扫现场,方遇就有些不寒而栗。

"那为什么没有处理掉乔安亭的尸体呢?"邹华问道。

"也许是时间不允许吧。处理尸体并不是一件简单的事情,当时的情况下,能完成伤者的救助就已经很不容易了。"虽然嘴上这样回答,但是对于这个解释,方遇自己都觉得不甚满意,"不过情况还没那么糟,至少现在可以确定宋及春受了重伤。这样的伤势下,短期内应该不可能远行,我看有很大概率,他还留在江城,甚至有可能就在城南附近。"方遇回想起了堂屋的那摊触目惊心的血泊,那样的出血量,肯定得立刻救治,否则必然会有生命危险。

"希望如此吧,就看天亮后的排查能不能有好消息了。"邹华还是显得有些失望。

"现在最重要的还是要找出这第三个人。"方遇捏了捏拳头,既然杀害乔安亭的另有其人,不管他是谁,动机为何,就一定不能放过他。

"你觉得会是什么人?"邹华问道。

"现在来看,有杀乔安亭动机的就只有宋及春一人。我对乔安亭很了解,她这些年几乎没有什么多余的交际,不可能有什么其他的仇人,而且还恰好和宋及春有关系。现在看来只能从宋及春的人际关系入手了,这个人一定和宋及春关系密切。"除了宋及春,方遇的确想不到还会有谁能对安亭痛下杀手。

"你觉得会不会是宋洋?"说完邹华转头看向了403紧闭的房门。

"这个不好判断。"

根据打过的几次交道,方遇对宋洋并没有什么恶感,甚至很大概率上他对儿子13年前犯下的罪行毫不知情,昨天要不是他提供有效信息,方遇可能还没办法这么快就锁定到宋及春。

不过转念一想,或许宋及春在走投无路时跟老爹坦白求助也不无可能。宋及春是他的独子,老婆又死得早,为这么一个独苗犯险似乎也在情理之中。

可是没有宋洋,命案现场和乔安亭的尸体根本就没可能这么快地发现。哪有凶手会胆大,或者说愚蠢到带警察到犯案现场的地步呢?

"我觉得可以好好查查,宋及春这小子我知道,这几年没少犯事儿。这样一个社会渣滓,平时交往的肯定都是些酒肉朋友。我看除了家人,应该没人能帮他到这个程度。"邹华冷哼一声。

"问过他昨天凌晨的行踪吗?"道理虽然没错,但是方遇还是很难将宋洋这样一个老好人的形象和割喉杀人的极恶凶犯联系在一起。

"现场的时候应该做过问讯,不过我还不清楚。走,现在去问问。"说完,邹华便迫不及待地朝403走去。

宋洋依然老老实实地坐在儿子的单人床边,见到邹华两人进了屋,便立刻站起了身。

"你穿多大的鞋码?"一进门,邹华就直奔主题,一点过渡和寒暄都没有。

"42码。"宋洋纳闷地低头看了看自己的双脚。从一进门这两人就开始翻看鞋子,现在又开始问自己的鞋码,这让他有些摸不着头脑。

"前天晚上到昨天早晨你都在哪里?见了什么人?做了什么事情?"鞋码基本上算是对上了,邹华又继续调查起了昨天的不在场证明。

"前天晚上吗?我想想。"宋洋推了推眼镜,眼睛挤成了一条缝,左脸上的乌黑胎记也跟着往上提了一提,"前晚,我在汇江区和赵副区长一起吃饭,一直到晚上11点。"

"吃个饭能吃到这么晚?"

"呃!这个,我们正筹备在汇江区新开一家分院,征求了一下赵副区长的意见,所以……"宋洋面色尴尬,回答得支支吾吾。

"之后呢?"邹华冷哼一声,不用想也能猜到他们这么晚在干什么,不过这也不是他该关心的问题,犯不着费心思去纠结。

"之后我就回家了。"

"你怎么回的家,到家时是几点?"

"司机开车送的,到家时正好12点。我记得司机当时因为太晚,所以问过我第二天要不要上班,几点来接什么的。"

"司机送你到小区门口还是一直送到家?"邹华盘算了下,从汇江区开车到城南差不多也要1个钟头,不过他觉得还是要问清楚,说不定宋洋是在小区门口又自己转了道。

"我家离小区大门还有几百米,一般都是直接送到家的,当时我喝了不少酒,是司机扶我进的家门。"

"司机扶你进的家门?"

"是的。"

"那之后呢?"

"喝了酒头有些痛,我就直接睡下了,因为第二天早上医院还有个会,所以我让司机早上8点半来接我上的班。对了,昨天上午我还在医院见了方警官。"宋洋说着便把目光求援似的投向了方遇。

方遇点了点头以作回应。看着两人一问一答,他才发现宋洋似乎是因为习惯问题,和人说话时总是稍稍偏着右脸,藏着胎记,这让他谈话时总显得有些不自然。想必也正是因为如此，邹华才甚感怀疑，咄咄逼人。

"12点回的家，第二天早上8点半离开，这期间你就一直待在家里，没有再出去过？"

"是的，千真万确。"知道邹华是因为老宅的命案调查自己的不在场证明，宋洋有些诚惶诚恐。

"如何证明？老婆过世得早，儿子又不住家，怎么都是你自己一张嘴吧？"

"这……咳咳咳。"邹华逼人的气势，让宋洋有些紧张，动了动喉结，竟然被口水给呛了嗓子。

"小区和你家有监控吗？"看着邹华过于强势，宋洋也被吓得有些发蒙，方遇赶忙出言提醒。

"对，监控，小区里监控比人还多。"宋洋仿佛获救一般，赶忙说道。

离开了宋及春外租的单身公寓，方遇和邹华又乘车到了宋洋的居所。这是邹华原计划中的一部分，因为这里本就算作宋及春可能的藏身地之一，而现在又多了一项顺带的工作，那就是验证宋洋的不在场证明。

"我带你们去保卫处调监控。"宋洋把车子靠边停在了门口保卫处旁的空地处，拉了手刹，熄了火。

"监控我们等会儿自然会来看，先去你家吧。"首要目的还是排查宋及春的藏身之所，邹华害怕耽搁时间，所以立刻出言阻止。

"不只是看一下监控吗？"虽然没有直接反驳，但是宋洋的话语中明显透露出了抗拒。

"赶紧的，不要耽误时间。"邹华语气强硬，不容反驳。然后说完便和方遇心有灵犀地对视了一眼，两人都听出了些蹊跷。

宋洋无奈，只好松下手刹，重新启动。

车子慢慢地开进了小区，邹华这才体会到了刚刚宋洋所说的他家离大门口还有半公里，以及小区监控比人多的真正含义。

长江和丹江两条大河把江城分为了城北、城南和汇江三镇。汇江区相当于半城郊，不过最近几年也有不错的发展；城北属于老城区，人口众多，商业发达；而城南面积最大，相当于另外两镇之和，这里原来更多的是政府单位、教育机构和公共资源，后来因为环境更好，土地资源充足，近几年商业发展甚至隐隐有超越城北的趋势。而且由于政策导向，加上高校资源丰富，城南近十年来雨后春笋般地冒出了一堆高科技园区和企业。

高科技、高收入人群集聚城南，自然就有了豪宅的刚性需求，所以长江南岸沿木家山、毕家山东侧现在基本上算是豪宅林立。而豪宅扎堆城南,除了发展带来的刚性需求外,还有一些风水上的老讲究。

以龙尾山、蜓山、木家山和毕家山等为代表的一众山峦由北向南,横穿长江,形成了一条非严格意义上的断续山脉。老江城人都将这座南北向的山脉称为江城的龙脉,长江以南的木家山为龙身,而最南端的毕家山则就是龙首了。

所以在城南南端还未大面积开发的时候,毕家山东面的一大块平地就已经圈起了许多别墅区,而宋洋所住的"龙江汇"就是最早的一批高档别墅小区。

宋洋的家在小区西侧,和毕家山东脊紧邻,是一幢双拼联排别墅,两户共享一幢,每户4层,地上三层,地下一层,还有合起来近百平的前后一小一大两个花园。由于小区建得早,没有设置人车分离的地下车库,所以每户还自带了一间小停车房。

跟着宋洋下了车,经过花园来到门前,邹华对方遇眼红地咂了咂嘴,意思好像是在说,什么时候能住进这里那才叫人生赢家。

"门前有个摄像头,是去年小区配套门禁系统一起装的,还有每家花园都有围栏,听说都装了和小区安保系统联网的红外线报警设备,从来没响过,不知道是不是物业忽悠的。"宋洋指着防盗门上的一个摄像头说道。

从小区门口开始,邹华就开始数起了监控,虽然也不像宋洋说的那样夸张,但是基本上每个路口都是有摄像头的。小区很大,绿化占比也是高得吓人,而且居住密度极低,监控死角肯定是少不了,但是摄像头的分布算是非常合理了,要想避过监控进出小区,基本上是不可能的。

方遇和邹华跟着进了房内,不知道是不是当时开发商统一装修的缘故,房屋整体的装潢还算清爽,并没有宋洋办公室那样的"中式审美"。而且虽然没有很多较新户型的那种中空设计,但是在客厅说话也似乎能听到轻微的回音。

"你一个人住这么大的房子不觉得瘆得慌吗?"邹华站在客厅中央向四周望了望,话语中透露着酸意。

"唉!本来指望着这小子早点结婚,让家里热闹热闹的,只是他玩性太大,而且……"宋洋说着说着,似乎想到什么,就再也没法说下去了。

方遇一言不发,但是倒挺能理解宋洋此时的心情。现在多的是这种所谓的成功人士。年轻时打了鸡血似的奔事业,捞钱财,反而忽视了对家人的陪伴和子女教育。等到功成名就之后才发现,钱仅仅是个度量而已。所谓的为事业打拼,也只不过是满足个人欲望的一个自私借口。而真正重要的亲情、感情甚至那份平和淡然的心绪,到头来,却遗失得一个不剩。

而且宋洋所要面对的甚至会更惨,按照宋及春现在的情况,抱孙子享受天伦之乐几乎已经不可能实现,未来的晚年基本上也是可以预见的凄凉。

想到这里,方遇倒是有些同情起宋洋来了。

之前调查宋及春的档案时,他顺便了解过宋洋的资料。一个农家的孩子,通过学医,从医院最基层干起,拥有了自己的家庭和事业,可以说已经最大程度地改变了自己的人生轨迹。可是从天堂到地狱,几十年的奋斗就这么轻易地毁在了短短的一日之间。

对于宋洋一人独居的事情,邹华没有继续纠结。他让宋洋带路,从一楼往上,一个房间挨着一个房间地把整个别墅检查了个遍。

按道理说,事发突然,自己两人又没有相关的搜查文件,宋洋完全可以找理由拒绝,可是他却似乎完全没有往这方面想。再联系到之前打过的几次交道,方遇才发现,宋洋不仅性格温和,而且对警察的工作,也算是非常的配合了。或许是因为平常工作经常和公务机关打交道吧。

二楼是两间卧室,其中有一间明显是客房,床上只留了席梦思床垫,其他的床上用品和家居物件为了防尘,都储藏在了衣柜里。

而另一间卧室却明显不是宋洋的,虽然也是双人床,但是床品的颜色质地,还有软装的风格都偏年轻,甚至有些低龄化。墙面上贴着几张卡通海报,书架上也满是各种各样的日本漫画。很明显这里就是原来宋及春住过的房间。

方遇擦了擦书桌,又伸手进台灯灯罩摸了摸冰冷的灯泡,按理说灯罩里面属于绝对的卫生死角,可是宋及春常年未住,灯泡上竟然没有一丝灰尘。

"家里每周都有阿姨来打扫,我特意交代了不能漏过这间房。"看着方遇的行为,宋洋站在一旁解释,样子有些落寞。

方遇点了点头,不置可否,然后跟着宋洋又上了三楼。三楼同样是两个房间,一间是宋洋的卧室,另一间则是堆满了各类书籍的书房,方遇大致扫了一眼,医学类的书籍占了绝大部分。

相较宋及春的房间,三楼反而显得凌乱了许多,当然也多了一丝生活的气息。

这样的房间安排,让方遇颇有些好奇。家里就宋洋一人,别墅又没有电梯,按道理来说,宋洋应该是住二楼才对。同时三楼是斜顶的设计,实际上的使用面积比二楼要小上了不少,而且虽然有空调,但是相比较而言肯定少不了冬冷夏热。方遇实在想不通,为什么宋洋会选择一个人住在顶楼。

不过转念想到宋洋表面冷淡抱怨,但是实际却对儿子关心备至的情景,方遇也就释然了。

"可以上楼顶吗?"邹华走到书房门口,四周看了看,没有找到继续往上的楼梯。

"上面是斜顶,封死的。"

回到一楼客厅,邹华回想了下有没有什么遗漏,然后站到了通往地下室的楼梯口:"楼下是什么?"

"地下室,原来是娱乐房,现在没什么用处了,日常放些杂物。"宋洋开口回答,但是却没有想要带两人下楼的意思。

"下去看看。"邹华一只脚已经踏下了木楼梯。

"真的没什么,就是……就是些不用的杂物。"宋洋急于解释,言语中有些慌乱。

宋洋的异常让邹华有了一丝警觉,二话不说,立刻瞪着眼睛做了一个"请"的手势。

宋洋没有办法,只得不情不愿地绕过邹华下了楼梯。

一般情况下,这种别墅的地下一层都是安排成敞开式的活动或者娱乐空间,楼梯也是直达的。不过走下楼梯,方遇才发现,这里的地下室却额外砌起了一堵墙。

这样的情况下,下了楼梯后的空间就形成了一个狭窄的走廊,而看宋洋伸手掏钥匙的动作,这墙内的房间平时应该是锁住的。

方遇心生疑惑,却也不说什么,就等着宋洋开门,看看里面到底有何蹊跷。

宋洋拿钥匙开了门,然后进门开了灯。

地下房门打开的瞬间,方遇似乎闻到了一股医院才有的淡淡药味,疑惑地和邹华对视了一眼,邹华皱着眉头,似乎也发现了同样的情况。

跟着宋洋走进地下室,眼前的景象让两人都大吃一惊。地下室两边贴着墙排着几个铁质货架,货架上整齐地排放着一个个标准的牛皮色纸箱,中间空地上也是同样的货架,不过却空着没放东西,这让整个地下室看上去一目了然,在正对大门的另一面墙边放着一组4个办公室常见的铁灰色带锁文件柜,文件柜前放着一台没有通电的跑步机,文件柜顶上堆着一些工具类的杂物。除此之外,地下室里别无他物。

邹华走到了靠墙的货架旁,摸了摸货架上的纸箱问道:"这里面装的什么?"

"都是些药品，医院里药品仓库紧张，刚好离家近，就把这里当临时仓库了。"宋洋说话时，神情紧张，明眼人一看就知道事情没他说的这么简单。

"是走私药吧！"邹华笑了笑，包装纸箱上全是英文，没有一个中文字。虽然不懂医药领域的事情，但是走私药品获取暴利他还是偶有所闻的。

宋洋吞了吞口水，没有回答，不过脸上不自然的表情已经说明了一切。

方遇恍然大悟，怪不得这地下室莫名其妙地砌了一堵墙，原来里面还藏着走私药品的秘密。这样一来，刚刚宋洋不愿带二人回家和下地下室的可疑行为也就有了合理的解释。

非法走私贩卖国外违禁药品按道理也是非常严重的罪行，不过此时方遇却没有心思管这横生一道的破事，而且这里是城南地界，邹华自然会有他自己的安排。

这边邹华此刻心里却是一阵乐呵，一波未平一波又起，真是什么事情都让自己撞上了。这送上门的案子，他肯定是要管的，再小的案子也是案子，更何况看这情况，药品数量不少，金额肯定也不小。而且顺藤摸瓜，说不定还能挖出走私利益链什么的，那可就不是一桩小案子这么简单了。虽说这是经侦的工作，但是自己的功劳肯定是跑不了的。

"文件柜里装的是什么？"虽然邹华心中狂喜，不过为了防止宋洋狗急跳墙，脸上倒也没表现出什么，对药品的事也没继续再提。

"我也记不清了，应该都是些杂物吧。"最大的秘密被发现，宋洋也没什么必要再继续遮遮掩掩，整个人似乎也认栽般地放松了下来，一边说一边直接走到柜前，赌气似的把几个柜门都一一打开，然后做了一个"请君自便"的手势。

的确，柜子里乱塞的都是一堆杂物，甚至还有一个层板装满了男孩儿的玩具，看样子应该都是宋及春小时候的物件。

完完整整地把宋洋家搜了一遍，没有任何宋及春的影子，这一点对方遇来说虽在意料之中，但是多少还是有些失望。不过对于邹华来讲，却算是收获了一个不大不小的意外之喜。

邹华心情不错地给司机打了一个电话，然后趁着等车的时间，又和方遇一起到物业监控室查起了监控。

不知道是不是故意赌气，宋洋并没有主动提出开车送上一程的话，邹华和方遇也不好意思开口主动要求，所以只好花了七八分钟步行到门口，好在此时雨已经消停了下来，两人才没有遭受湿身之罪。

据值班的保安介绍，小区每户的门禁系统和红外防盗报警设备都是去年物业统一安装的，而且也都和安保系统进行了联网。听到这里，邹华基本上心里有了谱，查起监控来也有些漫不经心，过程中还和保安唠起了嗑。

按道理来讲，这样的情况下，宋洋自述的不在场证明应该是没有问题的。回家前那一段，有汇江区副区长这样级别的人证，回家路途中的时间也不允许他中途有其他行程。而回到小区后，门口、路口以及别墅内部的监控基本上没有任何死角，宋洋没有理由在警察眼皮底下说谎。

不过即便如此，方遇还是认真地查起了监控，回放的速度也没有调得太高。

司机到的时候，方遇刚好查完，和宋洋交代的一样，他整晚都待在家里没有外出，直到第二天早上司机来接他上班。

出了监控室，方遇看到跟司机一起过来的还有另一辆警车以及2名刑警。不用说，方遇也明白邹华要干什么。

"大半夜的我看调查不出什么了，我让司机先送你回去，抓紧时间还能休息一下。上班后各方面排查有什么进展，我再给你电话。"邹华拍了拍方遇的肩膀，然后又跟司机交代了几句。

方遇看了看手机，已经快凌晨4点，想着接下来的确没什么可以继续的方向，便知趣地点了点头。

随后没开多久，到了江城大学门口，方遇就让司机丢下自己先回家休息。知道不用再赶夜路跑城北，司机师傅倒也乐得省事，再三跟方遇确认之后，便开着车回了家。

过了马路，方遇走到佟遥公寓下的停车处，不由自主地抬头看了看。整幢公寓楼都是一片可怖的沉默和漆黑，只有三楼那个熟悉的房间还倔强地透出一窗灯光。

方遇无奈地摇了摇头，强行压住了上楼安慰的想法。

这一夜，对于佟遥来讲，注定是最黑暗最痛苦的一段时光。但是除了她自己，没人能帮她走出这一段人生困局，希望她能够凭借自己的力量，跨过这苦涩的泥沼，熬到她人生中新一轮的破晓吧！

方遇收回思绪，环顾四周，沿街的店铺都闭着门，熄着灯，只有一家赶早准备的早餐面馆，在昏黄的灯光下冒着热腾腾的白烟。

从昨天下午到现在，方遇一直滴水未进，闻到诱人的牛肉汤味，肚子便开始不争气地抗议了起来。不过上前询问后，却被老板娘告知，臊子刚下锅开熬，至少还要再等上一个小时。

饿着肚子扫兴地回到自己的雪弗兰旁，却发现车窗上醒目地贴着一张交通罚单。方遇撕下罚单，慢悠悠地开门上车，静静地坐在驾驶座上。足足2分钟后，他才突然发泄似的用尽力气捶打起了方向盘，引得面馆老板娘一阵侧目。

接下来便是一阵喘息和静默。

喘息声仿佛来自于身体里的另一个生命，拼命地想从耳朵、眼鼻，以及皮肤上每一个毛孔中挣脱而出。而死寂一般的静默却如同一张无形的外壳，将那个愤怒的生命牢牢包裹。

不知过了多久，方遇才从一阵大汗淋漓中清醒过来。这时，看着车窗上印着的那个模糊而又陌生的面孔，方遇才发现自己已经彻底地迷惘，就像6年前那个同样没有尽头的黑夜一样。

天亮时，方遇已经坐在警队的办公室里发呆了好几个小时。从城南返回城北后，他没有回家，而是选择直接到了警队，可是坐到办公室时，他才发现自己既无一丝困意，也没有其他事情可做。

安亭的案子现在是城南大队在负责，所有的调查和对宋及春的抓捕工作，虽然邹华已经有序地安排了下去，但是每一项都需要时间，方遇着急也没有用，只能是耐着性子等待消息。

这样心中万千，却又无从发力的感觉，让他感到无比的焦躁，就连雨过天晴后初升的朝阳，在他眼里也变得炙热无比，惹人心慌。

不过唯一能让方遇心中稍安的，就是宋及春已经身负重伤，这样的情况下，他基本上不可能逃出江城。而只要他人还在江城，那一切就好说。

就这样眼睁睁地看着黎明前最后一点浓墨被慢慢地稀释消散，看着太阳让世间的喧嚣一点点蒸腾而出，身体里那股寻不着方向却又四处乱撞的莽劲终于压不住了。

必须找点事做，要不自己肯定会疯掉。

这时候，他想到了自己现在唯一可以做的事情——联系安亭的前夫叶升。

传达死讯并不是一件容易的事情，方遇思考良久，将想到的语言一一写下，可是换了许多方式，却始终找不到一种自己认为合适的说辞。

在揉掉了好几张信纸之后，他只得放弃，然后按照资料上的联系方式心情忐忑地拨响了电话。

只能有一说一，照实传达了。

可能是时间尚早，连拨了两次，手机里传来的都是一阵忙音。挂掉电话，方遇心里反倒是一阵庆幸，至少暂时逃过了一场必然会尴尬的对话。同时，他也有些后悔，当时自己真不该揽下这么一个吃力不讨好的活。

就这样在无所事事中熬到了中午，方遇实在是憋不住了，草草地解决了午饭后，决定亲自跑一趟城南去找邹华，就算帮着打下手去查监控，也好过坐在这里干着急。

动身之前，他又尝试着拨了一遍叶升的电话，这一次没响几声，话筒中就传来了一个略显疲惫的男声。

"你好。"

"你好，请问是叶升先生吗？"

"我是，你这边是？"

"我是江城刑侦支队的方遇。"

方遇自报家门后，对方似乎有些犹豫，过了几秒才慢慢回应道："有什么事情吗？"

"我打电话过来，主要是通知你一个噩耗。昨晚我们在城南区发现了乔安亭女士的尸体，因为我们没有其他直系亲属可以联系，所以……"到这里，方遇已经不知道该如何继续说下去了。虽然不知道乔安亭和叶升离婚的真正原因，但是两人解除婚姻关系已有十多年，他很担心叶升会直接拒绝。

接下来便是长达十多秒的静默，之后便传来了叶升极为克制的声音："我会马上赶到江城，不过我人在上海，有可能明天才能赶到。"

"非常感谢，你到后可以直接联系我，这个就是我的手机号码。"方遇心里的石头瞬间落下。

"好的，我记下了。"

叶升正要挂电话，方遇突然间又想到了什么："等等，还有一件事。"

"你说。"

"如果有可能，我想最好你的儿子叶时雨也能一起过来。"严格来说，叶时雨是13年前案件更直接的经历人，当时虽然不足6岁，但是现在已经成年，或许可以从他身上了解到一些当时的信息。而且，方遇觉得安亭死前没能见上儿子一面应该也属于一种遗憾。

"小雨……已经去世了。"

"怎么……怎么会？"叶时雨去世的消息，方遇是无论如何都没有想到的。

"安亭没有和你说起过吗？"

"没有。"方遇颇感诧异，听叶升的意思是，他似乎认识自己，"安亭和你说起过我？"

"小雨13年前就去世了。"叶升的声音听不出来任何情绪，同时也略过了方遇的问题。

"这……请问……"

"明天见面再聊吧！出发之前，公司还有些事情要处理。"

"非常抱歉，还请节哀。"

方遇还想问些什么，却被叶升打断，只能挂断电话，等到明天见面再说。

整个沟通过程比想象中要顺利，除了对方在得知安亭死讯后长达十多秒钟的静默外，其间没有出现任何方遇预测的意外情况，叶升的表现也足够理智。这让方遇心里稍稍安定，同时也对叶升有了一个不错的印象。

不过叶时雨已经去世的信息，却是让方遇大感吃惊，特别是去世的时间是在13年前，也就是说在叶时晴遇害之后没多久，安亭的小儿子叶时雨就接着死去。这完全是一个让人难以置信的消息。

不知道为何，虽然不知道死亡的原因，但是方遇总觉得，叶时雨的死或许和安亭13年前第二次报案，包括报案中提供的匪夷所思的线索有关系。当然，安亭和叶升的离婚也是在13年前。这样接近的时间点，方遇有理由相信，女儿和儿子相继身亡应该就是直接的导火索。

到城南的路上，方遇一直都在思考这个问题，叶时雨死亡的信息让他有了很多新的猜测，不过却让他自己都不愿意去相信。大半个小时的车程后，方遇来到了城南刑侦大队，时间非常不巧，到的时候，邹华正在开会。本来凭着职位，方遇是可以中途进场旁听的，但是出于礼貌，他还是选择了在邹华办公室等待。

就这样干等了快一小时，会议终于结束。邹华回到办公室，看到不请自来的方遇时，并没有感到很诧异。

"一晚没睡？"邹华没有落座，而是直接拿了两个杯子泡起了茶。

方遇点了点头，看了看邹华黑黑的眼袋，估计也是一直干到了现在。

"来，提提精神。"邹华将冒着热气的陶瓷茶杯放到了方遇面前，杯里的茶叶恨不能占了一半。

"有消息了吗？"方遇心中着急，直入主题。

"这个宋洋，可不是个简单的角色啊！"邹华落座，翘起了二郎腿，一脸愁容地说道。

"宋洋？"邹华一开口就提到宋洋，让方遇大感疑惑。今天凌晨已经很清楚地验证过宋洋的不在场证明，难道自己离开后在别墅里又有新的发现？

邹华抿了口热茶，然后吐掉粘在嘴唇上的茶叶："是的，宋洋自首了。"

第八章

再撞南墙

"自首，怎么可能？"方遇听完一阵混乱，他怎么也没想到会有这么个结果。

"还记得他家地下室里偷藏的那些走私药吗？"把茶杯放回桌上，邹华把椅子往前挪了挪。

"记得，怎么了？"

"宋洋这家伙，就在我们查监控那段时间，他自己打电话报案自首了。半个小时不到，还真是果断。"邹华言语间颇有些气愤，"而且不知道他是不是动了手脚，等我们再次返回地下室的时候，箱子还是那些箱子，但是很多都是空的，后来清点出来的走私药品，价值也才几万块钱。"

听到这里，方遇有些气结，同时有点被戏耍的感觉。放着两条人命不管，邹华却在纠结走私药品的案件。

"他这么一自首，性质就全变了，而且药品价值在15万以下，罪行也是最轻等，以他的人脉资源，随便撒点钱，估计也就是个罚款了事。"邹华愤愤地说道。

"昨晚的命案怎么说？"虽然心有不悦，但是方遇还是压住了火气，强行把话题给拽了回来。

一听到命案，邹华就皱起了眉头："截止到目前，各个公共交通部门都有了反馈，暂时还没有宋及春离开的消息，不过省道县道几乎没什么监控，没法断定他是不是走了小路。"

"他不是受伤了吗？应该会先疗伤，这方面有查出结果吗？"方遇着急地问道。

邹华没有发话，依然是紧着眉梢，摇了摇头。

从昨晚现场来看，宋及春受的可是重伤，这样的情况下肯定是没有办法立刻远行，方遇有把握确定他还在江城。可是如果现在不赶紧抓人，等到他伤势稍一缓和，那可就说不准了。

"附近的医院包括诊所这两天的门诊记录都查过，不过按道理来讲，宋及春也不会有胆量往正规医院去自投罗网。他家自己是开医院的，倒是可以简单救治，但是宋洋的行踪清清楚楚……"邹华跟着分析，满脸愁容。

"那现场另一人的身份呢？除了宋洋还有没有其他可能，宋及春的人际关系有没有排查？"

"说到人际关系，倒还有一些收获。宋及春平日交往的都是些社会青年，大多数在我这里都是有些案底的，这些人根本不可能为他犯这么大的险。不过今天中午我查到，宋及春在前天，也就是乔安亭身亡的前一天下午，有一笔大数额的汇款，金额是50万。时间很巧，我觉得这里面肯定是有些猫腻。"说到这里，邹华的眉头稍稍舒展了一些。

"哦？收款人是谁？"方遇突然想起了宋洋之前提到的，宋及春偷印章冒领医院50万现金的事情。

"魏大宇，你知道不？"

方遇摇了摇头，他完全没有听过这么号人物，不知道邹华问起来是什么意思。

"那魏建军你总该认识吧？"邹华又问道。

"城南分局局长？"方遇脑子一嗡，魏建军是城南公安分局局长，之前打过不少交道，两人之间也算是熟络。他完全搞不清楚这事儿怎么会牵扯到这一号人物。

"对，宋及春汇出的这50万，收款人就是魏大宇，而魏大宇就是魏建军的独生子，现在在城南分局负责出入境管理。"邹华解释道。

"出入境管理？意思是？"一听到出入境，方遇心里大概有了数。

"是的，宋及春应该是动手前就开始谋划着逃跑了。这也印证了你之前的说法，出国的手续是需要一段时间的，宋及春这么着急地办手续，肯定不是提前规划好的。正因为朱冬突然找上他，让他起了杀心，这才临时找上了魏大宇帮忙。"邹华掏出烟盒，递了一根给方遇，"我查了下，这个魏大宇是宋及春的初中同学，两人初中时关系不错。汇钱给魏大宇，应该就是想走后门。"

"这层逻辑倒是清楚，可是现场出现的第三个人应该不会是这个魏大宇。他现在的位子可是舒服至极，不可能为了50万就毁了自己的前程。"魏大宇是什么路子方遇并不清楚，不过他老子魏建军可是出了名的为官谨慎，方遇不相信这小子会铤而走险。

"是的，不过宋洋已经排除了嫌疑，目前根本没有方向去查这神秘的第三人。能够搞清这一步已经是很难得了，顺藤摸瓜，说不定能有些意外收获。"邹华在烟缸里弹了弹烟灰，然后控制不住地打了个哈欠。

"那还坐着干吗？一起去会会这个魏大宇。"不论怎样，两人是初中同学，对宋及春的日常，魏大宇说不定比宋洋还要了解。而且既然收了钱，那就一定知道宋及春接下来的一些安排。

"别着急，我已经让人去请了，就在对面那栋楼，跑不了。而且都是自己人，总要客气一点为好。"邹华笑着解释道。

刚说完，门外就传来一阵敲门声。

"请进。"邹华一声吆喝。

门打开，两名身穿制服的人站在门口，其中一人方遇认识，就是跟着邹华问讯佟遥的那位年轻民警，而他身后的那位却是面生。

"来来来，进来坐。"邹华看了一眼，赶忙起身，跟年轻民警打了个完事儿离开的眼神，然后亲自把另一人引进了办公室。

"这个就是魏局的儿子魏大宇，一表人才吧！这位是市刑侦支队的方队长，来，坐这边。"邹华笑呵呵地互相介绍，魏大宇微笑着和方遇点头致意，样子看上去倒还礼貌。

"一个大院儿的，经常碰到，不过最近好像没怎么看到你爸啊。"邹华一边泡茶一边和魏大宇拉起了家常。

"哦，他这几天去警官学院讲课去了。"魏大宇坐在客椅上，看着忙碌的邹华，也没显得拘谨。

"听说你和宋及春是初中同学？"方遇可不想这么一直家常下去，直接起了正题。

听到宋及春的名字，魏大宇愣了一下，然后有些不自然地点了点头。邹华放下茶杯，然后坐到了一边，似乎不想蹚这道浑水，把椅子往后挪了挪，将话语的主导权交给了方遇。

方遇看在眼里，也不当回事，想了想继续问道："你最近和宋及春联系过吗？"

"初中毕业后已经很久没跟他联系过了，最近一次见面还是几年前的毕业10周年同学会。不过前天下午，他给我打过一个电话，说是要急着办出国手续。"魏大宇回答得有些犹豫，不过似乎没有打算隐瞒。

"那你现在还能联系上他吗？"方遇试探性地问道。

"联系不上，这两天我也是急着找他，不过都是关机。"魏大宇摇了摇头,说完还掏出了手机,调出了通话记录,上面的确有不少拨出电话,而且看时间,有几个电话还是在几分钟内连着拨出的。

"你急着找他,是因为?"

"我和他同学一场,帮忙办手续本不是什么大事,不过前天下午他来过电话后不到两小时,就给我账户汇了50万。"魏大宇面露难色,"说实话,作为同学找我办事,请我吃顿饭,我是可以接受的,不过这50万就有点夸张了,我可不敢收。"

"钱的事情他当面没跟你说过?"

"这个真没有,我可以发誓。"魏大宇一脸委屈地抬起了右手。

"知道了,没什么问题,你先回去工作吧。"方遇笑了笑说道。

"是不是宋及春这小子犯了什么事儿?"没想到这么快就结束,魏大宇有些纳闷,犹豫地站起身,看了看方遇,结果方遇自顾自地喝起了茶,于是又用眼神询问起了邹华。

邹华苦笑着摇了摇头,然后示意他离开。

魏大宇看着两人都有意回避,于是也不再问,挠了挠头,打了招呼便出了门。

"你认为不是他?"邹华起身往门外看了看,确认了魏大宇已经离开,然后关门转身问道。

"应该不是,不过刚刚倒是忘记问他的不在场证明了,回头你叫人再确认一下。"方遇回道。

在方遇看来,这魏大宇很聪明,心思也算细腻,一句话便看出了端倪,所以50万的事情不等自己问也就主动地说了。

至于他说到的不会收钱,方遇是完全不信的。如果真的不想收钱,原路打回去不就行了,干吗还让钱躺在自己账户上等人来查?这算是时间短,时间再长一点他就没什么理由狡辩了。所以从另一个角度来说,这时候查到他,算是给了他一个台阶,救了他一命,如果等到案件告破的时候再追责这笔钱,那时候就算他再聪明,也是百口莫辩了。

不过,魏大宇收钱并不代表他就是那神秘的第三个人。50万不是个小数目,但是相对一条人命来讲,却还没达到难以抵挡诱惑的地步,对市井小民来讲都是如此,更何况魏大宇这种高干子弟了。

不过为了以防万一,不在场证明还是要验证的,所以方遇才把这事丢给了邹华。毕竟得罪人的活儿,总不能自己一个人全干了。

正在两人各思所想时,敲门声再次响起,邹华以为是魏大宇有事返回,于是便亲自上去开了门,没想到敲门的却是那名年轻民警。

"什么事情？"邹华问道。

"昨晚那摊血迹的DNA比对结果出来了。"年轻民警将一份传真纸递给了邹华。

邹华接过传真，瞥了一眼最下方的报告结语，顿时呆在了原地。他昨晚在现场让法医对堂屋的那摊血迹和宋洋的血样进行DNA比对，本来只是程序化的安排，没想到却得出这么个惊人的结果。

"怎么了？"方遇看邹华表情有些反常，立刻生起了好奇。

"见鬼了，昨晚的那摊血迹不是宋及春的。"邹华失了魂般地回答道。

邹华和方遇两人在办公室，一个抽烟，一个喝茶，各有所思，互不搭话。

过了好一阵，邹华才开口打破了沉默："会不会是弄错了？"

DNA比对一般来说需要24小时以上才会出结果，方遇知道这个流程。现在准确地说还不到24小时，他也很想是报告出了差错，但是当他看到传真右下角的签字责任人是法医中心的老孙时，只能对邹华摇了摇头。

"这么重要的事情，不会轻易出错。"老孙的业务能力还有严谨的态度，方遇是见识过无数回的。

"那接下来怎么办？现在已经全乱套了。"邹华抓了抓头发，脸上写满了失望。

方遇闭上眼，揉了揉鼻梁，没有回话。他现在脑中也是一团乱麻。

的确如邹华所说，所掌握的线索已经全乱了套，现场的推断基本上瞬间全部被推翻，整个案子到了这里也几乎走进了死胡同。

根据前因后果，能够拥有动机接连杀害朱冬和安亭的就只有宋及春，可是现场唯一两个能够指向凶手的线索，不论是那半个血脚印还是堂屋留下的那摊血迹，现在都被证明与宋及春毫无关系，就好像他从来没出现在现场过一样。

而更让人头痛的是，不仅找不出宋及春杀人的证据，现场还凭空冒出另外两名不知身份的神秘人。而且这两名神秘人在现场又显得如此的重要，一个受了重伤不明生死，分不清是凶手还是帮凶抑或是其他受害者，另一个则明显打扫了现场，想要掩盖真相。

方遇实在想不出这两名神秘人的身份。

要知道，这个案子最大的特点就是案情的巧合性和动机的隐秘性，如果不是安亭在治疗中幸运地遇到了朱冬，13年前的两名凶手根本就不会浮出水面，后面一天两命的惨案也就不会发生。

如果不是安亭亲自说起，就连方遇现在也会毫不知情，而且方遇坚信安亭不会告诉别人,她这么多年孤苦一人,也没有其他人可以分享。

"会不会是宋及春为了掩盖身份,误导调查,穿了大号的鞋子?"邹华想来想去还是找不出第二个有杀人动机的人,而且在他看来,那半个血脚印的主人的所作所为更像是凶手的行径。

方遇摇了摇头。邹华的说法只存在逻辑上的可能,听起来却更像是为了印证结果而硬钻的牛角尖儿。38到42,不只是大了一号,换了鞋也只会增加行动的不便。更何况,他都已经打扫了现场,换鞋纯属多此一举。

"我们是不是把事情搞复杂了?"过了一会儿,邹华灭了烟头,眯起眼说道,"会不会只是老宅里恰好寄宿了一个流浪汉,刚好看到了宋及春的行凶现场,所以宋及春干脆一起灭了口?那一片老宅长时间荒废,被流浪者当作避难所很正常。"

方遇听完还是摇了摇头,对这种说法,他已经懒得去反驳,而且这样无端地猜测对案件的侦破没有任何的用处。

看到方遇只是摇头,邹华心情开始焦躁起来,本来以为第一时间确定了嫌疑人,自己就会轻松地创纪录破案立功,结果没想到不仅不轻松,而且还越来越迷茫。还不到一天时间,案子就已经陷入了泥沼。

"调查的方向要换,侦破的思路也得推翻重来。"又过了半晌,方遇终于开口。

邹华有些不解,投来了询问的目光。

"我们从最开始就先入为主地以宋及春是凶手这个前提来展开调查,这样做并没有什么不对,但是一旦中间有什么不知道的因素,就会让我们产生一些无端的猜测,这样的话方向也很容易被带偏。我们应该回到案发现场本身的线索上来。"

"具体的方向呢?"

"目前来看,现场出现的最明显也是最容易着手的就是那摊无主的血迹。接下来,首先快速排查近期以及接下来几天报警的失踪案,然后进行DNA比对,看能不能以此找出血迹身份;另外需要对回廊坊周边进行全面的监控排查,没有监控的地方要进行大规模的地搜。堂屋血迹的主人,活要见人,死要见尸,必须找到。不论当晚他是被救治还是被处理了尸体,总是有迹可循的。"方遇理了理思路继续说道,"回廊坊的出口就只有两个,监控不可能漏掉,就算是藏在车里,一辆辆排查也是可以查出可疑车辆的。如果是翻墙从毕家山逃走的,当时下着雨,山地泥泞更容易留痕迹,再谨慎也不可能把沿途的痕迹全部清理掉。"

邹华听完点点头。按常规程序来讲,的确是应该这样查,只不过一开始认为盯准了宋及春就找到了捷径,所以才舍去了繁琐的排查工作。

"刚开始,我们浪费了大量的时间,现在马上动手还来得及。这个你可以马上安排。"方遇补充道。从命案发生开始,已经过去了一天多,再晚的话,说不定很多线索就会被破坏掉了。

"那宋及春呢?还要不要追查?"邹华想了想问道。

"要,当然要。不管最后结果如何,宋及春一定逃不了干系。而且他无缘无故地失踪,本来就是要找到人的。"

方遇的话语中充满了命令的口吻,虽然听上去有些不爽,但是从职级上来讲,邹华的确没有什么反驳的理由。这时候,他才猛地意识到另一个问题,案子的主导权要易手了。

短时间内在回廊坊连续发生两起命案,而且互有联系,定性为连环杀人案件完全没问题。这样的情况下,一般流程来讲,市局是一定会组织专案组来进行侦破的。本来邹华以为沾了方遇的光,可以在专案组成立之前把案子搞定,可现在看来,这只能是痴心妄想了。

"接下来市局肯定会成立专案组,到时候应该是你挂帅吧?"邹华想了想问道。

在他看来,方遇负责无疑是最好的结果,毕竟对案件他最了解。他有预感,这次碰到的凶犯肯定不简单,如果换了别人负责,他还真没什么信心,不仅又要浪费口水再解释报告一遍,而且万一遇到过不去的坎,时间拖久了,好事可就变坏事了。虽然方遇和死者乔安亭有一定的牵扯,但是明面上也就只是6年前的病患关系,自己不捅破,也就是睁一只眼闭一只眼的问题。

"这个先不谈,刚刚说的你要马上安排,毕竟我们已经浪费了一天的时间。对了,还漏掉一件事,案发地点附近虽然住户不多,但是也要进行全面的问讯,再加上排查和地搜,工作量是有点大,如果人手不够,你可以先联动一下城南各街道派出所。专案组的事情,我会来催,到时候资源肯定会有所倾斜。"

第九章

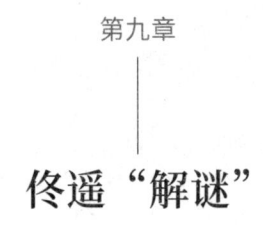

佟遥"解谜"

和邹华重新调整了调查方向,方遇便告了辞回江北。

路过江城大学时,他忽然想起了佟遥,不知道这丫头现在怎么样。昨晚太晚,再加上亲身经历了这样的事情,需要给她空间和时间好好冷静一下,所以就没有第一时间去见她。现在已经过了一天,再不去好好安慰一番,就有点说不过去了。

想法至此,方遇便停了车,上了楼。

佟遥穿着薄棉睡衣开了门,头发乱糟糟的,眼里也是布满血丝,看得方遇一阵心疼。

不过还没等方遇说出安慰话,佟遥就抢着问起了宋及春的抓捕进展。

"事情恐怕没这么简单。"不知道为何,方遇说这话的时候,心里总觉得有些愧对佟遥的期待。

"抓了宋及春不就行了吗?难道你们让他给跑了?"佟遥没办法理解方遇所说的复杂到底在哪里。已经确定凶手身份,她不相信这么多警察还抓不住一个人。

佟遥这样说,让方遇一时语塞。案件的复杂程度很难一两句话就和她解释清楚,可是不说出个一二三,以佟遥这丫头的脾气,今天自己肯定是别想离开的。

"也到饭点了,你去换件衣服吧,我先带你去吃点东西。"方遇想办法先岔开了话题。

"吃不下。"佟遥一副不说清楚不罢休的模样。

经过好一阵劝,佟遥才勉强答应了不出门而选择点外卖,可是不论方遇怎么甩开膀子点餐,最终也没超过300块。

等外卖的空当,佟遥依然一个问题接着一个问题地问。

方遇好不容易把佟遥劝坐回了沙发，想了想，自己之前已经先入为主地犯了一次错，不能让佟遥也陷入没头没脑的愤怒，于是对着佟遥说道："严格意义上来讲，现在还没办法确定是宋及春杀了安亭。"

"除了宋及春，还能有谁？"佟遥此刻感到的并不是疑惑，而是愤怒。亭姐冰冷的尸体还历历在目，可是方遇却还想着为凶手开脱。

"从前因后果来看，宋及春的确是最大的嫌疑人。不过从现场的线索和证据而言，目前还不能断定安亭一定是他杀的。"方遇言语轻缓，佟遥的反应在他的意料之内。

"又是证据，哼！"佟遥冷哼一声，冷着脸走到了办公桌旁，不再理会方遇。

自从亭姐出事后，她就感觉和方遇沟通起来异常地费劲，动不动就是逻辑和证据，完全一副刻板的模样。

"最重要的是真相，不是吗？万一凶手真的另有其人，而我们却只盯着宋及春，安亭不就死得不明不白了吗？"

经过方遇这么一劝，佟遥稍稍冷静了下来，重新又坐回了沙发。

方遇的话在理，可是她依然搞不懂凶手另有其人是什么意思："对这件事，就连我们俩，亭姐都一直隐瞒着，除了宋及春，怎么可能另有其人？"

"这就是难点所在，朱冬和安亭的死都源于13年前的案件，以及安亭长达13年的漫长而孤独的寻凶过程。这其中按理说除了她自己和朱冬、宋及春两名凶手外，不可能有其他人知道其中的秘密。"方遇顿了顿然后继续说道，"可是根据昨晚的现场判断，除了死亡地点是在宋家的老宅以外，没有其他的任何线索显示宋及春与安亭死亡有联系，甚至可以说，他就像完全没出现在现场一样。"

"怎么可能？"佟遥并不了解具体的刑侦手段，但是她知道判罪的确是需要证据的，"你的意思是，就算是抓了宋及春，现场没有证据，也没有办法定他的罪吗？"

"远远没有这么简单。如果只是缺少证据，找就是了，而且还可以通过后期的审讯寻找漏洞追加调查，这些都只是技术问题。现在的关键在于，除了没有发现宋及春到场的证据外，现场还出现了其他人留下的痕迹，这些痕迹很明确地显示出和安亭的死有直接的关联，而且还不止一个。这就是我说的凶手可能另有其人的原因。"

"宋及春找了帮手？或者雇人行凶？"佟遥听完也是大感吃惊。

"他不会，也不敢多此一举。"方遇摇了摇头。

接下来，方遇把现场的情况，包括他之前的推断，以及他和邹华事后的调查过程都和佟遥详细地讲述了一遍。佟遥听得是一惊一乍，完全合不拢嘴，中途外卖送达，她也几乎是一口没动。

"原来现场这么复杂，那两个神秘人的身份一直没搞清楚吗？"方遇讲完，佟遥才意识到案件的复杂性。

"截至目前，该排除的都排除了，现在正在重新调查案发现场及其周边，过两天应该会有些收获。"方遇说这句话的时候，自己都不是很有底气。

接下来佟遥不再说话，拿着筷子托着饭盒，却是一口也没送进嘴里。她知道方遇所面临的困难，自己不仅帮不上忙，刚刚反而还迁怒于他，霎时间歉意尽写在了脸上，可是嘴上却说不出一句道歉的话。

"会不会是亭姐弄错了？"过了好一会儿，佟遥才放下餐具，若有所思地问道。

"安亭弄错？"方遇正忙着帮佟遥夹菜，忽然听到这一句，有些摸不着头脑，搞不清佟遥为什么会突然提到安亭。

"你不是说现在所有的结果都来自于13年前的案件吗？"佟遥点了点头。

"是的，如果13年前的事情没有发生，就不会有今天的悲剧。"

"我的意思是，如果亭姐对13年前的事情判断错误，比如说当时的凶手不是两人，而是……"佟遥说着说着就停了下来，然后征求意见似的看着方遇。她也是脑中忽然一闪，嘴巴就跟着说了出来，完全没有经过深思。

听完佟遥的话，方遇立刻就想到了案发现场的两个不知身份的神秘人。不论是朱冬的死，还是安亭的身亡，目前的调查和推理都来自于13年前的案件背景，而这起案件的所有信息，包括2名凶手的说法都来自安亭的描述。按佟遥的这个提法，那就代表源头出了错。

"你继续说。"

"你之前说过，13年前亭姐不在现场，那就代表她并不清楚真正的案发过程。至于后来报案内容中对于案件不合常理的详细描述，有可能是因为当时有目击证人目睹了过程，后来告诉了她，或者是她通过其他我们目前无法猜到的渠道知道了些内容。"佟遥小心地整理着自己的思路，生怕漏掉或者说错什么，"不管是哪种情况，亭姐不在现场就对了。既然没有目睹真实发生的一切，那就代表她当时的描述，包括一直盘踞在她脑中的认知就有可能会出错。"

方遇仔细地揣摩着佟遥的话，然后摇着头说道："不会有目击者。就算当时恰巧有目击者，也是不合理的。你想想，任何一个有常识的人，目睹了这样的场面，就算因为胆小没有第一时间去制止，第二选择不应该是立刻报警吗？为什么没有选择报警而是找到死者的父母？况且目击者又是怎么知道死者父母是谁的？"

"如果目击者刚好认识亭姐一家呢？"佟遥反问道。

"这种可能性应该也不大。他们一家当时刚到江大没两天，而且认识他们的人那时都一起在参加晚宴。而且别忘了，既然认识，为什么要硬生生地拖上半年才说？而且安亭当时也否定过目击者一说。"方遇放下碗筷神情专注地分析道。

"或者……"佟遥顿了顿，似乎有些犹豫，不过想了想还是继续说道，"或者说……目击者会不会就是亭姐的儿子叶时雨。你说过，当时是姐弟两人一起去的后山。"

这回轮到方遇不说话了。中午和叶升沟通完之后，特别是听到叶时雨死于13年前的时候，他其实便有了类似这样的想法，毕竟时间点太过敏感。不过经过深思之后，他还是对其进行了否定，现在佟遥又提起，让他不得不又思考起来。

"怎么了？"见着方遇半天不吭声，佟遥有些好奇。

"叶时雨已经在13年前去世了。"方遇说完轻叹了一声。

"怎么会？"这样的信息让佟遥几乎无法相信，她不敢想象亭姐身上到底还藏了多少秘密，不过她很快便抓住了关键点，"等等，你是说13年前？"

"时间点很敏感，是吧！"方遇看了看满脸吃惊的佟遥，"我也是今天联系安亭前夫叶升的时候才知道的这个事情。"

"这不就很明显了吗？叶时雨和姐姐一起上的后山，同时目击了姐姐遇害的过程，刚开始不敢说，后来承受不了压力才透露了实情。亭姐否认当时有目击者一说，应该是为了保护儿子。至于叶时雨紧接着叶时晴之后没多久就死去的原因……"佟遥没有继续说下去。

"你是想说叶时雨是因为心理压力和自责而自杀的吧？"虽然佟遥话没说全，但是想表达的意思却并没有那么难猜，因为方遇中午的时候也曾有过这种猜测。

佟遥点了点头。

"按照正常逻辑，这样去推测的确没什么问题。"方遇抬头看向佟遥，"不过实际上，这种可能应该不会发生。"

"为什么?"佟遥反问道。

"因为13年前事发的时候,叶时雨还不到6岁。"方遇顿了顿继续说道,"13年前姐弟俩是一起上的山,姐姐失踪,弟弟返回,这本来就是一个很明显的线索。虽然当年我没有参与案子的具体侦破,但是城南警方不可能疏忽大意地漏掉这一点。

"我查看过当年案件的卷宗,当时警方专门对叶时雨进行过询问。不过除了受到过度惊吓外,不到6岁的叶时雨基本上还处于一个认知不全、逻辑不清的年纪,能够反馈的有限信息也只是姐弟两人在防空洞内走散而已。

"至于对于叶时雨目击了姐姐被害过程,隐瞒不报,后来因为压力过大和自责内疚而自杀的猜测。这一点,你是学心理的,一个5岁多幼儿是否能达到那种心理状态,应该比我更清楚。反正我是不信,一个还在上幼儿园的小孩会因为内疚而自杀。而且,安亭当时反馈的案发现场信息逻辑清晰,线索明确,就算叶时雨真的是目击者,我也不认为5岁的他在那种状态下,可以清楚地判断出凶手的年纪特征,强奸杀人的作案方法以及灭口埋尸的行为。"刚说到这里,方遇便有些后悔。之前他刻意隐去了叶时晴是被奸杀的细节,不过刚刚光顾着分析,却一时说漏了嘴。

听到这里,佟遥便不再说话。少年儿童的自杀现象其实并不少见,确切地说应该是全社会都需要面对的一个严峻问题。但是叶时雨的情况却不一样,他当时的年纪太小了。

如果说年纪再大一点,到了10岁左右,因心理压力过大,自责内疚而产生自杀行为是完全可以理解的。可是5岁多的幼儿自杀,说出来佟遥自己都不会去相信。

一般说来,少年儿童自杀的主要原因是心理发育刚好到了关键时段,但是对于生死、社会角色等认知还不健全,再加上心理承受能力、抗挫折能力以及自我调节能力差,对危险和后果认识不足等,一旦面临来自学业、家庭及学生小社会等的远超年龄应该承受的压力,遇到无法解决的挫折和矛盾时,如果没有和大人健康的沟通排解渠道的话,自杀的风险往往大于成年人。

简而言之,就是刚好有了自我意识和认知,并开始融入社会,但是却在一知半解的状态下,危险性反而是更大的。这一点从12岁左右年龄占到少年儿童自杀率的一半,之后就逐步递减,以及女生在少年儿童自杀数据中超过男生两倍的实际情况中,也能得到一定的验证。

可是在5岁多这个年龄段自杀,就有点太匪夷所思了。5岁多的幼儿可能连"自杀"这个词的真正概念都还完全不懂。

佟遥记得大学课堂上接触到的最小年龄自杀行为的案例是一个6岁的男孩。小男孩有过多次割腕自杀未遂的行为，后来经过心理治疗，得出的结果却是让人唏嘘。

当面对心理医生设置的关于自杀坏处和好处的提问时，小男孩回答的坏处是会痛，会流血，会弄脏衣服，爷爷奶奶会骂，不能拿筷子吃饭了，幼儿园的小朋友会笑话……

而好处却是有蛋糕和巧克力吃，老师不骂了，小朋友也不抢玩具了，奶奶会给爸爸妈妈打电话，爸爸妈妈从外地回来后会抱他，还会带他出去玩……

在坏处和好处之间极为单纯的比较，以及好处持续一段时间淡化乃至消失后，小男孩就陷入了割腕自杀的恶性循环。

从这一点来讲，这个案例其实无法称为真正的儿童自杀。6岁不到的小男孩的"自杀"行为，其实更像是大多数人都有过的小时候渴望生病而获得关心的经历，更多的则是缺乏关爱的表现，只不过结果和过程在小男孩的巧合行为下更加极端夸张而已。

"好了，你也不要再多想了，这些事情也不是你可以解决的，赶快吃点东西。等会儿回城北，我会推进为这个案子成立专案组，到时候资源会有所倾斜，再加上这两天现场的密集排查，肯定会有些结果的。有了消息，我第一时间通知你。"方遇看了看时间，决定不再深究这个问题。

佟遥提到的源头出错，的确是有可能发生的。但是不管怎样，就算安亭的认知真的出了错，对现在的案件侦破也没有丝毫的意义，该怎么查还是要怎么查。现在邹华那边应该已经紧锣密鼓地动了起来，而他现在最要紧的，就是抓紧时间，加快成立专案组的进度。

方遇的劝说，并没有让佟遥停止思考。现在的信息很乱，她脑中也是混乱不清，但是她能感觉到似乎有一根透明到肉眼无法观察到的丝线，在自己已知的那些线索中来回穿插。她知道如果能够抓住那根线头，说不定就能搞清楚13年前那说不明道不白的真相。

5岁多的叶时雨的确不可能是因为压力和隐瞒不报而自杀，可是他在叶时晴遇害之后不到半年的时间就死亡，时间也太过巧合了。刚好亭姐也是在那个时候离的婚。

难道真的一丝联系都没有吗？叶时雨的真正死因又是什么呢？

这时，仿佛有一道光在她的脑海中突然闪亮，在光线的骤变中，那根原本透明的丝线，也跟着反射出可见的光芒。佟遥顺着那条光丝，在13

年前的一幕幕场景中来回穿梭。慢慢地，所有无关的线索都被排除在外，而当她看到那些剩下的场景时，她的心剧烈地颤抖了起来。

"怎么了？"方遇看着佟遥脸色有些不对。

"没，没什么。"佟遥连忙端起饭盒扒拉了起来。

方遇只当她还未完全从悲伤中挣脱出来，所以也就没继续追问。不过他不知道的是，佟遥此刻已经通过分析，将13年前那缺失的一环给补了起来，并由此产生了一个连她自己都不愿去相信和面对的猜测。

吃完饭，帮忙收拾了垃圾，方遇再三交代了佟遥不要乱想，好好休息之后，才提着垃圾袋动身离开。

而房门刚一关上，佟遥便虚脱般地瘫坐在沙发上。刚刚在脑中构成的那一幅幅画面，让她有些眩晕，虽然大都只是凭空臆想而来，但是她相信自己的分析没有错。

5岁多的小孩不具备自杀所必备的心理条件，这一点没有错，但是前提是小孩的父母是普通人。可是所有人都忽视了一点，那就是叶时雨的母亲是亭姐。

佟遥的自信很大程度上来自于亭姐，说得更细一点，是来自于亭姐对心理学研究方向的了解和认知。

亭姐在十多年前就是心理学博士，不过这么多年来，她对于大多数心理学理论和研究方向都抱着嗤之以鼻的态度。

在她看来，那些显学理论基本上都是形而上学思维方式以及猜测下的产物，简而言之就是猜出来的伪科学。特别是看到电视上那些专家，抱着一堆理论和唬人的因果逻辑，通过行为、话语、习惯、微表情之类，信誓旦旦地分析当事人心理时，在她眼里，几乎和招摇撞骗没有任何两样。

人大脑的意识和思维是无比复杂的，通过简简单单两个动作，几句话语就能把人分析得透透的，简直就是哄骗小孩儿的玩笑。

人的大脑有上百亿个脑细胞，而每个脑细胞又有上百个神经元，单纯从运算速度来看，是要比现存运算速度最快的计算机都要快上20个数量级。而与电脑不一样的是，大脑的运行并不是单一线性的运算，而是发散性的。而且这种发散并不是我们通常认为的多进程那么简单，在发散的量级上，也同样是无法估量，同时也是不受控制的。

在亭姐的描述中，人的思维和意识是无法想象的庞大复杂，同时又是难以控制的无序。用难以控制又无序的思维去研究本就庞大无序而又无法控制的思维本身，根本就是无稽之谈。

人性是无比复杂的，人心更是深不可测，当你连自己都无法了解自己的时候，又怎么能妄称看透他人呢？

记得亭姐之前举过一个简单的例子：当你在听一个朋友哭诉完悲惨遭遇后，语重心长地开口说出"别难过，我理解你"的时候，把时间停止。在这个时刻，如果能对自己这一刻的心理活动和意识思维进行一个定量和定性的分析，你会发现说出"我理解你"这四个字是多么可笑的结果。

几乎在同一时间，你会发现你已经产生了同情、怜悯、愤怒、可惜、怀疑、幸灾乐祸、不解、烦躁、憎恨、恐惧等成百上千种用语言可以描述的思维和意识。

而顺着某一个意识，几乎在同一时间，你又会产生更多的关联意识。比如说当你发现自己有那么一丝幸灾乐祸时，你又会产生无数个思维来质疑为什么自己会产生这种想法，去解释，去论证，去反驳，去后悔等等。仅仅是顺着这一单线程，你就会发现这是一个数不清，道不尽的存在，更何况是无数发散之后的再发散。

要知道语言是人类意识思维的一个枷锁和减速器，人类都是通过某种语言来进行认知和思维的，而在自己语言逻辑体系之外，无法用语言描述的意识和思维更是不计其数。而这些无法描述的意识和思维对人的影响一点不比语言逻辑下的思维小。

就连语言和文字都无法完全表述思维意识的时候，你觉得当你认为你理解了别人时，是真正的理解吗？经验和猜测又占了多少的比例？更何况对方在传达给你的信息中也经历了同样复杂而不可控的过程。

总之，亭姐认为人类的大脑和心理是庞杂无序，无法去定量和定性研究的，而当一个事物无法定量定性地去研究时，就是伪科学。而那些拿着浅层次理论和经验逻辑来分析人心理的实用心理学，在她看来更是招摇撞骗的手段。

所以亭姐最终选择的研究方向是记忆。相对于庞杂无序的意识思维，亭姐认为人类大脑唯一可以定量定性研究的就是记忆。记忆分为客观记忆和再造记忆，客观记忆是记录实实在在发生和存在的事物，而再造记忆则是人的意识对于记忆的混杂和再加工。

如果说眼睛是摄像头，其他感官是传感器，那么大脑就是存储单位。不过与电脑不一样的是，人总是只会选择记住自己关注的事物，但是每个人所看到感受到的所有画面、信息，包括细节其实并没有消失，而是存储在大脑中。在某一时刻，利用某种方法进行刺激和引导，便可以唤醒那些深层细节的记忆，这些记忆也许连当事人都已经遗忘，但却是实实在在地存在过。

例如初次告白时，你的眼里可能只有他，那一刻记住的或许只有他的音容笑貌，可是他衣服上纽扣的形状，眼角余光中的十二级台阶等等其实都在你脑海里老老实实地待着。只不过是你选择性地进行了遗忘而已，如果用某种方式去引导和观察，虽然不一定会原封不动地出现，但是一定会再出现。

平常所讲的恍如隔世、似曾相识，包括那些与自己实际生活完全不沾边的梦境，归根结底都来自于记忆，只不过某些记忆被深藏而不自知，或者被思维意识混杂了其他信息进行了再创造罢了。

亭姐曾经说过，研究这些深层次记忆的过程和方法是有实际意义的，例如可以尽量精准地唤醒或是湮灭某一段记忆。

对此，佟遥是极感兴趣的，不过亭姐关于唤醒和湮灭记忆的方式方法却从没教过她分毫。她只知道亭姐曾经进行过大量长时间的研究和试验，包括亭姐教自己的深度记忆法，她怀疑就是其中某个试验的一部分，当然这也是她能够比常人记住更多细节和信息的原因。

话说回到案件本身。13年前亭姐女儿遇害案的最大疑点，就是亭姐不在现场却甚似现场的案发过程描述。

如果换作别人，肯定想不到亭姐是以什么样的方式来获知案发现场信息的，但是作为最了解亭姐的佟遥却可以猜到。

既然她可以通过深度催眠从朱冬脑子里挖出13年前的真相，那么当时她就可以用同样的方法来搞清楚事发现场的信息。

在没有监控，没有亲历的情况下，如果要合理地解释当时亭姐描述出现场细节的疑点，可能就只有这一种。只不过要达成这样的事实，就必须给亭姐找到一个现场目击者。

虽然方遇刚刚分析过目击者说的种种不合理，同时也否定了5岁多的叶时雨还原现场的能力。而5岁多幼儿因自责和内疚自杀的逻辑从科学理论上讲也无法成立。但他却忽视了亭姐在记忆研究前沿领域和催眠领域的能力，以及可能导致后果的严重性。

很显然，现场的目击者除了叶时雨之外不会有第二个人选，但是从叶时雨的脑海中挖掘和还原出事发当晚的场景和记忆却没有想象中的那么简单。

佟遥长长地呼出一口气，然后坐在沙发上静静地闭上双眼，让自己的大脑尽量地清醒下来。

慢慢地，13年前案发的那天晚上的一个个从未亲历却又无比清晰的场景，在佟遥的脑海中串联成线，像古老的黑白无声电影一样默默地流淌起来。

13年前的那个晚上，亭姐和丈夫叶升参加了江大校方组织的交流晚宴，因为是学术宴会，同时出于礼貌的考量，夫妇两人将儿女留在了江大宾馆。

出于无聊和好奇心，姐弟两人趁父母参加晚宴之际，摸黑到江大后山冒险。过程中，姐姐叶时晴遇到了同样在后山晃荡的宋及春和朱冬，并遭到了两人的暴力对待。

而当时仅5岁多的叶时雨或许是因为行动滞缓落在了后面，或许是因为两人走散。等他赶到时，却亲眼目睹了姐姐被两名凶手猥亵杀害并埋葬的场景。年岁尚浅，心智不熟的叶时雨从未见过这样的场景，胆怯和恐惧让他躲在了暗处，不敢发出一丝声音和动作。

晚宴结束后，亭姐夫妇发现只有儿子待在房外，女儿却不知踪影，便四处寻找，在苦寻无果后，亭姐夫妇选择了报女儿失踪案。

叶时雨因为惊吓，同时出于对结果的害怕和恐惧，只说出了和姐姐上后山并走散的事情，而对姐姐遇害的过程却选择了遗忘和屏蔽。

但是，小孩的行为和表情无法骗人，接下来的时间，夫妇两人发现了叶时雨的异常，在不断的追问下，叶时雨终于透露了当晚的大致实情。夫妇两人无法相信女儿已经遇害，于是亭姐便对叶时雨进行了深度催眠。

因为叶时雨年岁太小，对事物的认知和逻辑有限，所以通过催眠获得的信息极少。在确认女儿遇害后的致命打击之下，为了找到现场更多的线索抓住凶手，亭姐采取了漫长而极端的记忆挖掘方式，甚至不惜带着叶时雨一次次地去现场刺激来加深他回忆的准确性。

叶时雨年纪太小，心理发育本就不健全，再加上乔安亭不停地强制他回忆案发现场的画面，相当于在目睹了姐姐的遇害过程之后，长达半年内一直都生活在那个让他恐惧的时间和空间之中。

5岁多的小孩的确很难具备自杀所必备的心理条件，但是恐惧以及逃避恐惧的本能却是与生俱来的。而且虽然说心理发育需要过程，但是人的大脑结构，以及可能产生的脑部损伤却不会因为年纪小而少上分毫。

从专业角度来讲，佟遥有理由相信，如果叶时雨长时间处于恐惧之中，他的正常认知将会受到极大的影响，甚至不排除患上臆想症或者出现精神错觉。再加上逃避恐惧的本能，极有可能让他做出翻窗户、爬墙等平时不会做出的一些危险行为。

照着这个逻辑分析下去，叶时雨的确不会自杀，但是却有了比自杀危险性更大，更直接的错觉和非自主行为。这样的话，叶时雨巧合的死亡时间和死亡原因就有了合理的解释。而通过长时间一点一滴的记忆挖掘，再加上亭姐专业的逻辑还原，而拼凑出女儿遇害的有限细节，也就变得不再那么难以理解了。

面对这样的结局，亭姐夫妇伤心欲绝，虽然重新报了警，但是对如何获得案发现场的信息，只能是守口如瓶，深深地埋藏在心底。

这样的过程，虽然佟遥不愿相信是真的，但是只有这样才能合理地解释叶时雨无缘无故却又无比巧合的死亡结局。同时也解释了亭姐为什么坚持没有目击者一说，因为目击者就是自己的儿子，而且还被自己的愤怒和不理智所逼死。还有就是亭姐这么多年来一直聚焦凶手之———患有自闭症之类的精神疾病，相信也是通过从儿子深层记忆挖出的现场细节进行的判断。至于如何做出的判断，佟遥没办法猜到，但是她相信亭姐有这个能力。

女儿的遇害给夫妇二人带来的是自责和悲痛，但儿子的死亡却相当于亭姐一手造成。佟遥相信亭姐夫妇的离婚，与叶时雨的死一定也有着极大的关系。因为悲痛不会让夫妻决裂，但是仇恨却可以。

这样的悲剧和打击之下，任何一个女人，恐怕都很难再坚强地重新站起。可是亭姐却选择了一个人承受下来，支撑她的或许就只有一个目的，那就是抓住凶手，为女儿报仇。

而这一撑，就是13年。

此刻，对于脑海中流淌的残酷却又清晰的一幕幕，佟遥已经基本上不再怀疑。她的心中几乎已经滴出了鲜血，而这一刻她也比任何时候都明白，亭姐为这家心理诊所取名"孤独实验室"的原因。

13年来无数个漫长的黑夜，亭姐一个人承受的不仅仅是所有人都无法想象的瞬间家破人亡的孤独，同时更有她必须一个人完成的无比坚决的玉石俱焚的复仇火焰。

想清了这些，佟遥心如刀割，同时也无比庆幸，庆幸她刚刚并没有和方遇说出自己的判断。因为沿着这个判断继续分析下去，她很轻易就发现了一个不愿去相信，却又有极大可能存在的事实——亭姐的身亡，有可能并不是谋杀，而只是她早已备好的一个玉石俱焚的复仇计划。

当"玉石俱焚"四个字在佟遥心里出现的时候，她很想在第一时间将其抹掉。但是就像亭姐所说的那样，当一个主观意识产生后，不仅很难扑灭，而且还会不受控制地发散出其他的关联意识。

在拼上了13年前亭姐通过小儿子叶时雨的记忆，挖掘到女儿被害现场细节这块拼图之后，佟遥比任何时候都能清晰地感受到亭姐这13年的隐忍、愤怒、坚持和绝望。而顺着这股愤怒和绝望，做出亭姐通过自杀来完成复仇计划的判断，几乎就是水到渠成。

方遇曾经说过，在还未了解到整个事情来龙去脉的时候，他曾告诉过亭姐，通过正常法律途径，根本没办法对宋及春进行惩罚。

这样的结果，对隐忍13年，一心只为复仇，并费尽千辛万苦才终于找到杀害女儿凶手的亭姐来说，完全是不可能接受的。

佟遥知道亭姐是多么的理性，同时对亭姐的固执，她更是深有体会。她相信在这样的理性和固执缠绕之下，再加上13年来埋藏在心中的那份为女儿复仇的决绝，才最终让亭姐做出了以牺牲自己为代价，来惩罚凶手的决定。

这样看来，昨天的案发现场，很有可能就是亭姐自己布的一个局，一个更加另类，更加自残，更加让人无法接受的局。

毕竟复仇和杀人完全是两个天壤之别的概念，亭姐的确要复仇，但是佟遥相信她绝不会去主动背上杀人的污名。于是在无法得到两名凶手13年前谋害女儿证据，又不可能去杀人的情况下，她才做了这样一个让人唏嘘的选择。

这是一个玉石俱焚的选择，既然已经无法找到证据让凶手得到应有的惩罚，那么就用自己的身体和性命让凶手再犯一个足以判死刑的罪，这样既完成了复仇，也完成了自己的赎罪。

13年前，自己的决定和疏忽使得女儿遇害，相信她不仅仅是自责，作为一名母亲，她肯定固执地认为自己也是造成女儿遇害的凶手之一。

而之后儿子的轻生更是她一手造成，在她心里，自己无疑就是杀人犯。如果不是那一团为女儿复仇的火焰依然还在挣扎中燃烧，她肯定已经丧失了继续活下去的力量。

这样看来，除了复仇和救赎，亭姐更是把这样的结局当作了一种解脱。

这样的想法一旦产生，就开始像野生的藤蔓一样，在佟遥的脑海里疯狂地生长攀爬，再难止步。

接下来，她便很自然地开始为自己的推测寻找起了依据，而这些依据似乎就浮在水面上，一目了然，并不需要费多大力气去挖掘。

首先，刚发现凶手不到一天就出了这档子事，时间实在太过巧合。就算宋及春有杀人灭口的动机，至少得有个规划的时间吧，毕竟杀人行凶包括后续跑路，并不是一个这么简单的事情。

怎么看都觉得宋及春动手灭口的行为有些操之过急，而被压抑了整整

13年之久，突然发现凶手的亭姐，却有着迫不及待复仇的理由。

而且亭姐是出了名的冷静和理智，她不会不知道宋及春的危险，如果不是为了复仇，没有其他理由会去主动招惹他，除非是宋及春强行绑架了亭姐。可是亭姐住在城北闹市，宋及春完没有时间来熟悉她的日常行踪，想要在到处都是监控的情况下挟持一个小心谨慎的成年女性，风险不言而喻。

因此，佟遥有理由相信，亭姐是自己到的回廊坊。

另外，事发地点也有蹊跷。

如果是宋及春灭口，选择自家老宅就有点太过愚蠢了，毕竟就连13年前的少年时，在后山这样前不着村后不着店的地方，他都懂得掩埋尸体这个道理。可是长了13年见识后的今天，他却在自家老宅不管不顾地留下了尸体，以至于第一时间就被定性为了最大嫌疑人，这就有些让人想不通了。

而如果是亭姐自己选择的宋家老宅，道理就很容易明白了。案发地点指向性太过明确，亭姐死在这里，就算警方不知道她和宋及春之间的关系也无所谓，因为还有方遇。

方遇一定会插手这件事情，而且对其中的因果关系比谁都清楚，肯定会第一时间引导警方盯向宋及春。

再加上方遇对亭姐的感情，只会是对宋及春恨之入骨，让他没有任何翻身的机会。简而言之，亭姐认准了方遇一定会为她复仇，当然也就同时达到了帮女儿复仇的最终目的。

案发后的整个过程，佟遥都在方遇身边，事后方遇的反应和案件调查的走向都完完全全地验证了这一点。

这样看来，事发前亭姐去找方遇，或许并不是为了通过正规法律途径来完成对凶手的惩罚。这次会面当然有诀别的成分在里面，但同时却更像是一个幌子，或者是要在方遇面前制造一个自己不会乱来的假象。

13年前就没有线索，时隔多年后就算真的找到了凶手，肯定也无法再明确证据，这一点亭姐肯定早已心知肚明。难道亭姐早就算好了一切？难道6年前和方遇的相识也是她计划中的一部分？

这样的想法，让佟遥立刻想到了之前翻看亭姐的过往病例时，方遇是唯一一个超出年龄段范围的病患的事实。

顺着这个思路，佟遥越想越后怕，背脊仿佛被人突然戳了一针般地打了个寒颤。

从震惊中稍稍缓过了神，佟遥又想到了昨晚现场的一些情况，自己看到的还有方遇讲述现场的一些细微线索，也很能说明问题。

亭姐手脚有被捆绑的痕迹，现场却不见绳索。对于这一点，警方的解释是，凶手为了掩盖行迹，打扫了现场。可是，把尸体丢弃在了现场，却拿走了捆绑的绳索，这无疑是相互矛盾，无法说通的。

佟遥更相信是亭姐自己制造了捆绑的痕迹，以用来诱导警方产生他杀的判断。

还有亭姐割喉的死亡方式，也值得去深思。

自杀的方式无数种，最终亭姐选择割喉这种极其残忍的自杀手段，应该也是她深思熟虑的结果。

目的很简单。首先，割喉的方式可以强化警方谋杀的判断，毕竟用割喉来自杀的确有些匪夷所思；另外，加深和激化方遇对于宋及春的愤怒。相信不管是谁看到如此残酷的杀人方式，都会对凶手恨之入骨，更何况是方遇；最后，应该就是对最终宋及春量刑的考虑。虽然佟遥不懂法律，但是杀人方式的残忍程度肯定对量刑有影响，至少不会让宋及春有狡辩成误杀而轻判的机会。

最后，就只剩下了另一摊血迹，包括血迹的拖拽痕迹，还有那半个鞋印需要解释了。

按照方遇的说法，这几个疑点成为了案件侦破最大的绊脚石。从现场看，方遇所描述的矛盾之处的确难解，不过当以亭姐自杀复仇这个方向为前提来思考的话，这些所谓的疑点似乎也就没有那么匪夷所思了。

当然，这还是要从亭姐通过自杀来嫁祸宋及春的复仇计划说起。

如果只是单纯在宋及春家老宅自杀，是完全达不到让宋及春背锅的效果的。一旦宋及春拿出了不在场证明，那么亭姐的计划就会完全落空。

这个计划只许成功不许失败，根本没有重来的机会，所以亭姐一定是反复思考，周密规划，做到每一个细节都万无一失才会开始执行。宋及春的不在场证明，当然也不会漏掉。

让宋及春在自己自杀的那一刻刚好出现在宋家老宅，一定是亭姐计划中的关键一步。不论是通过朱冬邀约，还是利用其他的方法让宋及春在前天夜里赶到老宅，都不是什么难事。甚至有可能那天朱冬去到医院，就是受亭姐指示来约宋及春到场，而并非像方遇分析的那样是朱冬劝说宋及春一起自首。

当然对亭姐来说，应该还是见到宋及春后，当面自杀来得更为保险。最好两人还能发生接触，最好凶器上还能沾上他的指纹，最好自己的鲜血能够喷溅他全身，灼遍他灵魂，让他再也无法逃脱争辩。

这样看来，把案发地点安排在宋家老宅也是算计到了毫厘之处。除了宋家老宅可以直接让警方怀疑到屋主外，老宅常年无人居住，到处都落满蛛网积灰。只要宋及春出现，那就一定会留下大量的痕迹，就算他事后跑路，也会让他无所遁形。

做到这一步，剩下的就是血腥现场被第一时间发现的问题了。解决这个问题并不难，自杀前假装遇到危险大声呼救即可。不过相信亭姐事前一定做过踩点，附近人烟稀少，为了保险起见，她肯定是通过某种方法安排了一名目击证人。有了目击证人，宋及春的罪行就更难洗脱了。

不过从现场的情况看，亭姐似乎还是算漏了一步。那就是宋及春的残忍和狠毒。

宋及春既然能在少年时就对一个未成年少女痛下杀手，并毫无愧疚地继续潇洒多年。在辩无可辩死罪难逃的情况下，就更会铤而走险，利用极端行为来保全自己。

所以对困扰方遇的另一摊血迹，佟遥认为很有可能就是宋及春为了自保而杀了亭姐安排好的目击者。这也就是为什么现场没有按照亭姐的计划第一时间被发现，而是过了快一天后，才由方遇和自己偶然撞破的原因。如果不是恰好遇见了宋洋，荒废老宅的情景不知道多久才会重见天日。

接下来的事情，就很清晰了。宋及春清扫了现场痕迹，再拖走并掩藏了目击者尸体。至于为什么留了亭姐的尸体在现场，也不难理解。

他没有办法同时处理两具尸体，运走加掩埋尸体需要花费很长的时间，等到掩埋了目击者尸体后已经天亮，所以他就只能等到第二天夜里才能继续行动。而刚好第二天晚上，现场却被方遇一行人给发现。

这也算是不幸中的万幸了，如果真让宋及春处理完两具尸体，那亭姐所做的一切可就白费了。

完成了所有的分析，面对脑中越来越清晰的猜想，佟遥心里一阵刀绞。不过稍稍平复之后，她却又生出了一份释然，同时也瞬间明白了接下来自己该如何去偿还。

站起身，默默地走到了窗边，然后坐到了亭姐之前的办公桌前，佟遥抬头看了看窗外。

马路对面的江大校门在黑夜里被射灯衬得有些阴森，而主教学楼楼顶背后隐隐约约浮现出一截后山的山头，仿佛一座在沉默中挣扎的坟墓，等待着她去写下最终的墓志铭，好让墓中逝去的灵魂最终能够得以安息。

第十章

叶升

第二天一大早,佟遥是被方遇的电话叫醒的,说是要带她去一趟江城法医检验中心。

她原以为是要去见亭姐的遗体,等到大半个小时后上了方遇的车时,才知道原来是亭姐的前夫叶升来了江城。

"一定要去见吗?"佟遥坐进了副驾驶,慢慢吞吞地系上了安全带。

对于亭姐的前夫,虽然最近两天才听方遇讲起这个人,但是这个男人在13年前亭姐最无助的时候选择了离婚,这让佟遥很难对他生起什么好感。一听说是要去见他,而且还是在法医中心的时候,佟遥心里多少都有些抗拒。

"还是见一见为好,接下来善后的事情,少不了他的帮忙。"方遇说的是遗体火化和葬礼的事情。这些事情他和佟遥肯定都会尽心尽力,但是名义上多少有些说不过去。虽然不知道安亭和这个叶升感情到底如何,但是再怎么说都是夫妻一场,于情于理都是要让叶升见安亭一面的。

佟遥此刻心里想着其他的事情,于是也不做反驳,不过在方遇看来却以为她是因为不喜欢这个人,闹起了情绪。

"等一会儿见面的时候,不要乱说话。"方遇一边开车一边开玩笑似的提醒道,"还有,不要老摆着一张臭脸,还指望着你这个青春美少女缓和一下气氛呢!"

佟遥愣了愣,这才明白了方遇让自己同行的原因。虽然已经离婚多年,但毕竟夫妻一场,在经历了13年前儿女离世后,又看到了曾经的爱人如此惨死的模样,换了谁都难免会伤心欲绝。自己依稀带着叶时晴的影子出现,想必应该能给这个名叫叶升的男人些许安慰。

想到这里,佟遥看了看专心开车却又故作轻松的方遇,心里一阵感叹。从某种意义上来讲,这个叶升也算是他的情敌了,这样的情况下,还想着怎么顾及对方的感受。能做到这个份上的,除了方遇这个老好人,也不会另有他人了。

法医检验中心在城北北郊的龙尾山上,路程大约一个小时。连着两夜没睡好,佟遥在晃晃荡荡下竟然不知不觉地靠着车门睡了过去。等再次醒来时,发现已经开到了一条盘山公路上,看样子应该是快到了。

这时,方遇正好"嗯嗯啊啊"地接完了一通电话,看着佟遥睡醒,指了指挡风玻璃说道:"叶升已经在我们前面到了,在门口等着呢。"

说完,立刻放慢了车速,然后小心地探身伸手,帮佟遥翻下了副驾驶座上方的遮光板。

佟遥看了看遮光板镜子,自己右半边脸上因为垫着胳膊睡觉已经压红了一大片,头发也是乱糟糟的。于是赶忙揉了揉脸,坐正身体重新扎起了头发。

"昨晚又没睡好吗?"方遇偏头看了看佟遥,"不是告诉你不要胡思乱想了吗?"

"没有,只是坐车里太无聊了。"佟遥赶忙低头理了理刘海,然后找了个理由搪塞了过去。方遇的问话让她又想起了昨晚的推测,心里不由得慌乱了起来。

无论如何,这件事是一定要瞒着方遇的。昨晚她已经下了决心,要帮助亭姐最终完成这场隐忍了13年的复仇。而要达到这个目的,就必须要让方遇沿着亭姐原本计划好的方向追查下去。如果让方遇知道了亭姐自杀复仇的真相,后果就很难想象了。

想到这里,佟遥心中充满了歉意,毕竟对方遇来说有些太不公平,不过自己身处此境,也实在没有其他的办法了。

"你有心事?"看到佟遥眼神躲藏的样子,方遇不禁有些好奇,不过刚问出口,却又发现自己是多此一举,身边接二连三地发生这样的事情,没有心事那才叫奇怪。

佟遥没有回答,方遇也不再多问。几分钟后,两人来到了法医检验中心。因为刚刚上班,所以门口停车并不多,方遇下车四周看了看,却并没有发现叶升的身影。

电话又联系了一遍,才知道叶升因为不熟悉,所以开车到了旁边的市殡仪中心。殡仪中心算是公共设施,所以大门在正马路上,不像法医中心门庭开得偏僻,第一次来进错门也算正常。

不过好在两栋建筑之间有通道相连,在方遇的提示下,双方最终在通道的铁门处见了面。

叶升穿着黑色西装,戴着金丝框眼镜,头发乌黑浓密,看上去比实际年龄年轻了不少,只不过眼中却密布着血丝,整个人也是略显疲态。上海到江城大概六七个小时车程,昨天打的电话,今早就赶到,想来应该是开了一晚的夜车。

总的说来应该还算是很上心了,这让方遇稍稍松了口气。本来他还担心叶升对安亭已经感情淡薄,现在看来倒是多虑了。

虽然电话中沟通过两次,但是当面见上了,方遇还是有些尴尬,只能是日常寒暄,安亭的事情也没有立刻提起。让他有些诧异的是,叶升虽说看上去面露哀色,但情绪却是控制得极好,并没有大多数家属被通知亲人身亡后的歇斯底里。不过想到他心理学博士的身份,还有已经和安亭离婚十多年的事实,方遇倒也立刻释然。

"你就是佟遥吧,我听安亭提起过你。"叶升话不多,不过对佟遥倒是多看了几眼。

佟遥默不作声地点了点头。

"接下来如果有什么困难,尽管和我提就是了。"

"谢谢。"叶升言语柔和,佟遥对他的抵触立刻减了不少。不过听他的话语,这些年来和亭姐似乎并不是毫无联系,而且对自己的过往,他好像也是颇为熟悉,这让佟遥心中生起了一丝好奇。

方遇看到佟遥情绪控制得还不错,心里的石头也算落了地,接着就带二人下楼来到了法医中心的一层。

因为还有后续的补充尸检,所以安亭的尸体并没有转移到殡仪中心,而是暂放在法医中心一楼的临时停尸房。

接待三人的是法医老孙。见了方遇,老孙没说一句话,不过从眼神和整个人的状态来看,似乎也没好过到哪里去。前两天还见过面,结果现在却成了一具冷冰冰的尸体,而且还要经自己亲手来解剖检查,换了谁估计都很难逃过悲戚和唏嘘。

默不作声地拖出了冷冻柜,老孙把尸袋的拉链拉到了锁骨位置就停了下来。乔安亭苍白的面容立刻显露在几人的目光下。虽然早已看过了安亭的尸体,但是此刻看到清洗干净后颈部那骇人的伤口时,方遇还是倒吸了一口凉气。

颈部伤口已经缝合,从喉部正中一直延伸到颈部左侧靠后的伤口,就像一条长长的蜈蚣。方遇仿佛能感受到安亭被割喉时的剧痛,颈部肌肉立刻一阵抽搐。

方遇看了看佟遥和叶升，两人的脸色都是立刻煞白了下来，特别是佟遥，如果不是一把抓住了自己胳膊，估计就一个腿软瘫在地上了。

面对此情此景，几人都以自己的方式保持着沉默，过了许久叶升才开口问道："凶手抓住了吗？"

方遇听得出来他言语中极度控制的愤怒，脸上也露出了厉色，这与刚见面时的温和形成了明显的对比。

"现在还在调查之中。"方遇回答得有些没有底气。

"尸体检查过了吗？有没有什么与凶手相关的线索？"叶升对方遇的回答显然很不满意，于是转头问起了老孙。

"应该是从身后行凶，而且从切创的方向来看，凶手应该是惯用左手。"虽然当着家属面说出尸检的结果有些不妥，但是方遇的眼神示意下，老孙还是没有太多隐瞒。

正式的尸检报告，方遇还没来得及看，不过因为从来没和宋及春打过照面，所以他并不确定宋及春到底是不是左撇子。看来这个情况需要马上和宋洋进行核实。

"还有，在血液中检查出了乙醚的成分，从残余的浓度来看，应该是死亡前三四个小时吸入的。也就是说安亭在遇害时是处于昏迷状态。"老孙善意地提醒道。

听到这里，佟遥脑中第一反应是欣慰，昏迷中遇害应该是没有太大的痛感。不过转瞬间，她的脑中就是一震。

不对，怎么可能昏迷？

按照昨晚的推断，亭姐分明就是自杀，可是既然是自杀又怎么可能处于昏迷状态？

随即她又想到了刚刚老孙提到的身后行凶的说法。颤巍巍地又看了一眼亭姐的伤处，按孙法医所说，从伤口切创的细节可以判断出凶手使用的是左手，伤口从喉部正中从右往左一直延伸到左边侧颈部。

且不说亭姐根本不是左撇子，这样的情况下，就算是要栽赃宋及春，左手也不可能以这样的角度来完成自杀。而用右手虽然可以完成，但是切创的方向却又不对了。

难道自己分析错了？佟遥脑中说不清的混乱。

"我女儿的尸骨也在这里吧？可以带我去看上一眼吗？"似乎已经接受了妻子无法再醒来的事实，同时也知道了警方现在毫无进展，叶升对乔安亭的事情不再多问，转而问起了女儿叶时晴的尸骨。

"这……"听到这样的要求，老孙显得有些犹豫。

叶时晴尸骨被发现的事情，是方遇之前在电话里和叶升提起的，顺道见一见女儿的尸骨本来就在行程安排之内，而且按道理说，安亭和叶时晴尸骨的后续处理应该都是要征询他的意思，方遇不知道老孙为何表现得如此迟疑。

老孙为难地看了看方遇，然后叹了口气说道："尸骨的身份搞错了！"

老孙的话宛如高空偶落的重物，冷不丁地砸中了方遇，让他耳鸣目眩，半天说不出一句话来。过了好一会儿，才意识到老孙所说意味着什么。

虽然尸骨的发现并不是导致安亭遇害的直接原因，但也算是整个事件的导火索之一。如果不是亲眼见到女儿尸骨的刺激，安亭应该不会这么着急冲动地从朱冬那里挖掘更深的真相，并说服他自首。没有这一步，自然也不会这么快地招惹上宋及春了。

"会不会搞错了？后山上挖出的尸骨，哪有这么巧的？"方遇还是没办法接受这个事实。

"那天晚上你直接带她走了，没来得及留血液样本。前天安亭尸体运过来后，我才做了化验，DNA比对不会出错。至于尸骨的真实身份，现在没有头绪，暂时不好说。都怪我，当时说话太不严谨。"老孙似乎意识到尸骨身份的错判与安亭遇害之间的联系，解释的时候满是懊悔。

关于尸骨身份颇有些乌龙和无奈的反转，让几人都沉默不语，本就寒冷的临时停尸房的温度似乎瞬间又低了几度。只有对整个情况不甚了解的叶升显得有些疑惑。

"到底发生了什么？"琢磨着方遇和老孙两人的谈话，叶升的表情开始慢慢起了些变化，语气中也是充满了质问的味道。

"流程上出了些问题，之前和你说过的尸骨，目前看来并不是小晴的。"方遇心中有愧，回答时不由自主地避开了叶升质问的眼神。

"这个我已经知道了，我问的是这件事和安亭的死有什么关系。"叶升双拳紧握，眼神也开始变得凌厉起来。

方遇想着该如何去解释，可是却发现前因后果并不是三言两语可以说清楚的，一时间呆在了现场，脑中也是一片混乱。

他并没有和叶升提起过安亭通过治疗找到凶手的事情，同时因为案情还存在太多的不确定，所以也没有提及宋及春以及案件相关的细节。

现在看来，叶升已经产生了些负面的猜测，这样的情况下，必须和他小心地解释清楚，否则接下来的误会可就大了。

正在方遇思考对策之际，叶升忽然就上前一把抓住了他的衣领："告诉我，是不是你们的失误才导致安亭被害的？"

叶升的发难行为突然而且充满了敌意，与之前理智的形象完全判若两人，这让方遇和佟遥都有些猝不及防，一旁的老孙也是被吓了一跳，想要上前帮忙，却被方遇伸手阻止。

"尸骨身份的误判与安亭的死并没有直接关系。还请你保持冷静，这样对案件的侦破并没有什么帮助。"方遇赶忙解释，双手却没有做出任何反抗的动作。

似乎意识到自己的行为有些过激，叶升看了看一旁乔安亭的遗体，然后松开了手，愤愤地说道："你们警察从来就没有靠谱过，13年前是这样，现在也是如此！"

听到叶升的话，方遇大致明白了他忽然暴起的原因。很明显13年前他和安亭与警方打交道的过程并不愉快，现在短短的几天时间接连发生尸骨误判和安亭身亡的事情，他自然是对自己生出了抵触和不信任。

还不等方遇开口反驳，刚从惊吓中缓过神的佟遥却愤愤不平地接过了话头："你有资格说这些话吗？亭姐这么多年来一个人孤单地寻找凶手为女儿报仇时，你在干吗？亭姐最无助，最伤心的时候，你又在哪里……"

佟遥越说越气愤，似乎要将这几天所有的压抑都发泄在叶升的身上。方遇眼见情势不对，赶忙伸手拉住了她。

"干吗拉我？难道我说的不对吗？"佟遥不服气地甩了甩手，叶升却像被闪电击中一样，顿时萎了下来。

"你是说……安亭这些年……这些年一直都在寻找凶手？"叶升言语颤抖，眼神涣散，很显然是被佟遥的话击中了痛点。

"我们都需要控制一下情绪，关于整个事情的前因后果，我会和你都解释清楚。现在案情还有很多不确定的地方，一味地猜测和发泄并不是解决问题的方法。而且安亭也不希望看到我们这样，不是吗？"方遇边说边心焦地看了一眼安亭的遗体。

叶升沮丧地点了点头，佟遥则是不服气地扭过身子。

法医中心没有什么空地，同时也并不是什么谈事情的好地方，于是方遇便和老孙打了招呼，然后领着叶升和佟遥穿过连接通道来到了殡仪中心户外停车场的一处僻静角落。

三人找了个花坛分开坐下，方遇开始从安亭治疗朱冬发现凶手，到认尸以及后来遇害的情况，事无巨细地和叶升讲述了一遍。

这样做并不是想推脱责任，他只是希望叶升了解到其中过程后，不会产生更大的误解。不过案情的确有些复杂，叶升到底能听懂多少就没办法知道了。

"你是说,安亭在治疗病患的过程中发现了两名凶手?"过了好一会儿,叶升才从沉思中回到现实,脸上写满了不可思议。

"安亭亲口对我说的。"方遇点头回应。

"那个叫朱冬的凶手在安亭遇害前就已经死了?"叶升接着问道。

"是的。"

"那凶手不就是那个宋及春吗?为什么不马上抓了他?"

叶升听完案情的反应几乎和佟遥一模一样,都是认准了宋及春就是凶手。不过从逻辑上来讲,有这样的认知也在情理之中。

"案情的确是有些复杂,我刚刚有可能也没讲清楚。总的说来,现场并没有宋及春涉案的证据留下,当然并不能就此排除宋及春的嫌疑。整个案件的关键点在于,现场的线索显示,除了宋及春外还有另外两名不明身份的涉案者。宋及春肯定跑不掉,但是真相总是要弄清的,你也不希望安亭死得不明不白是不是?"叶升没有再提尸骨误判的事情,这让方遇稍微松了口气,不过再往下深入谈案情,他却也是有些黔驴技穷。

"脚印……血迹……"叶升自言自语地重复着方遇提到的线索,"难道宋及春还有帮手不成?不对,如果真是帮手,又怎么会有人受重伤?难道是凶手几人之间起了内讧?"

方遇摇了摇头,现在看来,不止一人涉案是肯定的,至于是不是同伙暂时就很难判定了,不过他实在想不出,那样的情况下会有什么内讧和矛盾的理由。

"可以和我们说说13年前案件的相关事情吗?或许对接下来的侦破会有所帮助。"方遇忽然想到了佟遥之前提到的源头问题。13年前的当事人现在就只剩了叶升一人,如果真的是源头出了错,那么就只有他可以提供相关信息了。

"你是指哪方面?"面对方遇突然提出的问题,叶升显得有些犹豫。

"13年前的案件我虽然没有参与,但是后续的卷宗我倒是仔细研究过。当时最大的疑点和矛盾在于安亭后来的二次报案是如何知道叶时晴在后山遇害的详细过程的。据我所知,你们第一次报案的内容是失踪,直到半年后,安亭才重新把报案内容由失踪改为了谋杀。而且,当时事发时,你和安亭都不在现场,根本不可能知道如此详细的案发细节。我知道13年前警方对你们提出了种种质疑,不过我相信你和安亭不会无中生有,你们当时是不是隐瞒了什么?或者说,是不是有什么难言之隐?还有,叶时雨后来是因为什么去世的?"方遇问出了一直困扰着他的问题。

叶升没有立刻回答，反而是陷入了沉思，从他脸上欲言又止的表情可以看出，他似乎处于极其矛盾和痛苦的纠结之中。

过了一会儿，一口长气从叶升口中叹出，而随之而出的，除了重新触及记忆中那根毒刺带来的痛苦，似乎还夹杂着一丝终于剔掉毒刺的解脱："13年前，安亭没有说谎，小晴在那晚的确是被人残忍地杀害，这一点是毋庸置疑的。只不过对于如何得知的案发细节，我和安亭没有办法解释，也根本解释不了。这本来是属于我和安亭之间约定好再也不去碰触的秘密，不过现在安亭已经离去，也就没有必要再去隐瞒了。"

尘封了13年的秘密终于有机会揭开面纱，方遇精神为之一振，而一旁一直未曾言语的佟遥听到这里，也抱着验证所想的心态竖起了耳朵。昨晚自己推断的画面还历历在目，可是现在她却不知道自己到底是想听到肯定的还是否定的答案。

"佟遥说得对。事情发展到今天这样无法挽回的局面，的确有很大一部分责任在我身上。"叶升含忏悔地看了看佟遥，然后又把眼神转向了方遇，"如果当时我能及时地阻止安亭，如果我能再坚持一些，后面崩塌式的悲剧或许就不会发生。"

说完，叶升便垂头掩面，身体颤抖，痛苦夹杂着懊悔从指缝中一丝丝地钻出，让人身受其染。

方遇没有催促，也没有打断，而是静静地倾听着眼前这个男人慢慢流淌着自己的情绪。而佟遥在听到叶升提到阻止安亭的时候，则是心中一动，她知道事情的真相似乎在往自己推断的方向慢慢靠近了。

稍稍缓了缓情绪，叶升重新抬起了头："说起来你们可能不信，我和安亭从大学相识到结婚，16年中从来没有吵过架，哪怕是学术意见相左时，我们也只是开开玩笑，打打趣就过了。一直到那件事发生前，我们家庭和睦，儿女双全，几乎是身边所有人羡慕的对象。所以，十多年前我和安亭离婚时，很多人都不理解。"

"说实话，当时安亭固执地坚持要离婚时，我自己都无法理解。就算是小晴和小雨相继离开，我也相信时间可以抹平一切，我们完全有机会摆脱阴影，重新开始。"叶升取下眼镜，捏了捏鼻梁，双眼吃力地闭上又睁起，"一直到现在，我才理解她的真正用意，我真是太愚蠢了。"

"是亭姐提出的离婚？"这一点倒是佟遥完全没有想到的，她昨晚的判断是叶升因为亭姐固执地挖掘叶时雨的记忆导致悲剧的发生，而主动提出的离婚。

"是的。她当时应该就下定了寻找凶手复仇的决心，而且她肯定知道这是一个多么艰辛的过程，之所以如此决绝地和我离婚，应该就是不想把我牵连进来，让我们两人都搭进这条有可能永远没有结果的不归路。"

"这么多年你就没想过和亭姐复合吗？"虽然叶升表现出了深深的悔意，但是佟遥还是无法接受他这么多年来对亭姐的不闻不问。

"怎么会没有？最开始的几年，我几乎无心工作，可是她却一直故意地躲着我。多次碰壁之后，我也就慢慢死心了，不过即便如此，我也是一年至少来一次江城。她辞了大学的工作，我担心她经济上有问题，所以近几年也都偷偷地通过公司委托她一些业务，上海晴雨咨询就是我的公司。这件事，我想她私下里应该也是清楚的。"叶升解释道。

佟遥听完点了点头，她是看到过这家公司经常会有款项打过来，这样看来亭姐和他这些年倒也不是完全没有联系。

"还有，你的事情我也是知道的。小晴的尸体一直没找到，我开始认为安亭是因为还抱有那么一丝丝希望，同时不愿离小晴太远才留在了江城。后来，她说到要资助你时，我以为她终于想通放下了，找到了新的生活，所以当时我也是赞成的。没想到她却……我代表安亭给你道歉了。"安亭利用佟遥寻找凶手的事情，方遇刚刚并没有直说，不过话语间还是说漏了嘴，多少都委婉地带上了一点。叶升心思敏亮，立刻猜到了些什么，这让他心中也是颇有些过意不去。"我的确没有想到安亭竟然一直带着如此绝望和赎罪的执念生活了这么多年。这样看起来，她应该是偏执得甚至有些心理问题了。所以我相信把你牵连进来，应该不是她的本意，这一点，还希望你能够理解。"

佟遥没有回话，却是对着叶升善意地点了点头。

"你刚刚说到赎罪是什么意思？难道安亭犯了什么错？"方遇一直没有打断叶升的宣泄，不过当他听到叶升提及安亭赎罪的说法，再联系到前面还说过没能阻止安亭的事情时，他就猜到这些一定和13年前的谜团有关，于是便把问题说出了口。

"安亭一直认为是她害了小雨，这么多年来虽然她嘴上没说，但是我知道她一直是这样想的，这就是她的性格。"叶升叹了口气回答道。

"你是说小雨的死……"刚问出口，方遇的脑中就如同突然通上电一样明白了些什么，于是立刻改了口，"你的意思难道是，小雨当时真的目击了姐姐被害的过程？"

"是的，那晚我和安亭在后山脚下发现小雨时，他躲在一个灌木丛里，整个人已经被吓得没了人形。当我们问及小晴的下落时，他几乎无法正常沟通，只是告诉我们和姐姐来后山准备去防空洞探险，后来两人走散了。

当晚我们在后山一直寻到了天亮，最后没有办法，只能是到校派出所报了案。"

"防空洞？"方遇记得卷宗中记载的安亭所描述的女儿遇害地点就是在后山防空洞门口附近，当时搜山时的重点区域也是在那一块。

"说来也是怪我，我之前在江城大学有过两个月的交流，本来只是和小晴、小雨普及一下江大的历史，没想到却引起了他们的好奇。如果不是这样，小晴根本就不会身处险境。"叶升把指关节捏得咔咔作响，后悔之情溢于言表。

"后来呢？"

"当时的情况下，我们根本就没有往小晴遇害上去想，后来案件无果，我们回到上海后又发现小雨的言行异常持续的时间太久。刚开始，我们认为是因为他年纪太小，精神受到了刺激，所以对他进行了简单的精神辅导，结果在治疗过程中，小雨竟然说出了姐姐遇害的事实。这对我和安亭来讲，无疑就是晴天霹雳。"

"意思是，后来和警方描述的所有案发细节都是从小雨口中得知的咯？"

"不是。"叶升摇了摇头，"确切地说，应该是从小雨的脑子里强行挖出来的。"

"记忆唤醒？"方遇想到安亭从朱冬身上挖出13年前真相的事情。

"是的。人的记忆是个很巧妙的东西，当你特别恐惧一件事情时，有很大概率会本能地抑制和抵触这段记忆。再加上小雨当时年岁尚小，认知不全，根本无法透露什么有用的细节。所以当时安亭才提议要对小雨进行深度催眠。

"这样的做法，我本来是反对的，因为我知道这样肯定会对小雨的心灵带来二次伤害。但是当时的情况下，要想找到小晴的尸体和凶手的线索，除此之外没有第二种办法。

"当时安亭正在研究一种定向模糊记忆甚至消除记忆的方法，而且有了一定的成果。她认为在催眠找到线索后，可以通过补救措施有效地消除对小雨带来的负面影响。所以，我还是抱着一丝侥幸的心理答应了。可是……可是最后却根本连补偿的机会都没有给我们。"

"通过催眠唤醒的记忆和亲口说出的过程有什么不一样吗？"方遇还是很难分清这两点之间的区别。

"区别很大。当时小雨看到和听到甚至感受到的一切信息都存储在大脑中，只不过因为恐惧加上当时的环境，他只是选择性地记住了很少量的信息。而安亭要的是挖掘出当时的一切细节，包括凶手的长相、身高、年龄等特征，还有小晴被埋藏的具体地点等。当然，要获得这些深层信息，没有这么简单，必须进行适当的引导。后来，我们甚至带着小雨悄悄地回到江城重返案发现场，这几乎是让他又重新经历了当晚的全过程。

"我们轻视了目睹姐姐遇害这件事对小雨带来的心灵上的打击，这其中不仅仅是凶手的残忍手段给他埋下的恐惧，更多的还有他对于自己胆小，没有上前阻止以及事后怯懦和隐瞒的自责。虽然这些对于一个5岁多的小孩来讲认知非常模糊，但是之后不断强行地让他重回现场，却不断放大了他的这些负面情绪。这显然不是他幼小的心灵可以承受的，几个月过后，他甚至已经有了非常严重的臆想症。而后来还没有来得及对他进行心理治疗，小雨便从家里的阳台失足坠落。虽然在外界看来是一场意外，但是我和安亭心里却无比地清楚，小雨的死，完全就是我们一手造成的。

"这样的结果，对于我和安亭来讲几乎是致命的打击，这也是我们对这一段过程进行隐瞒的真正原因。"坚持着说完，叶升已经泣不成声。

听到这里，方遇也是一阵唏嘘，没想到13年前竟然隐藏着这样一段难言的过往。对于当时的安亭和叶升，的确没办法去和警方交代实情，只能是强咽了这颗苦果。

"这么说，当时也没有真正挖到什么有用的线索咯？"这其实是一个很难去言述的残酷事实，安亭相当于变相地逼死了儿子，可是最终却还是没能挖掘出杀害女儿凶手的确切信息，否则，她也不会再苦苦地花上13年去追寻真相。

"是的，后山环境恶劣，天色也暗，事实上很难挖到什么有用的线索，这些当时我就应该提前想到。"叶升自责地摇了摇头。

"不对，如果是这样的话，安亭又怎么会在之后这么多年一直盯着自闭症这条线索来寻找凶手呢？"方遇忽然想起了之前佟遥提到的这个疑点。

佟遥听到方遇问出这个问题，立刻转向叶升，等待着他的答案，这也是她心里一直好奇的一点。

对这个问题，叶升听完也是一怔，刚刚知道安亭花了13年来独自追凶，他却是还没来得及往这方面深想。过了好一会儿，他才恍然大悟地说道："原来如此！"

"你是又想到了什么吗？"

"当时小雨是躲在防空洞附近，加上天色很黑，所以我们最开始得到的一直都是很粗略的信息和过程。后来，安亭又想到通过挖掘小雨的听觉记忆，才又获得了一些更多的零碎细节。"

"听觉记忆?"

"是的,正是因为小雨能听到两名凶手的对话,所以我们才判断事发地点应该在防空洞附近不远处。同时也是因为极为有限的对话内容,才确定两名凶手年纪都不大,而且还是学生。"

"如果当时知道了凶手是学生,不就可以有针对性地开展调查了吗?"方遇岔道。

"是的,当时有提供给警方这一线索,后来也在江城大学进行过排查,不过并没有什么结果。而且警方后来对我们的描述进行了全盘的否认,甚至怀疑起了我和安亭,所以……"

"怪不得,最开始亭姐一直都把工作室放在了江大校园。"这么一说,佟遥便明白了亭姐死活都把工作室安排在江大周边的原因。

方遇听完也是一阵头大。朱冬和宋及春当时还在江大附中,而且刚刚初三毕业。警方只调查了江大的大学生,肯定是不会有结果的。后来因为调查无果,再加上报案证词的矛盾,警方对安亭的报案动机提出了怀疑,后面的调查自然是无果而终。如果当时能有明白人再深入那么一点点,或许整个案件当时就可以真相大白了。

想到这里,方遇的胸口仿佛被堵上了一块巨石,郁结难疏。"这么说,其中一个凶手有自闭症的信息,也是从凶手间的对话中发现的?"

"凶手之间的对话信息量其实并不大,也没有明确地提到自闭症,只是其中一名凶手在这过程中嘲笑了另一名凶手脑子有毛病。说实话,我都没有觉得这是什么线索。"叶升叹了口气,"只能说安亭太过敏感了,仅凭一句话就赌上了这么多年。"

"能不能清晰一点?"方遇有些着急,"当时从小雨记忆中得到的现场细节,最好能和我们复述一遍,越详细越好。"

"这……"叶升看了看佟遥,似乎有些顾虑。他一直避着细节没有说,就是因为佟遥在现场。不过想了想,最终还是点了点头,"当时小雨年岁尚小,未经世事,所以很多内容都必须靠我们自己的理解进行补充。大致的还原下就是,其中一名主犯对小晴进行了侵犯,另一名从犯却只是在一旁按着小晴的手脚而没有相关行为。过程中主犯嘲笑了一句'想不到你脑袋有毛病,下半身也不行'。或许是从犯被嘲笑后松了手,小晴随即开始反抗,慌乱中主犯刺了小晴一刀。之后,也许是主犯担心出了人命被告发,就以'不下手,学校就别想待了'为要挟,逼着从犯一起动手掐死了小晴。事后,从犯因为害怕匆忙逃离,主犯追逐无果后,才又折返回来一个人就地掩埋了小晴的尸体。"说到最后,叶升已经脸色煞白,仿佛用尽了全身的力气，才支撑着将这段不愿想起的细节重新讲完。

"安亭还真是凭一句话就赌上了13年啊！"听完叶升所讲，方遇不禁感叹道。

叶升描述中的从犯，也就是朱冬，很显然就是学校里那种混子最爱欺负的智力有些低下，性格又胆小懦弱的学生，这与自闭症并不能完全画等号。安亭仅凭着这一点，着实是冒了极大的风险，不过最终却还是让她给赌对了，只能说是造化弄人，命数已定。

"我现在倒能理解安亭所想。大部分精神疾病的根源都来自患者所处的环境和遭遇。从当时得到的有限信息来看，那个朱冬要不是本身就有精神疾病，要不就是字面意思上理解的智力发育不健全，而且很有可能是长期经受宋及春霸凌欺压的。这样的情况下，再加上经历了那晚的遭遇，是有很大概率会演化出或多或少的精神问题的。至于那句'下半身不行'，有可能是调侃的话，也有可能是真的。如果情况属实，青少年存在性功能障碍，绝大部分也都是因为心理问题。所以，我相信安亭不仅仅是赌，她一定也是有过认真的分析。不过，当时的情况下，安亭在下定复仇的决心后，也没有第二线索可选了。"

了解完了13年前案件的情况，当年的疑点终于得以理清，不过内容上却没有任何对当前案件有所帮助的线索。方遇想了想，有些不甘心地追问道："你确定当时的凶手就只有两人？"

叶升听完一怔，似乎对这样的问题很是吃惊。

"我的意思是说，小雨当时年纪尚小，再加上受惊，会不会有记错的可能？而且刚刚你不也说了，很多内容当时都是靠你们自行理解补充的吗？"方遇赶忙解释道。

"这个肯定不会，记忆不会说谎。正因为小雨当时年纪小，经历少，他的记忆才具有更高的还原度。我们当时管教严，他连凶杀电影都没怎么看过，基本不可能通过臆想嫁接形成再造记忆，而且再造记忆需要一定的过程。当时的记忆唤醒时隔不久，还原度应该是极高的。我刚说的理解补充，仅限于小雨无法描述清楚的行为，就算其他细节有微小偏差，现场的人数肯定是不会错的。"叶升摇头否定，他对学术方面的问题充满了自信。

方遇听完点了点头，既然叶升如此解释，他也就不在这个问题上继续纠结。

"确定案发地点就在防空洞附近吗？我的意思是，事后在后山防空洞附近进行过搜索和挖掘，并没有找到小晴的尸体。"方遇想了想继续问道。当时的确没有挖掘出尸体，甚至连明显的行凶痕迹都没有发现。虽然洞口附近的范围并不算小,但是掩埋尸体的话肯定会松动土壤,破坏植被,就算凶手事后进行了处理,也不可能还回原样,短期内应该不会连痕迹都发现不了。

"这个应该不会出错,记忆是不会骗人的。"叶升点了点头。

"凶手走后,小雨就没有去找过姐姐的尸体?"佟遥在一旁问道。

"这个……"叶升似乎有些为难,问题本身并没有什么,但是他听在耳里多少都觉得有些责备的意思,"从记忆中得到的信息是,小雨当时怕被发现,所以趁凶手埋尸的时候,躲进了防空洞。事后应该是找过,不过……小雨那时6岁都不到,方位感也很差……"

"凶手掩埋尸体后肯定处理了现场,小雨就算找也是很难发现什么的。"方遇看出了叶升的为难,赶忙出口解围。

误会解除,13年前的过往也交代清楚,叶升很明显不想再继续这个痛苦的话题。于是站起身拍了拍屁股上的灰尘问道:"接下来怎么办?"

"安亭的后事安排可能还需要和你商量一下。"方遇也跟着站了起来,颇为歉意地说道。

这次本来是要把女儿尸骨交给叶升带回上海的,结果没想到尸骨身份却出了乌龙,而安亭没有其他的直系亲属,如果叶升能接手后事的安排,那就最合适不过了。

"安亭的后事我会来安排,不过小女尸骨的事情,如果有可能还请帮忙费费心。"连夜长途,再加上刚刚的一番折腾,让叶升看起来心力交瘁,疲惫异常,话语间也是透出了一份无奈。

"这个放心,你是今早到的江城吧,住的地方有没有安排?"和叶升的整个见面过程虽然有些波澜,但是结果却比预料中的要顺利太多,方遇的心里也是落下了一块大石头。

"昨天接到你的通知我就连夜赶过来了,住的地方不用担心,我已经预订过了。"

"那就好,安亭的遗体还得过两天。这样,你先好好休息,今天晚些时候或者明天我让佟遥陪你先处理一下遗物。"方遇本来想的是让叶升住到安亭的家里,不过想了想又觉得有些不合适,而且叶升也已经预订了住处,他就不再提这一茬。

接下来又简单地沟通了一下接下来两天的安排,叶升便取了车先行离开。

"我们也走吧,等会儿刚好要去城南,我先送你回去。"上午浪费了不少时间,接下来还要赶着去城南见邹华,方遇说完便急匆匆地转身走进殡仪中心大楼。

而佟遥却站在原地，盯着叶升离开的方向一动不动，似乎完全没有听到方遇的催促。

直到车子拐出了殡仪中心的大门，从她的视线消失，她的脑中依然在不停地振动，就像低音弦不绝的余音，虽然低频音沉，但却与她的心跳形成了最强烈的共振。

这辆车她见到过，在她跟踪朱冬的那天早上，亭姐就是坐着这辆车离开的。也就是说，亭姐死前的一天是和叶升在一起。车型、油漆的颜色，还有沪字开头的车牌，她记得清清楚楚，绝不会出错。

所以他根本就不是今天早上才赶到的江城！

所以，叶升，亭姐的前夫，这个刚刚还声泪俱下的男人，一直都在说谎！

从法医中心返回城南公寓的路上，佟遥一直都处于极度混乱和分裂的状态。就像有成千上万只蝗虫在她脑中盘旋不散，无数个声部叠加起来的噪音，让她不但无法集中注意力来进行思考，更是让她整个人都像是要被撕裂一般。

她不止一次想转头大声地告诉方遇她的发现，可是每次话到了嘴边，却又被一根无形的丝线给生拽了回去。

"怎么了，不舒服吗？"方遇察觉到了佟遥的异常。

"没……没什么。"佟遥扶了扶额头，"估计是车坐久了，有点头晕。"

"那你靠着休息一会儿吧，到了我叫你。"方遇好奇地看了佟遥一眼，脸色的确有些发白，于是赶忙关上了车载广播，同时把车速也慢慢地降了下来。

顺着方遇的话，佟遥侧过身子，靠在椅背上假装休息，然后深吸了几口气，试图让自己冷静下来。

调整了许久，耳边的噪音才开始渐渐弱下来，脑中也不再是一片雾蒙蒙的混沌状态。接着，刚刚叶升讲述13年前过往的内容和场景开始慢慢进入她的脑海。

她试图回忆起叶升的每一句话，可是，叶升说了谎的主观意识却在她脑中不断地冒起作祟，让她完全分不清这其中，到底哪一句是真，哪一句是假。

这样的情况甚至让她产生了一种幻觉——每当叶升完成一段讲述，似乎最后都会在嘴角挂出一丝不易察觉的笑容。而这丝笑容，仿佛深渊中摇曳的罂粟，时时刻刻都在散发着一种诡异和危险的气息。

虽然知道这完全就是自己凭空的臆想，但是却依然让佟遥感到了无比的寒冷，甚至恐惧。以至于车子经过闹市时，她仍然能听到心脏在颤抖之下拖出的尾音。

好不容易挨到了公寓楼下，招呼都没打一声，佟遥便急匆匆地推门下车，留下方遇在驾驶座上一阵诧异。

一进家门，佟遥便直接冲到卧房，钻进了棉被，蒙头把全身裹得严严实实，双脚还死命地压着被子的边缘，生怕露出了一丝缝隙。

佟遥怎么也没想到，这种小孩儿初次独睡时经历的场景，竟然在长大成人后以这种形式再次光临了自己。

在黑暗里和心中的恐惧不知道抗争了多久，连续两夜薄眠和折腾带来的疲惫，终于让她缴械投降，放弃抵抗。最后，竟然伴着慢慢平稳下来的呼吸，沉沉地睡了过去。

再醒来时，窗外已经微微泛黑，楼下也传来了摆摊夜食的喧闹声，这一觉竟然睡了整个下午。

被动而充足的睡眠，让佟遥的脑袋清醒了不少，不过她依然能够感受到睡前那段恐惧留下的一丝余惊。

从床上坐起，理了理杂乱的头发，深呼出一口浊气，佟遥靠在床头开始梳理起今天遭遇的点点滴滴。

让自己感受到危险和恐惧的源头，无疑就是叶升。确切地说，应该是叶升对亭姐表现出极大的爱意和悔恨之后，却猛然被自己发现他说谎带来的反差。

这就像拼命逃离了险境，转头却发现恶鬼就在自己肩后的那种绝望和战栗。

不过再深入多想了一会儿，佟遥才发现自己第一反应似乎有些过度了。叶升的确说了谎，他谎报了自己来到江城的时间，同时隐瞒了自己案发前和亭姐在一起的实情。可是这并不能说明什么问题。

首先，叶升所描述的13年前的案件过程，特别是亭姐通过催眠叶时雨获得女儿遇害细节的过程听起来并不像是说谎。对于这一点，自己之前也通过分析得出了相似的结论，而且13年前，也只有这一种可能可以合理地解释当时的情况。

其次，13年前的案件，亭姐和叶升都是受害者。虽然他所描述的亭姐主动和他离婚的说法让人有些怀疑，但是不论怎么想，他似乎都没有任何理由会做出伤害亭姐的举动。

这样看来，叶升似乎并没有什么值得去害怕的。可是他为什么要说谎呢？难道他和亭姐之间还有什么不可告人的秘密？

为什么在亭姐死亡的前一天，他已来了江城？难道是因为亭姐认为找到了女儿的尸骨通知了他？可是如果是这样的话，他又为什么要隐瞒呢？

他和亭姐在一起又经历了什么？

在接到方遇的通知之前，他是否知道亭姐已经身亡？

亭姐遇害的那晚，他又在哪里？做了什么？

亭姐的死和他又有着什么样的关联？

一个又一个问题，在佟遥的脑中冒出，可是却无法得到任何答案。

这时候，佟遥又想起昨晚自己做出的亭姐通过牺牲自己，来进行复仇的推断。

在今早去法医中心之前，这个推断几乎已经在她的心里生了根。在她看来这样的推断和结果虽然让人唏嘘，但却是亭姐死亡案件最合理的解释。

而且，她也已经下定决心守住这个秘密，帮助亭姐完成这个残酷却已无法逆转的复仇计划。这样的做法，对方遇虽然有些不公平，但却是没有办法的办法。就算是方遇以后知道了真相，她也愿意来承担后果。难道要让亭姐付出了生命，却依然无法让罪恶和凶手最终得到应有的惩罚吗？那才叫真正的不公平。

这本来就是佟遥心里已经做好的打算，但是今早在法医中心听到那名孙法医提到尸检的新线索时，她所有推断的根基却又开始动摇了。

虽然上午的时候，她没来得及深入思考，事后又被叶升的事情牵走了注意力，但是此刻重新想来，孙法医所说的确和自己的推断完全相悖。

按照孙法医的说法，亭姐颈部的致命伤是凶手从身后造成的，而且凶手使用的是左手。亭姐不是左撇子，就算亭姐知道了宋及春惯用左手，想以此来嫁祸，人体构造上来讲也是不可能的。

亭姐颈部左侧的伤口一直延伸到了颈部侧后方，她今早在现场看得仔仔细细，从这一点来讲，孙法医说的并没有问题。

另外，孙法医还提到了非常关键的一点，那就是亭姐在死前吸入了乙醚。也就是说亭姐在死亡时处于昏迷状态，这就和亭姐自杀的推断完全相矛盾了。一个昏迷的人是不可能完成自杀的！

想到这里，不知为何，佟遥开始不由自主地回想起上午和叶升打交道时的场景。可是当时并没有进行什么特定的动作，很难确定叶升是不是左撇子。

很显然，佟遥已经将叶升的说谎与亭姐的自杀复仇计划无形中联系在了一起。意识到自己这样的想法后，佟遥也是十分地诧异，不过当两者在这个时候被摆在一起时，却似乎相互之间有着极强的吸力，让她再难将其分开。而这两个看似并无交集的事件，也开始在她黑洞洞的脑海中碰撞出了微小但却刺眼的火花。

叶升的确没有伤害亭姐的理由，但是有一点却是无法忽视的，那就是两人都有同样的丧子之痛，对凶手也都有着无比的痛恨。

这样的情况，再加上叶升在案发前与亭姐在一起的事实，让佟遥产生的第一个想法就是，亭姐似乎并不是一个人在战斗，整个复仇或许就是他们夫妻二人的共同计划。

简单来说，就是亭姐在找到了女儿的尸骨以及发现了谋杀女儿的凶手之后，第一时间便联系了前夫叶升。之后，夫妻二人一起完成对两名凶手的复仇。

不过稍一验证，佟遥便否定了这种想法。最重要的原因就是亭姐的身亡。

如果说亭姐没有死，哪怕是事后失踪，佟遥都有理由相信夫妻两人一起实施了复仇。可是事实却是亭姐死在了现场。如果是两人共同复仇，叶升没有理由丢下亭姐，自己一个人完好无损地离开。

当然，既然是复仇肯定就会有冲突，亭姐的死亡可以解释为冲突中的意外。但是亭姐夫妻两人肯定不会傻到和宋及春发生正面冲突，而且从亭姐的死亡方式来看，也绝对不是缠斗之下造成的伤害。同时，案发现场的另一摊血迹已经被证明了不是宋及春留下的。

一个念头刚灭，而另一个更加匪夷所思的念头又接连而至。

既然亭姐已经抱着复仇、赎罪和解脱的心态制定了这个计划，那她会不会为了让自杀现场更为真实，请求叶升帮忙呢？

这样的话，孙法医提到的伤口悖论和昏迷问题就可以完美地解释，亭姐自杀复仇的计划自然也就可以继续成立了。

不过几乎就在这个念头产生的同一时间，佟遥就强制否定了这个想法。如果说刚刚两人共同复仇的想法是通过逻辑验证来排除掉的，那么现在这个念头却根本就没来得及进入逻辑环节。

单单从人性角度，她也无法接受这样的结果。

没有人会这样做！

纵使亭姐有着万般理由，苦苦哀求，叶升肯定也不会答应。这和真正的杀人没有什么两样，如果叶升真的这么做了，那他就和恶魔无异了。

为了不再胡思乱想，佟遥强迫自己下了床，到浴室里简单地洗漱了一遍。可是只要她一闭上眼，亭姐被人割喉的恐怖场景就会立刻出现在脑海的虚无之中。

而更让她揪心的，则是立在亭姐背后那个看不清道不明的黑影，就像一个噬人灵魂的黑洞，就算她万般抗拒，也挣脱不掉想上前窥其面目的吸引。

第十一章

重返现场

第二天一大早,方遇便到了紫竹苑。他今天事情不少,本来是让佟遥陪着叶升一起来收拾遗物的,不过丫头昨晚却来了电话,说是病倒在了床上。

这几天对佟遥来说应该算是翻天覆地了,而且昨天从法医中心回来的时候,就见她脸色不太对。这让方遇着实有些担心,心里盘算着晚点得抽个时间去看看这丫头。

而这边和叶升已经约好的事情却是没法推掉,叶升本来就待不了几天,后面自己也只会更忙,而且这样的事情根本没办法找其他人代劳,所以就只能自己出马,然后把见面时间提前,赶在了晨间。

为了节省时间,方遇早早地约好了搬家公司。不过好在紫竹苑离他家不远,只要叶升不迟到,倒也耽搁不了多少。

刚到小区门口,看到叶升的车就停在街边,方遇总算是松了一口气。

"没等多久吧?"自己改的时间,结果反而晚到,方遇心有愧意,于是赶忙停车,跟叶升打起招呼道起歉。

"我也是刚到,因为不知道具体楼栋,怕在小区开岔路,所以就等在了外面。"叶升笑着解释道。

"看我这,一直忙,都忘了告诉你了。"方遇拍了拍脑门。

其实昨天听了叶升一直和安亭保持联系的描述后,他就以为叶升应该来过安亭家,至少也应该知道具体的住处。没想到,安亭却从来没有透露过住址。所以嘴里道着歉,他的心里反倒生起了一丝莫名其妙的安慰。

"没事,你先进,我跟你后面。"叶升指了指小区大门。

"我叫了搬家公司,先打个电话看看到了没。"方遇掏出了手机,做了一个稍等的姿势。

"东西很多吗？应该用不上叫搬家公司吧？"

"没事！就当省省人力。"这么一问，方遇才想起叶升有车，安亭搬进去的时候行李似乎也不多，自己一大早光顾着忙了，根本就没想到这一茬。不过人都已经叫了，退是没办法退了。

几分钟后，搬家公司的货车赶到，却把方遇看傻了眼。

来的是辆厢式货车，小区门口又装了2米4的限高杆，车子根本进不去。

一番折腾后，方遇只好安排司机临时等在了路边，两个搬货小工则直接上了他的车。

车子进了小区，方遇开在了前面，从后视镜瞥了瞥跟在后面的叶升，真是恨不得扇上自己两耳光。这么一闹腾，叶升认为警察不靠谱的想法，估计是会更加地根深蒂固。昨天好不容易消解的误会以及稍稍建立起来的信任和好感，估计也没剩下多少了。

一行人开门进了房间，方遇指挥着两个小工哪些该搬，哪些该留，可是没交代上几句，就发现基本上没啥可安排的。

家具不用搬，厨房用品连餐具都是房子自带的，剩下能动的就只有安亭的衣服以及生活用品，这些涉及私密，还不能让他人动手装箱，唯一能发挥两名小工作用的，就是书架上一排一排的书籍了。

几年前帮安亭搬进来后，方遇除了帮忙修了一次热水器外，就再没踏进过一步，没想到安亭这些年过得是如此简朴，基本上就没有置办过什么像样的家用。

这时候，叶升在卧房的书桌旁，一个人不受打扰，驻足良久。方遇从身后看不到他的表情，但是却能很清晰地察觉到他的肩膀在微微颤抖。

顺着他的目光，可以看到一个木质相框，相框中是一张全家福。照片看上去有些年月了，上面留存的是一家人曾经快乐无比的瞬间，每个人都洋溢着幸福的笑容。而此刻，如此和睦的一家却只剩下了一个孤独而又落寞的身影。

此情此景，方遇也是唏嘘不已。不知道，过往的无数个静夜里，安亭坐在这里看着记忆中的场景，又会是怎样的心情。

眼光扫了扫书桌，让方遇颇感欣慰的是，笔记本电脑旁还立着一张安亭与佟遥的合照。

照片是他拍的，时间是佟遥大一入学的那天，地点在江大校门。照片中安亭露出了难得的笑容，而佟遥面庞青涩，猛一看去，还真有些叶时晴的模样。

不知道为何，在见到叶升后，他心里总会暗自进行些比较。从学历、身份、谈吐，包括和安亭的感情基础上，他心知肯定是没法和这位大学教授相比的。这一度让他很是沮丧，同时也自嘲般地给了自己几年来无法进一步靠近安亭的一个理由。

不过当看到安亭与佟遥的合照时，他瞬间便释然了。安亭本来就是因为一个不该发生的悲剧才与自己偶然相遇，他又如何还能要求更多呢？自己能在人生的末途陪上她一阵，就已经很是满足了。更何况还有佟遥，这丫头也算是安亭和自己另一种意义上的寄托和结晶吧！

就这样飘飞着思绪，方遇眼睛竟然红了半圈，趁着叶升还没转身，便立刻拿了一个塑料袋躲进了卫生间，收拾起了安亭的洗漱用品。

等到从浴室收拾完出来，两名小工已经打包好了书籍杂物，坐在沙发上等待下一步安排，而叶升则走出了安亭的卧室，然后推开了另一个房间的大门。

这一下方遇可就着急了，不过还不等他开口阻拦，叶升便已走进了房间。

"这间房没有安亭的东西。"方遇赶忙跟着进了房。

听到方遇的声音，叶升好奇地扭过了头，这时他已经打开了衣柜，而衣柜中入眼的全是些打包的床品，同时还整齐地挂着一排很明显的成年男装。这样的情形换了谁估计都会误解，叶升的眼神中也是写满了疑惑。

"这房子是我的，之前一直空着。那时候安亭一直找不到合适的住处，所以就干脆租给了她。"方遇倒是没说谎，妻子和女儿出事后，他就患上了抑郁症，每天在这个房里唤起的都只有痛苦。刚好那时候老母亲生了病需要照顾，所以就搬了回去和母亲住，房子也就索性租给了安亭。不过除了第一年外，后面几年方遇一直都没涨过房租。要不是安亭坚持，他甚至连租金都不会收。

叶升听完愣了一下，然后低头"嗯"了一声，关上衣柜门，从方遇身边绕出了房间。

叶升这简单的一嗯，却让方遇心里猜出了无数种答案，搞得他心慌意乱，却又是万般无奈。

他无法判断刚刚的解释叶升到底能听进去多少，但是有一点却是肯定的，那就是叶升一定对他心生了间隙。不过此时，他却也不好再去多说什么，多说多错，反正安亭的案子结束后，和叶升之间想来也不会有什么大的交集。

接下来又简单地忙活了一阵，就出现了四个大男人劳师动众，却只是人手一箱的逗人搬家场面。

两个纸箱，两个拉杆箱分别装入了叶升的后备箱和车后座，方遇因为还有急事，便和叶升歉意地打了招呼，告知了佟遥的地址和联系电话，然后又付钱打发走了搬家公司。两人便各自上车，就此别过。

昨天日间睡了一整天，晚上却又胡思乱想地失了眠，紊乱的作息加上心里对亭姐案件的迷乱和恐慌，让佟遥精神看上去颇为不佳。

她一大早就打电话给方遇，推掉了陪叶升整理亭姐遗物的差事。倒不是真的病到行动不便，卧床不起，她只是单纯地不愿独自和叶升在一起。

一想到单独和叶升在一起的场面，她就有些毛骨悚然。这个男人到目前表现出的一切都太神秘了，神秘到让人害怕。虽然现在并不能判断他在案件中到底扮演了什么样的角色，但是说谎的事实却是无可争辩的，也就是说他一定隐藏了什么。

至于他隐藏了何事，目的又是什么，佟遥昨晚做了大量的猜测，不过不管哪种猜测都有着大量的漏洞。这让她陷入了极度的矛盾之中，因为叶升说谎的秘密，现在就只有她一个人知道。

如果叶升怀着恶意，另有隐情，自己又不将他拆穿，那么亭姐死亡的真相就有可能永远都无法浮出水面。可是如果将这些和盘托出，万一他是帮助亭姐一起完成复仇计划的话，那自己就不仅是让亭姐寒了心，更是会害了叶升。

一番纠结后，佟遥又一次体会到了诊所招牌上那"孤独"两字的苦涩味道，就像亭姐一样，独守着秘密却又无法与人分享，仿佛时时刻刻都会被压塌的感觉。

与此同时，她也第一次清晰地认识到自己的一大弱点，那就是心思太多，而且太爱钻牛角尖。当然这和亭姐对自己记忆和思维方式的培养不无关系。或许自己真应该神经大条点比较好。

就在佟遥反复地纠结自省时，大门突然传来了敲门声。她第一时间想到的是方遇和叶升，昨天已经商量过，亭姐的遗物叶升如果觉得有用就带回上海，没用的就放回办公室。

可是当她对着猫眼习惯性地望了一眼后，握在把手上正准备开门的手又松了下来。

门外站的是叶升，而且只有他一人。

开还是不开？

佟遥心里瞬间乱成了麻，猫眼中的那个男人让她感到了危险，而房门则是唯一的屏障。

"咚咚咚。"敲门声再次响起,声音轻微平缓,没有一丝催促的味道,但是佟遥的手心却已迅速地渗出了汗液,心跳也抑制不住地乱了节奏。她想再次确认一下是否只有叶升一人,可是无论如何也不敢把眼睛再往猫眼上凑,脑中总能浮现出一个不断从孔洞中往里张望的瞳孔。

就这样在门前纠结了几分钟,佟遥身上的手机忽然间响起,平时欢悦的铃声此时却在屋内刺耳地回荡,这时,她已经再也没有了闭门不开的理由。

"听方遇说你生病了?"叶升抱着一个浅牛皮色的纸箱站在门口,面带微笑,话语轻柔,同时更是带着关心的语气。很显然,他把房门迟开的原因,归结成了佟遥生病。

"还好,不打紧。"佟遥心脏乱跳,看着叶升怀里的大箱子,这才想起闪到一边让出了道。

"都是安亭的东西,你看放哪里?"叶升抱着箱子在客厅四处打量。

"放诊疗室吧。"佟遥指了指靠里的房间。

"还有一个。"叶升把箱子放在了诊疗室的角落,然后跟佟遥打了招呼让她稍等。

十多秒后,叶升又搬了一个箱子进屋,这次的箱子看起来很重,搬进屋后,叶升直接是放在了地上推着进了诊疗室。

"就这两箱了,一箱是杂物,另一箱是书籍。你看看有用就留下,没用的话,就处理掉吧。"拍了拍手,叶升指着角落的箱子说道。

佟遥点了点头,看了看箱子,侧面用黑色马克笔标明了杂物和书籍。

"我给你倒杯水吧。"佟遥实在想不到该和他说些什么。

"不用了,我还有些事情,就不久留了。"叶升想了想继续问道,"接下来你有什么打算?"

佟遥被这个问题问得一愣。

"我是说这家诊所。安亭不在了,你还会继续经营下去吗?"叶升补充道。

"这……"这些天一直聚焦在亭姐的案件上,这个更为现实的问题,佟遥反而没有多想过,一时间竟也不知道该如何回答。

"如果你想继续深造,或者说想出去看看……"叶升微笑着从西装内兜摸索着掏出一张名片,"可以来上海找我。"

佟遥接过名片简单地扫了一眼,公司名称是"晴雨咨询",叶升的抬头是总经理。

说实在话,关于未来她还真没有用心去规划过。但是继续深造肯定是不可能的,她已经接受了亭姐这么多年的资助,不可能再继续花着别人的钱过着蛀虫一般的生活。

到上海工作倒是一个颇有吸引力的建议,不过现在的情况下,让她去投靠叶升,却是无论如何也无法接受的事情。

"这件事不急,你可以慢慢想。"叶升又环顾了一下整个房间,"我还有事,先走了。你想好后,随时可以联系我。"说完,叶升便微笑着转身。

佟遥赶忙跟上准备关门,可是这时叶升却忽然停住,扭头问道:"对了,安亭之前教过你深度催眠的方法吗?"

佟遥先是一怔,然后点了点头。她不知道叶升突然问起这个到底是什么意思。

叶升没有继续往下解释,笑了笑,然后便若有所思地走向了电梯。

"就这样吗?"听到电梯叮的一声关闭,佟遥的脑中第一反应就是叶升竟然就这样走了。不过接下来几乎同时,她脑中立刻产生了一个大胆的想法——跟着他,看看他到底藏着什么秘密。

想法至此,佟遥立刻从鞋柜上拿了钥匙取了包,可是刚蹲下身准备换鞋,才发现自己蓬头垢面,身上还穿着睡衣棉服。

没有梳洗也就算了,这么一身穿出去,不被当成神经病,也肯定是回头率爆棚,更别说是跟踪了。

叶升肯定开了车,自己换衣服,下楼这么一折腾,肯定是来不及了。顿时,佟遥便泄了气,刚蹿起来的激情和好奇心也立马像炭火被浇了水一样,嗞的一声,只留下了一缕青烟。

她有些失望地放回包包,走到亭姐的办公桌前,撑着桌面隔着防盗窗往下张望。

等了不到两秒,叶升刚好走出公寓楼,那辆眼熟的沪牌黑色轿车就停在公寓楼门口的停车位上。不过紧接着他并没有上车,而是打开了后座车门,钻进去拿了一个自拍杆一样的东西,然后便关上车门,从车前绕过朝着马路的方向走去。

顺着叶升行走的方向,佟遥视线前移,江大校门立刻就出现在她眼中。

"还有机会。"看着斑马线尽头的红灯,佟遥立刻明白了叶升的目的地。

以最快的速度进了卧室,简单地换了条牛仔裤,套了件薄羽绒服,佟遥顺上鞋柜上的包包便冲出了门。

等到了楼下的时候,叶升的身影已经消失,不出意外应该是已经过了马路进了江大校门。

江大校园占地面积极大，几乎是把整个后山包了个半圆，校园的西北侧与江城地质大学一路之隔，而东侧则紧邻着毕家山森林公园。

校园正大门是主教学楼，教学楼前的广场上立着一尊毛主席雕像。进门后有一东一西两条弧形林荫道从广场雕像前延伸进校园内部。

跑过了马路，进了校门，佟遥不假思索地选择了东边的岔道，原因很简单，因为东边的林荫道穿过整个校园直达后山脚下。叶升这个时候来到江大，目的地除了后山，不会再有第二个。

至于他来这里的目的，佟遥并不清楚。也许只是触景生情，随便转转，不过佟遥更愿意相信他是另有目的而来，否则刚刚不会这么着急地离开。而且要逛江大校园，有自己这个刚毕业的学生作向导岂不是更好？而他刚刚却一点都没有提起让自己作陪。

绕过了教学楼旁的弧形弯道，佟遥果不其然发现了叶升的背影，虽然相距有四五十米，路上也有其他行人，不过叶升一身西装在校园里还是颇为醒目，并不需要花多大精力就能辨认出来。

江大一直偏理工科，2000年大学合并热潮时，才合了2所文科院校重新定位为综合类大学，所以建校时也基本秉持了工科思维，整个校园基本都是按井字形规划。

所有建筑都按照方向和数字命名，例如门口的主楼就是南一楼；而所有的道路也皆是按照横竖以方位命名，现在走的这条便是东一路，然后继续往东就是东二路、东三路，以此类推。

这样的做法虽然少了些文化和浪漫气息，但是好在简洁明了，只要知道了目的地，就绝不会乱了方向找错地。

佟遥对这里再熟悉不过，再加上东一路是一条笔直道，所以她也不心急，只是竖起了衣领埋进了半张脸，然后沿着绿化带内侧远远地斜跟在后面，距离也一直保持在20米开外。

其实江大校园占地面积极大，校内甚至还通了校园公交，从门口到北侧的后山少说也要走上二十分钟，按理说开车应该是更方便的。不过佟遥应该可以猜到叶升选择步行的原因。

开车进校门就要登记车牌和身份信息，很明显，叶升是不想留下行迹，这就更加深了佟遥对叶升此行目的的怀疑。

十多分钟后，叶升停在了后山脚下，抬头望了望，便踏上了上山的台阶。这就让佟遥为难了起来，她非常想跟上去一窥究竟，但是这时山上根本没有他人作掩护，叶升自上而下一个转身便能很轻松地发现自己。

而且后山百多米高，只有三分之一有台阶，之后就是人为踏出来的灌木小路了，行进时必会发出各种声响，不可能不引起他的注意。

再三权衡之后，佟遥还是压住了心中的好奇，选择了远远地守住下山口，等待着叶升返程。毕竟一旦被发现，后果是不堪设想的，她不敢冒这个险。

接下来一等便是大半个小时，漫长的等待过程中，佟遥一度怀疑自己的跟踪行为是不是有些太过神经质了。不过既然已经跟到了这里，她也就没有中途放弃的理由。

而且怎么看，叶升的行为都有些过于神秘。虽然他昨天当着自己和方遇的面，把13年前的案件过程复述过一遍，而且基本上和自己的判断如出一辙，但是因为对于行程的隐瞒，已经让人很难相信他所说信息的真完了。

在佟遥看来，他说的话中至少有一部分肯定是假的，这就代表13年前的案件很可能仍有隐情。

叶升下了山后，并没有表现出什么异样，表情也是略显平淡。接下来，他原路返回出了校园，而在出校的过程中，佟遥决定今天就跟他耗上了，哪怕耗上一整天，也要跟出个所以然来。

考虑到叶升接下来会开车离开，佟遥没有跟着过马路，而是选择在校门口拦了一辆出租车，并交代司机师傅跟紧叶升的沪C牌照。

一听是跟车，司机师傅先是有些不乐意，不过转头看到佟遥眉头紧皱，一副严肃的"捉奸"模样，立刻一个响指，摆出一副懂了的表情。接着，挂挡启动，劲头看起来比当事人还足。

接下来，叶升的车子缓缓启动，不过出乎佟遥意料的是，等到绿灯亮起，沪C车并没有往西方向通往城北的车道，而是一个右转往东开去，这就刚好和出租车逆了方向。

"不着急。"司机师傅看出了佟遥的焦急，一脚油门，直接飙到下一个路口掉了头。

好在两个路口相距不远，路上也没多少行车，司机师傅又飙得飞起，不到半分钟，便又重新跟上了沪C牌照的黑色奥迪。

看着前车断断续续亮起的刹车尾灯，再看了看一路往东的行车路线，佟遥心里猛然冒出了一个地方——回廊坊。

"现在这个社会，男人的确没一个好东西。"司机师傅瞥见佟遥一路都是沉默不语，神色凝重，于是便主动开口搭起了话，语气中尽是谴责，本是想善意地劝慰一下，却没想过把自己也给骂了进去。

佟遥听得尴尬,却也不好解释,只能是一阵苦笑,点头略过。

几分钟后,佟遥的猜测得到了验证,叶升的车从西南入口开进了回廊坊。

昨天方遇有和叶升提到过亭姐身亡的案发地是在回廊坊,叶升此刻来到这里并不能说明什么问题,但是佟遥还是难以抑制地心跳加速起来。

出租车也慢慢跟着拐进了回廊坊,不过出乎佟遥意料的是,叶升竟然在入口不到10米处随意地贴墙停了下来。

"接下来怎么办?"司机师傅开口问道。

"付钱下车。"佟遥看见叶升已经下车拐进了前面的巷口,于是赶紧掏出手机催促了起来。

"加油!"扫完了码,司机师傅立刻右手握拳,作了一个鼓劲的姿势。

佟遥看到司机一脸认真的样子,有些哭笑不得,不过这样的误会也让她一直紧张的心情轻松了不少。于是便笑着回了一个握拳,然后匆匆地下了车。

快步地赶到巷口转角,叶升并未走远,也没有拐进其他的巷口,这让佟遥舒了口气。不过叶升此时的行为却引起了她的好奇。

叶升此时手里拿着在江大校园里出现过的那根黑色自拍杆,自拍杆上有一个拳头大的黑盒子,看样子似乎是相机,不过却比普通的相机小上了那么一号。

在江大校园时,佟遥并没有看叶升用过这东西,到后山的路上一直是夹在腋下,至于在后山上有没有使用,她便不得而知了。而此时他却似乎在仔细地拍摄着什么,行进速度也是非常地慢,到了巷口岔路的时候,还会稍稍驻足。

这样的情况,倒是为难了佟遥。第一是速度慢,很难进行有效的跟踪;第二是叶升的拍摄过程很难预测,随时都有可能转过身来。

所以佟遥跟了一阵后,只好临时改变了方式。每次都躲在巷口的墙角处,露出半个头远远地盯着叶升,等到他转进下一个巷口时,才快步再跟上去。

就这样过了二十多分钟,佟遥是越跟越心惊,直到叶升最后停在了回廊坊东北角的宋家老宅时,她已经百分百可以肯定这个神神秘秘的男人身上有鬼了。

昨天方遇的确说过案发地点是在回廊坊,但从没提及过宋家老宅具体方位和门牌。回廊坊横七竖八十五条街是一个很大的概念,叶升从西南角到东北角算是斜跨了整个回廊坊,可是一路跟过来,他不仅非常准确地找到了这里,而且基本上没有走岔一条道,要说他第一次来这里,佟遥是绝对不信的。

叶升就这样站在街上,看着宋家老宅大门上的封条,几次想要上前,却又最终止住了脚步。

几分钟后,似乎放弃了毁掉封条破门而入的想法,叶升四周望了望,然后便转身离开,离去的途中还颇为不甘地扭头回望了几眼。

佟遥见状赶忙回身换了方向跑到了南边的巷口,心跳加速地藏住了身形,而脑中却一直在闪动着一个巨大的问号,他想要进案发现场干吗呢?

算着时间已经差不多,佟遥小心地探出头看了看,叶升的身影已经消失在了十字巷口,看来他是准备原路返回了。

接下来再跟着他原路出回廊坊似乎就不是很明智了,等会儿他上了车,一溜烟的工夫就会消失得无影无踪,根本不会给自己再搭车跟上的机会。

佟遥想了想,决定从东南出入口出回廊坊,然后再搭车在西南入口等着叶升出来。算了算时间,如果动作快的话,应该是差不多可以赶上的。

想法至此,佟遥便准备行动,可是还没来得及转身,一只大手便从身后猛地搭上了她的肩膀。

第十二章

眼底藏尸

调查换了方向重新启动,小规模的地搜也持续了半天,可是结果却难免让人失望。

近几周,城南地区各派出所都没有收到失踪相关的报案,没有比对目标,那摊无名的血迹短期内很难查出身份。回廊坊北面的围墙破败不堪,根本无法确定是否有过攀爬的痕迹。墙外与毕家山南麓交界处也没有发现血迹或者其他可疑迹象。

所以目前最有可能获取线索的就只剩下回廊坊西南和东南两个出入口外马路的监控排查了。

关于监控排查,邹华的策略是先查人再查车,毕竟人脸更为直接,而车辆则需要后续的跟踪核对。

经过大半天的排查后,从11月3日一早,也就是朱冬和乔安亭死亡的前一天,一直到11月4日晚间6点左右,除了佟遥跟踪朱冬的那一段外,就再也没有和两名死者有直接关联的人员出入。

而之后进行的车辆排查,邹华选择了先行调查11月4日凌晨到晚间6点的出入情况,因为不管那摊无名血迹的主人是生是死,要想把他运出去,就只可能在这个时段内。

不过最终统计出来的结果却是让邹华时刻都有一种想放弃的冲动。回廊坊数千户居民,统计的时间段内共有381辆不同类型的车辆出入,其中出租车21辆,各类市政公用车12辆,剩余本地牌照私家车313辆,外地牌照私家车35辆。

因为考虑到要想把那摊血迹的主人运离现场,天亮前是最佳时段,所以车辆排查的顺序就以乔安亭死亡时段往后为先。不过从车牌信息中得到的线索非常有限,几百辆车的备注车主与已知的案件当事人也都没有什么直接的关系，排查范围无法进行有效聚焦。所以为了以防万一，警方必须逐个联系车主，核对所述行程真伪。光是核对凌晨到早间8点出入的几十辆车几乎就耗去了大半天时间。

这样的效率下，案件的侦破速度无疑会被大大地拖慢，而且最主要的是，这样的排查最终很有可能并没有什么用处。当邹华看到所有的车辆信息与案件的几个当事人都没有什么关联的时候，他就已经不抱什么大的希望了，不过监控排查是方遇安排的事情，他也只能照章办事。

在帮叶升处理完乔安亭的遗物后，方遇立刻赶到了城南刑侦队，在了解了排查进度和安排后，他决定将监控排查时间提前到3日下午2点左右，也就是乔安亭死亡时间前12小时。

他的理由有两点：第一，乔安亭是何时通过什么方式进入的回廊坊，现在暂不明确。这一点虽然与凶手并没有直接关系，但却还是很重要的，而且说不定乔安亭就是被凶手绑架掳到了宋家老宅。所以这一点还是有必要搞清楚的。

而方遇与乔安亭最后见面的时间是在3日中午12点30分到13点左右。从城北到城南最快也需要1小时，这也是把排查时间定在了14点的原因。

第二，如果凶手是预谋作案，那就很有可能在3日提前安排了车辆进了回廊坊。所以排查也是很有必要的。

这样的安排，很显然又增添了巨大的工作量，不过方遇也顺道提出了通过在回廊坊寻访来缩小排查范围的方法。

虽然在回廊坊东北角区域居住的住户不多，但也正是因为居民不多，在附近临停的车辆才更加容易被注意到，这样的情况下，如果有某位街坊哪怕记得车型、颜色等任何一条信息，都可以大大地降低车辆排查的范围。

这项工作安排了数队刑警同时操作，而方遇也亲自加入了其中，相较于现在没有任何方向地在办公室干着急，他更愿意在一线去挖掘一些可能藏在角落的细节信息。

在寻访了宋家老宅周边数家街坊无果，方遇正思考着要不要把寻访的范围稍稍扩大时，却在巷口发现了躲在墙角处鬼鬼祟祟的佟遥。

"你来这里干吗？"方遇甚是好奇，当然言语中也是多有些责备的意思。佟遥关心安亭，之前已经闹过一出误导警方查案的戏码，现在不论出于什么目的，在方遇看来，独自出现在这里就是不对的。

佟遥被刚刚那一下吓得差点叫出了声，看到来人是方遇，倒是立刻松了口气。不过她却发现，自己根本没法解释来这里的原因，再加上方遇同行的还有另一名警员,所以干脆目光躲向了他处,撇着嘴耍起了无赖。

方遇知道佟遥的倔脾气,摇了摇头,走出巷口,顺着她刚刚偷望的方向看去。

"叶升?"虽然人已经走出了百米开外,但是早间见过的一身西装装扮还是让方遇立刻认出了身份,"你在跟踪他?"

佟遥见已经暴露,只好不情愿地点了点头。

"他怎么会知道这里?你告诉他的?"方遇好奇地问道,之前他并没有告诉过叶升宋家老宅的具体地点。

"我可没告诉过他。"佟遥着急地辩解。

"那为什么要跟踪他?你是不是有什么事瞒着我?"佟遥这丫头行事风格一向鬼精,性格又是异常敏感,如果不是有什么发现,肯定不会莫名其妙地缀在身后,窥人隐私。

佟遥苦着脸纠结了半天,发现根本瞒不过去,最后只好把方遇拉到了一边,小声地说道:"这个叶升昨天和我们说了谎。"

"叶升说谎?"方遇有些不敢相信自己的耳朵,"说什么谎?"

"跟踪朱冬的那天早上,我看到亭姐从朱冬家出来后,上了一辆黑色的车。这辆车我确定过,就是叶升昨天开的那辆,所以他根本就不是昨天才到的江城。"佟遥回答道。

"你确定?"方遇听完大为震惊,如果真如佟遥所说,那就代表叶升和安亭遇害前一天是在一起的,这是一个他完全没想到的新线索。

佟遥刚说出口,就有些后悔了。毕竟虽然可能性不大,但是万一叶升真是和亭姐一起进行了复仇计划,自己现在把他给招了出来,不仅有可能给他带来麻烦,而且更有可能导致复仇计划失败,让宋及春逃脱法律的制裁。

看到佟遥没有回应,方遇来不及跟她纠结,这样的线索对案件的侦破是有颠覆意义的,所以宁愿信其有不可信其无。于是便立刻安排了随行的刑警前去跟上叶升,然后掏出了手机,拨通了邹华的电话:"赶紧调查叶升的个人车辆信息,还有他近一周出入江城的时间点,以及在江城的行动轨迹。"

"对,就是安亭的前夫。还有,顺便查一下他在江城的入住信息,立刻安排人对他进行24小时监控……不,暂时不要惊动他,不过如果发现他有离开江城的举动,先拦下来再说……这个现在不好讲,先把人给盯紧了,回头再细说。"

听着方遇的安排,佟遥是越想越后悔,所以她明知叶升的车牌,也没有开口告诉方遇。真是自己一跟踪就出事情，她心里有种说不出的滋味，不知道这次把叶升给牵连了进来，对结果到底是好是坏。

"你跟踪他，都发现了什么？"方遇打完电话，朝远处看了看，叶升和前去盯梢的刑警已经消失了踪影。现在情况有了新变数，却并不明朗，他决定暂时不打草惊蛇，先盯紧他说不定还能获得些意外的线索。不过，这一路过来叶升到底干了什么还是要搞清楚的。

"也没什么。"佟遥有些支支吾吾，"上午的时候，他送了亭姐的遗物过来，然后就直接去了对面的江大。"

"去了江大？都干了些什么？"

"也没干什么，就是上了一趟后山，不过我怕被他发现，就没跟上去。"听到方遇审问似的语气，佟遥有些不悦。

"然后呢？"

"然后就跟到这里了。"

"进了宋家老宅？"

"没有，他晃了晃就离开了，接下来就没了。"佟遥摊了摊手。

方遇听完一阵纳闷，他完全想不通叶升上后山然后来这里之间会有什么样的联系。但是可以确定的一点是，他肯定不会只是来悼念一下这么简单。

方遇快步走到宋家老宅门前，封条没有被破坏，看来叶升的确没有进去过。不过现在已经很明确，安亭死前和叶升曾经在一起过，甚至有很大可能两人一起来过宋家老宅，否则不可能这么精确地找到这个地方。不过为什么他要说谎，还有他和安亭的死到底有什么关联，现在却是很难去猜测和下结论。

站在门前思考了片刻，方遇决定再次查看一下近在咫尺的现场。大前天晚上，虽然室内有灯光，但是由于光线问题，他并不能保证百分百了解了现场的每一个细节。另外，叶升不会无缘无故来这里闲逛一趟，既然来了这里，说不定其中就另有缘由。而且，出发来查访时，他就有重返现场的想法，为了以防万一，他还刚好就带了从宋洋那里收缴上来的钥匙备份。

撕掉封条，也不管还在巷口发呆的佟遥，方遇便小心地推门而入。而佟遥虽然对这间凶宅心有抗拒，但是看到方遇进门，不知所措下，也只好一路小跑，跟了进去。

地上的血迹尚无人清理，不过经过了这两日，都已经有些干涸发黑。方遇的脑中似乎又回到了那晚发现这里时的场景，安亭惨死的景象依然历历在目，心里更是难免一阵抽搐。

走出了进门廊道，房前宽敞明亮的院子在阳光的照射下，显得温暖而宁静，院子角落的两棵橘树也在午间的太阳下慵懒地散发着丝丝生气。可是仅仅一墙之隔，阳光无法企及的房间角落里，触目惊心的血迹却在昭示着罪恶的潜伏和生命的凋零。

在院中走了一圈，方遇迈着沉重的步子又一次进到了堂屋。简单地瞥了一眼房子中间干涸的血迹，便往左进入了当时发现安亭的那间卧室。

正对房门的是一个带着半扇穿衣镜的老式木质两门衣柜，衣柜紧靠着单人床边的床头柜，而当时安亭的尸体就是这样头朝床侧倒在了血泊中，床头柜和床架上皆溅上了斑斑血迹。

"你觉得亭姐那天是被绑架来的这里，还是自己过来的？"佟遥的声音忽然从身后传来。

方遇思绪被打断，稍稍抬头，从柜门的穿衣镜上看到了正站在门下朝房内不停张望的佟遥。那晚，由于他的阻拦，佟遥并没有看到安亭倒在血泊中惨死的样子，所以此刻，她的表情中好奇多过了恐惧。

"这个不好说，不过那天如果安亭真的和叶升一直在一起的话，被绑架的可能性倒是不大。"之前，方遇也认为安亭是被掳到这里的，不过现在得知叶升的线索后，他便没有那么肯定了。毕竟绑架一个人和两个人的可操作性是完全不一样的，而且其中还有一个成年男性。

"你说叶升为什么要对我们说谎？"佟遥绕着血迹走进房间，一边四处打量一边继续问道。

方遇摇了摇头没有回答，而是转身从佟遥身边走出了房间。叶升说谎的线索刚刚冒出来，其中肯定是有蹊跷，不过他却还没来得及仔细思考。而且之前已经犯过一次先入为主的错误，现在他已经不敢再轻易地妄加猜测了。

出了卧室，方遇沿着门前走廊来到了厨房门口，然后停在了进门廊道和厨房的拐角处。

厨房的门敞开着，那个印有半个脚印的木凳已经被当作证物带走，他抬头看了看廊道上的雨棚，一块透明的防雨塑料挂在了半空中。

这个细微的线索是当时方遇根据留有脚印的木凳，以及木凳所倒放的位置，在无意中发现的。顶棚的防雨塑料被割掉了一大块，结合从堂屋一直延伸到大门口，然后又突然消失断掉的拖拽血痕，当时的判断是，凶手为了掩盖搬运的血迹，所以利用了这块防雨布对伤者或者尸体进行了包裹。

线索很直接，这样的判断并没有什么不妥，不过方遇此刻却总觉得哪里有些问题。

这时，佟遥也从堂屋跟了过来，走到了方遇身边："你看，上次那几只猫。"

上次身处黑夜，再加上随处的血迹，忽然见到反差极大的白猫出现，佟遥着实吓个不轻。不过现在阳光明媚，再次见到猫咪出没，特别是看到一窝小奶猫笨拙地挤在一起，反倒觉得颇有生气。

方遇顺着佟遥注视的方向看过去，事发当晚出现的那只白猫正在厨房窗边的案台上来回地踱着步子，而几只小猫因为无法跳上案台，全部窝在案台下沿和靠窗橱柜的交界处抱团取暖。

白猫嘴边的血迹已经淡了许多，而且似乎已经认识了两人，对两人的注视完全一副懒得理会的样子。

"不对！"这样的发现让方遇脑中忽然一震，然后重又抬头看了看挂在半空中的塑料布，"如果是要用防雨布包裹尸体，掩盖血迹再运走的话，最合理的不是应该先取了防雨布，在堂屋完成包裹吗？"

方遇突然冒出来的话，让佟遥很是不解，她完全不知道他在说些什么，不过顺着方遇的视线抬头看了看顶棚边上挂下的防雨布，她才开始渐渐明白了些什么："你是说，凶手最后是用防雨布运走了那摊无名血迹的主人？"

"是的。这里面似乎有些问题？"方遇点了点头。往前一步拐进了进门廊道，沿路观察着地上已经有些模糊的血痕，然后又蹲在大门口处仔细地看了半天，才又重新回到厨房门口。

"有什么发现吗？"佟遥好奇地问道。

方遇皱着眉头，摸了摸下巴，努力地思考着其中的脉络。过了许久，他才抬头开口说道："或许凶手当晚根本没有运走尸体。"

"啊！怎么可能？"佟遥惊得完全合不拢嘴。

方遇不置可否，依然在沉思中完善着自己的推测。

佟遥知道方遇不会随便乱下结论，这样说肯定有他自己的理由，于是便不再打扰他思考。

方遇闭着眼睛在廊道口来回踱步。而佟遥则琢磨着刚刚方遇的自说自话，又看了看廊道地上的血痕，忽然间她似乎明白了方遇所指的问题所在："你是说如果凶手用防雨布包裹了尸体，一路上就不会出现这些拖拽的血痕了是吧？"

方遇睁开双眼点了点头，不过脚步却始终没有停下来。

"会不会是凶手搬运尸体的过程中,发现拖拽的血痕太过明显,这才临时想起要找东西包裹?"佟遥想了想询问道。当时现场混乱,凶手又急于搬运尸体逃离,她并不认为那样的情况下,凶手会冷静地纵观全局想好所有细节后才动手运尸,行动中发现问题并采取补救措施的可能性倒是更符合实际。

"不对,你等等。"方遇似乎想到了什么,然后快步地跑到了堂屋门口。

"如果说凶手先是拖拽尸体,过程中看见血痕太过明显,然后中途又刚好发现了顶棚的防雨布。那应该是在厨房门口立刻取了防雨布对尸体进行包裹。就算当时为了避雨,顶多把尸体拖进雨棚后再进行操作。"方遇从堂屋门前,做着拖拽尸体的动作,背身走到了廊道的雨棚下,"可是,血痕却一直延续到了大门口,这就有些说不过去了。"

还不等佟遥插话,方遇继续说道:"屋子里到处都是血迹,所以凶手运走尸体,单单掩饰沿路产生的拖拽血痕对他来讲并没有什么必要。唯一可以说通的解释是,凶手在搬运尸体到大门口时,担心尸体在车上留下血迹,或者说在屋外留下痕迹暴露他的行踪去向,所以才临时想起找东西对尸体进行包裹。"

佟遥听完点了点头,这就是她刚刚想说的。

"不过这个解释也有问题。如果按照这个逻辑的话,凶手就必须把尸体留在大门口,然后折返寻找可以包裹尸体的物品是吧?"

"从血痕来看,的确是这样。"佟遥回答道。凶手不可能到了门口,再背着尸体返回找包裹材料。

"问题就出在拖拽留下的血痕上。你跟我来。"方遇带着佟遥走入户廊道,停在了大门口最后一段拖拽血痕的地方,然后蹲下了身子,"如果是把尸体放在这里,然后临时去找包裹尸体的防雨布,中间至少得浪费掉几分钟,这样的话这里就应该留下独立成片的血迹。不过你仔细看,这里拖拽留下的血痕非常完整,而且除此之外,并没有其他多余的血迹。"

佟遥低头看了看最后一段血痕,的确如方遇所说,根本不需要仔细去分辨,就能看出非常明显和单一的拖拽痕迹,而且整个廊道没有其他额外的血迹。

"这样一看就非常明显了。凶手既没有一开始就找好防雨布包裹搬运尸体,否则沿路根本就不会出现拖拽血痕。同时也不是把尸体拖拽到大门口,才临时起意想去找防雨布。"

"可是这又代表什么呢?"佟遥的脑子很灵活,但是对如此诡异的现场线索却既无经验又无头绪。

"这就代表着从堂屋血泊处一直到大门口的拖拽血痕根本就是假象。凶手想通过指向明确的拖拽血痕制造尸体已经被运走的假象，而实际上他并没有将尸体真正运走。"

案发现场当晚，光线昏暗再加上情绪使然，方遇并没有发现拖拽血痕中隐藏的这一微小线索。而刚刚在体验了整个拖拽尸体的行进过程后，他对于自己的判断已经非常地自信了，甚至在话语中连"可能""或许"这些不确定的词语都没有用到。

"你是说那摊无名血泊的主人已经死了，而且尸体还在现场？"方遇确定的口气，让佟遥心生寒意，不由自主地咽下口水四处张望，可是目光却不敢飘出太远，生怕隐藏在某个阴暗角落的尸体会冷不丁地出现在视线之内。

"是的。"虽然有些不可思议，但是方遇还是坚信自己的判断，鹰隼一样的目光也开始在院子以及房屋各处聚焦。

"可是，凶手是怎么样做到的呢？"佟遥还是有些不敢相信，"我的意思是，凶手既没有提前包裹尸体，又没有在大门口留下血迹……"

"这个很简单，凶手只要提前计划好，取了防雨布铺在大门口，再把尸体一路拖到提前铺好的防雨布上，然后用防雨布包裹好尸体，搬回房屋或者院子的某个角落隐藏即可。这样，就可以制造运走尸体的假象，达到误导警方的目的。"

"凶手为什么要这么做呢？"佟遥想了想又问道。她实在想不通凶手为什么要把尸体隐藏在案发现场。

对这个问题，方遇似乎也很为难。把尸体藏在案发现场，肯定不会是"最危险的地方就是最安全的"这么简单，警方对命案现场的勘验几乎是地毯式的，如果为了让警察无法发现尸体，运出宅子无疑是最好的选择，而把尸体藏在现场几乎可以说是最愚蠢的做法。

"这个现在很难判断，一般来说隐藏尸体是因为死者的身份和凶手之间有比较明确的联系，尸体的发现会暴露凶手的身份。不过这种情况下，我想凶手一定有其他的目的或考虑。不管怎样，还是要先找到尸体再说。"方遇说完便开始动身寻找，佟遥心中恐惧，紧紧地跟在方遇身后，不敢落下分毫。

方遇先是检查了院子三侧的围墙，其中两面围墙与周边两户人家院落相邻，如果凶手知道邻屋是空房并将尸体抛出围墙，的确可以起到让尸体脱离现场的目的。

不过稍稍观察后,方遇便否定了围墙抛尸的结论。围墙高近三米,攀爬难度极大,不管用什么样的方法,带着一具尸体不可能不留下痕迹。而不论是前天的现场专业勘验还是现在看来,围墙底部和上沿连成片的青苔都没有丝毫破坏过的痕迹。

接下来,方遇的注意力又转到了院子角落的两棵橘树上。整个院子都是水泥地面,唯独两棵橘树下各留了一平方左右的土壤,虽然挖土埋尸有些费时费力,但是也不能排除可能。

蹲下身观察了下,这种可能也立刻被方遇排除,橘树下的土壤和杂草植被很完整,并没有被破坏的迹象。

接下来,方遇又检查了一楼堂屋以及二楼的三个房间,均没有任何发现,于是二人又重新回到了大门口。

方遇在脑中想象着凶手将尸体拖到提前铺好的防雨布上,然后包裹尸体,背上身返回屋子的场景,希望通过现场还原来发现蛛丝马迹。

当他沿着血痕回到厨房门口的时候,忽然心中一亮,然后顺势走进了厨房。

将整个厨房仔细地观察了一遍后,方遇终于开口:"凶手应该就是把尸体藏在了这里。"

佟遥听完立刻吓得躲到了方遇的身后。

"还记得我们那晚刚到这里时的场景吗?"方遇问道。

佟遥点了点头,然后想了想又换成了摇头。

"当晚所有房间都是有灯的,唯独厨房的灯坏掉了。"方遇指了指挂在厨房正中的灯泡。灯泡是白炽灯,通过电线挂在空中,距离方遇头顶不到三十公分。

"灯泡上几乎没有灰尘,很明显被擦拭过。这样看来,就好理解了。整个厨房是狭长结构,不论白天还是夜间,光线都相对昏暗。凶手应该是人为地弄坏了灯泡,为的就是增加警方现场勘验的难度。破坏了灯泡后,因为担心留下指纹,所以对灯泡进行了擦拭。这也就是其他地方都有积灰,而灯泡却相对干净的原因。"说完,方遇便开始按顺序观察起厨房的每一个角落。

总的来说,整个厨房一目了然。左边除了一张四方木桌和桌下三把木凳外就是一片灰墙,右边半面墙和前方靠窗处是一个L形的案台,砖砌的案台外贴了白瓷砖,瓷砖上粘满了灰尘和油污。

右边案台中间做了隔层,用来放置厨房用品,前方靠窗案台上面放着打火灶,左边紧贴案台立着一个空橱柜,L形拐角处嵌着一个陶瓷洗菜盆。

橱柜是带纱窗的镂空结构，一眼见底。案台也是分层结构，没有什么视线阻挡，怎么看都不会有地方来藏匿尸体，不过方遇环顾了一圈后却总觉得哪里不对。

来回又转了两圈，方遇的目光最终落在了趴着白猫的窗台，这时，他似乎找到了心里一直觉得奇怪的原因。

厨房光线本就不佳，可是靠窗案台旁的空橱柜却挡住了差不多五分之一的窗户，这样不仅遮挡光线，开关窗也会受到一定的影响。如果按照正常的摆放位置，橱柜转90度靠着左边墙面摆放应该更加合理，而不是像现在这样紧贴着案台。

还有一个异常的地方就是，案台上只有打火灶，却没有见到放置液化气罐的地方。虽说老宅已经荒废多年，液化气罐有可能早已搬走，但是总得有个摆放的地方吧，而窗台旁满满当当，根本就没有任何放置的空间。

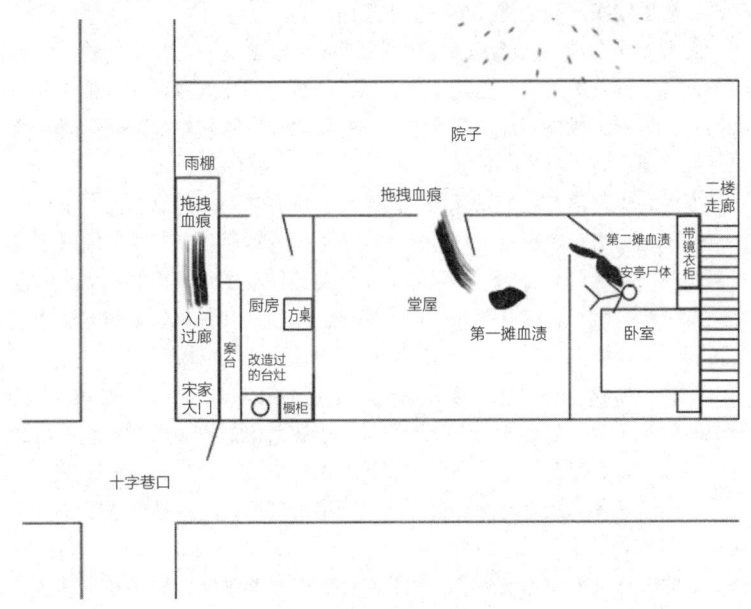

(宋家老宅现场示意图回顾)

带着疑问，方遇走近靠窗案台，白猫立刻受惊跳到地上，有些不情愿地带着几只小猫离开了厨房。

方遇移开了台面上的打火灶，打火灶下面显露出的台面与其他地方明显不一样，并不是规律排列的方形瓷砖，而是由不规则瓷砖拼成了一个锅大的圆形，很明显是后来才补上的。

看到这里，方遇心里一阵激动，答案似乎找到了。

很显然，靠窗处的这方案台之前就是一个做饭的台灶，只不过后来用上了液化气，台灶荒废了，所以用瓷砖封掉了锅口，和案台连成了一片。

这样看的话，打火灶所在台面下面应该是中空的，液化气罐应该就放在其中。

顺着打火灶的输气管，方遇果然发现了蹊跷，只不过输气管被卡在了案台和橱柜之间，看不出什么所以然。

方遇本来准备叫佟遥搭把手，可是随手试了一下，木质空橱柜却并没有多重。

拖着挪开了橱柜，一个方形的洞口立刻出现在方遇眼前，打火灶的输气管便是贴着墙伸进了洞里。这个洞口应该就是原来台灶的进柴通风口，只不过为了储物，后期将其改造扩大了而已。

因为光线不佳，只能勉强看到洞口摆满了空酒盒、油壶等杂物。方遇半蹲下身，顺着输气管往里探了探，果然摸到了液化气罐。而当他正准备收回手，打开手机电筒灯一窥究竟时，一阵轻微的塑料摩擦声响随着手指的碰触从洞口传了出来。

方遇心中一惊，赶忙扒开洞口的杂物，然后拿手机往里照去。

一团塑料雨布包裹物呈C形被卡在了液化气罐后面，其中一端看不出任何端倪。而当灯光打向另一端时，虽然血迹模糊了塑料里层，但是一双已经没了丝毫生气，瞳孔扩张，向外翻鼓的眼睛，却直勾勾地与方遇遇了个正着。

在狭窄黑洞中手机灯光的反射下，裹在塑料雨布中的人脸就像嵌在琥珀中的标本一样。已经完全浑浊的角膜，返照不出哪怕一丝光线，而扭曲的面部和半张的嘴巴，仿佛在诉说着死者生命最后一刻的痛苦和绝望。

这样的景象，饶是与尸体打过无数交道的方遇，也不禁倒吸了一口凉气。这时，他才想明白，为什么那几只猫一直都窝在这台灶附近不愿离开。猫的嗅觉灵敏度远超人类，而且对血腥味极其敏感，原来是被这灶台里的藏尸所吸引。

"是……是有什么发现吗？"看到方遇的反应，佟遥知道他定是发现了什么。一时间，恐惧和好奇夹杂，让她想上前却又挪不动分毫。

方遇吁出一口冷气，撑着地面站起身，看了看佟遥，又回头看了看藏着尸体的台灶，半天说不出一句话来。

看方遇一直没回应,佟遥壮着胆子上前了一步,却被缓过神来的方遇挡在了半路。

这样的场景肯定不能让佟遥看到,方遇二话不说直接把她推出了厨房,然后拉着她出了宋家老宅。

先是打电话通知了邹华,在得知叶升已经驾车返回酒店,并安排了人全程监视之后,方遇的心才稍稍放下。不管叶升到底在此案中扮演着什么样的角色,至少现在人是跑不掉了。

"到底发现了什么?"方遇刚挂下电话,佟遥就又迫不及待地询问了起来。

"你的行为太鲁莽了,从今天开始,好好待在家里,不要再涉足任何案件相关的事情。"方遇面色严肃,语气也是严厉而坚决,和以往相比完全就像是变了一个人。

他现在还无法确定台灶中所藏尸体的身份,同时更搞不清凶手这样做的目的到底为何。但有一点却是可以肯定的,那就是凶手心思极其细腻,同时手段也相当地残忍。

现在还没法说叶升到底和案件有什么联系,但是从他说谎的事实以及神秘的行踪来看,嫌疑肯定是逃不掉的。万一他真的是凶手,那佟遥这么冒冒失失地跟踪,无疑就是刀锋上游走的行为了。一旦被发现,后果根本无法想象。

这丫头心思多,好奇心也重,如果让她一直徘徊在案子的边缘,一旦出了什么闪失,不仅无法跟死去的安亭交代,就连他自己也不会原谅自己。

"是宋及春的尸体吗?"方遇突然间的变脸,不仅没有吓着佟遥,反而更激起了她的好奇心。

她知道方遇是在批评她跟踪叶升的行为,这就代表着他认为叶升是危险的。照这样推测下去,被藏匿的尸体很有可能就是宋及春,因为有杀宋及春动机的除了亭姐,就只有叶升了。

台灶中的尸体不可能是宋及春,这一点方遇心中无比地清楚。不过此时他没有心情再和佟遥做过多的解释:"不要再问这些问题,现在立刻打车回家。这里的事情处理完,我第一时间去找你。"

按理说,宋宅藏匿的尸体是两人一起发现的,根据流程,佟遥必须留下来和警方做相关笔录。不过方遇不想让她继续涉足案件,现在漩涡之中到底还隐藏着什么并不清楚,她牵连得越少,相对来说就越安全。

至于叶升,他倒不是特别担心。从现在的情况来看,他并没有伤害佟遥的理由,而且已经安排了人盯紧了他,他的所有动静也都在掌握之中。

佟遥还想说些什么,却又被方遇一个皱眉给压了回去。

看到方遇态度坚决,佟遥也不好再坚持多问,撇了撇嘴,说了声再见,便不情不愿地转身离去。

十多分钟后,两辆警车停在了宋家老宅门口,邹华下了车第一个冲进大门。转出进门廊道,他一眼就看到了守在厨房门口的方遇。

"怎么回事?"

"自己进去看吧。"方遇指了指厨房靠窗位置的台灶。

邹华按照提示走进厨房,来到窗前,纳闷地拍了拍案台上的瓷砖,并没有发现什么异常,不过接下来他便立刻注意到了案台上那个锅形的拼贴瓷砖。

"是个灶台?"邹华转身问道。

方遇点了点头。

邹华会意,随即把头偏向了台灶侧面左下方,一个比通常老式灶台进柴通风口大上数倍的砖洞立刻出现在了他眼前。

"我去!"和方遇之前一样,邹华蹲下身一番查看之后也是被洞内的景象给吓得失了魂。

"真没想到,凶手竟然把尸体藏到了这么个地方。"说这话的时候,邹华心虚得一塌糊涂,表情也是尴尬到了极点。命案现场勘验,竟然漏掉了一具尸体,传出去也算是个天大的笑话了。

"台灶应该是很多年不用而改造成了案台,凶手藏尸时用橱柜挡住了侧面的洞口,再加上当时没有灯光,的确很容易忽略掉。"现在不是追究责任的时候,方遇出言稍稍安慰。

"你是怎么发现的?"方遇给了个台阶,邹华心里稍安。

方遇指了指厨房中间电线吊着的灯泡:"灯泡上没有灰,凶手应该是为了增加调查难度,人为进行的破坏,然后再擦拭掉了指纹。"

"还是你经验老到。"邹华赶紧拍上了马屁。

"不光这一点,外面的血迹也有问题,上次我们都忽略了一个很重要的线索。"方遇指的是凶手利用拖拽血痕制造运走尸体假象的障眼法。

"哦?"邹华望向门外,眼珠上下打转,却是无法想明白方遇所指为何。

"这个等会儿再说,先确定尸体的身份吧。"方遇让开了位置,方便勘验人员进场。

在尽量避免破坏的前提下,把尸体从中空台灶中搬出,着实花了不少力气。刑警配合着法医就近将尸体放在了台灶前的地面上，然后开始动手拆起了防雨布。

防雨布整整包裹了两层，内侧粘附了大量干涸的血迹，基本上看不清内里尸体的全貌，同时一头一尾用麻绳系牢，像极了纸包奶糖的形状。头尾的麻绳有割断的痕迹，根据麻绳的粗细，再结合当晚安亭身上的绑痕，方遇猜测，这麻绳很有可能就是当时捆绑安亭手脚的工具。

当塑料雨布完全铺开，一阵强烈的腐臭味立刻散了出来，众人皆是掩住了口鼻。而尸体因为松开了束缚，再加上尸僵现象消失，立刻就呈自然姿态面朝下翻了过去。

尸体身着灰色连帽衫，浅色牛仔裤。全身各处都零星地沾满了血斑，其中以背部左侧为甚，臀裆部也有很明显的黄黑污迹。背部根据帽衫的破洞和成片的血迹，可以看出左肩胛骨下方有一道很明显的伤口，但无法确定是不是致命伤。

戴着口罩的法医，将尸体翻了过来，因为翻动，尸体的口鼻之间立刻冒出少许泡沫状的血水。

当尸体正面完全显露出来后，在场的所有人无不倒吸一口凉气。尸体身上的灰色帽衫正面基本上已经全被染红，一眼无法数清的破洞让死者整个上身看上去就像一个筛子，约莫着估计至少也被捅了十来刀，而尸体裆部的牛仔裤明显被划破，大片的血迹也表明死者的生殖器遭受了重创。

"这是有多大的仇怨。"邹华两条眉毛几乎碰到了一起。

忍住了胃中的翻滚，方遇开始仔细观察起了尸体的面目。裸露在外的皮肤，包括颈处和面部，还有因为衣服外翻露出的下腹部，皮肤都有些暗暗发绿。整个脸部微微发胀，表情扭曲，再加上刚刚口鼻中冒出的血水污秽了半张脸，一时间根本无法有效地辨认死者的容貌。

方遇想了想，然后上前一步，和法医并排半蹲了下来。死者左耳的耳垂和耳廓斜外侧各打了一个耳洞，耳垂上嵌着一个很小的黑钻耳钉，而另一个耳洞则戴了一个半包住耳廓的环状耳饰。

扶着膝盖重新站起身，方遇伸脚隔空比了比尸体的鞋码，然后掏出手机，调出了一张之前从宋及春租处翻拍的正脸照片，递给了邹华："是宋及春。"

厨房台灶中藏匿的死者是宋及春，那就代表这起案件中除了朱冬、乔安亭，还有堂屋中那摊血迹的主人，一共出现了整整4条人命。再加上那半个不知身份的神秘血脚印，本来以为是一桩因果明确的灭口案，结果竟然一下牵连出了五个人。

"越来越混乱了。"邹华揉了揉太阳穴，眯着眼睛感叹道。

虽然通过相同位置的耳洞耳饰还有鞋码来确认尸体身份，从科学的角度来说并不严谨，但是考虑到如此高的契合度还有宋及春连续几日的失踪，方遇心里已经大致有了答案。这样的情况完全打破了方遇的思路，让他陷入了苦苦的思考之中。

"对了，你刚说上次我们都漏掉了一个线索是什么？"邹华忽然想起方遇刚刚提到的遗漏线索。

方遇思绪被打断，于是便将刚刚发现的拖拽血痕的矛盾点和自己的推理过程简单地复述了一遍，听得邹华半天合不拢嘴。

"真有你的，这么细微的逻辑漏洞都能发现。"邹华递上了一支烟。

"不，现在看来，通过这个推理发现宋及春尸体，说实话有些巧合了。其实这个推测根本就是错的。"方遇接过烟，苦笑着摇了摇头。

"嗯？逻辑没有什么问题啊！"邹华甚为不解。

"别忘了堂屋的血迹，现在看来凶手最终运走的分明就是那具尸体。当时我完全没想到宋及春也死在了现场，所以才顺势做了推测，之后能够发现宋及春尸体也只算是瞎猫撞上死老鼠了。"方遇自嘲地解释道。在认出尸体身份后，他第一时间就想到了这一点，心里也是暗叫了一万遍的庆幸。

"是哦，你看我这脑袋。"邹华尴尬地拍了拍脑门。当时勘验现场时化验过，一连串的拖拽血痕和堂屋的那摊血迹同属一人，同时事后也通过与宋洋的DNA比对，确认了那摊血迹并不属于宋及春。这就代表着凶手是真的运走了一具尸体，而宋及春尸体的藏匿则又是另外一码事情。这么看来还真的算是歪打正着了，不过不管怎样，方遇严密的逻辑推理依然是值得让他拍手叫好的。

"不过我依然有些想不通。能够运走堂屋的尸体，就代表凶手有能力运走并处理尸体，可是他却藏匿了宋及春的尸体，对乔安亭的尸体则是不管不顾。三具尸体三种不同的处理方式，这就让人有点纳闷了。"邹华想了想继续说道。

"运走堂屋的尸体，应该是凶手担心死者会牵连暴露出他的身份。对安亭的尸体不做处理，代表凶手与安亭之间没有直接的关系，他并不担心什么。可是宋及春尸体的藏匿就有些让人摸不着头脑了，不过总体来说，现在的焦点已经很明确，就是堂屋那摊血迹的主人。若搞清楚了那摊血迹的身份，凶手身份或许就能浮出水面了。"对这个问题，方遇也是颇为头痛。

本该成为凶手的宋及春却突然变成了受害者，真正的凶手却似乎对案件本来的两个主角的尸体并不在意，真凶的身份也成了难解之谜，而唯一可能揭露真凶身份的那摊血迹的主人，现在自然成为了案件侦破的重中之重。不过在没有比对标的和头绪的情况下，单凭血迹想要把人找出来，难度堪比大海捞针。

方遇和邹华两人在院子中继续聊了一会儿，便看到前两次勘验中负责的那位法医取下口罩从厨房里走了出来。

"有结果了？"邹华赶忙询问道。

"是的。"法医面色凝重地对邹华和方遇点了点头，"尸体全身共有18处刀伤，其中背部1刀，胸前13刀，生殖器部位4刀。有五处伤口触及内脏，均属于致命伤。背部的伤口应该是第一刀，等死者中刀倒地丧失反抗能力后，凶手又接连朝死者继续刺了17刀。"

"通过伤处切口的形状和尺寸来看，凶器刀背带锯齿，类似于街头混混中流行的那种兰博刀。另外虽然现在还不确定，但是从刀刃的切创形状和深度来判断，有很大概率和杀害乔安亭的是同一把凶器。"

"尸体出现了一定的腐败巨人观，而且因为死后被防雨布严密地包裹，死亡后的身体反应环境有可能会发生变化，所以具体的死亡时间现在不好判断，需要进一步做解剖尸检。不过初步判断死亡时间至少也是在三天以上了，这和乔安亭的死亡时间大致上吻合。"

"死者体内有乙醚成分吗？"方遇打断问道。

"这个暂时没有条件化验，乙醚极易挥发，过了这么久应该很难检测到，不过我们在死者的上衣口袋中发现了一块手帕。现在用手帕的人很少了，我个人觉得乔安亭就是被这条手帕乙醚迷昏的。"

方遇点了点头，不再发话。

"关于死者身份，我们在尸体身上还找到了一个钱包，里面的身份证信息显示的是宋及春。不过有一点比较奇怪的是，刚刚经过化验比对，这具尸体的血液和堂屋那摊血迹竟然是匹配的。这样看来这具尸体就是堂屋那摊血迹的主人。"法医继续补充道。

"怎么会？"邹华睁圆了双眼，完全不敢相信，看了一眼方遇，也是一副惊讶的模样。

"现场大概就是这么多了，如果没有其他问题，我就带尸体回法医中心做进一步检测了。"法医从口袋中重新取出口罩，等待两人的回复。

"你去吧，有任何新的线索，不用等完整尸检报告，第一时间电话联系我们。"方遇交代道。

法医点头，转身离去。

"钱包是死者从宋及春身上搜的？"一阵惊愕之后，邹华试着询问。

"不会，哪有这么惊人的巧合？"方遇指的是死者的耳洞和耳饰。

"那……"邹华与方遇对视了一眼，脑中一个激灵，"宋及春不是宋洋亲生的！"

"案情似乎简化了不少。"方遇点了点头，目前来看只有这一种解释了，"现场的死者已经很清楚，只有乔安亭和宋及春两人。之前我们被宋及春与宋洋的血液DNA比对给害惨了，谁都没有想到会有这一茬。"

"这么说，难道凶手是宋洋？"刚说完，邹华就摇起了头，"不对，宋洋在事发那晚的不在场证明我们亲眼验过的，监控里清清楚楚，不可能是他。"

方遇不置可否，想了半天，嘴里才慢慢地飘出两个字："叶升！"

"啊！"邹华一脸的不可思议，"对了，你之前还让我盯紧叶升，查他的信息和行踪，是不是提前就发现了什么？"

"查得怎么样了？"

"我不是来这边了吗？"邹华解释道，"不过不用担心，家里没闲着，应该很快就会有结果。"

"案发时间前后的车辆排查有没有重点比对过叶升的车？"方遇追问道。

"还没来得及。"

方遇不再纠结这个问题，大致把叶升隐瞒来江城的时间以及案发前和安亭在一起的推断说了一遍。

邹华听完，一拍大腿，一副大彻大悟的表情："这样就很清楚了。乔安亭在死亡前两天发现了女儿的尸骨，这样的事情肯定要通知前夫叶升。叶升接到消息后，连夜赶到了江城，这也是叶升在事发前和乔安亭在一起的原因。"

"至于乔安亭为什么会出现在宋家老宅，我觉得之前对宋及春想要灭口的判断依然成立，他应该是通过某种方法引了乔安亭到回廊坊，然后动手杀了乔安亭。"

"可是他没想到的是，叶升也跟在了一起，之后叶升出现反杀了宋及春。整个过程还原应该不难，这中间乔安亭和宋及春进宋宅可能有一个先后的时间差。发现乔安亭被杀后，叶升应该是和宋及春进行了缠斗，夺过了刀，刺中了宋及春的背部，之后又连续地刺了17刀。17刀啊，这完全就是泄愤式的杀人，只有叶升在面对杀害女儿和妻子的凶手时，才会爆发出这么强大的恨意。还有裆部的那几刀，面对13年前奸杀自己女儿的罪魁祸首，叶升泄愤的成分再明显不过了。"

"叶升杀了宋及春为乔安亭和女儿报了仇，但是他也成为了杀人犯，所以为了避免身份暴露，就顺手清理了现场藏了尸体，然后制造了宋及春负伤逃走的假象，那半个血脚印就是叶升留下的。"

"这也就是叶升隐瞒到江城真正时间的原因所在，只不过他没有想到的是，宋及春根本就不是宋洋的亲生儿子，而且更没料到你会从微小的逻辑漏洞中找到宋及春的尸体。"

一连串的推论说完，邹华心情无比地畅快，感觉案件好像立马就要结案的样子。

方遇听完沉默不语。

虽然邹华的推断还有诸如叶升为什么不直接运走尸体，而采用现场藏匿的方式等问题没有合理的解释，但是大体逻辑上是没有错的。

"叶升现在在哪里？"

"城北的汇江酒店，离你家不远。"邹华回道。

"负责盯梢的有几人？"

"我安排了两个，之前和你一起的小陈也和他们会合了。叶升应该还没有防备，人手也是足的。怎么说，我现在就打电话让他们实施抓捕？"眼看就要收网，邹华显得无比地兴奋。

"先别动，让他们直接到房门口盯紧了，我们现在马上带人赶过去。"

方遇和邹华带着两名副手立刻赶往城北抓人。因为是下午，内环高架上车流不多，再加上警笛开道，警车飙得飞起，一路上畅通无阻。

望着车外把整个城市映得歪歪扭扭的玻璃幕墙，方遇眼光闪动，沉默不语。而邹华在一旁却是显得兴奋无比，像接线员一样，一个接着一个电话地催促搜集着叶升相关的信息。

方遇此刻想着的正是叶升，而且心情颇为矛盾。如果真是叶升为妻女报仇反杀了宋及春，他并不感到怎么意外。那样的情况下，换了自己，估计也同样会失去理智。

不过如果情况属实的话，叶升可就太可惜了，不管出于什么目的，杀人罪是逃不掉的。而且考虑到如此恶劣的藏尸行径，以及残忍的杀人手段，方遇相信，在法庭上任何一点轻判的可能性都不会存在。

脑中回荡着宋及春胸前血淋淋的17处伤口，方遇心里顿时冰到了极点。

"现在都搞清楚了。"忙活了几十分钟后，邹华挂掉手机，脸上的皮肤因为一时兴奋,在透射进车窗的阳光照耀下,显得红润而有光泽。

"嗯?"方遇一直心有所思,邹华刚刚打电话的内容也是听得断断续续,不过他知道邹华说的应该是叶升的事情。

"叶升这些天的行程都搞清楚了。"邹华从前座背面的置物袋取出一瓶纯净水,咕咕地猛灌了两口,"他是在11月3日清晨6点25分左右通过沪渝高速北山收费站进的江城,也就是说他的确是在乔安亭死亡前一天一大早就赶到了。"

"开的夜车?"方遇吞了吞口水,他仿佛能够感受到叶升在漆黑的高速上不计后果疯狂飞奔的焦急心情。

上海到江城的高速,他多年前执行一个跨省抓捕行动时走过,就算路上不停不休,至少也得五六个小时了。11月2日从法医中心把安亭送回家时,他记得已经接近凌晨,这就代表着安亭几乎是一回家就联系了叶升。而叶升收到消息后,也是几乎没有任何犹豫,便动身赶来了江城。

"是的,从上海到江城怎么说也要开五六个小时,这样看,他是11月2日晚上就出发了。"邹华把纯净水瓶捏得哗哗作响,兴奋之情溢于言表,"这样就对上了,11月2日乔安亭确定了女儿的尸骨,然后联系了叶升。作为生父,得知了女儿尸骨的出现,的确比谁都着急。"

"之后呢?"方遇点点头,这时他才想起来,为什么昨天叶升在得知尸骨身份出错时,会有那么大的反应。

"之后是上班早高峰,路上行车较多,通过路面监控比较耗时。不过按照你之前交代的,我们彻查了11月3日回廊坊的车辆出入记录,发现叶升的奥迪车在早上8点40分左右从西南入口进入了回廊坊,然后在9点40分左右从东北出入口驶出。而且在监控中,我们发现了乔安亭就在副驾驶座上,如果没有猜错的话,两人应该是碰面后第一时间便去见了朱冬。"邹华回答道。

"另外在11月3日晚上8点12分的时候,叶升的车再一次开进了回廊坊。不过因为夜间光线较暗,并不能确定乔安亭在不在车上。这就代表朱冬和乔安亭死前几个小时,叶升是在回廊坊的。你说这朱冬的死会不会也是他做的?"

方遇叹了口气,不置可否。不过邹华这多嘴的一问,却让方遇心里立刻打上了结。叶升为女复仇心切,从逻辑上讲,并不能否定这种可能,而且相较于宋及春,叶升更容易拿到安亭的包包。不过如果真是叶升杀了朱冬的话,用安亭的包链作为凶器,就太让人费解了。

方遇摇了摇头,努力地把这种想法从脑中暂时抛掉。

"这里还有一点很蹊跷，叶升的车在11月3日夜里进了回廊坊后，就再也没出来过。同时也没有查到事发后这几天他的车在高速上往来的记录。"邹华皱着眉头补充道。

"你确定?"方遇大惊失色。

方遇惊讶的并不是叶升的车没有高速的来往记录，现在看来，他从11月3日来了江城之后，一直到昨天出现在法医中心，很有可能就再也没有离开过。他不解的是，邹华提到叶升的车从3日夜间开进回廊坊后就再也没出来的说法。要知道叶升的车这两天他可是见过了好几回。

"监控排查到什么时候?"带着疑问，方遇追问道。

"监控一直排查到12月4日晚间，也就是我们发现乔安亭尸体之前。"邹华回道。

"这么说，叶升在3日夜间进入回廊坊后，一直待到了现场曝光都没有离开过。然后等我们运走了尸体之后，他才离开的?"方遇后脊发麻。

"监控不会说谎，现在看来，情况应该就是这样。我让人再确定一下后面叶升是什么时候离开的。"邹华听完也是倒吸一口凉气，"你说他杀人藏了尸体，为什么不立刻逃走，反而在案发现场周边整整待了一天一夜？这胆子也太大了吧，他就不怕被抓个正着?"

这样的行为，方遇也是从没遇到过的，想了半天，他才慢慢说道："他应该是在观察。"

"观察?"邹华有些不解。

"是的，他在等待现场被发现，然后观察运出来的尸体是一具还是两具。如果是两具，那就代表藏尸被发现，他肯定就会选择立刻逃亡。而当晚我们没有发现藏尸，所以他后来才敢光明正大地再次出现。"

"道理是这个道理，不过我还是有些想不通他的行为。他杀了人，就算尸体藏得再好，也早晚会有被发现的一天。他不抓紧时间逃跑，反而在事后堂而皇之地出现在我们警方面前，这也太匪夷所思了。"

邹华提到的这点，也正是方遇所没想通的事情。宋及春已死，所有仇怨都已经画上了句号，接下来叶升不论是自首抑或是逃亡，都可以理解。可是他却在犯罪现场附近躲了整整一天一夜，而且之后还什么都没发生似的重新出现，甚至还在自己眼皮底下处理了安亭的遗物。难道他还有其他的目的?

"汇江酒店快到了，等会儿见了他本人，一切疑问就会解开了。"邹华指了指窗外，显得有些迫不及待。

酒店门口停好车，方遇和邹华带人上了电梯。按照盯梢同事的消息，他们直接来到了8楼。

一出电梯，就迎面碰上了邹华安排盯梢的两名便衣刑警。两人为了不引起怀疑，一直守在电梯旁，假装抽烟聊天。

"小陈呢？"邹华问道。

"他穿着警服太过显眼，所以一个人守在了消防通道。"一名高个便衣回答道。

"叶升呢？"

高个便衣指了指电梯右手边的第三间房说道："房间里呢。"

"确定没出来过？"

"我们到的时候，小陈已经跟着了，他的意思是人进去了就没出来过。"

邹华听完点了点头，然后转向方遇："怎么样？动手吗？"

方遇看了看紧闭的房门，然后说道："叫楼层管理员。"

从消防通道叫回了小陈，加上楼层管理员一共8人，围在8806房间门外。

管理员是位穿着清洁服的中年妇女，此刻站在房门正中，颤巍巍地有些犹豫："不会有危险吧？你们确定和我们经理打过招呼了吗？"

"打过招呼了，不用担心。我们这么多人，你怕个什么？照我说的做就是了。"邹华拍了拍腰间，提示着自己是带了家伙来办案的。

"贵宾您好！更换洗漱用品。"管理员咽了咽口水敲响了房门，然后大声喊道。

门内无应。

"继续。"邹华轻声催道。

"贵宾您好！给您更换洗漱用品了。"管理员再次敲门。

"开门。"房间里还是没有反应，方遇察觉到有些不对，于是直接下了命令。

管理员拿备用房卡在感应处刷了一下，随着滴的一声，然后赶忙往后退去。

邹华推门第一个冲进了房间，其他人随后，而方遇则直接推门闪进了卫生间。

"方队，过来这边。"刚打开卫生间的灯，方遇就听见了邹华的呼喊。

出了卫生间，快步来到几人身边，小陈和高个便衣让开身位，方遇立刻看到了客床与落地窗之间的地毯上，面朝下趴着一个男人，虽然看不见脸部，但是凭身形很容易便判断出不是叶升。

"怎么回事？"方遇皱起了眉头。

邹华蹲下身，拿手指探了探地上男人的鼻息，然后松了口气："还好，有呼吸，应该是晕过去了。"

方遇也跟着上前蹲了下去，因为不知道男人的伤情，所以不敢贸然移动。不过看了看男人头部，并没有什么明显的伤痕："应该是药物迷晕的。叫120。"

听到是药物，邹华第一时间就想到了朱冬尸体内查出的镇定剂以及乔安亭尸检中查出来的乙醚，心里更加认定了叶升的嫌疑。

"你们不是说叶升一直在房间里吗？"邹华站起身厉声责问。叶升在眼皮底下逃走，让他脸上有些难看，同时更让他有些冒火，如果不是方遇在场，估计第一时间就飙了脏话。

一高一矮两名便衣不知道如何回答邹华的询问，不约而同地看向了刚刚打完120电话的小陈。

"我一直跟着他来到酒店，因为穿着警服，所以我还是等他上了电梯后才进的酒店大门。在前台搞清楚了他的房号后，我就一直守在大厅，根本就没见他下来过。没过十来分钟，小崔他们就到了。后来接到电话，我们就上了电梯一直守在8806附近，根本就没看见开过门。"小陈努力地回想着整个过程，却总也想不清哪里出了错，唯一有可能让叶升开溜的就只有三人上电梯那短短的一分钟时间，如果真是这样的话，那也太倒霉了。

方遇摸了摸昏迷男人的裤兜，掏出一部手机，刚刚点亮，屏幕上就显示出一连串的外卖接单提示信息。随后又站起身，摸了摸电视柜上塑料袋包裹的外卖餐盒，已经没有了热度。

"他应该是叫了外卖，然后袭击了外卖员，利用换装逃出了酒店。"方遇面无表情地说道。

"你们看到过外卖员出入吗？"小陈挠着头发，他脑子里已经完全没了印象。

"有的，我们刚到酒店的时候，有个穿黄衣的外卖员正好出来。"高个便衣点头回道。

"不对啊，你们到的时候，叶升刚进酒店十多分钟，哪有外卖这么快的？"小陈还是不敢相信。

"他估计是在路上就算好时间提前下了单。"方遇想了想补充道，"跟踪的过程中，他应该是早就发现你了。"

"路上不可能发现啊……"小陈回想着一路的跟踪过程，脸上憋得通红。

方遇不再继续纠结,现在最重要的是要搞清楚叶升逃往了何处。按照刚刚所述的情况,叶升至少已经离开了一个半小时,这么久的时间,足以让他离开江城了。

不,他不会离开江城。要离开他早就走了,干吗还在江城逗留这么久?

忽然间,方遇脑中一震。

不对,佟遥有危险!

第十三章

安亭的秘密

被方遇变相训斥了一顿后，佟遥垂头丧气地搭乘地铁回了公寓。

虽然心里有些委屈，但是她知道方遇完全是为自己好。自己三番五次地擅自行动，确实有些冲动了。当然她并不认为自己给警方的侦破添了什么乱，不过自从亭姐出事后，方遇对自己的关心的确已经到了草木皆兵的地步。

亭姐去世后，能算得上亲人的也就只剩下方遇了，而自己也似乎成了他少有的寄托。想到这里，佟遥心中一暖的同时，也不禁生起了一丝伤感。

如果世间没有那么多罪恶，如果亭姐没有那么执着，如果叶升没有出现，如果三个人可以就这么平淡而快乐地生活下去……

可是世间根本没有这么多如果，每个人也都有自己逃不过的命运，接下来的路也只能靠自己一步一步地挨过。

这时候，她又想到了叶升。

其实现在仔细想来，叶升也并没有像之前刚发现他说谎时那样的让人恐惧。之前一直觉得他身上有股危险的味道，更多只是事情突现转折给自己带来的精神冲击，自己吓自己的结果。

如果真如刚刚在宋宅猜测的，方遇发现的那具藏匿尸体是宋及春的话，那么一切就很容易理解了。亭姐之前错以为找到了女儿的尸骨，所以提前联系了叶升。接下来宋及春急于灭口，引诱亭姐到了宋家老宅，然后杀了亭姐，可是他没想到亭姐并不是一个人，所以最终被叶升报复性地反杀。

这样看来，之前自己瞎猜的亭姐通过自杀来复仇的判断，倒是有些错得离谱了。这让她心里多少有些内疚和后悔，不仅错怪了亭姐，而且还因为自己的无知和无端的猜测，把叶升也置入了危险的境地。

不过她却有些想不通，如果真是叶升杀了宋及春，为什么他不选择逃跑，反而堂而皇之地再次出现？而且还把宋及春的尸体藏在了案发现场这样一个早晚会被发现的地方？

不过想归想，佟遥知道经过了这次跟踪被方遇当场撞破的事件后，她基本上就再也没机会去涉足这个案件了。她只希望案子可以快速结束，亭姐的冤屈可以得到洗脱，希望法律在冷漠之外还能多些温情。希望自己，希望方遇，希望所有无辜的人都可以恢复到原有平静的生活。

在沙发上无所事事地发了会儿呆，佟遥无意中瞥见了早上叶升带过来的那两个纸箱，里面都是亭姐的遗物，也算是亭姐留下来最后的记忆了。

接下来，佟遥开始收拾起了两箱遗物。她把其中一箱的书籍，整整齐齐地摆上了亭姐办公桌旁的书架。

让她颇为意外的是，亭姐的这些藏书中，心理学的书籍只占到很少的一部分，更多的则是一些泰戈尔之类的诗集和部分欧洲的哲学著作，其中还有不少宗教类的典籍。

第二个纸箱上用马克笔标上了杂物的字样，可是打开时，佟遥第一眼看到的却是亭姐之前常用的笔记本电脑，而电脑旁则放着一个黑色的光盘收纳袋。

佟遥已经很久没有用过光盘这种东西了。好奇之下，她拉开了收纳袋的拉链。所有的光盘都整齐地插在收纳袋的塑料保护层中，都是同式样的刻录光盘，而白色的光盘封面上还清楚地标注着时间段。

随意地翻了一下，光盘似乎是按照时间先后顺序进行的排放，最后面的光盘是到上个月截止，而第一面光盘封面上标注的时间竟然是2003年，也就是13年前。

佟遥并不知道光盘里装着什么内容，但是她猜测应该是亭姐这么多年的工作记录。不过让她有些纳闷的是，虽然她知道亭姐在资助自己之前就已经开了这家诊所，但是却没想到竟然可以追溯到13年前。

在好奇心的驱动之下，佟遥立刻生起了一窥究竟的念头。因为台式机没有光驱，所以她直接打开了乔安亭的电脑。

启动电脑后，开机密码却拦住了接下来的操作，她尝试了所有能想到的数字组合却都逐一失败。到了最后，无意间输入了自己的生日，竟然就这样成功地登入了系统。这让她眼圈一红，一阵酸意涌上了鼻腔。

抹了抹眼泪，佟遥随意地插入了一张光盘，光盘中都是些录音文件。点开听上了几句后，立刻就验证了她之前的猜测，里面都是亭姐对之前患者治疗过程的录音记录。

这些记录，佟遥其实并不陌生，从几年前开始，她就帮亭姐做过一些整理。不过之前都是在接触完病患之后，直接通过录音笔进行的及时誊写，并没有见到过这些光盘，而且再往前的文件，她也是从来没有接触过。

带着了解亭姐之前生活的想法，佟遥顺着时间段，从光盘袋中挑了一张2010年她与亭姐初次见面之前的光盘插入光驱，然后点开盘符。这时，光盘中显示的内容却让她皱起了眉头。

与其他录音文件不同，光盘中有一个很独特的压缩包，当然除了文件形式的不同外，激起她好奇心的是，压缩包竟以方遇的姓名进行的命名。

方遇曾经是亭姐的病人，这一点佟遥是知道的，不过她对方遇的过往却是一无所知。带着一丝偷窥隐私的兴奋和罪恶感，佟遥迫不及待地点开了压缩包。

又是密码。

被解压密码挡住的佟遥一阵泄气，不过这样特殊加密的行为，反倒是更加激发了她的好奇心，于是她又开始猜起了密码。

这一次，她没有考虑刚刚的电脑开机密码，因为那时亭姐还不认识自己。她直接输入了亭姐的生日，没想到却一击即中，幸运地解开了压缩包。

整个压缩包解开之后，竟然有二十多段录音文件，足足比其他病患要多出了数倍，这足以证明亭姐在方遇身上投入了不少的精力。

按照时间顺序，佟遥点开了第一段录音，亭姐那多日未曾听见的熟悉声音在房间缓缓响起……

把笔记本的声音调到了最大，6年前亭姐的声音听起来并没有什么不一样，如果不是录音中掺着一些杂音，佟遥甚至恍惚地以为，亭姐又回到了这间办公室。

"2010年3月12日，孙法医介绍了一位病患，本来我是不想接的，但是得知了他警察的身份以及职位后，我决定破例尝试一次。他常年行走在刑事案件的第一线，说不定可以帮我找到小晴的尸骨，或许还可以帮我寻找那两名凶手的线索……"

听完第一段，佟遥心中一阵唏嘘，看来亭姐最初接触方遇时，的确是带着一些目的的。

接下来，她又迫不及待地点开了第二段，然后是第三段，第四段……

"2010年3月15日，患者的精神状态非常不乐观，经过了一次浅层的催眠尝试后，他似乎对回忆过去极度地抵触。这种抵触已经超出了我以往的认知……通过从孙法医那里得到的信息，他的这种抵触似乎来自于半年前失去妻女的影响，这种情况下，再一味地对其进行催眠治疗，似乎只能适得其反……"

"2010年4月10日，患者的治疗没有丝毫的进展，这有些超出了我的忍耐限度，毕竟耗用了我太多的时间……我需要重新考虑一下，接受这个病患对于我的利弊……"

"2010年4月26日，今天是孙法医亲自送患者过来的，当得知患者在一周前尝试过服安眠药自杀后，说实话，我感到了无比的羞愧。虽然我从没有真正想过要当什么心理咨询师，但是既然接收了病患，就必须尽我所能。当然这也是我第一次意识到，这些抑郁症患者所承受的痛苦，如果对他们置之不理，真的有可能会造成无法挽回的结果……"

"2010年5月7日，和患者的沟通依然不是很顺利，不过耐住性子慢慢融入他的生活后，情况多少有了些好转。这些天，我给他停了药物，也没有再赶时间地去试探他的记忆，更多地则是增加和他的日常相处，并在过程中对他进行更多的观察……通过观察，我发现这位名叫方遇的警官内心其实非常的柔软，当然内心柔软并不是一件好事，至少受到的伤害会比常人更深。所以，这样看来，我也必须让自己更加坚韧起来……"

"2010年5月15日，真的没想到，我竟然会在方遇警官身上，以这样陪伴的方式耗去了整整两个月的时间。不过付出总有回报，他的配合程度越来越好，今天给他做了第一次深度催眠，他的抵触和抗拒都在慢慢减弱，这是个好的开始……"

"2010年5月18日，今天是连续第四次的深度催眠。到今天为止，我才理解了他如此绝望的真正原因……没有想到竟然是他亲手造成了妻女的身亡，虽然没有办法了解到这其中真正的缘由……无比的愧疚和自责，却无法与人分享，只能独自承受……这样的经历和我又是何其的相似……我一直对警察这个行业没有什么好感，现在想来，或许是太偏激了……抛开警察的身份，其实他们也和我们一样，都只是普通人，而且相比之下，他们承受的或许更多……"

"2010年5月22日，在触及最深处的痛苦之后，患者已经几乎处于无法控制的状态，这样的情况下，我不得不给他加大了镇定剂的使用量……"

"2010年5月23日，这样的情况持续了五天，我已经束手无策。在我看来,彻底的心理治疗就是个伪命题,大多数心理治疗的案例,其实都只能是缓和,患者恢复的情况最终还是得交给患者自己和时间。但是记忆不会凭空消失,时间也不是万能。当一个人有了足以使他绝望的打击和记忆之后,这些记忆将会伴随折磨他一生,除非……"

"2010年5月24日,思考了一整晚,我决定通过再造记忆的方式对他进行治疗。现在的每一天对他来讲都是煎熬,要想让他重新从阴影中走出来,就必须彻底消除他的绝望和自责……严格来讲,定点消除人的某一段记忆是不现实也是不可能的,但是通过再造记忆,来改变某段记忆,从而达到改变当事人对过去的认知,原则上却是可行的。说白了,这就是一种记忆欺骗,对于事实来说也许并不公平,但是对于不该由他承担的痛苦来说却是相对公平的,而且这种方法,我在7年前已经有过一次实践案例,我觉得可以试一试……"

"2010年5月25日,在从孙法医那里了解到方警官误杀妻女事件的详细过程后,我决定正式对他进行再造记忆的正式治疗。当然,这需要对这段记忆有唯一知情权的孙法医绝对的配合和保密……治疗的过程其实并不复杂,就是通过药物、催眠引导加上不断地重复,来对方遇的那段记忆进行嫁接改造。将杀人的罪行转嫁到他当时追逐的罪犯身上,从而让方遇从杀人者变成受害者。这或许会给他凭空强加上一段并不存在的愤怒和仇恨,但是总好过让他在无尽的自责和绝望中沉沦甚至毁灭……"

"2010年6月27日,经过了一个多月的记忆再造治疗,患者的情况有了明显的好转。但是,过程也比我想象中的要困难上了许多,至少比7年前那次要复杂太多……原因我想有两个,第一,相比较7年前的情况,我和方遇算是陌路人,对他了解还是太少;第二,应该就是他的自责和执念太强……不过,情况总是在往好的方向发展,应该会有希望的……"

"2010年8月1日。3月份第一次接触到方遇时,我肯定不会想到会对他进行记忆再造治疗,更不会想到,会在他一个人身上耗去近半年的时间。不过看到他从绝望的深渊中重新站起,我还是非常开心的,至少证明了我的方法是具有普遍意义的操作性的。接下来,还需要对他进行长时间的跟踪观察……希望,他以后不会怪我吧。"

听完了最后一段诊疗记录,佟遥坐在电脑前,心情久久不能平复。她原本以为亭姐对方遇只是进行了普通的抗抑郁辅助治疗,结果没想到其中的过程竟然如此曲折。

当然更让她吃惊的,还是记录中提到的方遇的真实遭遇。虽然是误杀,但是亲手导致了妻女的死亡,相信对任何一个人,都会是一段无法抹去的伴随终生的痛苦记忆。也正是因为如此，亭姐才对他进行了记忆再造。

对记忆再造，佟遥还是有所了解的，亭姐之前和她讲过。确切来说，这并不能算是一种心理治疗手段，就像亭姐在记录中说到的，这其实就是一种记忆欺骗。

记忆再造无法抹去当事人脑中的记忆，但是却可以通过药物辅助、深度催眠再加上不断地强调和重复，引导当事人主动对某段记忆进行改变和嫁接。

绝大部分的梦境其实都能算作是一种记忆再造和嫁接，只不过是短暂，非自主性的以及不可控的。所以大多数梦境都是光怪陆离而缺乏逻辑的，而且梦醒之后，也都可以分清梦境和现实。

但是亭姐采用的记忆再造，则是通过科学的流程，同时辅助药物和催眠进行的一个有明确目的，并不断强化的重复过程。虽然自己没有操作和经历过，但是原则上是可以形成替代记忆的。

这时候，佟遥又想起了录音中亭姐曾经多次提到，在为方遇治疗时的7年前，也就是2003年亭姐人生发生巨变的那一年，她也有过那么一次记忆再造的实践。

不用想，那次实践应该就是发生在亭姐的小儿子叶时雨身上，而随着叶时雨的死亡，那次实践最后很明显应该是无疾而终。

这样的话，亭姐对13年前的过程很有可能也会有所记录。叶升昨天对13年前事件的描述，现在看来很难分辨真假，如果能够从亭姐口中直接了解的话……

想到这里，光盘袋第一面那张时间标着"2003年"的光盘立刻闪现在她的脑海中。

没有丝毫犹豫，佟遥找出光盘插入光驱，一阵机械读盘声后，光盘文件夹弹了出来。

和方遇的那张光盘一样，里面内容也是通过压缩包进行了加密，可是压缩包的名称却让佟遥呆在电脑前半天没有操作。

和想象中的完全不一样，这张13年前的光盘中存储的并不是对儿子叶时雨的治疗记录。压缩包上醒目的"叶升"两字，很明显地表明了其中记录的对象。

这就代表着13年前，亭姐对叶升进行过精神治疗。

可是，怎么会这样？

难道，13年前的案子真的还有隐情？

怀着即将触及真相的兴奋和疑问，佟遥惴惴不安地解开了压缩包，然后点开了录音文件。

半个小时后，佟遥坐在电脑前，仿佛经历了一次史无前例的风暴。录音中的内容和真相远远超出了她的认知，她的心脏也仿佛被一根无比沉重的撞木狠狠地击中了最柔软的那一点。

她完全没想到竟然是这样一个结果，没想到叶升也是经历了如此难以言述的遭遇，更没想到亭姐竟然用了这样的办法，作出了如此大的牺牲。

孤独实验室！

真的是亭姐这些年来命运的最真实写照。

为什么这世间所有的孤独和重担都要让她这样一个弱女子来独自承受……

就这样，佟遥静静地坐在电脑前，任凭万千思绪在脑中飘飞，眼中的泪水也是在酸楚中绽了又谢，谢了又绽。

而这时，门口急促的敲门声扎耳地响起，将佟遥硬生生地拽回到现实。

"谁啊？"佟遥抹了抹眼泪，起身走到了门口。

"您好！外卖。"一个低沉的男声传进门内。

佟遥将眼睛在猫眼前凑了凑，一个身穿明黄色衣服的外卖小哥低着头站在了门外。

第十四章

绑架

点过外卖吗？佟遥心里正纳闷着，右手已经搭上了门把儿。

外卖小哥这种每天都少不了打交道的生物，的确很难引起她的警觉。不过刚拧开了把手，还没来得及使力，大门便被一股力量从门外猛地推开。佟遥本能地往后一闪，才避免了被防盗门撞个满怀。

佟遥正准备开口呵斥，可是刚一抬头，话便被卡在了嗓子眼。眼前这个穿着黄色外套，扮作外卖小哥的不是别人，正是刚刚还在亭姐录音中被反复提到的叶升。

这个时候见到叶升，而且还是这种装扮，让佟遥有点摸不着头脑。不过想到中午在回廊坊，方遇安排了警察跟踪叶升时，她心里便立刻明白了大半。

叶升在潜逃！

可是他为什么要逃到自己这里呢？

"你不要害怕，我没有恶意。"叶升关好门，把一个黑色背包挪到了胸前，然后靠在门上，似乎有些惊魂未定。

"警察在抓你？"如果换到上午，佟遥估计魂都能被吓飞。可是刚刚听过了亭姐13年前的录音后，她现在对这个男人已经生不起任何的惧意。

"你……你怎么会知道？"自己破门而入，佟遥不仅不害怕，反而变相地关心起了自己。这让叶升一时间完全没反应过来，路上准备了好半天的说辞也一下忘了个一干二净。

佟遥没有回答，而是立刻转身走向窗边，然后伸长脖子往下看了看，楼下没有警车，也没看到方遇安排跟踪的那名警察。

回过头时，叶升依然站在门边皱眉发呆，似乎还是没有搞清佟遥行为反常的原因。

佟遥笑了笑，刚准备开口解释，身上的手机却突然响起。

叶升听到手机骤响，刚想阻止，却是鞭长莫及，佟遥已经按下接听键，把手机贴到了耳边。

"叶升？"佟遥一边接听电话，一边扑闪着眼睛看向站在门边进退两难的叶升。

听到佟遥提起自己的名字，叶升立刻猜到了电话另一端的人是谁。这让他瞬间紧张了起来，方遇肯定是已经发现了自己换装逃跑的事情，而且说不定现在已经赶到了楼下。

想到这里，叶升第一个想法，就是放弃计划立刻逃走，不过佟遥接下来的回答却是让他缓下了脚步。

"没有见到过叶升啊？他来找我干吗？"

"他很危险？……不会吧？……我现在在办公室……今天约了老同学，正准备出门呢。"为了让叶升听清内容，消除戒心，佟遥故意重复着方遇的问话，同时回答得也很大声。

"外卖的衣服？不会吧，怎么会这样……有什么怕的，我跟他又无仇无怨的，你有点担心过头了……好的，你忙你的吧，回头电话联系。"

说完，佟遥便挂上了电话，然后笑盈盈地对叶升说道："好了，警报暂时解除。不过你真不该来我这里，方遇疑心很重，说不定现在正往这边赶呢。你最好还是赶快离开。"

"你……为什么要帮我？"虽然佟遥当着面隐瞒了自己的行迹，但是叶升依然还是保持着一丝警惕。这姑娘不简单，说不定就是假装镇定的缓兵之计。不过仔细琢磨了刚刚的通话内容，佟遥似乎并没有传达什么暗语之类的异常信息。

佟遥刚想解释，亭姐的音容笑貌却忽然浮现在脑海中。

不行，这事不能跟他讲明。扭头看了看依然还插着光盘的笔记本电脑，佟遥决定帮亭姐保守这个秘密。

13年前亭姐选择了一个人来承担所有的痛苦，为的就是不让叶升牵连进来再次坠入深渊。如果现在自己把真相挑明，叶升必定不好受，而且也肯定不是亭姐所希望看到的。

过去的就让它过去，沉默的就让它永远沉默吧！

没办法把13年前亭姐保守的秘密讲出，佟遥一时间倒还真不知道该如何解释现在这样微妙的情况。想了想，为了彻底消除叶升的顾虑，她决定把事情换种方式挑明："你杀了宋及春，为亭姐报了仇，当时的情况下换了我，肯定也会这么做。我不觉得你做错了什么，难道你还想让我报警抓你吗？"

"宋及春？"叶升明显一震，"你们发现了？"

"是的，没想到你竟然把尸体藏在那么隐蔽的地方。"对尸体的身份，佟遥本来并没有多大的把握，不过看到叶升的反应，答案却已经再明显不过。

尸体被发现，叶升并没有多大的意外，只不过他没想到会这么快而已。现在看来隐藏尸体并不是最好的方法，不过当时的情况下，他却没有其他的选择。

那天晚上他并没有立即离开回廊坊，为的就是验证现场后续的情况，再决定接下来的行动。

当他等了一整天，见到警察只抬出了一具尸体时，他才确定自己的方法暂时奏效了。也正是因为如此，在第二天接到方遇的电话时，他才敢壮着胆子，冒着巨大的风险出现在众人眼前。

只不过没想到这才过了两天，事情就接着暴露了，完全没有给到他足够的行动时间。

不过总的来说也还算幸运，如果不是上午碰巧发现佟遥跟踪自己，进而又发现了有警察盯梢，估计他现在已经束手就擒了。

"你来这里，是准备绑架我的吧？"看见叶升半天没反应，佟遥猜测起了他来这里的目的。

"这……"佟遥的问题让叶升有些语塞。"绑架"的字眼听起来虽然有点刺耳，但的确是他此行的真正目的。

这么冒失和武断的方法，并不是他的初衷。他本来并没有想过要把佟遥给牵连进来，不过在自己暴露之后，能想到的方法也就只剩下这么一种了。

"绑架我其实并不能帮到你。"通过叶升的表情，佟遥已经猜到他心里所想。

不过她真不认为叶升绑架自己是个什么好办法，就算自己配合他，也很难让他逃出生天，而且这样反而更会激起方遇的怒火。方遇对自己的关心和照顾基本上已经到了"无微不至"的地步，所以叶升现在找上自己，真的不是什么明智的选择。

"我没有其他选择，现在或许只有你能够帮我。请你相信，我并没有什么恶意。"叶升的话语中充满了诚恳和请求。

"帮你……你指的是哪方面？"佟遥有些不解。她完全不知道除了充当牵制警方的人质，让方遇投鼠忌器外，自己还有什么能够帮到叶升的。

叶升看了看佟遥，眼神抬起又落下，似乎下了很大决心之后，才坚定了眼神，开口缓缓说道："宋及春并不是我杀的。"

"什么？"佟遥差点怀疑自己听错，正准备再次确定时，房门外却突然传来了一连串急促的敲门声。

门外的敲门声一阵接着一阵，仿佛直接捶在了佟遥的心上。而此时的叶升也似乎乱了阵脚，看了看被防盗窗死死封住的窗台，心里瞬间一沉，这里根本没有可以逃生的通路。

佟遥第一时间想到的是方遇，从回廊坊赶过来，快的话也就10来分钟，这和刚刚给自己打电话的时间恰好吻合。

惴惴不安地凑到猫眼上望了一望，佟遥这才抚了抚胸口，松下一口气。门外站的是公寓的保安老魏，年龄五十多岁，可是看起来却有着爷爷辈一样的老态，平时最大的爱好就是在公寓楼里的小姑娘取快递时，占些嘴眼上的小便宜。

平日里，这些保安是不会随便上门的，佟遥不知道他为何会在这个节骨眼上登门造访。不过，应付这些保安倒也不是什么难事。

摆了摆手，示意叶升不要担心并暂时到卧室里躲一躲后，佟遥开了门。不过她小心地只露了一掌宽的门缝。为了以防万一，还用身体紧紧地抵在了门上。

"有什么事吗？"佟遥从门缝中闪出半张脸，这时她才看到老魏身旁还跟着一个年轻的保安，只不过刚刚站在偏侧，猫眼里没能看到而已。

"你一个人在家？"老魏的笑脸跟哭似的，眼神还一个劲地朝门缝里钻。

"怎么，是有我快递吗？我待会儿下去拿就行了，还麻烦你亲自送上来。"佟遥尝试着询问。

"哦，不是，不是。"老魏摆了摆手，"对了，刚刚有没有穿外卖衣服的男人进你们家？"

听到这里，佟遥便大致猜到了两名保安莫名到访的原因。外卖小哥天天进出，也没看他们拦过，九成是方遇刚刚打完电话后放不下心，才电话让公寓的保安亲自上门来确认。

这样看来，方遇要不就是还有其他急事，要不就是已经不在回廊坊了，否则这么近的距离，他肯定会自己赶过来。不过不论是哪种情况，这里都已经不再安全，必须让叶升赶紧离开。

"没有啊，我刚约了男朋友正准备出门吃饭呢，哪会点什么外卖？"佟遥笑了笑，脸上一阵泛红，像是贴了桃花一样。

"这样啊,那就好。听说最近有小偷假借送外卖的身份在附近一带行窃,你以后可要小心一点。"看着佟遥一脸无事的样子,保安老魏随便胡诌了一个借口,便讪笑着带着年轻保安转身离开。

刚刚电话里那个自称警察的人,只是让他确认下302房住户的安全,并让他留意身着黄色外卖服的可疑人员。现在已经确定没事,也就没有再赖在别人家门口的理由。

另外虽然刚刚电话里那人煞有介事地报了警号,报出的身份来头也还不小,但是毕竟没办法验证,自己也是出于谨慎才上来走一遭。说不定,还真只是个无聊的恶作剧。

听到关门声,叶升从卧室里小心地探出半个头来,看到佟遥打发走了保安,立刻舒了一口气。不过当他正准备走出卧室时,却被佟遥一把又推了回去。

"怎么了?"叶升疑惑地问道。

"你不能待在这儿了,刚刚肯定是方遇不放心才叫保安上来看情况,现在警察说不定就在赶过来的路上。"佟遥开了房灯,一边机关枪似的分析着态势,一边打开衣柜门翻找了起来。

还不等叶升反应,佟遥便从衣柜里拿出一件中长的红色滑雪袄,对着叶升比了比:"只有这件可以凑合下了。"

叶升看了看艳红的衣服,又看了看自己身上,脸上愁得跟吃了苍蝇似的。

"还愣着干吗?赶紧换上啊。"佟遥着急地催道。

没有办法,叶升只好脱下衣服套上了滑雪袄,身上立刻一阵暖意,同时一股少女特有的香甜味道也顺势贴着皮肤钻入鼻中。

因为是中长款,所以看起来长短并不显得突兀,不过肩宽过窄,叶升穿起来很是拧巴,袖长也是刚刚过肘,半个前臂都是凉凉的。

"只能这样了,你把胳膊先缩一缩。等会儿到公寓门口时,步子快一点,别被保安给拦了。哎呀,怎么搞的。"佟遥心中着急,手忙脚乱,帮忙扣着扣子,却发现第一颗扣子就扣错了位。

如果抛开这瞬间出戏的大红袄子,这温馨的一幕倒是像极了女儿送老爸出门上班的情景。

低头看着和女儿有七八分像的面庞,听着虽显催促但却暖心的声音,叶升眼前一恍,仿佛回到了多年前。

"好了,可以走了。出了公寓,你得绕到后面走小路,免得被撞个正着。"扣好了扣子,佟遥拍拍手还不忘交代后路。

"我不能走。"被佟遥的声音拉回现实,叶升眼前已经有些模糊,鼻头也泛起了微微酸意。

佟遥抬头,脸上充满了疑问。

"我来这里,就是要找你帮忙的。要不就算我逃走了也没有任何意义。"叶升解释道。

这时,佟遥才想起叶升之前提到过来这里找自己的原因,当然还有他刚刚亲口否认了杀害宋及春的事情。

虽然万般好奇,但是现在却不是一问一答的好时机,每拖上那么一秒,佟遥都觉得有可能会在公寓门口被方遇给撞个正着。

没有考虑多久,佟遥便下了决定:"那我跟你一起走好了。"

保安老魏带着侄子从三楼一回到保安室,便立刻窝到了电暖器边上。11月份开电暖器,着实有些夸张了,不过保安室裸在公寓楼道,多有穿堂风,再加上南方湿冷的天气,对这两个每年冬天都有暖气照顾的东北汉子来说,的确有点抵不住。

老魏戴着线帽,缩着身子在电暖器正面看起了报纸,年轻保安则只能搬了一张矮凳,凑在了火光侧面。两人有一句没一句地聊着天,从窗外平看,就好像保安室里没人一样。

"刚刚那个女孩儿好漂亮。"年轻保安搓着手,电暖器发烫的暖管把他粗糙的半张脸映得红光满面。

"呵呵。"老魏眼都没抬一下,干笑了两声,"人家可是大学生,你就别整天想着做美梦了。好好攒上几年钱,回家好让你爹给你娶个傻媳妇。"

年轻保安尴尬地仰头笑了笑,不过脸色立刻就沉了下来,然后拍了拍老魏的膝盖。

"干吗?"老魏的视线从报纸上一则扫黄打非的专题上移开。

年轻保安指了指窗外。

老魏扭头望了望,302房的女孩挽着一个男人已经走出了公寓,从背影看,两人颇为亲密。

这时老魏想到了刚刚上门造访时,女孩说过的约了男友:"嘿嘿,羡慕吧。"

说完,老魏便又把头埋回了报纸。

"好像不对。"年轻保安想了想说道。

"什么不对?"老魏斜了斜眼。

"是个中年人。"年轻人摸了摸鼻子。

"中年人?"老魏又回头看了看,不过公寓门口已经没了人影。

"中年人怎么了？现在的小姑娘都认这个。"一边说，老魏一边用大拇指在食指肚上搓了搓。

不过虽然嘴里这样说，他的心里却是犯起了疑，年轻人赶时髦什么都敢穿，不过中年人穿这么艳色的他还是没见过。"傻子，你之前见到有人穿成这样进去过吗？"

年轻保安木着脸，翻着眼珠想了想，然后摇了摇头。

"管他呢。"老魏见侄子一副呆样子，端起茶叶缸子，吹了吹浮叶，抿上一口，然后又埋下了头。

"咚咚咚。"

二十多分钟后，老魏被一阵急促的敲窗声吓了一跳。扭头看了看，他立刻就弹起了身子，拉开了窗户。

敲窗的是个面露急相的中年男子，不过在他身旁却黑压压地站着四个身着制服的警察，把整个保安室的窗口围了个半圆。这阵势，他半辈子都没见到过。

"我是刚刚打电话过来的方警官，你们上302看过了吗？"

站在保安室窗外的正是在城北扑了个空后，循着沿路监控赶到城南的方遇和邹华等人。

根据市交通指挥中心的监控反馈，叶升换装逃出汇江酒店后，直接上了一辆出租车。因为身着外卖员服装非常醒目，所以在联系到出租车司机后，司机师傅的反馈十分明确，叶升下车地点就是在江大对面的青年公寓。

在得到这样明确的消息后，方遇的心凉了一半，特别是再次回拨佟遥电话直接关机后，他知道自己已经晚了一步。

"看过了，看过了。302的女孩跟着男朋友出去吃饭了，没有什么送外卖的。"老魏说着说着，就开始心虚了起来，看起来还真是发生了什么。不过这时候嘴巴上是不能露怯的。

"男朋友？你亲眼看到两人一起出去的？不是告诉你要拦着了吗？"邹华在身后已经火冒三丈。

"那女孩儿亲口说是他男朋友的，我哪知道有假？"老魏自觉有些委屈，不过说完就有些后悔语气过冲。

邹华刚想发作，却被方遇抬手拦住："你看清那个男人长什么样了吗？"

老魏看了看方遇，摇了摇头。

"是个中年人，穿着红色羽绒服，看起来怪怪的。"年轻保安在身后突然接过了话，引得老魏一个瞪眼。

"走了大概多久了？"方遇不再理会老魏，而是转向了年轻保安。

"二十来分钟吧，不到半小时。"年轻保安被老魏瞪得直吞口水，不过警察的问话，他还是照实回答得清清楚楚。

"出公寓之后呢？是搭车还是步行？朝哪个方向？"方遇继续问道。

"这就不知道了。"年轻保安摇了摇头。

方遇和邹华对视一眼，心里乱到了极点。

"看来，叶升是要挟绑架了佟遥。不过时间不久，我马上安排人在周边排查他们的行踪。"邹华知道方遇和佟遥的关系，当然能理解他现在的心情，"你也不用太担心，我想叶升应该不会无缘无故伤害佟遥的。"

叶升到底要干什么？为什么要绑架佟遥？会不会伤害佟遥？

方遇已经没有力气再去理性地思考这些问题。颤抖着掏出手机，无意义地又拨了一遍佟遥的电话。随着冷冰冰的"对方已关机"的提示音从听筒轻微地传出，方遇手一失力，手机重重地摔到了地上。

第十五章

真相

连续走了两个多小时的路,叶升渐渐有些吃不消。他本来就有点扁平足,不适合长时间徒步,再加上脚下的硬底皮鞋,还没进地大校门,整个脚底板就几乎已经没了感觉。

除了麻木的腿脚,胃痛的老毛病也在时刻折磨着他。从早上赶早处理安亭的遗物,一直到现在,他几乎颗粒未进。一路上为了尽量少地留下行踪,他基本上没有进过各类店铺等公共场合。就连剪头发,他也是选择了那种看起来绝不会有监控的老式理发店。

下午从青年公寓出来后,他跟着佟遥绕到了公寓后面的小路,简单地商量了一番便各自分开。当然,因为对附近地界不熟,接下来的安排,主要还是靠佟遥来规划。

佟遥离开后,他先是在一个无人的角落把红色的滑雪袄收到了包里,然后找了个老式的夫妻理发店剪了个平头。再加上佟遥给的口罩,这样要想通过大马路上的监控摄像头锁定他,就不是一时半会儿的工夫可以做到的了。

两人离开时约定了晚上7点在江城大学和地质大学交界的西门后村见面。晚上7点时,天色基本上已经全黑,这样相对来说就安全了许多。

不过按照佟遥的提示,他没有直接从江城大学大门进入,而是朝相反方向走了快一个小时,然后按照由南到西再到北的顺序,绕着民族大学、广播电视大学以及大学城公寓,最后穿过地质大学,从地大侧门再进入后村。

这相当于顺时针绕了一个大圈,同时也是叶升费这么大劲儿徒步两小时的原因。

选择步行是因为可以尽可能地通过小街深巷来摆脱各种监控,而围着近在咫尺的目的地绕这么一大圈，则是为了避开警察的地搜。

考虑到下午的情况，警方肯定会排查公寓周边叶升可能出现的区域，例如一路之隔的江城大学，以及不远处的回廊坊之类。但是与这些地方南辕北辙的反方向，应该不在警方的调查范围之内，至少不会是优先考虑的对象。就算警方碰巧认出了简单改变形象的叶升，通过监控抓住了他的孤身片影，绕了这么大一个圈子后，肯定也很难搞清楚他最后的目的地。

佟遥这样的安排，按道理来讲，考虑得还是很周密的，不过在绕圈步行的过程中，叶升也曾产生过那么一丝丝怀疑。

会不会是佟遥利用和自己分开的这段时间，联系方遇，然后在后村布下埋伏，等着将自己瓮中捉鳖？

产生这种想法并非出于叶升本意，他现在的状况容不得有半点闪失，整个人几乎已经成了惊弓之鸟。不过这种想法刚刚冒出，便被他强行地给摁了下去。

佟遥如果想害自己，在公寓保安上门的时候，就完全有机会将自己牢牢困死，根本不需要等到现在。而且接下来还需要佟遥帮忙，除了无条件信任她，剩下的已经无路可选。

好不容易忍痛挨饿到了地大侧门，叶升四下寻找，却没看到佟遥的身影。从地大侧门进出后村的要不就是结伴的情侣，要不就是三五成群的学生，一眼望去，根本就没看到落单的影子，这让叶升心里不免紧张了起来。

抬手看了看腕上的手表，已经七点过十分，叶升寻思着站在门旁有些扎眼，正想着是不是要换个地方等待，这时一只手突然从背后拍了拍他的肩膀。

"看了你半天，还真的差点没认出来。"佟遥轻快的声音从身后传来。

叶升转过身，发现佟遥也是换了一身行头，手里还提着两袋打包的饭盒。

"让你修剪一下造型，也没让你直接剃个寸头啊。"寸头搭配上金丝眼镜和叶升的气质，怎么看怎么怪，佟遥差点没笑出声。

"现在我们去哪里？"现在这个时候看到佟遥轻松的模样，叶升身上的压力似乎也立刻轻了不少。

"我租了间短租房。"佟遥往后村深处指了指。

叶升顺着佟遥手指的方向望去，七八条小路弯弯拐拐，像蜘蛛网一样在夜色中延伸开来。

说起后村，也是一个非常神奇的存在。本来只是一个夹在江城大学和地质大学之间的小村落，北面是梁子湖，其他各个方向都被两所大学给堵得死死的。

按道理说，这么一个没交通，没政策，不起眼的小村落，难得有什么发展。不过两所大学的学生，特别是学生情侣们却把这里催生成了一个颇为热闹的世外桃源。

原本百十人户人家的小村落，现在却挤得满满当当，原来的破落平房也都全部推倒，私盖起了四五层的楼房，如果不是政策限制，估计小高层都能立起来不少。

最刚开始，就数网吧最火热，当时的景况就是，站在后村的随便一点，往任何方向走上10米，必定能见到一家网吧。到后村包宿，也几乎成了两所大学的大学生们都经历过的别样青春。

后来证照从严，学生宿舍里又通了网络，网吧开始渐渐没落。可是学生情侣们却又接过了后村经济发展的重担，各种长租房、短租房、钟点房如雨后春笋般换着花样地冒了出来。这也造就了后村各种民建楼房鳞次栉比，道路却是又窄又挤的奇怪景象。

当然，后村能够这么蓬勃地繁荣起来，最主要还是里面和外面完全是两个世界，只属于学生们的世界。

外面的各种条条框框，到了后村全都能变了法地给一一打破。烟是可以论支卖的，饭馆是可以自己带食材加工的，各种商品也都平价得让人咋舌。不过让佟遥看中并最终选择后村的，还是这里的钟点房和短租房都不需要登记身份信息。

没有多做逗留，佟遥便领着叶升，七弯八拐地来到了后村最中央位置的一栋四层楼"鸽子笼"。

这里没有前台，没有服务员，筒子楼的构造反而更像是学校里的学生宿舍。可是从逼仄的楼道穿过，每一个不怎么隔音的房间，传出的却都是男女之间的嬉笑嗔闹，打情骂俏。

佟遥专门租了间一楼靠角落的房间，按照她的话来讲，就算是被发现，也还可以跳窗逃跑。

叶升一进房间，便立刻傻了眼。他倒不是嫌弃房小简陋，最主要的是房间就那么一个小单间，而且还只有一张床。

"你怎么办？"叶升皱着眉头问道。

虽然他只是找佟遥帮忙，但是至少在自己锁定目标，找到幕后真凶之前，肯定是没办法让她回家了。

"不用担心，我在其他地方另租了一间。"佟遥把两个塑料袋里的餐盒和饮料一件件地取出，放到书桌上，然后随便指了个方向回答道。

"那就好。"叶升松了口气。

"你说宋及春不是你杀的，到底是怎么回事？"关上窗，扯严窗帘，然后又回头检查了下门锁后，佟遥便迫不及待地问了起来。

下午在公寓时没时间问，两人分开的这几个小时，她一直都在想这个问题，可是怎么想都想不明白到底是怎么一回事。

"可以先吃饭吗？"叶升看着书桌上的饭盒，肚子不争气地叫了起来。

"好，边吃边说。"佟遥呵呵一笑，坐到了床边，把唯一的板凳让给了叶升。

"你不一起？"叶升坐到书桌旁，拆起了餐具。

"不搞清楚吃不下。"佟遥心直口快，一边回答一边帮叶升把打包的餐盒一个个揭了盖子，整齐地摆放在桌上。麻利的动作中，多少都带了些催促的味道。

叶升知她心急，于是便缓缓地放下餐具低下了头，似乎在努力地搜索着记忆，整理着思绪。过了许久，才重又抬起头，面对着斑驳的墙壁深深地叹了一口长气。

整个过程中，他的目光由痛苦到愤恨，再慢慢变得坚毅，最后那双闪动着无数种情绪的眼睛，仿佛透过了墙体，刺穿了黑夜，重新又回到了案发的那天当晚。

"11月3日凌晨，也就是五天前，我突然接到了安亭的电话。十多年来，这是安亭第一次主动联系我。这么晚接到电话，我本以为她是遇到什么困难，没想到她开口的第一句话，就是小晴的尸骨找到了。"

"所以，你当晚就赶夜路来了江城？"佟遥之前就有过这样的猜测。她在11月3日早上在回廊坊亲眼看到亭姐从朱冬家出来，然后上了叶升的车，"亭姐是不是还告诉了你，她在治疗过程中发现两名凶手的事情？"

"是的，不过发现凶手的事情，是我早上赶到江城之后，她才和我说的。也就是那天，我才知道安亭这么多年来一直待在江城，就是为了寻找小晴的尸骨和凶手的下落。"叶升点了点头，不过眼中却是写满了悔意，"说起来也是怪我，当时安亭显得很无助，她本来建议要把这件事交给警察。但是你知道，我对警察并没有什么好感，好不容易得到一点点线索，我担心一走警方的程序，就又会无疾而终。而且说不定还会打草惊蛇，让凶手提前跑路。所以，当时我坚持先私下进行调查，等到线索明确之后，再做后续的打算。"

"所以，你和亭姐见完面，就一起去见了朱冬？"听叶升这么一讲，佟遥才明白过来，为什么那天这么早，亭姐就到朱冬家去做了回访。

"是的，当时我们商量的第一件事情，就是从朱冬嘴里套出另一名凶手的身份。而那天早上，安亭也十分顺利地套出了宋及春的信息。接着，我就回酒店托人打听宋及春的相关资料，可是没想到安亭却擅自作主去见了方遇。"

说到这里，叶升停了下来，双手握拳，指节捏得咔咔作响，眼中也是写满了恨意。过了好一会儿，他才继续说道："如果不是安亭去见了方遇，如果她能听我的，按照我的方法来，根本就不会出现后面的悲剧。"

"你是说，亭姐的死和方遇有关？"叶升话语中的恨意，很明显就是奔着方遇去的，这让佟遥很是意外，她完全想不通亭姐的死怎么会和方遇联系到一块儿。

"难道不是吗？如果不是安亭告诉了方遇，如果不是方遇愚蠢地提前惊动了宋及春，宋及春又怎么会这么快地知道自己凶手的身份曝光，并对安亭起了杀意？"叶升咬牙切齿地回答道。

虽然安亭已经被害，抓住凶手才是他现在的最终目的，但是他却始终对这件事耿耿于怀。所以上次在法医中心的时候，他是真的想狠狠地揍上方遇两拳。

"这……"佟遥一听便都明白了，心里却憋屈得像血管被堵住了一样难受。看来叶升对于方遇的误解还真的不是一点两点。

"我想你误解了。"

"误解？你是说误解方遇？"叶升不知道佟遥的话为何意。

佟遥无可奈何地摇了摇头，然后耐心地解释道："你和亭姐去见朱冬的那天早上，我也在现场。"

"你也在现场？我怎么……"

没有理会叶升的惊讶，佟遥继续说道："我当时就在朱冬家门外，你和亭姐开车走后，朱冬没过几分钟就一个人出了门。出于好奇，我就跟了上去，后来，我一直跟踪他到了太阳神男子专科医院。这么说，你应该就知道宋及春是怎么发现身份暴露的了吧。"

佟遥没有解释那天为什么她会一个人偷偷地这么早跑去回廊坊，现在最主要的还是要先消除叶升对方遇的误会和偏见。

"你的意思，是朱冬告诉了宋及春罪行暴露的事情？"叶升当然知道太阳神男子专科医院，那天在得知了宋及春这个名字后，他就把宋及春的资料调查了个清清楚楚。

"朱冬找宋及春都说了什么，我不清楚，但是你的确是误解了方遇。"

接下来便是一阵沉默,叶升取下眼镜,捏了捏鼻梁,表情甚是凝重。如果真如佟遥所说,自己还真的是冤枉了方遇。

"接下来呢?你和亭姐为什么会去宋家老宅?"误解消除,佟遥不想在这件事上继续纠结,她现在更急于搞清的是,那个血淋淋的夜晚,到底发生了什么。

叶升长叹了口气,然后重新戴上了眼镜:"那天下午,安亭非常慌张地来酒店找我,跟我说了她去找方遇的过程,不过让她惊慌失措的主要还是另外一件事。"

"另外一件事?"似乎到了关键点,佟遥眯起眼睛,挺直了身体。

"是的,安亭告诉我,她后来回小区时,门卫室给了她一个宋及春留下的快递盒。"

"宋及春留下的快递?"佟遥瞪大了眼睛,不过很快她就猜到了其中的逻辑,"宋及春是想引亭姐到宋家老宅?"

"是的,快递里的信息写得很清楚,只能她一个人去,而且不能报警。"叶升点了点头。

"亭姐……你们怎么能这么轻易地相信呢?这明显就是个圈套。"佟遥急得直跺脚,恨不得能回到几天前,亲自阻止乔安亭。

"当时没有办法,宋及春传递的信息让我们没有办法拒绝。"一边说着,叶升一边从书桌脚下拿起形影不离的黑色背包,然后从包里掏出一个树脂材质的兔子挂件,"宋及春告诉我们,小晴没有死,这么多年来,她一直生活在回廊坊的宋家老宅。他在信息中说,这么多年来他内心受尽了谴责和折磨,所以他答应让安亭接回小晴。但是作为交换条件,必须给他一次机会,不要追究他,所以才特别提出了安亭不能报警的要求。"

"这……这……"佟遥盯着叶升手里的兔子挂件,半天说不出一句话。这个挂件,她当然最熟悉不过了,就是叶时晴13年前遇害时随身携带的。后来亭姐也送了她一个,只不过是个仿品而已。

至于宋及春手里怎么会有这个挂件,其实也不难理解,对他来说,也许就只是个战利品似的收集罢了。不过这个曾经带着女儿温度的兔子挂件,对叶升和亭姐却是有着完全不一样的意义,时隔13年后又重新出现在夫妻二人眼前时,也就很难要求他们再用冷冰冰的理性来思考问题了。

"当时知道了这样的信息,我是有所顾虑的,不过那样的情况下,哪怕只有万分之一的机会,我们也不愿意放弃希望。如果当时能够通知警方……唉!只可惜我……"叶升还没讲完,便重重地甩了自己一巴掌,悔恨之意尽写在了脸上。

"那叶时晴？"佟遥又看了看有些发旧的兔子挂件，心有不忍地问道。

"当然是个骗局，人会说谎，但是记忆不会。13年前小雨的记忆已经很明确，小晴已经被杀害并掩埋，又怎么会起死回生呢？"叶升痛苦地甩了甩头，"只可惜现在说什么都已经晚了。"

佟遥听完，心中一阵唏嘘。生为父母，哪怕希望再渺茫，也都要去试一试，这似乎就是飞蛾扑火，雌螳噬夫一般的天性。而宋及春也正是残忍地利用了这一点。

至于亭姐当时去还是不去，其实最终意义并不大。既然他决定了要杀人灭口，就算亭姐当时没有赴约，他也会换了其他地点和方式来达到最终目的。

不过宋及春的死又是怎么一回事呢？既然叶升否认是他杀了宋及春，那就代表幕后还有凶手。可是按照现在铺陈出来的所有线索和前因后果，这几乎就是一个无解的命题。

"你们到了宋家老宅之后，到底发生了什么？"百思无果，佟遥只好选择继续发问。

"那天晚上，我和安亭差不多是晚上八点多到的回廊坊。其实，我和安亭进宋家老宅也就待了不到一分钟。后来到底发生了什么，我也没有亲眼目睹。"

"这……"佟遥有些混乱了，一时间不知道该说些什么。

"当时，宋家老宅房门虚掩，周围也是一片荒凉，不过既然已经到了，肯定是要进去看一看的。等我们进到宅子里的时候，整个屋子都是一片漆黑，只有正房旁的卧室亮了一盏灯。虽然心里知道不可能，但是我和安亭还是像着了魔一样地幻想着小晴会出现在那间亮灯的房间。可是刚到卧室门口，还没来得及进屋，我就被人从身后打晕了。"叶升说完，便把头侧低了下来，然后指着左后脑勺给佟遥看。

佟遥顺着叶升手指的方向看了看，前几天因为头发遮挡，所以并没有发现什么异常，不过现在叶升剃了寸头，左后脑勺耳朵斜侧部位很明显可以看到一处刚结痂的伤口。

"是的，现在看来，我和安亭当时都遭到了袭击。只不过凶手没有料到我和安亭一起赴约，乙醚应该就只准备了一份，所以他们将我直接打晕，同时迷晕了安亭。"

佟遥听完点了点头，她立刻想到了孙法医曾经提到的乙醚，不过稍一细想，就发现了不对："等等，你刚刚说的是他们，难道现场袭击你们的不止一人？"

"这个我后来仔细回想过，当时我在被袭击的那一瞬间，似乎听到了安亭被捂嘴呼喊不及的声音。这就代表我们两人是同时被袭击的，而且后来发生的事情也验证了当时在现场的除了我和安亭外，肯定不止一人。"叶升眉头紧蹙，似乎在回忆着当时的现场细节。

"后来呢？为什么亭姐被害，你却没事？"佟遥焦急地追问道。

"后来等我在堂屋醒来的时候，已经是凌晨四点多。而让我没有想到的是，醒来的第一眼，看到的竟然是宋及春的尸体。当时我头痛欲裂，整个人也都完全蒙掉。我第一时间想到的，是在我被打晕后，安亭与宋及春发生了缠斗，并幸运地反杀了他。不过，我接着就在堂屋左侧的卧室里发现了安亭的尸体。这让我当时几乎崩溃。"

"等我稍稍恢复清醒，并把现场完完整整地了解了一遍之后，这才发现，真实的情况远比我想象的要复杂。"

"等等，你确定死在堂屋的那人就是宋及春吗？"佟遥忽然打断道。

"怎么不确定？那天托人帮我找了整整一个下午的宋及春资料，杀害我女儿的凶手，我死都不会忘记，又怎么会认错？"

"可是方遇不是说堂屋那摊血迹不是宋及春的吗？"佟遥不解地问道。

"当时听方遇提起的时候，我也是很纳闷。不过我亲眼所见，绝不会有错，至于为什么检查出来现场的血迹不是宋及春的，我也没办法解释。我想八成是化验出了差错，他们警察犯错又不是第一次。"叶升说完冷哼了一声。

叶升这样说，佟遥也不再纠结，不过想了想还是觉得不对："你刚刚说袭击你和亭姐的是两个人，那意思就是宋及春是被另外一个人所杀咯？"

"是的，现场的情况就是如此。"

"可是，那人和宋及春不是同伙吗？为什么杀掉了宋及春，却又留了你的性命？"

"我能想到的唯一可能，就是嫁祸。"叶升不假思索地回答道。

"嫁祸？"佟遥似乎明白了些什么。

"对，嫁祸。"叶升点了点头，然后从背包里取出了一个黑色塑料袋，打开塑料袋，里面装着一个白布包裹的条状物。而当他把白布慢慢地展开，一把刀背带锯齿的短匕首立刻呈现在了佟遥眼前。

冰冷锋利的匕首，在灯光下散发着阵阵寒意，这让佟遥瞬间感觉到脖上一紧，她似乎能听到无情的锋刃在亭姐颈部划过时，动脉破裂血浆涌出的声音。

"宋及春就死在我身边不远处,而当我醒来的时候,这把匕首就牢牢地握在我手里。这已经非常明显,凶手的目的就是为了将宋及春的死嫁祸在我身上。"叶升重新将匕首包了起来,然后放回到包中。

"我明白了,凶手伪造了现场,就是为了制造出亭姐被宋及春灭口,然后你再杀了宋及春为亭姐复仇的假象。"佟遥边思考边分析,不过却总觉得有哪里说不通,"可是,凶手为什么要这样做呢?"

"凶手真正的动机我也一直没有想通。不过有一点可以确认的是,不管凶手身份如何,选择这样的嫁祸手段,应该不是他的初衷。"叶升想了想继续说道,"我的意思是,凶手原来的计划本不该如此,而我的出现却让他临时改变了计划,然后临时选择了这样的嫁祸手段。"

"也对,你从上海赶到江城本来就是一个突发事件,凶手根本不会想到你会出现。"佟遥点头附和。

"其实如果仔细去分析,还会发现更多的细节。"叶升又从背包里掏出一个小本,然后翻到扉页。页面上密密麻麻,很显然他之前已经对当时现场的情况进行了大量的分析。

"首先,这名凶手应该非常了解13年前发生的事情。凶手制造整个嫁祸过程的逻辑,就是利用了我们和宋及春杀女的仇怨。如果不了解13年前的事情,凶手不可能作出这样的安排。"

"可是,你也说过,13年前的当事人非常明确,除了小晴、小雨,就只有你、亭姐,还有朱冬和宋及春四人。怎么会多出一个人呢?"佟遥问出了她刚刚没想通的问题。

"有可能是朱冬和宋及春后来和人透露过当时的事情,不过这种可能性不大,就算透露过,也不会让得知消息的人最后对宋及春痛下杀手,没有直接的利益关系,动机上也说不通。另一种可能……"叶升稍稍顿了一顿,然后才继续说道,"或许是13年前的案件还有隐情。"

听到这里,佟遥心中一动。

13年前的事情,朱冬和宋及春后来有没有和什么人透露过,谁也说不准。不过叶升提到的当年的案件还有隐情,却是激起了她的思考。

她立刻想起了亭姐录音中的记录,同时,叶升今早重返后山,应该也是为了把这个问题搞清楚。

"可是,13年前的情况,作为当事人,你应该是最清楚不过了吧?"

"严格意义上来讲,我和安亭都不算是当事人,我们得到的所有信息都来自于小雨的记忆。"

"你不是说,记忆不会说谎吗?就算有很多细节无法从记忆中挖掘,但是当时凶手的人数肯定不会记错吧?"佟遥记得,当时在法医中心面对方遇的疑问时,叶升就是这么说的。

"记忆是不会说谎,杀害小晴的凶手也不会出错,不过……如果有什么人隐藏在暗处,或者有其他情况,小雨当时没有发现呢?"

听到叶升这样分析,佟遥陷入了沉思之中,这样的说法逻辑上的确有可能,不过却有点太玄乎了,至少根本没有可以去证实的可能性。

"还有一点。"叶升见佟遥不再发问,便继续说道,"宋宅的这名凶手,应该认识我。"

"难道你已经知道了凶手的身份?"佟遥瞪大了眼睛,然后看了看叶升手上的本子。

她很好奇叶升是不是已经分析出了什么,不过扉页上密密麻麻,根本看不出个所以然。

"没有,我对这名凶手一无所知。"叶升摇了摇头,"不过你想想,如果凶手不认识我,又怎么会知道我的身份,并利用我的身份来嫁祸于我呢?要知道,我的出现是计划外的事情,在那么短的时间内,凶手不可能临时去了解我的长相、身份和信息。他一定是早就对我有所了解。"

佟遥细细一想,似乎还真是这么回事。

"至少,这是一个可以上手的线索,不过这几天我想破了脑袋,也没能找出可疑的目标。"叶升叹了口气,然后重重地合上了本子。

"当时,你为什么第一时间没有选择报警?"佟遥继续问道。

"你觉得当时的情况下,我要是报警会有什么样的结果?"叶升笑了笑反问道。

这回轮到了佟遥无话可说。

按照整个事情的前因后果,还有现场的情景,警方最容易做出的就是宋及春灭口亭姐,然后叶升复仇反杀的结论。而且既然凶手选择了嫁祸,肯定早已在现场布下了大量对叶升不利的痕迹。

"宋及春的死状极惨,全身至少被发泄式地捅了十几刀,你觉得警察调查完后,会认为谁对他有这么大的仇恨?还有,我醒来后,发现整个房间有很明显的清扫痕迹,除了栽赃我的匕首,其他包括袭击我的凶器都已经不见。凶手这样做就是为了抹掉他的在场证据,而且肯定还趁我晕倒的空当,在现场留下了我的痕迹。就算我醒后逃走,警察也会通过指纹等线索最终找到我。"

"所以,你后来又清扫了一遍现场?"经过了两遍清扫,怪不得那晚警察在现场什么都没有发现。

"是的。"叶升点了点头。

"那你后来隐藏宋及春的尸体,然后制造了他负伤逃跑的假象又是为什么呢?"

如果说清扫现场痕迹佟遥还可以理解,可是叶升这种看似高明,实则儿戏的藏尸手段却让佟遥有点想不清楚。

且不说警察现场勘验会不会发现藏尸,单就他事后在现场待这么久处理宋及春尸体来说,就是一件风险极大的事情。

而且如果他是为了摆脱掉诬陷,避免警方调查,清理完现场直接走掉,或者干脆把宋及春尸体运走,让警方怀疑宋及春负伤潜逃,都是相对更合理的方法。

"我的目的不是摆脱嫌疑。"叶升看了看佟遥,然后回答道,"虽然事后清理了现场,但是凶手是在我昏迷时完成的栽赃布置,我并不确定会不会有所遗漏。而且,我在案发前留下了车辆通行记录,警方早晚会怀疑到我身上。"

"所以,我根本就没有想过要在警察那边摆脱嫌疑。就算是拼得玉石俱焚,我也要把真正的凶手找出来,拉着他一起毁灭。"叶升说完便单手握拳,重重地砸在了书桌上,餐盒旁的矿泉水都被震得倒在了桌面。

佟遥看着两眼冒火的叶升,心里一阵难受。她非常理解叶升的心情,如果真让凶手得逞,那亭姐一家人的命运可就太憋屈了。

她找不出什么话语可以安慰他,而这时,她忽然想起了叶升之前说要找自己帮忙的话。

"你当时的计划是什么?"

叶升拿起倒下的矿泉水,拧开瓶盖,咚咚灌了几口,试图用冷水来让自己冷静下来。

"刚开始,我并没有什么计划。不过当时我想得很简单,既然凶手想利用现场的布置来嫁祸我,那么我就跟他对着来,就是把他的布置全部打乱。

"我最初的想法,是将宋及春的尸体运走,周围没什么住户,时间是在凌晨,我的车也刚好停在门外,运走尸体完全是可行的。这样的话,警方就会误以为宋及春负伤潜逃,并沿着这条线来追查他,说不定就会将真正的凶手顺藤摸瓜地给挖出来。

"不过稍一深想,我就放弃了这种方法。原因很简单,首先,开车把尸体运出去肯定会在回廊坊出口留下记录,这样立刻就会被警察排查到。另外,凶手在现场做了清理,我不认为警察有多大可能能够顺利把他挖出来，时间一拖久，等警方怀疑到我身上，凶手的目的同样会达到。当然，最重要的，还是这样的做法，主动性完全不在我手上。要找出凶手，最终还只能靠我自己。"

佟遥暗自叹了口气，说到底，还是不相信警察这种思维在作祟。

"所以，我中途改变了计划。首先，便是用藏尸留血痕的方式制造假象；然后，我就留在回廊坊附近暗中观察。"

"你当时没有立即离开？"佟遥有些惊讶。

"是的，我在回廊坊一直待到昨天早上。周围荒置的房子很多。"

"这么说，4号晚上我们发现现场的整个过程，全在你的观察中咯？"佟遥吃惊的同时也不禁暗中叫好。

警察最初发现指向明确的拖行血痕，肯定会彻查亭姐死后一段时间回廊坊的通行记录，但是绝不会把排查日期拉得太长，因为没有人会想到案件当事人竟然会一直潜藏在案发现场附近。

而叶升则相当于在案发现场周边一直待了整整两天两夜，这就完完全全地避开了警方的排查。

不得不说他是真的胆大心细。

"是的，我是看着你们进宋家老宅大门的。而且当晚，警察从屋里只搬出了安亭的尸体。"叶升强调道。

"所以说，你是等着看警察是否发现宋及春的藏尸，再决定后续的动作咯？"说到这里，佟遥有些后悔和自责。

虽然不知道叶升准备用什么方法把凶手给挖出来，但是很明显，正是自己搅屎棍一般的跟踪行为，打乱了他的计划。

"是也不是。"叶升想了想回答道，"其实我把宋及春的尸体藏起来，并不是为了误导警方。相反，在我的计划里，宋及春的尸体必须得曝光，如果尸体一直不被发现，那么警察就只会认为是宋及春杀人后潜逃，所有目光也就只会聚焦在宋及春一个人的身上。这样的话，警方就不会有更深入的调查，一旦时间拖久了，宋及春也一直不见踪影的话，凶手也就继续逍遥法外了。"

佟遥想了想，的确是这个道理。

"我把宋及春尸体藏起来，只不过是为了造一个时间差。"

"时间差？"佟遥有些不解。

"对，就是警方把目光聚焦在宋及春身上，却又调查无果时，隔上一段时间忽然发现一直追查的嫌疑人竟然被藏尸在案发现场。这就很自然地告诉了警方，凶手另有其人，而且还和宋及春有着密切的关系。这样的话，警方就会顺着这条线索继续追查下去。"

"这么说，现场的那个血脚印，也是你故意留下的咯？"

叶升点了点头。

听到这里，佟遥头皮有些发麻。

这样做的确是冒了极大的风险，但是相比单纯地运走宋及春尸体，却是更好的办法。

如果单纯地运走尸体，叶升只能暂时避开嫌疑，但是有他出入的记录，早晚还是会被怀疑上，而且还会便宜了真正的凶手。

而采取现场藏尸的方法后，一切就变得不一样了。不仅扰乱了凶手嫁祸他的戏码，更是起到了引导警方把视线从宋及春身上转向第三人的目的。而且从当时的实际情况看，方遇也的确怀疑到了现场还有另外的当事人出现。

至于这第三人是谁，谁都不知道，警方自然会从宋及春的个人关系网查起，因为只有担心宋及春尸体会牵连出自己身份的人，才会选择藏尸这种手段。这样下来，虽然并不能确定，但是说不准就还真的能把幕后真凶给挖出来。

当然对叶升来讲，这是一个刀口舔血的计划。如果警方在查出真凶之前先怀疑上他，那可就是得不偿失了。

所以这就是一场赌博，赌的就是方遇能不能在怀疑上叶升之前找出真凶。

这也就是叶升说的时间差的真正含义。

不过就像叶升自己说的那样，他的目的只有一个，就是找出那个万恶的真凶。就算是拼上性命，他也不能让凶手阴谋得逞。所以，叶升最终肯定是要不顾一切赌上一把的。

只不过，现场血液比对莫名其妙地出错，却让他的计划完全地偏离了轨道。当然还有自己该死的好记性，如果不是自己多此一举地发现车牌信息，怀疑上叶升，至少不会让他这么早地暴露。

想到这里，佟遥恨不得马上敲开自己的脑壳，剪掉那么几根脑神经。

"不过，我说过，我并不会把所有希望寄托在警方身上。事发后，我一直躲在回廊坊，还有一个重要的目的，就是要等凶手再次出现。"稍过了一会儿，叶升继续说道。

"凶手还会再次到宋家老宅？他会这么愚蠢吗？"这一点倒是佟遥没有想到。

"对。虽然我不知道凶手用这么复杂的手段嫁祸我的真正动机。但是刚刚已经说过，嫁祸我并不是他的本意。你有没有想过，如果我没有出现，那么凶手原本的计划是什么？"叶升反问道。

"不就是杀亭姐灭口吗？"佟遥似乎觉得这并不是什么问题。

"为什么要杀安亭和朱冬灭口？"叶升继续反问。

"因为他们会暴露13年前的案件啊。"

"那为什么最后他又杀了宋及春？"

"这……的确矛盾。你的意思是凶手本意就是要把他们三人都灭口？"佟遥已经彻底混乱了。

"是的。我的猜测是13年前案件的暴露，会极大地损害那名凶手的利益。所以为了让13年前案件彻底地销声匿迹，凶手就必然会杀掉他们三人。"

"只不过，有人死，警察就会追查。所以，凶手的本意应该是借宋及春之手杀掉朱冬和安亭，然后，凶手再让宋及春悄无声息地消失。这样只要警察找不到宋及春的尸体，凶手就会永远地带着他的秘密逍遥下去。"

佟遥听完，倒吸一口冷气，她没想到案件的表象之下竟然隐藏着如此复杂的暗流。

"当然。"叶升继续分析道，"这对于凶手来讲，并不是最佳的方案。因为命案必破，警方一旦坐实了宋及春杀人，就一定会追查到底。世上没有完美的犯罪，尸体也不可能消失得一干二净。万一警方在哪一天找到了宋及春的尸体，事情的真相也早晚会败露。也就是说，凶手如果按照本来的计划实施，他也只能整日活在提心吊胆之中。"

"而我的出现，则相当于送给了他一个大礼。让他本不完美的计划，立刻就变成了一个无缺的闭环。"说这话的时候，叶升无奈地摇了摇头。

"我明白了！"佟遥两手一拍，恍然大悟，"宋及春灭口朱冬和亭姐，而你复仇反杀了宋及春，等你被警方抓获，辩无可辩，判了死刑。13年前案件所有已知的当事人全部凑齐团灭。有因有果，有始有终。这样警方就顺利结案，不再追究。凶手便一劳永逸了。"

"是的。这就是我冒着风险，单方面破坏他计划的原因。凶手在事后一定就在现场周边紧盯着事态的发展，而当他发现事情并没有照他的计划进行时，他一定会再次出现，进行补救。"

"那后来有什么发现吗？"佟遥问道。

叶升失望地摇了摇头："也许是我判断错误，也许是凶手有足够的耐心。从事发后一直到昨天早上，都没有任何发现。前天方遇给我打了电话，所以我就不得不放弃监视了。"

"你完全没有必要出现的啊?"佟遥有些着急,"我的意思是,如果你不出现,警察至少不会这么快怀疑到你身上。"

叶升笑着摇了摇头:"方遇以安亭遇害的理由联系我,我不可能不到。强行地找借口,反而会更显得反常。因为宋及春的尸体那时还没被发现,我暂时是安全的。所以,我也想趁着这个机会,了解一下警方调查的进度,当然如果有可能,也可以潜移默化地引导一下警方的调查方向。只可惜没想到还是暴露了。"

随着叶升一声叹息,两人又陷入了一阵无奈的沉默。

在当时所处的情况下,叶升能做出这样清晰的计划已经实属不易,只不过在自己瞎凑热闹的搅局以及诸多巧合之下,他的计划基本上已经宣告失败。

现在不仅无暇寻找真凶的身份和下落,还要躲避警方的追捕。光是想想,佟遥都觉得无比沮丧。

"要不我出面去向警方陈述事实,多少应该都还会有些帮助的。现在这种局面太难受了,凭你一个人根本无法找到真凶。"

叶升摇了摇头。

"方遇呢?他和其他警察不一样,他一定不会让亭姐冤死的。"佟遥对方遇还是很有信心的。

叶升还是摇头。

"那接下来怎么办?警方到处围捕,凶手也没有丝毫信息……"

"不。"叶升打断道,"有你的帮助,说不定还有一丝希望。"

"我?"佟遥歪了歪头,"我能帮上忙吗?"

听叶升的意思,似乎自己处在一个重要位置,并能起到关键作用。不过她实在想不通,自己和这个没有丝毫线索的幕后凶手有着什么样的关联。

"安亭教过你催眠疗法吧?"叶升顺着佟遥的话问道。

"是的。"佟遥点点头。今早叶升送来亭姐遗物的时候,就问过这个问题。

"我想让你和我一起把安亭遇害那晚的记忆过一遍,但是过程中需要你引导我去回忆起一些当时我自己都不曾注意的细节。"叶升抬起手,指了指太阳穴。

这么一说,佟遥便明白了叶升为什么在被警察追捕的过程中,还要冒着风险来找自己。

他是想通过唤醒记忆的方式,来寻找凶手的线索。

既然那晚凶手在现场出现过，而且和他打过照面，那他的记忆中就一定会留下蛛丝马迹。只不过，那些线索并不在他当时的关注之下，要么是一晃而过，要么就是出现在他的眼角余光中。总之，就是一些潜藏在记忆之海深处的浅层记忆，现在要通过催眠引导，把它们给一一地拖出水面而已。

"你说的是催眠引导，唤醒记忆？这个……"佟遥似乎有些犹豫，"原理我都懂，但是亭姐之前一直没有让我实践过。"

"这个不难，关键的要素我会再教你。你就拿我当你的第一个试验品好了！"叶升尽量把事情描述得很轻松，就是为了不给佟遥过大的压力。但是其实他心里知道，记忆唤醒并非易事。而且凶手是否真的在自己记忆中留下过痕迹，他没有一点把握。毕竟现在可以确定自己和凶手有过明确接触的，就只有凶手从身后把自己打晕的那一刻。

不过，这已经是现在能想到的唯一可以操作的方法了，不管怎样，都要试一试。

"那……"佟遥刚想继续发问，叶升的腹腔却发出了一连串夸张的声响，没有食物缓冲的胃壁摩擦让叶升胃部一阵痉挛，胃部的反酸也让他本能地捂住了嘴。

"你先吃点东西吧。"佟遥这才想起叶升一直还没吃过东西。

"都凉了，我再出去买点吧。"佟遥拿手探了探塑料餐盒。手机下午就关了机，现在不能打开，肯定是无法叫外卖的。

叶升难受地摆了摆手，稍稍缓了一缓然后说道："还没全凉，就着吃吧。已经很晚了，时间有限，吃完我们就开始。"

看着叶升狼吞虎咽，佟遥趁空回理了今天一整天的遭遇。

始料未及，却又如此清晰，就像电影中的情节一样难以置信，可却就在自己身边这么实实在在地发生了。

不过再仔细想想，其实也并没有太过离奇。

叶升说的这些，都合情合理，有根有据。之前困扰方遇的那些扑朔迷离、互相矛盾的现场线索都得到了合理的解释，今天发现的宋及春藏尸也都明确了来龙去脉。

唯一让佟遥感到不可思议的就是那个神秘的幕后真凶。如果真如叶升描绘的这样，那就代表13年前的案件的确还有隐情。

可是从亭姐在整个事件过程中的行为和反应来看，并没有表现出知道类似隐情的倾向，从头到尾提到的也就只有后山的经历和两名凶手的描述。

难道13年前叶时雨的记忆中真的遗漏掉了这么重要的一号人物吗？

或者说，这个到现在为止没有一点线索的幕后真凶真的存在吗？

想到这里，佟遥身体猛地一颤，一个让人恐惧，让人后脊发凉的事实在她脑海中突然地浮现出来。

这是一个实实在在无需辩驳的事实——13年前案件所有已知的当事人，到了现在这个时刻，就只剩了叶升一人。而四天前宋家老宅的所有当事人，除了那个无法确定是否真实存在的"真凶"外，也只剩下了他一人。

也就是说，不管是13年前叶时晴的遇害，还是四天前亭姐和宋及春不明真相的死亡，到底是什么样的过程，从头到尾都是叶升一个人单方面的陈述。

这时，佟遥又想起了亭姐录音中尘封了13年的那个秘密。

在亭姐的描述中，她在13年前，也就是叶时晴遇害后的几个月内，为叶升做过一次精神治疗。而治疗的原因就是叶升为了找出女儿被害的真相，对儿子叶时雨采取了高密度强制性的记忆唤醒。

在叶时雨经受不住恐惧意外死亡之后，叶升遭受了极度的精神打击。并在随后出现了自残和精神分裂的状况，甚至数次自杀未遂。

为了挽救叶升，为了让他从肉体和精神的绝望和自我毁灭中走出，亭姐最终对他进行了尚未成形的还在研究中的记忆再造。

对叶时雨进行强制记忆唤醒的变成了亭姐，逼死儿子的罪魁祸首也变成了亭姐。通过记忆欺骗的方法，亭姐把这个完全颠倒的事实种在了叶升的记忆中。从此为叶升锁上了那道通往地狱深渊的门，而她自己却担上了本不该她承受的责任，孤独地走进了再也无法消散的无边阴影之中。

当然，亭姐做的还不止这些，为了以防万一，彻底地消除隐患。她还用了扮恶的手段，单方面逼迫叶升离婚，并孤身一人留在江城与他老死不相往来。

然后才有了后面长达13年的一连串故事。

自此，叶升的记忆中，亭姐就变成了那个为女儿复仇不顾一切，性情大变，甚至近乎于绝情的女人。同时，这也是上次在法医中心叶升说出那番被更改过的过往的原因。

把这些脉络一一打通，佟遥脑中接下来闪出的第一个想法就是大学课堂上她无比熟悉的那个词语——解离性身份疾患，也就是通常所说的多重人格障碍。

再接下来，又一个无比确定的事实顺理成章地在她脑海中硬生生地撞了出来。

　　13年前对叶时雨进行记忆唤醒的是叶升，这就代表叶时晴在后山被害的详细经历，朱冬和宋及春这两名凶手，包括叶时雨目睹了全过程的说法，都来自叶升的单方面描述。而亭姐对案发当晚的情况以及对凶手的信息的了解，也都是从叶升那里得来的二手消息。

　　上午在得知亭姐坚守了13年的这个秘密后，佟遥看到的只是亭姐的牺牲，以及对叶升如此悲痛遭遇的唏嘘和同情。当时她完全没有往这方面想，可是现在想到这个无比确定的事实后，她的心却仿佛坠入了冰窟。

　　按照这样的情况，叶时晴遇害的真相，叶时雨意外身亡的说法，还有他刚刚所描述的宋家老宅发生的一切，又都重新画上了问号。

　　这就代表，叶升刚刚分析的13年前的所谓隐情有可能存在。只不过所有的隐情或许全都藏在他自己的身体里，全都来自他脑中的另一个"叶升"。

　　他在宋家老宅所做的善后，定下的一切计划，他口中所说的拼上性命也要找到并发誓要拉着一起毁灭的，很有可能就是和他共享一个躯壳的另一个"他"。

　　这么一来，之前分析出的过于复杂的嫁祸行为，还有那个没留下一丁点线索的"真凶"，就开始变得逐渐清晰合理起来。另一个"他"杀了宋及春，匕首肯定会出现在他自己手里，而人格之间的转换，却让他无法记起另一个人格的所作所为。所以他才理所应当地认为凶手另有其人，并借机嫁祸于他。这才有了接下来后面一连串的操作和故事。

　　想到在宋家老宅满地血腥的现场，叶升一个人以两种身份穿梭在两具尸体之间，自己同自己发了疯似的隔空较量的诡异场景。佟遥全身开始不住地颤抖，每一个毛孔都仿佛钻入了万年的寒气。

　　这让她情不自禁地闭上了双眼，不敢再继续往下深入地去想。

第十六章

记忆寻踪

"好了，可以开始了。"叶升放下餐具，拿起餐巾纸抹了抹嘴角。

"你不用紧张，记忆唤醒没有你想象的那么复杂。"叶升似乎也发现了佟遥的异常。

佟遥抬起头，看了看叶升。

叶升的表情无比的正常，眼神中也没有掺着任何杂质，似乎还是她下午无比信任的那个男人。

暗自咽下口水，佟遥平复了一下情绪，然后尝试性地慢慢问道："对了，今天下午的时候，你是怎么知道警方开始怀疑上你的？"

从中午跟踪发现宋及春尸体，到下午叶升仓皇而逃地找到自己，中间3个小时不到。而且看他换装潜逃的样子，过程中肯定还经历了不少周折。

佟遥可以肯定中午的整个跟踪过程，叶升是没有发现自己的。

这么短的时间内，叶升能机警地在第一时间发现危险，并成功从警方手中逃脱。除了说明他异于常人的警觉外，说不定他还提前知道了些什么。

对于叶升，佟遥本来已经放下了防备，但是在刚刚的事实呈现以及分析出多重人格的可能后，她又重新感受到了那种危险，这让她不得不对他重拾怀疑，提起了警觉。

"哦，这还多亏了你，要不是发现你跟踪我，说不定我现在已经在被连夜审讯了。"叶升笑了笑回答道。

"你发现了？"

跟踪被发现，本是一件极度尴尬的事情，不过此时佟遥更多地则是疑惑。她努力地回想着跟踪途中的过程，却怎么也搞不清楚到底是哪个地点、哪道环节出了问题，露了形迹。

"是的，不过我是从回廊坊出来后才发现的。"看到佟遥满脸疑惑，叶升开口解释，"好了，先不谈这个问题了，时间有限，我们还是回到正题上吧。"

听到叶升提起回到正题，佟遥开始有些紧张起来。倒不是因为第一次操作催眠引导产生的忐忑，而是对即将可能探知到的真相的不安。

虽然多重人格障碍患者，在其单一人格主导期间会拥有独立的性格、思考模式以及特定记忆。但是不论如何，大脑是唯一的记忆存储载体，通过催眠引导出来的记忆是不会有错的。如果从他的记忆中看到了真相，佟遥完全不知道后续自己到底该怎么做。

"我们换个位置。"叶升起身，然后指了指单人床。

佟遥点头会意，将床铺让给了叶升，然后把椅子拉到了靠床头的位置。

"稍等一下。"叶升从背包里掏出一个带着绑带的黑色方盒电子设备，佟遥认出来是最近很流行的VR眼镜。

"这是我昨天刚买的VR一体机，等会儿在催眠成功后的干预引导过程中，你来佩戴使用。"

"具体有什么用处吗?"佟遥看着这个从来没用过的方形盒子，甚是好奇。她还从来没听说过催眠引导会使用到这样的科技产品。

"我们这次要进行的是特定时间段和场景的记忆唤醒，所以今天中午的时候，我按照当晚和安亭从回廊坊入口到宋家老宅的行进路线，用全景相机拍摄了录像。这样的话，你可以更详细地了解周边环境。"叶升一边开机，一边解释。

听叶升这么一说，佟遥立刻想起了中午在跟踪时，叶升手持的那个自拍杆。同时也明白了，为什么他会发现自己的跟踪行为，既然拍的是全景录像，那么跟在他身后的自己肯定也被拍了进去。

"一会儿在引导过程中，因为挖掘的是我的记忆，所以你要站在我的视角上来进行观察，但是同时也要跳脱出我的视角来观察，找出那些我在过程中有可能会遗漏的细节。"叶升特意强调道。

佟遥点点头，她明白叶升的意思。

正常人的可见视角，上下大概是130度，左右大概为160度，但是在正视的情况下，人的注意力主要集中在视线前方60度范围左右。

对注意力集中的信息，人的记忆最为深刻，但是并不代表集中视线外的信息不会被存储进大脑。

叶升需要的，就是通过催眠引导，来唤醒在当时注意力之外，他忽视掉的一些有用信息，并以此来寻找凶手的线索。

"如何去引导出记忆中那些当时被忽略掉的细节信息，我没办法具体教你，这个需要你自行发挥。不过要记住的一点，就是不要遗漏掉任何可能和凶手有关的细节。"

"比如说在进入回廊坊后，很有可能有人或车辆在跟踪我们。如果有这种情况发生，在经过巷口拐弯的时候，身后的跟踪信息有可能会进入我的余光。如果多次拐弯都能发现同样的跟踪情况，那就代表我和安亭当时的确是被跟踪了。"说完，叶升便戴上了VR一体机，拿着遥控手柄操作了一番后，取了下来递给了佟遥。

"视频我已经调好，你等会儿直接用遥控器进去按播放就行了，就是这个键。"叶升简单地演示了一遍遥控手柄的操作，手柄上键位不多，还算好记。"因为进行的是特定场景，特定时段的记忆唤醒，所以和你之前学到过的发散性催眠治疗不一样。我们需要设置一个有效时间段，起始点就在回廊坊的入口，终点则在我被身后袭击打晕的那一刻。你的引导就在这个时间段内按顺序进行。

"我和安亭从进入宋家老宅到被打晕，其间不超过一分钟时间。从这样的情况分析，凶手和宋及春只可能有两种情况。一种是我们进入回廊坊后，或者接近宋家老宅时，他们就盯着我们，然后等我们进门后，他们才尾随进入。第二种情况是，他们躲在房屋尽头上二楼的楼梯处，利用堂屋旁卧室的灯光引诱我们，然后再出现在我们身后。

"只可惜，今天宋家老宅的大门被封住了，没能拍到宅子里面的场景。不过考虑到这么短的时间内，凶手和宋及春就完成了分工，并找好了打晕我的凶器。我觉得前一种可能性更大，所以，你在引导时，要借助全景视频，特别留意宋家老宅门口的细节。"

"知道了。宋家老宅我去过两次，里面的构造我也有点印象。"佟遥分别在夜晚和白天进过宋家老宅两次，不能说百分百记住了所有场景细节，但是她对自己的记忆力还是很有自信的。

"那就好。你先戴上操作熟悉一下，有问题问我，没有问题的话，我们就可以开始了。"叶升说完，把遥控器递到了佟遥手上。

佟遥戴上一体机，拿着遥控器简单地比画了几下，然后取下机器对叶升比了个OK的手势。

叶升的准备和考虑，说实话已经非常细致了，不过佟遥对接下来人生中第一次的记忆唤醒却满是忐忑。

"催眠一般是通过视觉、听觉、嗅觉和触觉等感官的综合应用来让被催眠者进入到一种类似睡眠但又非睡眠的状态中。具体的催眠方式,每个催眠师都有自己不同的习惯,你按照你自己的方式来就可以。"

"好的,我准备一下。"佟遥放下一体机,然后开始起身准备关灯。

叶升看了看佟遥,这才想起她是在匆忙间和自己一起逃出来的,根本什么东西都没有带。于是又从背包拿出一个银色的小储物箱,打开放在桌上:"我这里有一些催眠工具,你可以看看哪些符合你的习惯。"

佟遥看了看打开后分成了两层的箱子,上层是怀表、节拍器、溴剂等一些常用催眠道具,而下层则是各种药盒、注射器和一些玻璃瓶剂。

"你觉得需不需要使用这个?"佟遥指了指注射器边上的稀释阿米妥纳,这是一种用于深度催眠的辅助性麻醉药剂。

按道理来讲,和普通的催眠疗法不一样,进行要求如此之高的记忆唤醒,深度催眠状态下效果应该是更好的。不过涉及药剂注射,还是要尊重一下叶升的意见。

叶升看了看塑封袋中的注射器,然后又把目光转向了佟遥。

要想实现那些隐藏很深的浅层记忆的唤醒,通过注射快速进入深度催眠是成功率最高的选择,这一点,学过催眠的人都清楚,不过此时,叶升却有他自己的想法。

"不用了。"叶升的回答简洁明了。

叶升回答得如此干脆,仿佛早已提前想好了答案一般。这让佟遥一时间没有反应过来,伸到一半的手,就这么尴尬地停在了半空中。

"那好吧。"佟遥将手缩了回来。

"其他的呢?"

"其他的不用。我有自己的催眠引导方法。"佟遥将视线从工具箱移开,心里却开始重新估量起了叶升。

"那就开始吧。"叶升对佟遥点了点头,然后将枕头侧立起来,蹬掉鞋子,把头颈靠了上去,形成了一个半靠卧的姿势。

佟遥趁着机会,飞快地扫了一眼叶升。

他是在故意回避深度催眠!

这是佟遥此刻产生的唯一想法。但是很明显,这与他想要通过催眠找出凶手线索的急切心情,却是相互矛盾的。

在催眠疗法中,根据被催眠者的状况,一般分为浅、中、深三个催眠深度,每个催眠深度又各自包含两个催眠等级。

在浅度和中度催眠结束后,被催眠个体或多或少可以记起催眠过程中发生的事情。而当患者被深度催眠后,则会进入梦行的状态。在催眠结束被唤醒后，对催眠过程中发生了什么，是完全不会有任何记忆的。

叶升为什么要拒绝深度催眠，佟遥很难说清。或许是他对自己依然留有一丝防备，不愿意将身体的控制权完全交给自己；或者他希望整个催眠过程产生的结果能够亲自了解，而非事后再经过自己的转述。

当然，和他多年心理学博士的身份和资历相比，在专业度上，自己和他完全就是云泥之别，不排除他还有什么自己所不知道的基于更前沿研究和操作上的目的和花样。

但是不管怎样，可以非常肯定的一点就是，他对自己并不放心！

这时，佟遥又想起了叶升给自己设置的起始点和终点。

这样看来，在无法进入到深度催眠的状态下，是不可能再对他的记忆进行一些额外的诱导和了解了。而这正是她刚刚还想过，趁他深度催眠后要去尝试的事情。

佟遥无奈地暗叹一声，对躺卧的叶升点了点头，然后起身开始做起了准备。

先是习惯性地到卫生间洗了洗手，然后便关上了房灯。只留了手机屏幕的一方微光，以及从质地廉价的窗帘渗透而入的一道冷辉。

整个房间瞬间安静了下来，静得让佟遥似乎只能听到躺在床上那个看不清面容，辨不出表情的男人的呼吸声。

重新坐回到床头，佟遥点开一段循环播放的视频，然后将手机亮度调暗，举到了叶升眼前30公分处。

画面上是一只在不断嚼草的兔子，伴随着三瓣嘴不停地蠕动，视频中同时发出了轻微而有规律的咀嚼声。如果观察得再仔细一点，会发现，咀嚼声忽近忽远，视频的清晰度也在非常缓慢地进行着变化。

看到佟遥以这样呆萌的方式进行催眠引导，叶升不觉莞尔。

"把脑袋放空，盯着屏幕看，不要有任何主动性的思考。"

在佟遥的提醒下，叶升收起笑容，然后一脸严肃地盯向了屏幕。

"能听到咀嚼声吗？现在跟着频率，慢慢地轻点额头……放松上眼睑……有没有感觉到眼皮的重量……让眼皮跟上咀嚼声，保持微睁，不要闭上，再慢慢张开……对，跟上额头的频率……

"走了一天的路，是不是感觉很累……脚很沉重，身体很沉重，头也很沉重……现在你的脚下是一片柔软的草坪，你可以躺下，全身放松，然后把脑袋放空，好好休息……身体放松……放空……放松……放空……"

伴随着佟遥细微低沉的声线，规律而又单调的声音，叶升头部的轻点和眼皮的张合，渐渐开始跟不上手机中声音的频率，然后慢慢放缓下来，直至停止。再过一会儿，叶升的双眼已经完全闭合，胸腹也随着缓慢的呼吸一起一伏。

第一次催眠诱导进行得很顺利，这让佟遥心中一松，当然她知道，这和叶升有经验的主动配合也有着密不可分的关系。

又等待观察了一会儿，佟遥关掉视频，开始为催眠干预阶段进行准备。

打开手机的补光灯，用薄布包上，在叶升头部正前的斜上方高高举起，然后慢慢朝叶升双眼的位置慢慢靠近，调整距离。直到叶升感受到光线的变化，眼皮回应似的跳动了一下，佟遥才停了下来。

这是她为进入叶升的潜意识，进行干预引导设计的方法。

"天很黑，看到回廊坊入口的路灯了吗？"佟遥把起始点设置在了叶升进入回廊坊入口的那一刻。

"看到了。"叶升回应的声音轻微而缓慢。

"那就拐进去吧，巷子很窄，注意把车速降下来。"说完，佟遥放下手机，然后把一体机戴到了头上。

回廊坊入口的画面立刻呈现在她眼前，稍稍转头，四周的环境尽收眼底。如果忽略掉两眼中间淡淡的黑边，以及略小于正常人眼的视角范围，真的就像身临其境一般。这让佟遥大开眼界。

因为是叶升手持拍摄，整个画面都随着他的行进而移动，同时还可以看到他离镜头不远的脸和身体，这或多或少让佟遥有些出戏。

"现在右转进巷口，可以和我说说你看到了些什么吗？"佟遥转过了身子，果然看到了蹑手蹑脚贴在墙角的自己。

自以为跟在身后没有被发现，没想到在全景相机下却是如此的明显。想到叶升后来在视频中看到自己鬼鬼祟祟的样子，佟遥就是一阵尴尬。

这时，她才想起来，叶升一直到现在，还没有问过她尾随跟踪的理由。

"三辆车，流浪猫。"叶升回答的都是独立而简单的短语。

"接下来左转拐进下一个巷口。看到什么了吗？"

"没有。"

"往左看看，刚拐弯时发现入口的那几辆车跟过来了吗？"

叶升没有开口，似乎在搜寻着记忆中的画面，过了一会儿才回答道："没有。"

就这样拐过了几个巷口，通过叶升的回答，基本上已经排除了沿路被跟踪的可能。

"看到宋家老宅的大门了吗?"接着,按照叶升的行进路线来到了宋家老宅的门口,而这一路完全没有得到有用的线索。

"看到了。"

"你现在的注意力应该在门口处,不过你尝试下把视线从大门移开,看看周边。"

"十字路口。"

"对,是个十字路口,你应该可以看到其中的两条巷口,可以告诉我看到什么了吗?"

"亮灯,右边。"

叶升的回答有些迟缓,他说的右边的亮灯应该就是宋家老宅那间亮起的卧室。

"天很黑,你再仔细看看,暗处有没有停车或者人影之类的。"

过了一会儿,叶升又回了一句没有。

佟遥颇有些失望地取下头盔。

看来通过催眠来进行记忆唤醒,并不是想象中的那么简单。存不存在是一回事,存在但挖不挖得出来又是另外一回事。

记忆就是这么一个说不清道不明的神奇存在。

有时候你刻意地想去记起什么,却是绞尽脑汁都一无所获。而在很多不经意间,甚至在梦里,那些久违的,久远的,已经轻薄如蝉翼,透明如呼吸般的记忆,却会不请自来,无由而至。

这也是13年前,在明确案件发生的情况下,经过了多次强制性催眠,也没从叶时雨脑中寻到凶手关键信息的原因。

看了看依然闭眼静躺着的叶升,窗帘透过的薄光洒在他的半边身体上,可以清晰地看到他胸前平稳呼吸的起伏。不过身体靠墙的另一边,却深深地隐藏在黑暗之中,甚至分不清此刻他潜在浓黑之中的那只眼,到底是睁是闭。

佟遥已经有些泄气,甚至想着要结束催眠,直接离开,让叶升就着这个状态好好睡上一觉。不过当想到叶升定好的起始点和终点时,她还是叹了口气,决定将过场走完。

否则,叶升醒后,肯定无法交差。

反正也就剩下了进入宋家老宅后不到一分钟的时间。

"接下来,我们进到宋家老宅,安亭是跟在你身后吗?"

"是的。"

"进门之后看到了什么?"

"过道，漆黑的。"

"走出过道是一个院子，在院子发现什么了吗？"

"没有。"

"再仔细看看，院子的右上角有两棵紧挨的橘树，看到了吗？橘树周边有没有可疑的迹象？"

两棵橘树视距较远，所处的时间又是深夜，叶升所花的观察时间更久了一点。

当时叶升和亭姐两人走出进门过廊就发现了中间堂屋那间卧室透出的光。两人也就很自然地直接朝光亮处赶去，所以院子远处右上角的位置，很显然是处于他的视线边缘，注意力之外。

十多秒后，叶升又是一声否定。

这时，佟遥忽然想起藏匿宋及春尸体的厨房，于是赶忙问道："注意到出了进门过道后，右手边有一道门吗？厨房的门。"

"有，关着的。"

佟遥失望地摇摇头，厨房按道理是个很好的藏身之处，可是房门是关着的，就算真的藏了人，叶升也是不会有记忆留下的。

"接下来进了堂屋，然后是左手边亮灯的卧室，你进去了吗？"

"没有，门口。"

"你看到了什么？"

问完这句，佟遥便准备收工唤醒催眠中的叶升，这句话也只是顺带地随口问出。

叶升当时说过，他走到卧室门边，还没来得及进门，就被打晕。也就是到了当晚叶升记忆的终点，当下的催眠当然也就自然而然地可以结束了。

可是当佟遥身体刚离开椅子，便听到了叶升机械般的回答："衣柜。"

"衣柜？"

这个平时听起来再普通不过的词语，突然像一阵电流般从佟遥的脑中激荡而过。

是的，发现亭姐尸体的那个卧室的确有个衣柜，而且还是正对着房门。最重要的是，衣柜上有一面穿衣镜。

如果叶升是在卧室门口被从身后袭击打晕，那就代表在被击晕的那一瞬间，凶手是有可能出现在镜子中的。

"接下来你就被从身后袭击了是吗？"佟遥兴奋得有些颤抖。只要凶手出现在叶升身后，只要当时叶升不是闭眼或者垂直看着地面，那么凶手就一定会出现在他视线中的镜子上。

"是的，头。"

"看看你正前方的衣柜，上面是不是有一面穿衣镜？"佟遥赶忙追问道。

"是的。"

"看看你镜中的身后，可以看到袭击你的是什么人吗？"

一秒，两秒，三秒……

时间慢慢地过去，叶升没有任何回答，不过他的身体却开始渐渐有了变化。

呼吸不再平稳，胸口的起伏开始加剧，手指也轻微地抖动起来，眼皮遮盖下的眼球，也开始快速地转动。

虽然没有回答，但是很显然，叶升的记忆中应该是出现了什么，以至于让他的身体开始有了如此剧烈的反应。

"是宋及春吗？"佟遥紧张地把身体凑向前，等待着叶升的回答。

"不。"叶升并没有让佟遥等待太久。

"脸部露出来了吗？是谁？你认识吗？有什么特征？"佟遥激动地站了起来。

叶升的反应比刚才更激烈了些，双手已经紧紧地将床单攥得皱起。

而这次，佟遥始终没有等到答案。

在佟遥焦急的注视中，在月光洒下的半明半暗中，叶升惊恐地睁开了双眼，仿佛看到了来自地狱的恶魔。

第十七章

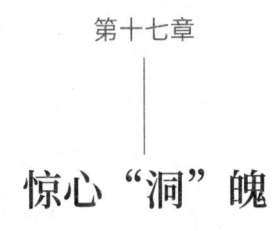

惊心"洞"魄

对于阴郁的江城来讲,冬日暖阳往往都是可遇而不可求。果然,勉强苦撑了两日后,在天空突变的坏脸色下,初升的朝阳也是立刻跟着卸了艳妆,才怯怯地从东边灰蒙蒙的天际线爬出了半个头。

不过雾霭阴霾的清晨,似乎并没有影响到后村的喧嚣。成双成对的校园情侣们,从阴冷斑驳的鸽笼楼道里涌出,嘴里呵着融了蜜意的白雾,携手相拥地抵御着晨间的清寒,穿过沾满污秽的石板巷道,再散入周边一座座沐在氤氲中的象牙塔。

校园内外,一门之隔,却是两番景象。这里更像满是烟火的人间,留存着迷离懵懂的现实和青春,而门内则是笼着若有若无辉光的通天塔,遥指着远处飘渺如烟,薄如蝉翼的未来。

孤身一人行走在后村巷间的佟遥,此刻显得有些格格不入,引得周遭的情侣们无不侧目。还好,严实的口罩紧紧地遮住了她大半张脸,同时也藏起了她阴沉沉的心情。

昨晚叶升那仿佛从地狱走了一遭的惊恐眼神,依然历历在目。她可以百分百肯定叶升一定是从镜中看到了什么,不过稍稍平复之后,叶升却一直三缄其口。并以催眠后身体不适为由,强行断了她继续追问的可能。

这样的结果,让佟遥百爪挠心般的难受,整整一晚也是辗转反侧,难以入眠。

除了对叶升镜中所见的好奇之外,叶升能够从催眠中强行自我唤醒也是颠覆了她的认知。

虽然只是浅度催眠,但是在潜意识被干预的状态下,被催眠个体自己中断催眠过程的案例还是鲜有发生的。

原则上,只有外界的强刺激,如坠落、撞击、强烈的物理伤痛等,以及在催眠过程中，患者对干预内容产生了强大的心理不适和抗拒，才会出现催眠状态非自然中断的现象。

这也从另外一个层面，验证了叶升在镜中看到的景象，是多么地让他震惊。

不过，佟遥还有另一个猜想。

从最初叶升就故意回避深度催眠来看，虽然不知道他是如何做到的，但是有很大可能，强行自我唤醒是他早就计划好的。

如果真是这样，他的目的是什么？他最后在镜中看到的凶手到底又是何番面目？为什么最后他要闭口不谈，瞒着自己呢？

难道真如之前自己瞎猜的那样，整个事件就是叶升的另一重人格在作祟？难道他在催眠唤起的记忆中看到凶手的真面目就是另一个"叶升"？

佟遥的心里有些乱，脑内脑外无数的杂音也让她分不清哪些是虚，哪些是实。而这时，街边早餐店升腾起的巨大白雾，也正好在她身前笼起了一片虚幻。

不管如何，今天一定要把所有事情都搞清楚！

想了想，佟遥停在了早餐店门口。她自己没什么胃口，不过还是给叶升带了一份豆皮加豆浆。

到了叶升的租处时，她刻意地先观察了下一楼拐角处的那间房。窗帘紧闭，但是没开灯。

她总感觉窗帘后面有人影晃动，就像有人正在从里往外偷望一样。但是，她知道这只是自己的心理作用，窗帘没透一丝缝隙，这样的内外光线对比下，从外面几乎什么都看不出。

昨晚的那种状态下，不论叶升看到了什么，整个后半夜，估计他也是很难安然入睡了。现在这个点，估计是困得不行后，才自然睡去的吧。

不过现在也顾不上打扰不打扰了，叶升这样神秘反常的行为，让她无法再多等上半刻。

穿过狭窄的楼道，来到最尽头一间，佟遥忍了忍，最终还是敲上了门。这时候，其他房的学生大多都已经返校上课，筒楼里反而显得异常的宁静。没使上多大力道的敲门声，也在狭长的过道里拉长了回音。

佟遥算着叶升从惊醒到下床开门还得一会儿，可是房门却在敲下的第一时间就被从内打开。仿佛里面的人就立在门后，随时等着她的到访一样。

随着房门的开启，一个高个男生突然出现在了佟遥面前。

佟遥第一时间想到的是走错了房，不过回头望了一眼，却发现方向并没有走反，尽头的房屋也就只有这一间。而且这男生看起来并不像是周边大学跑出来的学生，虽然全身也都带着青春的气息，但是一身的风衣和眉目间的气质，却和稚气脱了一半的大学生们完全是两个模样。

纳闷间，佟遥一时不知如何是好，想探头往里看看，可是男生高她一头，视线刚好被宽阔的胸膛挡了个严严实实。

"你是佟遥吧？"

还没等佟遥继续往下分析到底发生了什么，高个男生忽然间叫出了她的名字。

叶升没有露面，却忽然冒出个陌生男人，而且还叫出了自己的名字，这让佟遥有些晕了方向，一时，竟然忘了回话。

"哦，自我介绍一下，我叫严焱。老师说有重要事情要先离开江城，但是又怕你担心，所以让我过来留在这里和你说一声。"高个男生话语轻柔，声音听上去也颇为舒心，只是这叠字的名字，猛然一听却像是个小孩的昵称。

"老师？你是说叶升？"佟遥有些不敢相信。首先是无法接受仅仅一夜时间，叶升就这么走了的事实。再有就是叶升现在的处境微妙而又危险，按道理应该对自己的行踪极度地保密才是。可是这里却冷不丁牵扯出了一个不知是真是假的学生。

"是的，我是叶老师上一届的研究生。"

严焱似乎并不着急，佟遥不知道他对叶升的事情到底了解多少。

"我可以进去看看吗？"佟遥依然有些将信将疑。

严焱让开了身位，极为绅士地做了一个请的姿势。

佟遥忐忑地侧身走进房间，整个屋子一目了然，桌上的饭盒清理得干干净净，黑色背包也没了踪影，床铺还是昨晚离开的样子，似乎一整晚都没有动过。

"叶升什么时候走的？有没有和你交代过其他事情？"刚问出口，佟遥就意识到，以自己的年纪当着人面直呼其师的名字实在有些不礼貌，不过却是已经来不及改口。

"今早走的。其他也没说什么。对了，他说房间还要麻烦你帮忙退掉。"说完，严焱便从风衣口袋里掏出一个信封，递给佟遥。

"那就是刚走咯？"佟遥第一个想法就是要去追人，不过转念一想，便放弃了这个不切实际的念头。既然叶升有意地躲着自己，那就不会给自己再找到他的机会。

看了看，严焱的信封还递在半空，佟遥以为是叶升给她留了什么信息，赶忙接了过来，打开一看，却是一叠崭新的百元纸币。

"好了，话已带到，我还有事，就先走了。"严焱说完，便朝佟遥礼貌地点了点头，然后转身离开。

佟遥就这样呆呆地站在半开的门框下，看了看信封里的钞票，又看了看渐渐行远的严焱，心里是说不出的滋味。

在房东处多付了一天的租金，然后退了剩余的押金，佟遥怅然若失地走在后村空荡的巷道里。这时除了沿街的商户，巷子里已经见不到几个人影。

看了看蛛网似的岔路口，佟遥才发现自己现在已经完全迷失了方向，不知该去向何处。

她现在心里有些不是滋味，或者说是生气，甚至有一种被欺骗的感觉。本来是抱着搞清真相为亭姐讨说法的初衷，才选择冒险帮助叶升。没想到一阵忙活过后，不仅什么都没有弄清楚，叶升还在留下了一堆更大的问号之后，选择了神秘地不辞而别。

叶升的行为，实在太反常了。她来来回回换了多个角度，都无法理解他为什么要这样做。

唯一可以说通的只有那让人恐惧的人格分裂。不过有了前几次自己胡乱猜测的乌龙后，佟遥便再也不敢妄下结论。同时，她也体会到了方遇一直挂在嘴边的证据是有多么的重要。

就这样边走边想，佟遥不知不觉地就进了江大后门，穿过了校医院，来到了江大附中门前。

这是江大最北边的一条路，沿着这条路前面右拐，便是通往学校正门的主道。

可是现在能回去吗？想着该如何跟方遇解释昨天的遭遇，佟遥就一阵头痛。而且方遇不可能不知道自己是和叶升在一起，而随着叶升的再次消失，这已经成为了一个根本无法解释清楚的事情。

心烦意乱地看了看身旁的江大附中，一群朝气蓬勃的初中生正在操场上嘻嘻哈哈地跑着圈。而在他们身后，则是亘古不变，沉默不语的后山。

这时，佟遥忽然间想到了叶时晴。十三年前，她和眼前的这些学生一样青春洋溢，可是隐藏在这无情深山的深深恶意却吞噬了她的生命。

接下来，闯入她脑海的还有朱冬和宋及春，还有之前叶升口述的那残忍的一幕幕。

可是，那晚的事情真的发生了吗？或者说，那个不祥的夜里，是否还隐藏着其他不为人知的秘密？

此时已非彼时，经历过与叶升的相处之后，佟遥已经无法再按照他的描述去理解当晚发生的一切。

而这时，上山亲自看一看的想法在她的心中突然间冒起。

虽然早已知道后山以及防空洞的存在，但是大学四年，佟遥还从未踏上过后山一步。昨天跟踪叶升时，本有机会一探究竟，可是为了避免被发现，她还是忍住了冒险冲动的欲望。

想到这里，佟遥没做丝毫犹豫，立刻快步走上了通往后山的人工台阶，趁着晨间的清净，踏上了这个所有故事最初的起点。

人工修建的石板台阶只延续了百十来步，便硬生生地中途断了道，再往上便是无聊学生们用脚趟出来的土路小径，两段路交界旁的一方平地上，还突兀地立着一座灰沉沉的石头凉亭。

佟遥听说过，上世纪末，校方是准备在山上修筑人工景观的，不过最终不知道是经费不足，还是出于其他原因，没造几天便停了工。

和佟遥猜想的一样，早晨的后山没有半片人影，鸟鸣叶响倒是让人心旷神怡。不过这也只能是闭着眼才能有的感觉，一旦睁开了眼，后山的景象或许就会让心情立刻一落千丈了。

虽然整座山树木还算丰茂，但风景却是乏善可陈，至少比起西边的磨山和东边的毕家山来说，那可是差了一大截。

除了刚上山时的石板路外，并没有什么固定的登山路线，所以如果仔细看，在和石板路相同方向的土路之外，还有多条小径从各个方位蜿蜒而上。

没有固定的路线，也就添了许多不同的乐趣，这也是江大学生爱来这里登山探险的重要原因。可是这样的乱径，却让垃圾清理成了头痛的问题。各路沿途的树枝上，灌木丛中，随处都可以看到迎风招展的塑料垃圾。稍平一点的空地，还经常留着乌黑一片的篝火痕迹。

后山并不高，山的西边是在江大更为出名的磨山，以顶平山圆的造型闻名，山体面积也更加巨大，山肚里有着整个江城都甚有名气的千平防空洞自习室。后山的东面则是双峰结构的毕家山，远远望去就像两只龙角穿插入云，所以又被称为龙首山。

而夹在两山中间的后山，相比之下就显得暗淡了许多，和另外两座山摆在一起，刚好变成了凹字中间的那一道坑。

佟遥顺着土道，踩着沙沙作响的满路黄叶，没用多久，就来到了最近耳朵都听出茧的后山防空洞前。

说实话，亲眼见到之后，佟遥是有些失望的。说是防空洞，倒不如称它地堡更为合适。就像简易矿洞一样,洞的主体部分藏在山体之中,而四方形的混凝土门洞就这样对着山路毫无遮掩地敞开着。

远远看上去就好像一张怪兽的巨口,随时准备着将过路的行客一口吞噬;又仿佛一朵开在山间的空幽之花,迫不及待地向人昭告着它的神秘和无害。

这样的场景,纵然是天光泛亮的早间,佟遥都觉得有些胸口发慌,如果到了晚上,估计周围发出的任何一点声响,都能让她吓个半死。

不过人的心理就是这样,越是害怕,那个对未知无限好奇的鱼饵,就会在脑中散发出更加让人无法抵抗的迷香。

弗洛伊德曾经认为,人的内心深处都存在攻击和死亡的本能,每个人都或多或少拥有毁灭一切,获得真正安详的冲动。比如说,人站在高处时,总会有一种潜意识中往下跳的冲动。

而美国心理学家萨尔更是直白地提出,人类拥有主动追求恐惧感的天生本能,同时,这种本能在群体效应下更是会被成倍地放大。这也就是这些无聊的大学生总爱成群结队地来后山防空洞找刺激的原因。

佟遥绕着防空洞走了一圈,其间特别留意了洞口周边的环境。总的来说,防空洞附近区域并没有什么特殊的地方,不过她在遛圈的过程中却产生了一些小小的疑问。

上山的土路在防空洞口中断,并分成了两条新的岔路从防空洞两边绕过,呈Y字形沿山势往上。防空洞口只有两三平方左右的空地是用水泥浇成,而土路周边基本上都是半米到一米高的成片灌木,仔细看有很多还是像伏牛花一样的带刺荆棘。

意思就是说,如果13年前,叶时晴是在这附近被宋及春和朱冬侵犯杀害并埋葬的话,其实是有些不合理的。

按照叶升的描述以及亭姐秘密录音中的信息,13年前叶时晴完整的遇害过程应该是先被侵犯,再被杀害,最后才被掩埋。

首先从侵犯和杀害的行为来讲,周围的灌木丛肯定是不可能的。唯一可行的就剩下了Y字形的土路,防空洞口的小块水泥地以及防空洞内。

防空洞内按道理来讲,应该是最有可能发生的地点。地面相对平整干净,同时也具备隐蔽性。但是佟遥却将其第一个就做了排除,因为如果侵犯行为发生在洞内,叶时雨肯定是无法看到所发生的情景的。而且最后叶时雨为了不被发现,还悄悄地躲进了防空洞。

防空洞口的水泥平地也是同样的道理,不具备可能。

最后剩下的就只有脚下的土路了,可能性有倒是有,只不过土路正对着山下,隐蔽性也着实差了点,而且谁也保不准会不会有人沿着上山的小路就这样突然地冒了出来。

如果侵犯和杀人的发生地点真的是在土路上,那就只能说明宋及春和朱冬的神经大条到愚蠢的地步了。

接下来便是埋尸地点的确定。虽然叶升的描述和亭姐的录音记载中,并没有提到叶时晴被杀害和埋葬是不是在同一个地点,但是就周边的环境和当时的情况来讲,肯定也不会太远。

宋及春和朱冬肯定不会选择砍了灌木再进行埋尸,这样无疑相当于此地无银三百两。按照这样分析,唯一的可能依然只剩下上山的土路。

不过这被千百双脚生踏出来的道路,可是比其他地方的土质要硬上了不少,如果宋及春真的是把尸体埋在了土路上,那他可是要傻傻地费上不少多余的力气。

在山路上胆大妄为地侵犯杀人,又把尸体堂而皇之地埋在路中间,怎么想,佟遥都觉得不具备操作性和合理性。

不过做出这些判断,也只是基于当前的地理环境,毕竟已经过去13年,谁知道这些灌木和土路是不是后来才又慢慢生长与开辟出来的呢?

转了两圈之后,佟遥重新回到了防空洞门前,而目光却是牢牢地被那幽深的洞口所吸引。她本来并没有想过要去招惹这看起来不怎么友善的坑洞,不过此时她却有了一股进去一探究竟的冲动。

当时叶时雨就是这么无助地躲在这可怕深洞里吧。佟遥看了看手机的电量,稍稍犹豫了一下,便踏上了洞口的那块水泥地。

防空洞四四方方的入口,高度不足一米八,个子稍微高点的男生,恐怕只能低着头进入。这和西边磨山可以开车驶入的防空洞自习室相比,简直就是小巫见大巫。

洞内是灰白的水泥墙壁,不过再往深处是个什么模样就不得而知了。既然是防空洞,坚固程度应该是可以放心的。

洞口墙壁阳光可及的地方,写满了学生们留下的各色笔迹。有的是"×××到此一游","×××爱×××"的脑残留言,有的颇有闲情地写起了五绝七律,甚至有一整块墙壁还被先后到来的探洞者诙谐地盖起了楼。上面无聊逗趣的内容,也是让佟遥看完莞尔一笑,紧张害怕的心情倒是立刻去了七七八八。

往里面走了两三米后,阳光就慢慢被隔绝了起来,佟遥立刻亮起了手机的电筒。灯光往洞内直射,佟遥却在身前不远处看到了一堵砖砌的红墙。

防空洞是堵住的？佟遥心中大感疑惑。

拿手机往墙两边晃了晃，这才又发现墙壁左边有六七分之一的砖块已经被破坏，留下了一个狭长的缝隙，长宽刚好容下一个人侧身进入。

佟遥往身后的洞口望了望，然后又盯着堵洞墙壁的缝隙看了看。一个新的想法忽然从她脑中冒了出来，13年前姐弟两人有没有进过防空洞？会不会是从洞里出来的时候才遇见了宋及春和朱冬？

带着这个想法，佟遥小心翼翼地凑向了黑黝黝的缺口。

身体靠近缺口时，明显可以感觉到有空气流动加速的现象，不过却不是冷风，反而让人觉得里面的温度要比外面暖上了不少。

佟遥拿手机往里探了探，不知道是不是因为里面的空间太大，手机的灯光完全稀释在了漆黑之中。

壮着胆子，提了提气，佟遥侧身从缺口处钻了进去。当身体完全跨过缺口，一股土壤的生味夹杂着潮湿的霉味立刻扑鼻而来。不过就像刚刚在缺口外感受到的一样，这里虽然潮湿，但却并没有阴冷的感觉。

拿手机往四周照了照，这才发现里面是和外面一样的洞廊，只不过再往前几米处就分成了一左一右两条岔路。

小心地走到岔路口，可以很清楚地看见左边的廊道同样被砌砖封死，而右手边的廊道却是一片开阔，而且再往前几米处，廊道似乎还往左前方拐了个弯。拐弯处右边的墙壁上开了一个洞口，不知道里面又是通往何处。

佟遥沿着墙壁，慢慢地来到拐弯处的洞口前，借着手机的射灯往里看了看，里面似乎是一个稍微开阔的密闭房间，面积有十来平左右，墙壁上隐隐约约可以看到几个"抗战"，"生产"之类的繁体标语大字，不过似乎因为年代久远，大多都已斑驳褪色，很难辨清了。

这样看，这个防空洞应该是解放前就已经存在了，历史还不是一般的悠久。

正考虑着是不是要进去看看，这时一个似乎是活物的黑影，在灯光和黑暗的交界处，突然贴着墙壁快速地一窜而过，然后就消失得无影无踪，这让佟遥吓得尖叫出了声。

对于黑暗，佟遥已经慢慢习惯，没有多少实质上的恐惧，不过蛇虫鼠蚁这类的活物却是让她头皮发麻，难以忍受。于是她立刻决定不再继续深入，转身原路返回。

佟遥举着手机，加快步伐，刚刚突然钻出来不知何物的东西，让她如同指挠玻璃般的心底发毛。而且总觉得那东西一直跟在身后，缀在脚下。

不过好在进洞不过十米的距离，没跑几步便回到了洞口那堵缺了口的砖墙前。

没有多想，佟遥便准备侧身钻出缝隙，可是刚把手机举起，一道刺眼的射光突然从缺口外照了进来。

佟遥被突如其来的灯光照得头晕目眩，本能地抬手挡在了眼前。狭小的缺口加上聚焦的射灯，让她根本无法看清对面的情形，不过从指缝中，她依稀能辨认出，站在缝隙外的，是一个高出她整整一头的男性身影。

面对来人，佟遥第一时间想到的是进洞探秘的大学生，正想着要移开灯光打声招呼，可是洞外男人接下来的动作，却是让她立刻吓得往后连退了好几步。

不仅没有移开直射人面，颇不礼貌的灯光，那男人反倒急吼吼地做出了想要钻进来的动作。这已经不是礼貌不礼貌的问题了，明知对面有人，还硬要往里冲，佟遥怎么看都觉得那人是冲着自己来的。这让她立刻紧张了起来。

"叶升！"

佟遥心里猛地一惊，叶升这个名字仿佛带着千斤的重量，没有留下任何轨迹，就这么突然地坠入了她的脑海，然后激起了冲天的水花。

这是在这个时刻，这个地点，这种状况下她唯一能想到的名字。

没有丝毫犹豫，佟遥转身撒腿就跑。不知道从何而来的恐惧，仿佛十几双大手同时推着她前进，转眼间，她便逃到了刚刚中途折返的拐弯处。

回头望了一下，那人并没有追上来，不知道是没有进来，还是因为缝隙太小，暂时卡住了身形。不过接下来洞口突然传来的一句"别跑"，让佟遥立刻打消了慢下来的念头，转身继续往坑洞深处逃去。

左手边的那间封闭洞室肯定是不能进的，佟遥能够选择的就只有顺着坑洞一直往前。

佟遥试图分辨刚刚洞口传来的那声音，来验证心中所想。不过防空洞中密集不断的回声，除了让声音听起来更加地诡异可怖外，根本无法和叶升的声音进行匹配辨别。

这时，昨晚在租房里，叶升从催眠中强行惊醒，睁开双眼的画面，如鬼影一般地闪现在她脑中。同时进入脑海的，还有今早那个自称是叶升学生的严焱。

这让她又重新思考起叶升不辞而别的目的。严焱所说的叶升有事暂时离开江城肯定是唬人的鬼话，他在被警察追捕的情况下都没有逃离，过了不到一晚，又怎么会说走就走呢？

难道，昨晚从催眠中醒来的是叶升的另一重人格？

这样惊人的想法突然蹦了出来，让佟遥心跳立刻切换成了高速挡，再加上刚刚的一阵猛跑，她的额头已经渗出了一层细密的汗珠。

佟遥边跑边想，而越想，心里就越发地笃定。

昨晚那个眼神是她在叶升身上从没见过的，醒过来之后的沉默寡言，神秘阴沉，也和之前他所表现出来的形象气质相去甚远。

如果他昨晚在催眠引导中真的看到了什么真凶的话，那么接下来他不辞而别的目的就很简单。他肯定会不惜一切代价地根据所看到的信息，把凶手给找出来。这一点毋庸置疑，而且他决不会浪费一分一秒，而不是跑来后山瞎逛。

可是如果这个虚无缥缈的真凶并不存在的话，他在那面穿衣镜中看到的又是什么呢？

除了叶升自己，没有人可以回答这个问题，不过佟遥心里却已经有了自己的答案。那就是他看到的是沉睡在体内的另一个"叶升"。

也正是因为看到了这个难以置信，令他崩溃的场景，才让他受到剧烈的精神冲击，进而自行中断了催眠引导。而那个阴沉乖戾的第二人格，才趁机复苏，占据了主导权。

这样来看的话，在后山防空洞这个再敏感不过的地方遇上叶升，也就有了十分合理的解释。

他在自己之前没多久离开了后村，也就是说他这段时间内根本就待在后山附近没有走远。或者，他也许就一直跟着自己也说不定。

其实，还有一个更为简单直白的证据，那就是严焱的出现。叶升是严焱的研究生导师，放着自己的学生不用，却偏要找上业务不熟，纯粹新手的自己帮忙，怎么看都有点说不过去。

照佟遥的理解就是，严焱的确是叶升的学生，只不过到底是哪个"叶升"的学生，似乎已经再清楚不过了。

想到这里，佟遥顿时觉得身后的危险感越发地加重了，连并不怎么寒冷的坑洞也似乎突然刮起了阵阵阴风。

刚刚在洞口缝隙处撞面时，自己也是开了灯，那样的情况下，"那人"肯定是没看清楚自己面相的。也就是说，他追自己的原因，并不是因为认出了自己，而是单纯因为藏在洞中的秘密有可能被发现才做出的应激反应。

不过佟遥心里清楚，如果真让他追上，凭着自己和整个案件密切的关联度，"那人"也只会更加不会放过自己。

佟遥越想，心里就越是发毛，脚下的速度也就立刻又更快上了几分。不过再怎么恐惧，脚力也没办法和男生相比。佟遥已经气喘吁吁，可是身后的追赶声却是越来越近。

佟遥惊恐地往后瞥了一眼，"那人"手里的手机射灯随着跑动，在身后的墙壁上晃来晃去，就好像暗夜之中乱窜的幽灵，在狭窄的空间之中狰狞地向自己扑来。

"10米？5米？"佟遥慌乱地估算着身后恶魔与自己的距离，心里却已经有了放弃并且想哭的冲动。

突然之间，似乎磕到了什么东西，佟遥脚下一个拌蒜，先是膝盖着地，然后整个身体也跟着扑倒在了地上，手里的手机也跟着飞了出去。

忍着膝盖和手肘的剧痛，佟遥以最快速度爬起，然后捡起手机。可是刚一抬头，便迎面重重地撞上了一个硬得不能再硬，冰得不能再冰的物体。

瞬间，一股热流便从鼻腔涌出，口中沾满了腥甜，同时还掺杂着一嘴的灰土。再接下来就是口鼻之间的火辣剧痛和一阵嗡嗡的耳鸣目眩，佟遥感觉到脑袋仿佛被一根锋利的尖锥迎面凿开了缝隙，而自己的意识则一点一点顺着这条裂缝被慢慢地抽离。

眼前幽灵般的灯光开始变得模糊迷离，并快速地朝自己逼近，而那个恐怖的身形也慢慢地由远及近，由小变大，直至遮住了自己所有的视线，在自己身前扩成了一片巨大而狰狞的黑影。

第十八章

时空迷宫

这样程度的撞击,还不至于造成昏迷,不过瞬间的疼痛却是足够地钻心。

佟遥的脑仁在晃荡了几个来回后,意识开始慢慢恢复,而随着一道强光照过,一个熟悉的声音带着无比的惊讶在耳边响起。

"怎么是你?"

话音刚落,那人便立刻蹲了下来,把手机放到了地上,手机的灯光朝上射向了洞顶,不再晃眼。

佟遥心中生疑,揉了揉眼睛朝那人一看,蹲在自己身前的男人,果然就是方遇。

佟遥完全没有想到会是这么个结果,不过这个时候看到方遇,心里却是百味杂陈。

先是开心,再是委屈,片刻之间,眼眶周围就红了半圈,眼泪也不争气地顺着滴了下来,和脸上的血迹混在了一起。

"你怎么会在这里?"方遇看见佟遥的模样,脸上也是疑惑中带着心疼,从口袋里掏出纸巾,一边小心翼翼地帮佟遥擦拭脸上的血迹,一边不解地问道,"是叶升绑你来的?他人呢?"

佟遥只顾掉泪,委屈地摇了摇头。

方遇不知道她这摇头到底是否定被绑架的事情,还是不知道叶升的下落。不过看到她鼻头破皮,齿间渗血的惨样,便也不忍再继续问下去。

"还是先出去再说吧。能走吗?要不要我背你?"方遇看了看黑洞洞的四周,这里实在不是个说话的好地方。

佟遥点了点头,然后在方遇的搀扶下站起了身。

"你刚刚干吗追我?"脸上,手肘和膝盖都是一阵火辣,佟遥拍拍身上的灰，多少有些气不过。

回头看了看，原来刚刚自己撞的是一面砖墙，而且和入口处一样，这里的砖墙边上也被探险者破开了一道人宽的缺口。

"你不跑，我干吗追？我不知道是你啊。"方遇一时不知道该如何解释，于是便憋了一句四不像的回答。

佟遥听完后一阵冒火，不过回顾了一下整个过程，貌似还真是这么回事。

看着佟遥一脸憋屈的样子，方遇无奈地摇了摇头。

"我牙齿都松了，你还笑？"佟遥摸摸门牙，果真有了轻微的晃动，鼻头上也是一阵针扎，心想这回怕是破了相了。

方遇又递了一张纸巾给佟遥，然后指了指佟遥的手机，示意她把电筒也亮起。

佟遥低头一看，手机屏幕也被摔了个稀碎。

两人就这么沿着刚刚追逐的原路返回，方遇举着手机走在前面，佟遥不敢落得太远，于是干脆挽起了方遇的胳膊。

走到先前摔倒的地方，佟遥这才发现原来是有个水泥坎，刚刚就是绊在这个坎上才让自己摔了个嘴啃泥。于是便气不过地狠狠跺了两脚。

不过刚发泄完，佟遥就发现了有些不对。

"这里怎么会突然冒出一道坎？"

方遇见佟遥停了下来，于是也跟着止住了脚步，顺着灯光看了看地上的水泥台阶，又看了看四周。

"好像结构有些不同。"

"是的，防空洞都是土道，过了这道坎就全变水泥地了。"刚刚逃跑过程中，佟遥精神高度紧张，无暇旁顾，现在看来这道水泥坎还真的像是一个分界线。而且不光是地面不同，水泥坎里面坑洞的空间似乎也宽阔了许多。

"或许是不同年代修建的吧。"方遇拿手机照了照，也没当回事，说完便继续转身开路。

方遇这么说，佟遥也不再纠结，皱了皱眉头，便紧步跟了上去。

天黑洞窄，再加上佟遥的伤痛，两人并没有走得很快。在佟遥的一再追问下，方遇说起了自己来到这里的原因和经过。

昨天下午从青年公寓出来，发现佟遥被叶升带走后，方遇便发了疯地到处寻找，不过找遍了所有能想到的地方，查遍了周边的监控也没能得到半点结果。于是方遇便直接从门卫那里拿了备用钥匙，守在了佟遥家的客厅。

虽然不能确定,但是方遇始终觉得叶升不会伤害佟遥。不过对叶升为什么会绑架佟遥,他却如何都想不通。

整整一晚,方遇都在思考这个问题,当然困扰他的还有从昨天发现宋及春尸体后,他就一直不解的几个疑惑。

从杀人动机,叶升出现在案发现场附近的时间匹配度,以及他后来的逃跑行为来看,宋及春死于他手已经没了多少悬念。

不过叶升把宋及春尸体暗藏在案发现场这个不怎么聪明的办法,却是让方遇大感不解。同时,还有他一直躲在回廊坊案发现场周边整整两天,杀人之后不迅速跑路反而选择大摇大摆地出现在自己面前等等诸多问题,都让人备感疑惑。

不过,不管怎样,叶升这么做一定是有什么目的的。

最后,经过一整晚的分析,方遇觉得,叶升在发现身份暴露后立刻找上佟遥,或许并不是要伤害她,而是希望她帮什么忙。而且,从青年公寓最后的监控来看,叶升也并没有什么过激的强迫行为,如果是绑架,佟遥在经过保安室的时候完全有逃脱的机会。

所以方遇认为,佟遥有很大可能是被叶升说服,并最终选择了帮忙。

以佟遥这丫头的性格,以及对这个案件一直以来的态度来看,做出这种事情一点儿都不让人意外。

叶升找佟遥帮忙肯定不是为了逃跑,如果真的是为了跑路,跑到城南找佟遥,既浪费时间,也更加地危险。

这么看的话,叶升找佟遥帮忙的目的,应该就是和安亭的死或者13年前的案件有关。而除了后山防空洞,其他相关的地方都已经找过。所以,方遇才在一大早到江大逛了一遍后山,结果还真让他在防空洞碰到了佟遥,不过却因为误解闹了个大乌龙。

但是不管怎样,佟遥算是找到了,而且人没受到什么伤害,这也算不幸中的大幸。

两人边走边聊,不一会儿就回到了洞口。重新见着了阳光,佟遥心里一阵舒坦,张大了嘴恨不得把所有的新鲜空气都吸入体内。

"你为什么会一个人大清早地出现在防空洞里呢?叶升不是和你在一起吗?"

刚刚在讲述自己猜测佟遥是主动帮助叶升的时候,佟遥并没有提出什么异议,这让方遇基本上确定了自己的想法。现在叶升还没有露面,以佟遥的倔脾气,她既然决定了帮助叶升,就不会陷叶升于不义。于是方遇便选择了从侧面尝试着套起了话。

这并不代表方遇是要故意套路佟遥。叶升杀了人,这种逃避的方式是不可能解决最终问题的。不管怎么样,至少要找到叶升,然后坐下来好好和他谈一谈,哪怕是不以警察的身份。

"一言难尽。"佟遥回想着昨天的经历,一时间不知道该如何回答方遇的问题,因为,她现在也不知道该如何去判断叶升了。

"叶升找到你,是为了让你帮什么忙吗?"见佟遥不再说话,方遇换了种方式来询问。

"是的。"佟遥点了点头。

"你又能帮他什么呢?"这也是方遇昨天一整晚都没想明白的事情。

佟遥看了看远处山脚下的后村,思绪一阵飘飞。她现在脑子里已经乱成一锅粥,对接下来的事情她感到已经完全无能为力,能够做的也只有把自己知晓的告诉方遇。

"他让我帮他找到真凶。"

"真凶?你是说杀害宋及春的真凶,还是?"方遇的脑袋已经有些不够用了。

"确切地说,是杀害亭姐和宋及春的真凶。当然,这只是他的说法,我也并不确定。"

"怎……怎么会……"方遇想过无数的可能,却怎么也没想到会得到这么个答案。

接下来,佟遥便把昨天叶升上门找上自己,然后一直到今早叶升不辞而别的整个过程,向方遇详细地讲述了一遍。不过,在真相明确之前,她决定还是把对叶升人格分裂的猜测暂时先进行保密。

在佟遥讲述的过程中,方遇听得完全合不拢嘴,不过等佟遥说完后,他却敲着额头陷入了沉思。

"藏匿宋及春的尸体,只是为了打乱那个真凶的嫁祸诡计?那半个血脚印也是他故意留下的……"方遇在头发上使劲抓了抓,似乎这样可以让他的思维能更清晰一样。

佟遥点头回应,不过看了看蹙眉深思的方遇,这才发现,他并没有在征询自己的意见,这只是他思考过程中的自言自语罢了。

"原来如此。"过了许久,方遇才从沉思中跳脱出来。

"你相信他的话?"看方遇的样子,似乎并没有对叶升的自述有什么怀疑。

方遇愣了一愣,然后问道:"难道你不信?那你为什么还要帮他?"

这一问，让佟遥哑口无言。

看着佟遥一脸呆样，方遇笑了笑解释道："我并不是相信他说的，案件中任何当事人的陈述，在未定案前都只是一面之词。我相信的只是可能性和证据。我刚刚仔细分析过，叶升提到的这些的确存在逻辑上的可能性，而且现场的线索和现象也确实能为这种可能性提供一定的解释和支撑。"

"定案和判罚是检察机关和法院做的事……"方遇顿了顿，侧身抬起头，望着天边被乌云遮盖，只剩下一圈惨淡光晕的太阳，然后继续说道，"而我们警察的职责，就是不放过任何一种可能，让真相不掺杂任何一丝杂质，让结果不留下任何一点遗憾。"

看着方遇闪动的目光，佟遥似乎明白了些什么。

她一直以为，警察破案抓人，就是一个证实的过程。而方遇的一番话，却让她明白了，对决定一个人是否有罪，证伪也同样地重要。

这其实和科学研究中的"可证伪性"类似，在无法有效证实的情况下，证伪反而显得更加地重要。

相比之下，现实中的罪案往往要更加复杂。当所有的线索都指向你有罪，而只有一丝微弱的可能还你清白的时候，这种重要性就显得弥足珍贵。而大多数冤假错案的受害者，就是没有人来帮他们去珍视这种可能，才导致了无法挽回的结果。因为，证伪往往需要耗费更大的精力，很多时候甚至会冒着徒劳无功的风险。

"后来呢？催眠的过程中发现什么了吗？"方遇的问话将佟遥拉了回来。

佟遥摇了摇头。也许叶升的确看到了什么，甚至他的体内或许真的藏着另一个人格。但是在听完方遇的一番话后，佟遥决定不再做任何基于猜测的主观判断了。

"如果真有这么个幕后真凶策划了这一切的话，那就代表13年前的案件的确还有隐情。要找出这名真凶，证明这个人是不是真实存在的话，看来就只能从13年前去寻找答案了。可是……"说完，方遇的眉头又紧了起来。

佟遥知道方遇的难处。一直到现在，13年前案件所有呈现出来的线索，几乎都是来自一个6岁不到小孩的记忆挖掘，这本来就是一个可信度、准确度都要打上问号的事情。而现在想要从13年前去找出个所以然，根本就是一件不可能完成的任务。

看着方遇困扰发愁的样子，佟遥一时半会儿也想不到哪里可以帮上忙，只能是站在一边不去打扰他。

而这时，她忽然想起了刚上山时对叶时晴遇害地点疑问的分析。于是，便就着防空洞口的地形，和方遇大致说了一遍。

方遇听完，便又立刻陷入了沉思，过了好一会儿，他似乎想到了什么，猛地转身向佟遥问道："等等，你刚刚在防空洞里摔倒的地方是有一个水泥坎，对不对？"

"是的。"佟遥点点头。

"水泥坎内外的坑洞构造是不是完全不一样？"

"外面是土地，里面是水泥地，还有就是里面的空间也大上了不少……"

"还有一堵封路的砖墙！"还未等佟遥说完，方遇就打断补充道。

"你在这里等着我，我再进一趟防空洞。"方遇说完便立刻转身，快步地跑进了防空洞口。

佟遥不知道方遇到底发现了什么，本想跟着他一起，但是想到自己可能会拖累到他，于是便乖乖地守在洞口，看着方遇的背影一点点地淹没在了坑洞的黑暗之中。

过了整整半个小时，洞口依然没有一丝动静。佟遥没有想到方遇再次进洞竟然会耗去这么久的时间，于是干脆走进洞口，直接来到了洞里那堵开了缝隙的砖墙旁等待。

接下来又是半个小时过去，佟遥心里已经有些隐隐的担忧。

这时，砖墙缝隙处传来了一阵急促的脚步回声，接着，方遇侧着身子从缝隙里钻了出来。

"怎么进去这么久？"佟遥赶忙上前担心地问道。

"13年前，警方或许搞错了。"方遇一出来便上气不接下气地说道，说话时脸上颇有些兴奋，但是也同时挂着一丝不确定。

"你是说对叶时晴的失踪定案吗？"佟遥搀着方遇，走出洞口，来到阳光下。13年前的失踪定案的确是出了错误，佟遥不知道方遇为什么要重新提起。

"不，我是说，13年前叶时晴遇害，还有警方搜寻尸体埋藏的地点或许出了错误。"看着佟遥似乎还有不解，方遇指了指洞口说出了这趟发现的最关键点，"防空洞口应该不止这一个！"

佟遥惊讶地半张着嘴巴，看了看刚刚出来的防空洞口，又抬头看了看触目可及的后山山顶，脑中猛地一嗡。

她似乎看到了叶时晴不甘心地睁着双眼，静静地躺在这座高山某处腐败的泥土中。一群又一群人从她身上践踏而过，却没有一个人多做哪怕一刻停留。

每个人都在呼喊她的名字，可是近在咫尺，却对她不管不顾，任凭她在黑暗中一点一点地腐烂成一具无根的白骨……

佟遥心思活络，当听到可能还有其他防空洞口的时候，她便立刻明白了方遇想要表达的意思。

13年前亭姐夫妇两次报案，两次搜山，最终都无果而终，并非凶手把尸体埋得有多隐蔽，而是所有人，包括亭姐还有叶升都把案发地点给搞错了。

不过让佟遥有些疑惑的是，这后山说小不小，说大也并不是太大。而且防空洞口这种地标也还算醒目，当年发动了半个城南警力的搜山行动，怎么会就这么轻易地被漏掉了呢？

"你找到其他的防空洞口了吗？"佟遥问道。进去这么久，方遇肯定是有了什么确定的发现。

"没有，里面比想象的大，而且好像有很多通道都被堵住了，我至少在里面遇到了三堵墙。"方遇摇了摇头。

"我撞上的那堵墙好像有个缺口。"佟遥提醒道。

"我知道，就只有那堵墙有缺口，本来是准备进去看看的，不过手机电量报警，我怕黑在里面出不来，所以就只能放弃了。"方遇无奈地看了看手机，失望之情溢于言表。

"13年前你们的搜山过程是怎么样的？出动了那么多警力，应该整座山都踏遍了吧？"

佟遥用脚拨弄着地上干燥的土块，每块土地一眼望去都是一模一样，可是仔细观察却发现每个地方又都有不同。虽然她不知道有没有什么专业的仪器和方法，但是地下是什么情况，没人能知道。要想在偌大的一座山上，找出被掩埋的尸体，肯定不是件简单的事情，耗去的人力和物力肯定也是难以想象的。

"哪能找遍整座山？当年我从汇江大队临时支援到城南，其实也就参加了大半天的搜寻。虽然具体情况我也并不是特别地了解，但是可想而知，整个搜寻工作肯定是有限度的。"方遇回答道。

"有限度的？"

"是的。大规模的搜寻其实是集中在安亭他们夫妇第一次报案的当晚和第二天，主要是按照失踪的流程来进行。当时对失踪的判断，可能性比较大的是走失、坠山以及被拐卖，所以主要搜索范围定在了后山，后山周边以及江城的各个公共交通网点。后山及周边的搜索主要靠校派出所，城南派出所以及学校的一些志愿者。不过更多的警力则是消耗在了公共交通网点上的防拐排查上。"

"半年后，安亭第二次重新报案女儿被谋杀掩埋，因为非常明确地提供了事发地点是在后山防空洞口附近，所以城南刑侦大队介入又对防空洞周边进行了精准的搜寻排查。当时出动了专业搜寻犬，因为安亭确认女儿衣物上有金属物，所以还使用了金属探测器。不过最终浪费了大量人力物力之后，依然没有任何发现。也正是如此，后来警方对安亭重新报案的动机的怀疑才逐渐升温。"

"你们当时就没有考虑到后山还有其他防空洞口吗？"佟遥问出了心中的疑问。

"后山的确只有一个防空洞，而且也只有这么一个出入口。当时的搜寻并没有漏掉什么。"方遇指了指身后的洞口。

"那你刚刚说的不止一个防空洞口又是什么意思？"佟遥有些糊涂了。

"这就是问题的关键所在了。"方遇笑了笑说道，"还记得洞里的那堵砖墙吗？"

佟遥点了点头。

"我猜测，后山的防空洞并不完全独立，很有可能是和周边两座山的其他人防工程相连的。"

佟遥立刻回忆起那道水泥坎内外不同的景象，"你的意思是，当时叶时雨记忆中的防空洞口，是在另外两座山上？"

"很有可能。"方遇点点头。

"可是这距离……目测至少也有一公里了吧。"佟遥往西边的磨山和东边的毕家山各望了一眼。

"你刚刚在洞里应该也有体验。人在光线阴暗的封闭空间中，方位感是会大大降低的，而且姐弟两人年纪尚小，极容易搞错方向走错道。防空洞内纵横交错，如果这里真是和另外两座山的防空洞相连，那么一旦走错了一条路，目的地就完全是南辕北辙了。"

"我猜想，当时姐弟两人应该是迷路走上了通往另外两座山的连接通道，然后从另一个与这里相似的防空洞口走出，这才遇到了宋及春和朱冬二人。后来叶时雨慌乱之间躲回了防空洞，幸运地又从这个洞口返回。这样的情况下，才最终在他的记忆里造成了时间和空间上的认知错乱。"方遇边思考边分析，5岁多的叶时雨一人在两个防空洞口之间的黑暗坑道中绝望穿行的景象开始在他脑海中变得逐渐清晰。

"催眠引导中能够挖掘的记忆来自于被催眠者的认知,叶时雨对空间的认知发生了错乱,叶升最终得到的信息当然也就是错的。"佟遥点头补充。不过刚提到叶升的名字,她就发觉自己泄露了当年是叶升对叶时雨进行强制催眠的秘密。不过偷偷瞥了一眼,方遇似乎并没有发现什么。

"当然,这只是猜测,而且叶时雨能够顺利地回到这个洞口也有很大的巧合性。不过不管怎样,既然有这种可能性,就不能放过。而且说不定还能据此拨开13年前案发现场的迷雾。"

说着说着,方遇就有些唏嘘。他帮安亭找了6年的女儿尸骨,结果一直到安亭惨死都未能得偿所愿,怎么说都算自己欠安亭的。这一次,哪怕只有百分之一的可能,他都要试上一试。

"那接下来怎么办?我们要再进去一次吗?"佟遥看了看摔碎的屏幕,电量也是所剩无几。

"后山的防空洞就已经像迷宫了,其他两座山的防空洞只会更加地复杂,靠我们四条腿肯定是不行的,而且我们也没这么多时间。"方遇摇了摇头。

"那怎么办?"

"或许有一个人可以帮忙。"方遇想了想,眼睛忽然一亮,"而且他就在附近。"

方遇要找的人叫汪东国,刚好就住在江城大学,现任江大土木工程系副院长。

6年前,在一桩利用废弃人防工程进行秘密制毒的案件中,就是他标记出了制毒作坊可能的藏身地,最终协助警方端掉了隐秘的地下制毒窝点。

记得那次突击行动中,因为涉及复杂的地下通道,所以汪东国亲自跟队。在抓捕过程中,一个漏网的毒贩愚蠢地困在了自己人布置的秘洞陷阱里,最后还是汪教授好心地利用专业知识才救出了毒贩,结果却被毒贩劫做人质还挨了一刀,好在只是皮外伤。

事后,汪教授还自嘲地给自己取了个"东郭先生"的外号。

方遇和汪东国年纪相仿,喝过几回酒,两人也算是能聊到一块儿去。最让方遇记忆深刻的,就是汪东国对整个江城人防工程的了解和熟悉。

现在要搞清楚这几座山中防空洞的情况,没有人比他更合适了。

"你是无事不登三宝殿啊,每次被你找上准没好下场,说吧,这次又是什么牛鬼蛇神?"汪东国一边泡茶,一边跟方遇开起了玩笑。

"这次是找你了解后山附近防空洞的事情。"方遇心里着急,直奔主题。

"什么？毒贩都嚣张到大学里来了？"汪东国端着茶缸坐到了方遇和佟遥的对面，眼睛瞪得老大。

"跟毒贩没关，就是想了解一下后山防空洞。"方遇摆了摆手。

"后山？"汪东国笑了笑，"后山哪来的什么防空洞？那就是抗战时期，国民党挖的一个防御地堡。"

"仔细给说说。"

"江城的人防工程大部分都是上世纪七十年代，全民人防建设的时候建造的。你这年纪，应该多少有些印象吧？"汪东国用茶盖撇了撇浮叶，然后端到嘴边呷了一小口。

方遇点了点头，那时候场面还是很火热的，他还记得"男女老少齐上阵，军民共筑地下长城"、"家家都修防空洞，备战备荒为人民"之类的口号标语。

"不过再往上算，江城最早的防空洞应该是出现在一九三七、三八年日本持续空袭的一年多时间里。后山那个就是那时候建的，不过规格和构造都是按照防御地堡修建，当然硬要说它是个防空洞也行。"说完，汪东国就没了下文。

"就没了？"方遇皱着眉头问道。

"没了啊，你还想了解点啥？"汪东国笑着回道。

"旁边的磨山和毕家山呢？有没有防空洞？"

"有啊，全江城最有名的防空洞就在磨山。江大引力研究实验室你知道吧？就是防空洞改建的。"

方遇一脸懵圈，不过身旁的佟遥却是附和着点了点头。

"你看，见识还不如人家一小姑娘。"汪东国趁机揶揄起方遇来。

"小姑娘你知道？"

"听说过。"

"实验室的改建就是我负责的。"汪东国拍了拍胸脯，一脸得意。

"我看校刊上不是说引力实验室是80年建的吗？"佟遥歪头回想了下，似乎没有记错。这汪教授看起来也就五十出头，80年应该还在上大学，学生期间就能负责这么大的项目，看来是个神童。

"除了引力实验室那个，还有一个防空洞现在改成了常温自习教室。两个都很有名。进入新世纪以来，很多防空洞都被改做他途，有的成了酒窖，有的当了仓库，就江大的这两个防空洞被利用得最有价值。"听到佟遥说起了引力实验室的建造时间，汪东国脸上一阵尴尬，赶忙岔开了话题。

"那东边的毕家山呢?"方遇继续问道。

"毕家山也有一个,好像被地产开发商一并给买了吧,听说最近改建成了一个地下酒庄。"

"这三座山的防空洞是互相连接的吗?"方遇开始问起了最关键的问题。

"是的,七几年的时候就打通了。不过引力实验室改建的时候,学校考虑到安全,又给封上了。"

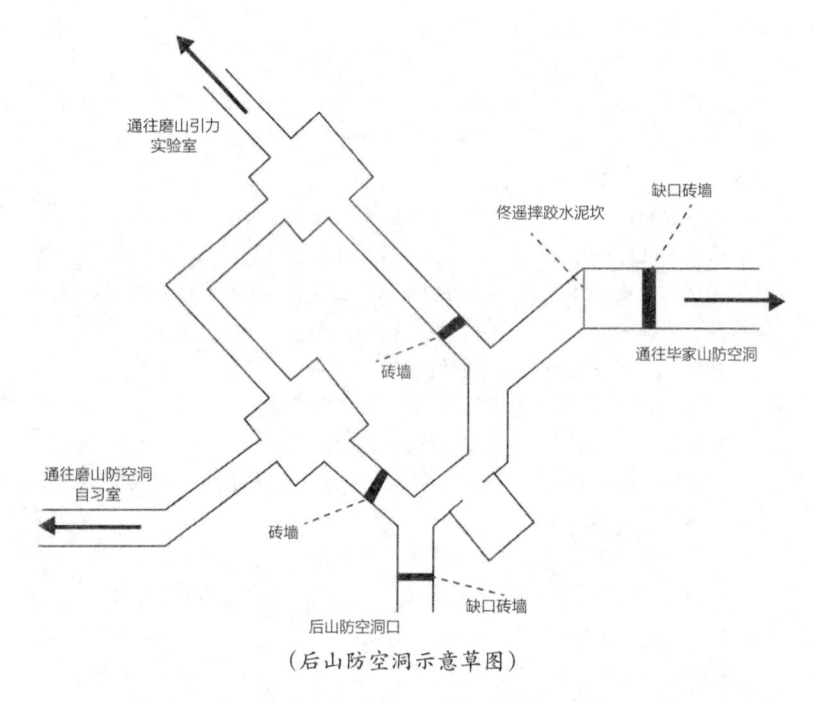

(后山防空洞示意草图)

"毕家山的防空洞有几个出入洞口?"方遇一听,心里便有了谱,对自己的猜测又添了几分信心。而且磨山那端的两个防空洞早早地进行了改建,肯定是不可能的。剩下的就只有毕家山的防空洞了。

"三四个吧,也记得不是很清楚了。"汪东国仰着身子摸了摸头。

"帮我画一下。"

"画什么?"

"后山还有毕家山防空洞的内部构造。"

"后山那个还简单点,毕家山那个太复杂了,我可画不了。"汪东国摇了摇头，一副为难的样子，"我可以查查文献，不过估计悬。"

"能画多少就画多少，赶紧的，人命关天。"

听方遇说得这么严重，汪东国心里也跟着紧张起来，指了指电脑说道："那你等等，等我开软件。"

"哪来那么多时间？用笔画，能看懂就行。"方遇拿起桌上的打印纸，递到汪东国手边，然后起身站到他身后，"来，你画，我看。"

汪东国一边画一边解释，而方遇就在一旁边看边听。根据脑中的记忆和那几堵墙的大致方位，他基本上搞清楚了后山防空洞和另外两座山连接通道的脉络。

"毕家山这边我实在画不出来，你可以到'龙江汇'问问，实在不行我陪你走一趟。"十来分钟后，一张简单的草图跃然纸上，不过右边毕家山的部分却是空了下来。

"你刚说什么？'龙江汇'？"方遇心中猛地一震，"龙江汇"就是宋及春家别墅所在的小区，上次调查还和宋洋一起去过。

"是的，龙江集团是江城最大的地产开发商，毕家山的废弃人防工程就是被他们一起买下来搞的再利用开发。"汪东国解释道。

方遇接过草图，眼中一阵闪光，然后在图纸的右上方写上了宋及春的名字，想了想，又添上了宋洋两个大字。

从土木学院大楼离开，方遇决定立刻到毕家山东麓去实地调研。

能不能找到什么，他心里完全没底，但是只要有一丝可能，他就不能放弃。毕竟，叶时晴的尸骨不可能凭空消失，现在一定就在某处阴冷的地下静静地躺着。

他必须给安亭一个交代！

况且发掘尸体是一个庞大的工程，如果不利用这次命案侦查的契机，错过了这次可以调动城南资源的机会，未来单凭他一人，恐怕就很难再看到小晴尸骨重见天日的那一天了。

至于能不能通过尸骨挖掘，搞清楚13年前案件的隐情，方遇并不抱什么太大的希望。对叶升所说，现在无法给出一个定论，现场的证据清清楚楚，警方不可能因为他的一面之词就将案件推翻。

但是方遇相信，如果13年前案件真有隐情，如果真的还隐藏着那么一个真凶，那就一定和当年叶时晴的死有着密不可分的关联。

所以，现在找到当时真正的案发地点，找出叶时晴尸骨，反而成为了目前最关键，最有可操作性，但同时也是风险最大，最有可能耗时耗力却无功而返的事情。

而这个风险，除了他自己，没有其他人可以承担，而且他知道，机会有且仅有这一次。

这是一次赌博，一次关系到安亭能否瞑目，关系到相隔13年的两起谋杀案能否最终真相大白，关系到叶升能否有机会脱罪翻身的赌博。

江城大学到"龙江汇"的距离并不远，不过方遇没开车，所以只能麻烦汪东国，而且有可能会涉及复杂的密道，"东郭先生"这块宝贝本来就不能少。

至于佟遥，方遇本想着先送她回家，但是经历过一次"绑架"事件后，方遇再也不敢随意让她从视线中消失了，所以只得把佟遥带上一起。而这对脑中存不下疑问的佟遥来说，却是一个难得的好消息。

没用多久，三人便到达了"龙江汇"，保安对方遇还有印象，森严的大门处并未遇到什么阻碍。

第二次进"龙江汇"，方遇心情完全不可同日而语，短短几天，案情已经发生了天翻地覆的变化。而且现在看来，13年前叶时晴的遇害地点很有可能就发生在这里，所以进小区后，方遇对小区情况以及环境观察得也就更仔细了些。

"龙江地下酒庄"偏处"龙江汇"西南隅，而宋洋家就在通行的路上，这让方遇颇有些激动。而当他远远地看到了由毕家山防空洞改建而成的一座夸张的欧式建筑后，心底不由得微颤了下。

太近了！

虽然知道宋洋家的联排别墅和酒庄都在一个小区，但是来之前是绝对没想到会离得这么近。上次过来是深夜，所以并没有特别留意，现在简单地目测，直线距离绝不超过300米。

意思就是，13年前的真正事发地点，如果真的就在毕家山防空洞的某一个出入洞口。那么不管是宋及春还是宋洋，都将拥有到达现场最便捷的优势，这相对后山来讲，无疑更符合当时案件的实际情况。

这样的发现，让方遇兴奋不已，对案发地点发生错乱的猜测，他的信心又增添了不少。

那么那个神秘的真凶会是宋洋吗？

这样的情况下，方遇很难不去怀疑到宋洋身上。如此近的距离，完全就是再明显不过的暗示。

不！根本就是最直白的明示。

难道除了叶时雨外，13年前叶时晴惨死的现场，宋洋也是目击者？

虽然听起来有些巧合，但是却并不让人太过意外，这几百米的距离，散散步的脚程或许就到了。

可是如果宋洋真是目睹了儿子的杀人行为,那他的目的又是什么呢?包庇帮儿子脱罪吗?这个想法刚刚诞生,方遇就摇头将其否定。宋及春身上那17处惨不忍睹的致命伤口,提示着他这种说法的不合理性。

不过同时,宋及春与宋洋血型不匹配的情况,也跟着进入了方遇的脑海。宋及春的死会是和这层关系有关吗?可是单凭不是亲生,就对朝夕相处了快30年的宋及春痛下杀手,那也太难以让人想象了。

那是一条生命,而非一幅单纯的拼图,拼上了便是一个完整的家庭,发生了错位就将其毁灭,这是任何一个正常人都无法接受的事情,更何况亲手将其去实施。

方遇越想脑子越痛,似乎感觉到有一堵无形的墙壁将他牢牢困住,四周看上去仿佛都有方向,可是不管往哪个方向去走,都会被撞得头破血流。

"等等,在这里停一下。"车子正好经过宋洋家别墅,方遇突然着急地示意停车。

"不是要去地下酒庄吗?"汪东国停下了车,指着前方一幢欧式建筑好奇地问道。

方遇没有回答,一个人沉默地下了车,然后站定在别墅门口的铁大门前。汪东国和佟遥也跟着下车,好奇地走到了方遇身边。

"这是宋洋家的别墅。"方遇面朝铁门抬了抬头。

"啊!这么近?"汪东国一脸茫然,不过身边的佟遥却是惊呆了。

"那肯定就是这里了。难道那个神秘的真凶是宋洋?"很明显,佟遥和方遇想到了一块儿。

方遇双眉紧蹙,先是看了看别墅正门上的摄像头,然后又望了望院子四周围栏上的防盗铁网,"已经查过监控,案发当晚,宋洋一直待在家里没出过门"。

不管进行什么样的猜测,首先要解决的就是不在场证明的问题。就算再怎么怀疑,宋洋也不可能隔空到达宋家老宅。

"门口是有监控,不过会不会是从侧面的窗户爬出,然后翻墙出去的?"佟遥也发现了别墅门口的摄像头。

"围墙上有防盗铁丝网,而且还装了联网的红外防盗报警装置。"方遇指了指近处墙角的一个灰色盒子,不出意外,院落四角应该都装了同样的装置。

"有用吗?我来试试。"佟遥说完便低头找起了能抛掷的东西。

"还是算了，你就不怕打草惊蛇？红外报警装置应该没什么问题，之前找保安验证过。"方遇赶忙阻止。

"那上边不行，就不能从下面？对了，地洞。在自家院子里挖个地洞躲过报警，平时也不会有人注意吧？"佟遥有些不甘心。虽然没有亲眼见过监控内容，但是她觉得，宋洋别墅里避过监控制造不在场证明，甚至出来作案应该都不是多么难的事情。

"走一圈。"说完，方遇便带头绕着别墅转了一圈。围墙上的铁丝网没有什么异状，一周的墙脚下也没有什么植被松动的异常。

"你们都在说些什么？找我帮忙，能不能把事情先跟我捋清了？搞得我像个灯泡似的。"汪东国无聊地跟着转圈圈，终于有些忍不住了。

方遇笑了笑："还是先去地下酒庄吧。路上我跟你说。"

三人重新上车，不过因为心头绕着宋洋这档子事，方遇打了电话给邹华，让他也立马赶过来。

经过大半个小时，方遇三人在酒庄值班经理的陪同下把酒庄大体了解了一遍。结果却是像一桶冰水，在方遇的心里浇了个透底。

"真的没可能吗？"方遇站在酒庄前广场，看了看脚下宽厚的石材地板不甘心地问道。

"你也看到了，三个洞口都做了重新装修，这种欧式建筑，都是要动地基的。"汪东国指了指不远处的一个喷泉，"如果真埋了什么尸体的话，早就在附近施工的时候给挖出来了。"

方遇环顾了一圈，心里一阵烦躁。

防空洞内部已经做了完全的翻新装修，虽然和后山防空洞的确是有一条连接通道，不过已经被商家封了个水泄不通。

三个防空洞口也都一一看过，不过在见到洞口的第一眼，方遇就觉得不大可能。这里的洞口都是半圆形，开口也比后山那个大上了数倍，就算当时叶时雨再怎么慌张，这么明显差别的洞口总不至于搞混淆吧？

而且，就和汪东国讲的一样，这里都进行了欧式的翻新，13年前宋及春也不可能把尸体埋得太深。如果真有尸骨的话，破土动工的时候不可能什么都没有发现。

退一万步讲，就算叶时晴的尸骨真的还藏在脚下的话，找到并挖出的概率也基本上等于零了，除非能把酒庄外广场全给重新刨上一遍。

磨山那边的防空洞规模更大，而且上世纪就已经做了改建，显然更不可能。这样案件实发地点错乱的可能，在两个方向都已经被堵得死死的。

难道自己的猜测全错了？

难道所有的视线又得重新回到叶升身上吗？

正在方遇头痛犯难之时，邹华带人赶到了。警车一个急刹停在了酒庄门口，邹华风风火火地从副驾驶钻了出来。

"佟遥？"远远地看到了佟遥，刚赶到的邹华急吼吼地跑了过来，"怎么找到的？叶升人呢？"

方遇看了看邹华，简单地摇了摇头，他现在没有心情和邹华解释，而且在酒庄撞了一鼻子灰后，他已经开始怀疑起了自己的判断，甚至重新审视起了叶升的言行。

邹华见方遇没有直接回应，于是便又转向了佟遥，佟遥却是头也不抬地装作没听见。

"汪院长也在啊！来这里是有什么新的发现吗？"邹华这才发现汪东国也在，两人见过两面，互相点头算是打了招呼。

"这个等会儿再和你解释。宋洋情况怎么样？"方遇开口打断道。

"宋洋？"邹华不知道方遇为何忽然提起了宋洋，顿了顿，才反应过来他指的是宋及春尸体的认领，"昨晚刚认过尸，已经确认过了就是宋及春，DNA比对今天应该可以出来。"

"他什么反应？"

"挺绝望的，养了几十年的儿子不是亲生的，换了谁也过不去那个坎。"邹华摇着头回答，语气中虽然带着些无奈，但是表情却是没什么同情的意味。

"他不知道这事？"方遇有些不信。

"看他的反应应该不像是在作假，我觉得不会有什么问题，普通人没什么事也不会无缘无故去做什么亲子鉴定。对了，佟遥是怎么找到的？叶升呢？"邹华对方遇纠结在此有些纳闷，在他看来，就算宋洋被绿，和案件似乎也没有半毛钱关系，现在最主要的就是抓住叶升，赶快了了这桩复杂的案子。虽然他对叶升的遭遇也多有同情，但是法不容情，这并不是现在该去分心的事情。

方遇不知道该如何解释，不过邹华的话却给了他一个提醒："小佟，你刚刚说叶升的那个学生叫什么来着？"

"严焱。"

"哪两个字？"

"不清楚，当时没问。"佟遥不知道方遇这时候问起这事意欲为何。

"不知道也不打紧，有音名应该也足够了。"方遇转头朝向邹华，"你安排人调查一下，叶升有没有一个叫严焱的学生。如果有的话，可以根据信息找找这人,叶升很有可能和这人在一起。"

邹华一听能找到叶升,便立刻来了劲,不用交代,他也知道接下来该怎么做,于是赶忙捂着手机到一边安排起了工作。

"接下来怎么办?"没了邹华的打扰,佟遥又回到了刚刚找尸骨的话题。

"如果你们早点和我说清楚,我就不会建议你们来这边了。"汪东国接过话头。

"什么意思?"方遇好奇地问道。

"不管是磨山还是毕家山的防空洞都是70年代才修建的,不管规模还是建造方式和后山那个完全不一样。刚刚几个洞口的情况你们也看到了,大小和形状就算五岁小孩应该都不会认错吧?"汪东国回答道。

"你是有其他的建议?"方遇点头称是,不过他似乎听出汪东国话里有话。

"建议倒说不上。反正我觉得当年那小男孩肯定不会是走岔到了另外两座山后建的防空洞里。不过……我想说不定还有另一种可能。"汪东国说得断断续续,似乎有些犹豫。

"还有什么可能?"方遇还没发话,佟遥反而急得跳起脚来。

"我也拿不准,搞错了可别怪我啊。"汪东国看了看佟遥,又看了看方遇,一时间有些拿不准是该说还是不该说。看方遇的意思肯定要大动干戈,掘地三尺。到时候费了功夫,啥都没挖出来,那自己可就算是冤大头了。

"说!"方遇态度坚定,言简意赅。

"按后山那个地堡的建造年代和用途来讲,肯定不仅仅是为了防空避难用的。1938年10月下旬,江城在抵抗了足足五个月后,三镇沦陷,沦陷后城内外小规模巷战与游击不断,给日军带来了极大的麻烦,所以当时日本侵略军在全城实行了宵禁和清野。能够让日本占领军如此头痛,江城多山的地形功不可没。一般来说,后山那样的地堡,出于通风,防强攻,运送兵粮等的考虑,肯定不止一个通道入口。"汪东国开始不紧不慢地聊起了江城的抗战历史。

"你的意思是后山还有秘密出入口?"还不等汪东国说完,方遇就激动地岔上了话,"可是,后山不大,要有什么洞口,不早就发现了吗?"

"我可没说一定在后山上啊,千万不要小看那时候军民的智慧和力量哦。"汪东国笑了笑。

"那还等什么?回后山。"方遇二话不说,拉着汪东国转身就走。

一行人就这么匆匆忙忙地又折返回了后山,电话布置完工作的邹华,完全搞不清楚状况,也只能不明所以地跟了过来。一直到上了山,来到了防空洞口,听完了方遇对猜测的简单描述,才望着漆黑的洞口不由自主地打了个寒颤。

有了汪东国的带路,一行人在洞廊里就更有了目的性。众人手里的电筒,手机照明一起照射,幽深的廊道也不再显得那么神秘。

"这堵墙应该是封死了去西边磨山引力实验室的通道。"汪东国拿手机灯光在身前晃了晃,一堵完整的砖墙把众人的道路堵得死死的。"现在,所有能走的方向都走了一遍。加上入口处的一堵,还有往东的那堵缺了口的墙,通往周边两座山的通道的方位都搞清楚了。"

"没有你说的什么密道啊?"佟遥有些着急。

"从隐秘性和实用性上考虑,类似的密道一般不会直接修在通道上,墙后面应该会有房间或者洞穴之类的。"汪东国为难地挠了挠头。

"难不成要砸墙?"汪东国的话,让佟遥有些崩溃。

"这墙应该是在上世纪就封住了。就算有密道,叶时雨当时也没办法误入。"方遇提醒道。

"那看来就只能是往毕家山的那条开了缺口的通道了。不过也不应该啊,过了那道水泥坎就和原来的这个地堡无关了啊。"汪东国陷入了矛盾之中。

"进门时右边洞廊有个密闭的房间。你们发现什么了吗?"佟遥忽然想起了最开始她一人被动物阻吓,没有进的那个密闭空间。

众人听佟遥这么一说,你看我,我看你,都互相摇起头来。

"你们都没进去看过吗?"汪东国问了起来。

"你带的路,都跟着你在走。我就伸头进去看了一眼,没发现什么。看你离开了,我也就没再仔细看。"邹华回了一句,"不过我刚刚也没发现什么,四周墙壁应该都是封死的。"

"回去再看看?"汪东国回忆了下,当时似乎是没有什么发现,于是看向方遇征求起了意见。

"再去看看吧,看来看去应该就只有这一间房,实在没有的话,也就只有打道回府了。"方遇点了点头。

众人于是又沿路返回,这回改成方遇走在了最前面,到了房间洞口后,一个人率先冲了进去。

"有情况。"第二个进来的是邹华。一进门就发现方遇站在了房间中央盯着西北面的墙壁角落一动不动。顺着方遇的视线,举灯照过,果然发现贴着墙壁有个半米宽的平整内陷，而内陷的阴影中，赫然藏着一个一米多高的四方洞口。

随后进来的汪东国和佟遥一一进了房间，也都立刻发现了角落处的异常。进门左边墙壁的内陷是和墙壁完全平行的，如果只是从门口侧看，只会看到一个类似墙角的阴影，所以刚进门时，因为期待着洞穴深处的发现，大家反倒把最开始的地方给漏过了。

"这里之前应该是有伪装挡住的，现在要不要……"

还没等汪东国说完，方遇便快步上前，一个猫腰钻了进去。

洞口高度差不多一米，钻进去后，洞道慢慢地扩高到了一米五左右，众人都要弯腰行进，不过如果换成了5岁多的叶时雨，应该是可以轻松穿行的。

"如果是慢慢往上，应该就会有个垂直向上的通风口，如果是平行或者往下，那大概率就是通往其他隐蔽角落的运兵或者逃生通道了。"汪东国跟在最后，说话间已经有些气喘。

方遇一边带头前行，一边看表记录着时间，这样的状况很难判断坑道的水平方向，不过穿行过程中，他并没有感觉到太明显的坡度。

就这样大概十来分钟后，众人明显感觉到了一丝空气的流动。

"有冷风。"佟遥难掩兴奋，有空气流动就代表离户外已经不远，望着前方依然漆黑的坑道，她似乎已经依稀看到了洞口处泄进来的丝丝微光。

"上面有个通风口。"汪东国在身后的提醒，让众人都是白高兴了一场。

不过继续行进了不到十分钟后，一阵更加明显的冷空气从正前方忽然袭来，而且随之而来的，还有一片像是被薄窗帘滤过的微光洒在了前方不远处。

走在队头的方遇赶忙加快了步伐，片刻之后，方遇的身影忽然消失在了通道中，紧接着一声兴奋的呼喊在前方响起："找到了！"

众人怀着激动的心情，从一个四方形的洞口鱼贯而出。出洞的第一时间，佟遥便抬头回望起了这个寻觅良久的洞口，从洞口上方垂下了厚重的青黄藤蔓，几乎遮住了大半个洞口。而除去这些，整个长方形的水泥洞口几乎和后山上的一模一样。

"回廊坊。"佟遥身后忽然传来了方遇的声音。

佟遥扭头顺着方遇的视线看去，所处的绝对位置并不高，离山下垂直高度也就二三十米，不过灰色补丁一样的回廊坊却在山脚下一览无余。

"看来，这里是毕家山南面。"汪东国往东看了看，视线虽然被一道山脊遮挡，但是可以想象，越过这道山脊，应该就是毕家山东麓的"龙江汇"。

此刻的方遇面对眼前的一切，心情倒是慢慢平复了许多，没有了刚钻出洞时的激动，他的脑袋也跟着在寒冷的山风中冷静而高效地运转了起来。

这里往南500米不到便是宋家老宅所在的回廊坊东北角，而往东虽然要绕一圈，但是如果从山下行进的话，离宋洋家的别墅应该也不会太远。

毕家山东麓一直都在大兴土木，而山南则是朝向宋洋再熟悉不过的回廊坊，就算回廊坊拆迁，这一带肯定也不会临山盖起什么半山豪宅。

"真是个好地方。"片刻之后，方遇嘴角露出一丝浅笑，而鹰隼一般的眼神仿佛能透过山侧直达"龙江汇"。

"准备挖地寻尸。"方遇言简意赅，掷地有声。过了几秒又立刻向邹华补充道，"还有，我要宋洋的资料，所有的资料。"

第十九章

恶魔现身

关了空调,宋洋又将窗户一一打开,冷风迅速地灌进了办公室的每一个角落。中央空调抬了老半天的温度,瞬间就被这初冬的寒意吞噬得一干二净。

可是即便这样,宋洋依然觉得燥热难忍。

松了衬衣最上面的两颗扣子,想让冷风直接灌进胸口,可是在窗边立了好几分钟,心肺之间仍然像是点燃了火药一般,闷得仿佛随时都会爆炸。

昨晚被叫去认尸之后,他几乎一夜没睡。他怎么也没想到,叶升竟然把宋及春的尸体藏在了厨房的台灶下面。更可恨的是,那些愚蠢的警察居然过了这么久才将尸体发现。

真是太蠢了!

回坐到老板椅上,宋洋越想越来气,胳膊就这么发泄似的在身前一扫,桌上的文件、杂物便立刻应声而坠,散落一地,就连前些日子临时摆上的装有宋及春照片的玻璃相框也在地上摔了个粉碎。

看着玻璃裂纹下那小子的一脸蠢笑,宋洋便是一阵反胃,随手拿起一个茶杯,又狠狠地砸了上去。

"有什么事……"屋外的秘书听到动静,刚推开门露出半个身子,便被一地的杂乱吓了一跳,问出一半的话,也顿时被卡在了齿缝间。

"滚出去。"宋洋烦躁地挥了挥手。

秘书被吼得心中一颤,立刻哆哆嗦嗦地带上门退了回去。

宋洋靠回到椅背上,尽量通过规律的呼吸,来让自己冷静下来。能够沉着冷静地应对每一件事情,特别是突发事件,是他得以成功走到今天的重要原因。现在的情况或许还没有糟到那种不可挽回的地步,自己还是需要用理智来应对。

其实在几天前，诱导警察进到老宅，发现现场只有乔安亭一个人的尸体时，他就察觉到了不对。

在他的计划中，不论叶升是逃走，还是傻乎乎地报警，最后都逃不掉背锅的命运。可是他千算万算也没想到叶升竟然会胆子大到了在现场藏尸的地步，而仅仅这简单的一步，便将自己的计划完全打乱。

现场的情形，他仔细看过，根据拖拽血痕，他当时也认为叶升是运走了那小子的尸体。这样的话，警察会认为那小子只是杀了人后负伤逃跑，至少短期之内不会怀疑到叶升的身上。

可是从藏尸厨房的结果，再加上警方在事后根本没有查出叶升的通行记录来看，这就已经很明显了，叶升醒后并没有立刻离开回廊坊，至于他待了多久藏在哪里，很难知晓，但是他的目的已经非常明确，他不仅仅是为了摆脱嫌疑，他要做的是要等自己再次出现，并将自己找出。

还好，这几天，自己忍住性子没有擅自行动。

这样的行为不可能是无心之举，单就从如此凶险的境地之下，依然能把警方引往错误的方向并成功脱身，就已经是在方寸之间闪转腾挪的本事了。

宋洋知道，这次的对手很不简单。

如果自己当时给他留点伤，让他丧失行动能力会不会好一点呢？

或许吧！不过当时的环境下，多做就会多错。谁也保不准警方会有什么样的刑侦手段，而且现在再后悔这些已经没有丝毫用处了。

现在因为那小子尸体的延迟暴露，再加上血型与自己不符的情况，警方多少都会对自己有些怀疑。不过宋洋相信，只要动机这个杀手锏还在，自己依然会立于不败之地。

没有任何一个人知道，13年前那天晚上自己的存在，更不会有人知道那天晚上到底真正发生了什么。

当然，除了她。

不过，如果真的到了最后一步，自己需要将她也灭口吗？不知道到时候，自己会不会忍心下手？

想到这里，宋洋心中一动，或许自己应该未雨绸缪起来，至少他知道对他来讲，现在最重要的是什么。

"万霞，到我办公室来一趟。"宋洋思考了片刻，下了决心，然后拨通了内线。

刚放下电话，办公室就被狠狠地撞开，紧接着就是秘书那愚蠢而稚嫩的声音:"先生,你不可以私闯办公室。"

宋洋抬头望向房门,一名身穿灰白中款风衣的男子面带痞相地走进办公室,秘书傻傻地跟在身后,除了一脸委屈,一点办法也没有。

"你就是这家医院的院长吧?今天把话说清楚,必须给我一个交代。"风衣男子看起来并不像道上的专业医闹,但是尖锐的声音却是痞气十足。

男科医院一般出现对治疗效果不满意的情况,患者也经常是羞于启齿,这种医闹场面并不常见,而且这样冲到自己办公室的,宋洋还是第一次遇到。

宋洋满心嫌恶地皱了皱眉,换了以前,他或许会为了医院形象来想办法好言处理,不过他现在心有他物,烦闷难当,一个字都不想去过问。于是便直接拨了内线叫了保安。

一分钟后,保安进门推走了闹事男子,而这一分钟内,那男子说了什么,他一个字也没听进去。

众人刚离开,紧接着一个身穿蓝色医生服的中年女子跟着走了进来。

"怎么医闹闹到你办公室来了?"来人正是宋洋刚刚电话召唤的万霞。

"不管这些烦心事。"宋洋笑了笑,无奈地摇了摇头。

"这人也太过分了,要不要报警?"万霞看着一地的杂乱,很自然就把这些与刚刚被架走的闹事男子联系在了一起。

"不是说不要亲自主刀了吗?天天把自己搞这么忙不累吗?"宋洋没有解释,也没有回答,看了看万霞身上的工作服问道。

"老是闲着会出毛病的。"万霞低头看了看挂在左胸口上的副院长铭牌,笑了笑回答道,"对了,你叫我有事?是不是汇江分院那边……"

"等一会儿你提前回家吧,我有事和你说。"还未等万霞说完,宋洋便中途打断。

"有急事?这里不能说吗?"万霞转头确认了下,房门是紧闭的。

"回去再说。"宋洋不想解释,皱起了眉头,压低声音,把话说死。

万霞看到宋洋的表情,情不自禁地吞了口口水。这些年来宋洋对她不错,不过她知道这男人自己根本惹不起,只要出现这样的表情,就代表他心里有事。而这种情况下,自己是怎么都不敢违他意思的。

"老规矩,我现在就走,半个小时后你再出发。回家后,到卧室等我,不要在小区闲逛。"宋洋看了看腕上的手表,交代完后便示意万霞离开。

万霞知趣地应了一声,便起身离开,门口关门的时候,顺带瞥了一眼神情严肃的宋洋,心中一阵忐忑。

每次和宋洋独处,她都感觉像是躺在棉絮上,轻轻软软,并没有什么不舒心。可是她心里一百个明白,那看似无害甚至舒适的棉花里,藏着针尖,甚至隐匿着锋利的刀刃,只要自己一个不顺他心意,就会自讨苦吃。

不知道,这次又会是什么事情。

严焱顺着绿灯拐进回廊坊,转了几个巷道后,把车靠着墙根停了下来。在车上坐了一会儿,确定四下没有任何行人经过之后,才下了车。然后小心翼翼地走进了一栋门锁已被破坏的废弃民居。而这栋破旧的两层砖楼往东北方向不到一个巷口,便是重又贴上了封条的宋家老宅。

一长五短的敲门声过后,堂屋的木门吱呀地开出半人宽的缝隙,严焱顺势侧身挤了进去。

房内没开灯,只有碎了玻璃的空窗夹杂着冷风透进来一点光。而叶升正坐回窗边的一张垫了砖块才勉强站稳的木桌旁,木桌上摆着一台mac book pro。

"这电脑我用不习惯,你装的那个软件,我找不到了。"叶升指了指屏幕,侧脸在半明半暗中显得异常地焦急。

严焱笑着走到电脑前在触控板上拿手指滑点了几下,屏幕上立刻弹出一个左上角走动着时间的视频框。

"操作中不会出错吧?"叶升对着屏幕看了看,担心地问道。

"放心好了。"

叶升推了推眼镜,然后把视线从屏幕上移开,这时他才想到交代严焱的事情,"找到了吗?"

"找到了,您稍等。"严焱一边回答,一边掏出手机,然后点开一段视频递到了叶升身前。

叶升接过手机,疑惑地看了看严焱,然后转头盯向了手机。而当他目光刚一接触到屏幕,双手便开始止不住地颤抖起来,然后取了眼镜,瞪大了眼睛,又往屏幕上靠了靠。

屏幕中那张脸上的黑色胎记就像一朵恶魔之花,在叶升的眼中挑衅地开放着。

那晚在佟遥的催眠引导中,他在穿衣镜中看到的就是这个带着扭曲胎记的半张脸,像死神一样闪现在自己肩后。这样恐怖和诡异的场景是他完全没有想到的,以至于他甚至怀疑是不是产生了幻觉,或者是超自然现象的出现。

虽然另外半张脸被黑暗遮住,辨不清长相,但是那巴掌大的鬼样胎记却是如同烙铁一样烙在了他的脑海里。

事后,他向佟遥隐瞒了自己的所见。因为他知道虽然这个长着恶魔脸的真凶特征明显不难找出，但是想要挖出他犯罪的事实，让他接受惩罚，肯定无法采用常规手段，而这一过程中肯定是充满了风险。

佟遥的身上的确有女儿的影子，在第一次见到她的时候，他的心便已经融化了。而且她还冒了巨大的风险帮了自己，所以接下来无论如何都不能再给她牵扯上一丝危险。这也就是他当晚不辞而别的最主要原因。

事后，他分析了宋及春和朱冬的人际关系，嫌疑最大的便是宋及春的父亲宋洋。不过他查遍了网络，宋洋露脸的信息几乎没有，最后还是在一个纳税表彰的新闻上找到了他的照片，可是照片上却只露了侧面。

想要验证是不是宋洋，其实并不难，到他医院里亲自走上一趟即可。但是考虑到宋洋认识自己，所以叶升才找到了严焱帮忙。

"你偷录了他的视频，不怕被发现？真是太莽撞了。"叶升这才想起来宋洋在宋家老宅的所作所为。以他那样的细密心思和临时应变能力，一旦打草惊蛇，那可就坏了事了。

"我在医院不好直接问，看了专家墙也没有他的照片，所以才想到扮了医闹去偷拍。老师不用担心，他不可能发现。"严焱笑着解释道。

虽然这么说，但是叶升心里还是多少有些芥蒂。

"对了，我还跟踪到了他的住处，不知道对您有没有用处。"虽然不知道叶升让自己确认这个宋洋的长相到底意欲何为，不过严焱在医院楼下刚好见到宋洋下楼离开时，还是自作主张地跟了上去。按他所想，既然老师要探这个人的信息，那全面一点则是更好。

叶升听完不禁皱起了眉。这个严焱上学期间就是如此，说好听点叫做有主见，往坏了说就是太过于揣人心思，擅作主张了，学生期间便是因此捅出了不少娄子。他虽然善于隐藏，但是与之待久了便能感受到颇深的心机，这种人根本就不适合学习心理学。研究生期间，叶升就不是很喜欢这个学生，甚至有些疑虑他报心理学的真正动机。

这也就是他宁愿冒险去找佟遥帮忙，也不愿找上严焱的原因。如果不是为了验证真凶的身份，他是肯定不会联系上严焱的。

"老师这次是遇到什么事了吗？如果不介意，可以和我说说，说不定我能帮上什么忙。"一向稳重的老师忽然间神秘兮兮起来，这让严焱难免好奇心爆棚。

"我的事情没办法和你说。"叶升看了看严焱，然后慢慢地说道，"不过，接下来还真需要你帮我一个忙。"

站在书架前，虽然目光一直落在一排排竖写的书名上，但是宋洋却是一个字也没看入眼，只是来回重复着抽下再放回的机械动作，心思却是远远地飞到了他处。

他没想到,在焦急等待状态下的30分钟,竟然会是这么难熬,早知道如此,就应该让她提前一点。

心里数着时间,宋洋着急着想要和万霞商量的是搬家的事情,这是上午在办公室时临时想到的决定。

虽然现在他依然有十足的信心,警方最终拿他也不会有什么办法,甚至有可能连像样的怀疑都不会出现。但是调查案件的过程中,肯定难免再找上他,甚至纠缠到家里,就像上次那样。

上次故意留了走私药品在地下室,一定程度上分散了警方的注意力,但是总的来说,这也是没有办法的冒险行为,不过如果警察再次光顾,估计就没有那么幸运了。

而且不知为何,从昨晚开始,他的心率似乎就一直都没有低于过90。作为医生,他知道这样的心悸心慌突然间反复出现,肯定是有直接诱因的。不过这一次,他却没能追根溯源地找到真正的病因,只是单纯地觉得有那么一丝说不清道不明的危险感,像是一股灼热的水汽,将心脏云蒸雾绕得不得安宁。

到底是哪里会出问题呢?宋洋检视着每一个环节,却都无法确定问题所在。

说到底,自己的自信还是出现了那么一丝裂缝,而且如果不及时地将其弥补,肯定会慢慢扩散出更多微小的裂纹,直至让自己信心崩塌,不战自溃。

所以不管是为了保险起见,还是为了让自己焦灼的心态能有一个暂时的出口,他最终决定先避避风头,临时搬家。只要家里的秘密远离了漩涡中心,那么至少自己应对起来,就会从容很多。

很多失败,并不是对手有多强,更多地则是因为自己信心一点点地沦丧。宋洋相信,这个只有自己可以看到牌面的暗局,除非自己乱了阵脚,否则就不会有落败的可能。

瞥了眼手腕,时间已经差不多,透过窗户往外看了看,并没有见到万霞那辆红色的mini,再往远处望了望,却忽然间发现了一辆没有闪灯的警车,接着便是第二辆,第三辆……

宋洋下意识地往墙边躲了躲,心里也是不由自主地猛跳了起来。

怎么会有警车?

难道是为了宋及春那小子的尸体又来找自己?

不对,如果要来问讯,肯定不会来这么多车。

宋洋就这样忐忑地盯着那几辆警车慢慢靠近，不过让他有些好奇的是，最前面的那辆似乎没有任何想要减速的迹象。

30米，20米，10米，5米……

当一纵车队从门前穿梭而过，宋洋提到嗓子眼的心立刻又落了回来。

警车行进的方向是远处山脚下的地下酒庄，难道是酒庄出了事情？

不管出于什么原因，小区出现警车就让他如何心都静不下来，特别是在现在这个当口。看来，搬离的事情得暂时先放一放了。

目不转睛地盯着警车的行进路线，宋洋想着是不是要假装散步过去确认一下，不过就在这一转眼，那一纵车队便在酒庄门口的丁字路口，划了一道弧线，向南拐去。

向南！

霎时间，宋洋脸上的血液快速地抽离，留下了一片惨白，嘴唇也因为紧张开始颤抖个不停。

这时，他终于知道自己一直心悸难安的原因出在哪里了。

将线帽的下沿往下拉了拉，前面遮住了眉毛，后面包住了耳朵，然后又将外套的拉链一直拉到竖起，再加上覆鼻的口罩，宋洋露在空气中的就只剩下了一双在冷风中失了斗志的眼睛。

如此严密的穿着，并不仅仅只是为了遮住脸上那块自己都厌恨的胎记，刚刚走出别墅决定去南边的林地一窥究竟时，他就感受到一阵彻骨的寒冷，一种与初冬天气并不匹配的入心寒意。而仅仅片刻之前，他还敞衣敞领，燥热难当。

脚下踩踏落叶发出的沙沙声，也让他仿佛置身于冰天雪地一般。

南边的林地，是固定保留的，这一点他再清楚不过，这是开发商对政府的承诺。方圆五百米，连上毕家山南麓，都是不允许有任何建筑的，所以，那一块儿也成为了"龙江汇"最偏僻和冷清的地段。

警车为什么要往那个方向开，别人或许搞不清，不过宋洋却是能猜到一二。而他现在前去探究验证，也只不过是为了给心中那份难以置信一个交代而已。

警察怎么会找到那个地方？怎么可能？

宋洋拼命地想着各种侥幸的发生，可是刺骨的寒意却让这些勉强的念头一一结成冰，再逐个粉碎。

终于到了林地的边缘，几辆警车各寻位置停了下来，车里车外已经看不到人影。

林地中是没有路的，他们停下了车穿过密林后，是要徒步上山吗？

"汪汪汪。"

林地中隐约传出来的狗吠声，似乎给了宋洋一个肯定的回答。

警犬的鼻子可是很灵敏的，他们出动警犬是为了找尸体吗？

如果真是这样的话，那他们可就有点愚蠢了，埋了十多年的尸骨，应该连最后一丝味道都已经融在泥土里了吧。

想到这里，宋洋咬着牙在口罩中苦笑了一声，既然警察找到了那里，这应该算是自己仅剩的一丝侥幸了吧！

耸了耸鼻子，淡淡的泥土味立刻飘入宋洋的鼻腔中，不过并没有那些散文中描写的芬芳味道。

宋洋决定不再继续跟上前，没有意义的事情只会浪费时间。他现在要做的，就是要当机立断，思考下一步的应对。

不过苦思冥想之后，他发现最终只剩了逃亡一条路。

刚刚还想着要临时搬离，片刻之间却变成了再也回不来的逃亡，还真是世事难料啊！不过，至少还给自己留了一条路，这也算是不幸之中的万幸了。

猛然之间，没有任何征兆，宋洋就朝自己的左脸上一个耳光。因为口罩的遮挡肯定不会让脸上留上巴掌印，不过就算没有口罩，那张乌漆麻黑的左脸应该也不会有什么印记留下。

这仿佛是老天给自己开的一个充满戏谑的玩笑，带着这张脸，估计自己就连当逃犯，也会是那最辛苦的那一个吧。

眺望着远处的山脊，又转身看了看依稀可辨的别墅，宋洋忽然心生凄凉。虽然是白天，但是依然让他想起了相隔13年，前后两次在夜间往返于林地与别墅之间的情景。

13年前的那一次，可以说是利欲熏心，也可以说自己是被现在看来一文不值的尊严所奴役，但是不管怎样，从行为上来讲肯定是太过鲁莽了。

而这一次，自己却没有任何其他的选择，如果不这样做，这13年好不容易得来的一切，都将立刻毁于一旦。

这样看，难道真是13年的一个因果循环吗？

树林中的狗吠声越来越远，宋洋似乎能透过长青的茂密针叶看到那群警察上山的情形。

看来得马上动身了！宋洋知道留给自己的时间不多，不过在逃离之前，他知道还有一件事必须要去完成。

所有的一切必须烧掉，房子里藏了太多的秘密，绝对不能留下来一丝一毫。

想法至此，宋洋立刻加快了步伐朝别墅走去。同时他还掏出手机迅速地拨通了司机老陈的电话。

两声信号音过后，电话接通。

"老陈吗？你现在马上带两桶汽油来我家里。"宋洋直奔主题。

"汽油？"老陈似乎一时没有反应过来，不过跟了宋洋快十年，他知道哪些事该问，哪些事不该问，"好，我马上来准备。"

"三十分钟内帮我送到，我有急用。"

说完，宋洋便挂了电话，老陈办事牢靠，这么多年从来都没误过事。

一路小跑回到别墅，反锁上门，宋洋有些气喘。以前每次回到家里，他都感觉像是一个避风的港湾，可是现在环顾四周，他却觉得房间处处都似乎隐藏着危机。

最终，他的目光停在了通往地下室的木质楼梯口。

必须统统烧掉！

快步地踏上楼梯，宋洋走进各层的卧房里将垫褥，棉被等易燃物品一一翻出，然后再一趟趟地搬到地下室。

接着，又来到了厨房，打开橱柜，拧开了煤气阀门。不过想了想，又立刻将阀门开关拧了回去。等会儿如果老陈进屋闻到了煤气味道，再结合汽油，一定会起疑心。

这时，门口突然传来了刺耳的蜂鸣声，宋洋立刻跑到门前，看了眼可视门铃的屏幕，然后打开了房门。

"汽油送来了。"司机老陈站在门前，脚两边各放了一个15升的蓝色塑料桶，眼睛一直很老实地盯着宋洋，并没朝房内乱看，"你电话挂得快，没说要多少，我就带了这些过来，你看看够不够用。不够的话，可以从车里的油箱抽。"

"够用了。帮我提到地下室。"说完，宋洋便弯身提起一个塑料桶，油桶分量不轻，估摸着至少也有二三十斤，两桶肯定是绰绰有余了。

没能来得及阻止，老陈只得提起剩下的一个油桶跟着宋洋进屋下了楼梯。

"就放这里。"宋洋将油桶放在了地下室门外，他没有推门进去，主要是担心老陈看到地下室里乱放的一堆易燃杂物会猜到些什么。

"接下来呢？"老陈放下油桶，等待着老板后续的交代。

"接下来，你开我的车上高速，出江城，记住车后座窗不要开。"宋洋一边说，一边从兜里掏出早已准备好的一叠钞票。

"然后呢？"

"出了江城后，你到东边的新洲待上一晚就可以回来了。明天我再联系你。"

老陈接过红钞，点了点头。

看着老陈上了楼，再听到片刻后头顶上关门声响起，宋洋这才推开地下室房门，打开灯，然后将油桶吃力地提进了屋。

在地下室正中放下了油桶，宋洋拧开了其中一桶的盖子，然后提起。可是刚刚倾斜出一个角度，双手便僵硬地停在了半空中。

浓烈的汽油味道从桶口处喷涌而出，钻进了他的鼻中，让他一阵恶心和眩晕。

恍惚中，他的眼中已经火海一片，他仿佛看到了整座别墅淹没在冲天火光中的样子。

几十分钟后，一切的一切都将化为乌有，所有的秘密也都将默默地掩埋进苍白的灰烬之中。

可是，可是然后呢？

守住了秘密之后，又能怎样呢？

自己真的能逃出去吗？顶着这张脸，就算逃出去，也会是永无宁日地躲避在最幽暗的角落吧？

想着未来老鼠蟑螂一般的生活，宋洋的心就开始不住地颤抖起来。

不，这不是自己要的结果。一定还有更好的方法！

想到这里，宋洋双手一软，油桶重重地落到了地上。

而就在油桶落地的一瞬间，地下室门外的木质楼梯也跟着突然响起了一阵下楼的脚步声。

第二十章

重见天日

随着一波又一波的增援赶到,挖掘工作进度加快了不少。即便是挂了专案组组长的身份,能在如此短的时间内调动这么多资源,也是几乎耗光了方遇所有的能耐。这一个多小时,基本上电话都没离过耳边。

"我们去那边看看。"方遇指了指东面的山脊,然后和在一旁干着急的佟遥说道。

山间没有路,于是两人便先穿过忙碌的现场下了山,再由山下的平路往东绕了一个大圈,来到了一片铁丝网封住的茂密树林。

而这时,他们却在铁丝网边上看到了汪东国,看样子,他似乎刚从树林中出来。

"我刚看过了,那边是一道防护林。"汪东国从一道被破坏的铁丝网缺口处猫腰钻了过来。

方遇看了看缺口,又向两边延伸到远处的铁丝网望了望,这样的缺口似乎不止一处,有一段铁栏杆旁甚至直接掀开卷了边。

"你们不用往前走了,穿过防护林,就是'龙江汇'。刚刚的警车就是从防护林那边过来的。"汪东国拍了拍手上的灰,回身往防护林深处指了指。

方遇点了点头,没有继续往前的意思,不过却走到铁丝网前停了下来。

从当前的情况来看,虽然比起在"龙江汇"里面的毕家山防空洞,这里的路程要绕得更远,但是对于宋洋来说依然算得上便捷。最重要的是这边没有人来人往,想要在市区内再找到这么一个隐蔽的地方,恐怕是很难了。

怀疑上宋洋,其实并没有什么实质性的证据支撑,甚至从线索来看,反而更应该排除他的嫌疑才是。13年前无法追溯的事情不谈，单从宋家老宅的案件来讲，宋洋拥有近乎完美的不在场证明，甚至案发现场都是宋洋亲自带路才得以发现的。

如果幕后凶手真是宋洋的话，他为什么要主动让案情曝光，并这么残忍地杀害宋及春呢？

方遇唯一能想到的动机，还是叶升所描述的，凶手是为了通过嫁祸，让13年前的所有当事人全部消失，从而将13年前的秘密彻底掩埋。

看来，要把所有事情搞清，还是要从13年前的案件着手。

不过随着当年所有当事人的一一死亡，剩下的也就只有叶时晴尸骨这一条线索了。

尸骨挖不挖得出来不说，就算挖出来了，一堆深埋了十多年的白骨身上还能剩下多少信息呢？

"回去吧。"看了看依然沉浸在兴奋之中的佟遥，方遇心中说不出来的担忧。

"警犬过来有用吗？埋了十多年的尸骨，能闻到个啥？"法医老孙刚刚赶到，远远地看到方遇，于是便立刻走了过来，沿途还不忘对着几只乱窜的警犬发起了牢骚。

"你也来了。"看见老孙赶到，方遇心里颇感安慰。

"你发话，能不来吗？"老孙笑了笑，不过笑容只闪了一下，便又立刻变回了严肃，"小晴真的埋在这里？"

说实话，方遇心里还真没什么谱，不过为了给大家信心，他还是强撑着点了点头。

"对了，之前搞错的那具尸骨，身份搞清楚了。"老孙看了看方遇身旁的佟遥，脸色有些难看，"还记得几年前的江大新生殉情案吗？"

方遇点了点头，老孙说的是4年多以前，江大两名大一的学生情侣留了遗书，双双夜间投长江殉情的案子，不过当时只捞上来男生的遗体，女方一直没有找到。

"那具尸骨就是殉情案中一直没有找到尸体的女学生。已经验证过DNA，家里人也认领了遗骨。"老孙叹了口气说道，"这样看来，根本就不是什么殉情，那封遗书上的女方签名是假的。"

方遇听完心里又是一阵堵，多好的花季年华，就这么说没就没，不管出于什么样的原因，最终留下的只是对死者家人无穷无尽的伤害而已。

"方队。"这时，身后突然传来了邹华的声音。

循声扭头，方遇见到邹华正拿着一叠资料，从地上一个刚挖的凹洞上方跳了过来,跟在他身后的还有几个学生模样的年轻人,哼哧哼哧地将一个带着四个轮的不知名仪器拖到一旁的平地上。仪器就像一个家用除草机,看上去分量不轻,把这东西抬上山,估计是费了不少力气。

"我刚在山下碰到的,说是汪教授叫的专业救兵。"邹华看了看旁边的汪东国,开玩笑地说道。

"哪里是什么救兵?地质大学的学生,叫过来帮帮忙而已,那台是探地雷达,多少应该会有些用处。你们先聊,我去安排下。"汪东国说完便去招呼学生们接下来的工作。

"宋洋的资料?"点头感谢过了汪东国,方遇立刻转向邹华,一眼便盯上了他手里的那沓复印纸。

"是的,我还没来得及仔细看,不过刚刚路上简单翻了下,似乎没什么特别的。"邹华把资料递了过来。

方遇大致地翻了一下,除了第一页的个人基本的身份履历信息,后面的大多都是一些媒体对医院和宋洋个人的报道剪报。

"就他个人的吗?其他家庭成员呢?"

"宋及春的详细资料上次已经看过了,其他家庭成员资料都在第一页上。"邹华提醒道。

方遇这才又仔细地看起了首页上的详细信息。

"不对,他老婆不是已经死了吗?"方遇看到配偶一栏的信息,发现了问题。

第一次在医院办公室和宋洋见面时,他说自己老婆死得早,所以是他一个人带大的宋及春,而且还对忽视了宋及春的管教懊恼不已。可是资料上配偶信息除了段红娟的姓名外,职业一栏是无,最重要的是宋洋的婚姻状态上没有标注丧偶,段红娟的信息上也没有备注死亡说明。

邹华接过档案,也发现了不对:"我再确认下。"

借着邹华一边儿打电话的空当,方遇继续往下看,结果在宋洋的工作履历中也发现了一丝颇为蹊跷的信息。在2003年的时候,宋洋的职位还是副主任医师,可是到了2004年的时候,他便成了医院的院长。虽然民营医院并没有公务员那么正规,但是这个职升得也太夸张了一点。

不,太阳神男子专科医院那时候说不定还没有进行股份制改革和经理人聘任制度,如果真是这样的话,那根本就不是升职,而是管理权变更了。

而且时间也太巧合了,2003年也就是13年前叶时晴遇害的那一年,而不到一年后,宋洋就鲤鱼跃龙门当上了院长。

这里面一定有问题。看来不仅要调查宋洋，整个医院都要完完整整地调查一遍了。

"刚问过了，2005年12月的时候，宋洋向城南区人民法院申请过妻子段红娟的失踪宣告。不过法院随后发现了段红娟有非法出境的记录，并在泰国查到了她的消费记录，所以对宋洋的申请予以了驳回。"过了片刻，邹华挂了手机，解释起了宋洋妻子的事情。

"这……"方遇思考着这些信息之间的联系，可是一时却难有定论。

"下落不明连续计算满2年的可以由利益关系人向法院提出宣告失踪，满4年的便可提出宣告死亡。如果公告期间，发现了失踪人的行踪，相关申请就会被驳回，以做无效了。"法医老孙在一旁提示道。

"这些我知道，从宋洋申请妻子宣告失踪的时间来看，段红娟的失踪时间应该是在2003年，这和13年前的案发时间有一定联系，不过这段红娟在东南亚的出境和消费记录又是怎么一回事呢？"方遇心里已经有了些猜测，不过现实情况却很是矛盾。

"难道段红娟的失踪和13年前案件有关？"邹华在一旁惊道。

"很难说，不过现在调查要扩大到整个医院了，你马上安排。"方遇同时想到了宋洋跃升院长的事情，"还有，宋洋现在情况怎么样？"

"过来的路上去医院问过了，说是一个小时前回了家，现在要安排人过去吗？"

"先安排人过去盯着吧！等这里有结果了，我们马上去会会他。"

方遇刚说完，不远处的挖掘现场就传来了一阵喧哗，接着就是一名学生兴奋的声音："找到了！"

方遇惊得一抬头，看了看周围，大家脸上都是不约而同的振奋。

众人赶忙围了过去，一米多的深坑还在继续挖掘，不过已经隐隐约约看到了一截泛黄的胫骨半掩在泥土的表面。

"别挡光啊……"深坑中的工作人员抬头抱怨。不过还未等他说完，手机、电筒等一众照明设备就招呼在了他身上，比刚刚效果好上了不少，连个影子都没留下。

"怎么会这么深。不是说当晚是激情杀人，临时掩埋吗？"汪东国第一个提出了疑问。

方遇也是察觉到了一丝不对，不过还是耐心地等着继续挖掘的结果。

因为已经触及到了尸骨，所以挖掘人员放弃了工具，直接上了手。

随着泥土一点点被清走，头骨、肋骨等也都慢慢显露出来。

"啊！不对！"佟遥不知道发现了什么，忽然间喊出了声，因为就在耳边，方遇被嚷得一阵耳鸣。

接下来所有人似乎都发现了异常，方遇缓了缓赶忙往坑下一看。

刚刚出土的头骨右下方泥土被清了出来，又一个骷髅面具一样的东西在泥土中露出了薄薄一层。虽然没有显出全貌，但是两个空洞的眼眶，就这样朝上盯着众人，而鼻骨下方的梨状孔和两个眼眶组成了一个骇人但却明显的头骨镂空三角。

两具尸骨！

埋尸洞竟然出现了两具尸骨！

两具尸骨，怎么会有两具尸骨？

这么深的尸坑，肯定不是临时掩埋的结果，现在又跑出来两具尸骨，到底是怎么一回事？

方遇脑中瞬间乱了套，沿着尸坑看了一圈，似乎也没有谁能够给出解释。最后，方遇的视线落到了法医老孙的身上。

两人视线就这么一撞，老孙便会了意，喊着让让，然后慢慢吞吞地反身直接爬下了尸坑。

方遇焦急地盯着老孙的背影，可是没过多久，老孙就站了起来，然后抬起头摇了摇："不是小晴的，这两具尸骨从牙齿磨损一眼就可以看出来，都是中年人，不会有错。"

听到老孙这样的结论，方遇和佟遥心中都是一凉，其他人因为对案情了解程度的不一样，各自也都表情不一。不过有一点却是非常明显，所有人都在等待方遇给出接下来的指示和安排。

方遇朝四周看了看，压沉了声音不甘心地说道："继续找。"

老孙忙着在埋尸坑下捣鼓着尸骨碎块，别的不说，尸骨的完整性是必须保证的。汪东国和邹华几人知道方遇此刻的心情，也都在其他几处帮忙，不去打扰。只有佟遥，愁眉苦脸地跟在方遇身边，时不时冒出一句没来由的分析。

"老方，过来一下。"法医老孙忽然从尸坑里露出个头，向方遇招了招手。

"是有什么发现吗？"方遇赶忙好奇地跑了过去。

"通过骨盆形状判断，应该是一男一女，年龄还是刚刚说的。衣物大都腐烂，只留了些不易降解的尼龙女袜和金属扣，没有什么特殊的地方，我看也没有什么研究价值。"老孙说完，然后从坑底捞出一截深色的尼龙绳，在方遇的身前晃了晃。

"绑住的？"方遇看到尼龙绳，第一时间想到的是捆绑尸体用的。

"尼龙绳是从尸骨腋下穿过的,我猜是为了方便运尸。两具尸骨两根绳,不出意外,应该是一具一具背上山的。"老孙做了个背书包的动作。

"死因呢?"方遇接着问道。

"你当我是神啊?"老孙苦笑道,"我叫你过来是告诉你,有一具尸骨小指缺了远端指骨,也就是说小指是断指,八成应该是那具男性尸骨的。这些对你初步辨认身份可能会有帮助。"

方遇往埋尸坑看了一眼,手部的碎骨因为少了关节软组织的连接,在坑底撒成了一小片,已经没有了基本的手掌形状。

老孙知道方遇的心思,于是解释道:"不是说没找到,我的意思是,小指的中间指骨有被切断的痕迹,不排除是旧伤。两具尸骨,还原起来都得花上不少时间,完整的尸检报告就算今天能运回法医中心,最快也得明天了。这个临时信息有没有用,你自己判断啊。"

说完,老孙便又蹲回了尸坑里。

方遇蹲在坑边想着刚刚老孙透露的信息,断指的事倒是一时半会儿没什么方向,不过尼龙绳背尸的线索却是让他有了些初步的判断。

这附近前不着村后不着店,虽然无法判断死亡地点,但是应该也不会离这里太远。最有可能的就是山脚下的回廊坊,还有山东面树林那头的"龙江汇"了。

如果这两具尸体也是13年前留下的,那时宋及春才十五六岁,从年龄上判断,宋洋的可能性倒是更大一些。

而且如果两具尸体是一个个背上来的话,就代表中途是有一段时间间隔的。

凶手不会就这么大意地把先搬上来的尸体就往这荒地上一放,这么说的话,如果凶手谨慎一点,很有可能会提前到山上来挖好尸洞。这样的话,就可以和埋尸洞的深度和掩埋方式对上了。

进入冬天,天黑得早,还不到六点,天色就已经暗得没法看了,再加树木的遮光,如果不是现场的照明设备,这里和黑夜也相差不了多少。这倒和13年前的案发环境颇有些相似了。

回头往防空洞口方向看了看,埋尸坑的位置离洞口有二十多米,而且中间刚好有一堆人高的灌木挡住视线,所以是无法看到洞口的。

以埋尸地为中心又往四周看了看,方遇脑中突然冒出来个想法。

"过来下。"方遇对佟遥勾了勾手。

"怎么了?"佟遥慢吞吞地走了过来,表情显得有些失望,初来时的兴致看上去已经没剩下多少。

"还记得叶升对当年事发经过的描述吗?"方遇问道。

"记得啊。"

"跟我再描述下。"

"你不记得了吗?"佟遥显得有些纳闷,这么短的时间,方遇不可能不记得,不过看他的样子,却又不像是在开玩笑。

"讲就是了。"方遇浅浅地笑了笑。

"当时时雨应该是速度慢,落在了后面,后来跟上时,看到了姐姐被宋及春和朱冬两人侵犯,因为害怕,所以躲在一旁没有发声……"

佟遥就这样简单地把当时叶升的描述又给复述了一遍。

"你有没有发现什么奇怪的地方?"方遇琢磨着描述中的细节,然后问道。

佟遥回想了下,然后摇了摇头。

"你跟我来。"方遇走向防空洞方向,然后勾了勾手,示意佟遥跟上来。

走到一人高的灌木丛前,方遇停了下来,指了指前面不远处的防空洞口问道:"还记得我们在洞里快出来时的情景吗?"

佟遥想了想,大概明白了方遇的意思:"在洞里行进了几十分钟,两个小孩是很压抑的。当时叶时晴肯定是走在前面的,发现了洞口的空气流动后,出于兴奋,就直接冲出了洞口。"

佟遥记起了下午自己一行人快到洞口时,方遇便是突然间就消失在了洞口:"所以叶时晴先冲出了洞口,叶时雨才被落在了后面。"

方遇点了点头,然后继续问道:"如果当时姐弟俩是从这个洞口出来的,你认为叶时晴是在哪里碰到的宋及春和朱冬?"

佟遥看了看灌木丛两边的空地,说道:"只能是这两个地方了。"

"应该不是洞口的这块平地。"方遇摇了摇头,"如果是你,刚出洞就在黑暗中碰上两个陌生男人,你会怎样?"

"跑,往回跑。"

"对,虽然分不清是好人坏人,但是经历过几十分钟惊心动魄的洞穴行程,然后刚出洞就在深山里突然见到两个人影,肯定会出于本能地躲避。另外一点,叶升也说过,叶时雨当时趁凶手埋尸的时候,躲进了防空洞。如果是在洞口的话,这个行为就没办法发生了。"

佟遥点了点头,但是依然不明白方遇想表达什么意思。

"我的推断是,叶时晴当时冲出了洞口,然后出了这片灌木往前又走了一段才碰到了宋及春和朱冬,这时候想往回跑,却被动作更快的两人给截住。"方遇先是走到了洞口,然后一边说,一边穿过灌木又往前走了几米,"大概就是这个位置。"

"然后呢?"佟遥好奇地问道。

"然后叶时雨出洞后,应该就躲在这片灌木后面,离这里也就四五米的距离,所以现场的情景,他既能看见,也能听见。"方遇接着说道。

"这点没什么问题。"佟遥回想了一下当时叶升的描述,再结合现场环境,似乎这种可能最为合理,"不过这些又能说明什么呢?"

"接下来就是关键了,你稍等。"方遇忽然转身,喊着让所有人关掉照明设备,然后让邹华站在埋尸洞旁不要动。

现场的工作人员都有些摸不着头脑,不过方遇发话,大家都还是一一照做。

随着照明设备渐渐关掉,整个现场的光线慢慢暗了下来。刚好邹华穿了一身深色的警服,所以虽然才六点不到,从灌木处看去,邹华也只剩下了一道暗色的身影。

"看清楚了吗?"方遇在一旁问道。

"看不清楚。"

"看不清就对了。"方遇笑了笑说道,然后又大声喊着让大家恢复正常。

灯光复明,所有人在叽叽喳喳的抱怨声中又继续开始了工作。

"还记得叶升描述的,当时两人一起掐死了叶时晴后,朱冬因为害怕匆忙逃离,宋及春追逐无果后,才又折返回来掩埋了小晴尸体的说法吗?"方遇继续问道。

佟遥忽然眼中一闪,似乎明白了方遇的意思:"你是说,当时宋及春根本没有返回,他是惊慌之下跟着朱冬一起跑了。那叶时雨后来看到出现的埋尸人是……"

"宋洋!"方遇没想到佟遥反应如此之快,连忙在胸前比了个大拇指,"刚刚的情形你也看到了,如果放到夜间,叶时雨躲在灌木丛这边根本无法认清面貌,甚至除了大致的体型之外,其他什么都看不到。宋洋的身高大概在一米七左右,宋及春现在身高一米七五,不过男孩子十五六岁长到一米七也很正常。如果当时两人穿着没有太大差异的话,我想不光是叶时雨,换了你我估计也分不清什么。"

"就是了。"佟遥兴奋地拍了拍手,"没有人会想到那种情况下,会有其他人冒出来埋尸体。"

"宋及春和朱冬逃跑的方向应该是往山下跑的,山下是回廊坊,两人往这个方向逃跑是合乎逻辑的。"方遇指了指回廊坊的方向,"宋洋应该是等到两人跑下山后,才现的身。"

"刚刚挖出来的那两具尸骨,如果不出意外,应该和宋洋有关系。虽然不能确定那两人是不是宋洋所杀,但是埋尸的肯定是他,而且只有他一人。"方遇继续分析道。

佟遥点了点头,如果有帮手的话,叶时雨看到的也就不会只有一个人了。

"这也就解释了刚刚那个埋尸洞为什么会这么深,埋尸洞很有可能是宋洋提前挖好的,只不过宋洋背尸上来的时候,刚好碰到了宋及春和朱冬强奸并杀害叶时晴的一幕。"

"不对啊,这里离埋尸洞还有十米左右,难道是宋洋走过来拖了尸体过去的?"佟遥又走回到灌木丛边,看了看站在原地的方遇,似乎想验证一下宋洋走近十米后能不能看清模样。

"这里离灌木五六米的距离,那么黑应该也是很难看清的。而且不要忘记了当时叶时晴是有挣脱,并和宋及春发生了追逐和缠斗的,实际的致死地点又往那边移了几米也说不定。"方遇指了指埋尸洞方向解释道,"如果当时宋洋的目的是埋尸,那就肯定不会让叶时晴的尸体暴露在外,反正都是埋,一起埋掉也就是多花点力气的事情。当然也算帮宋及春这个蠢货擦屁股处理现场了。"

"所以说……"

"所以说,叶时晴的尸体一定还在现场,要不就是在刚刚埋尸洞的更下面,要不就是宋洋出于其他考虑又多挖了一个坑。"方遇刚刚消失的信心似乎又重新找了回来,脸上也多了一些光彩。

"那这次宋家老宅,宋洋灭口并嫁祸叶升的目的,就是掩盖这两具尸体的事情咯?"佟遥一边跟着方遇往回走,一边问道。

"很有可能。"

"那这两具尸体的身份?"

"现在还不好说,但是总的来说,一直困扰我们的13年前的隐情至少已经有一个像样的解释了。而且找到了这两具尸骨,信息也就丰富了许多,接下来也就没那么难了。"方遇笑着回答,心里也是长舒了口气。

"怎么?是有什么新的发现吗?"邹华看到刚刚还愁眉苦脸的两人脸色转好,大感好奇。

方遇正想着怎么组织语言,把刚刚的分析简单地描述出来,邹华的手机却突然响了起来。

打了个稍等的手势，邹华接起了电话，而随着变着语调地嗯了几声后，邹华的表情开始变得严肃起来。

"下午说的那个严焱找到了。"邹华挂掉电话后，立刻和方遇汇报道。

"严焱吗？让人去确认下叶升是不是和他在一起。"方遇似乎觉得现在这件事情的重要性并没有这么高，听完便随意地安排了一句。

"他就在山脚下。"邹华指了指山下的方向，"回廊坊。"

"这么近？叶升在回廊坊？"方遇听完大吃一惊，"走，去看看。"

本来方遇心里更惦记着寻尸现场的事情，不过当得知严焱就在山下的回廊坊时，他就不得不上心了。

他之前只是猜测既然叶升找了学生帮忙，就有可能会在一起，不过现在严焱出现在回廊坊，那叶升肯定就没有不在的理由了。

可是他们到回廊坊干吗呢？寻找现场线索吗？还是叶升又发现了什么？

一边下山，方遇一边寻思着叶升的行为目的，没几分钟一行人就来到山脚回廊坊的围墙下。

"找找有没有缺口的地方，我们……"方遇转头安排起了翻墙，却一眼看到佟遥也跟在了队伍后面，"你怎么也跟来了？"

佟遥撇了撇嘴，并不打算解释，一副爱咋咋地的表情。在她心里，叶升已经完全无害，而且她还等着把刚刚方遇分析的，第一时间和叶升分享，现在是肯定不可能回山的。

"你怎么也不拦着？"方遇对身旁的邹华皱眉说道。

"她不一直和你形影不离吗？"邹华呵呵一笑。

方遇无可奈何地看了看佟遥。现在叶升对警方还充满敌意，有佟遥在场，说不定还能起到些作用，于是他便不再纠结，默许了佟遥的同行。

沿着墙根走了十来米，众人发现了一个一米多高的半塌围墙缺口。方遇先是爬过了墙，然后又扶着佟遥跳了过来，就这样，几人以完全不同的形式，带着不一样的心情，又重新回到了几日未见的回廊坊。

"在宋家老宅吗？"方遇拍拍手问道。

"我看看。"邹华亮起手机，打开技术科发过来的定位，然后转了转身，最终确定了方位，"定位没有变过，看来一直待在一个地方。是东北方向，但是还没到宋家老宅，差不多隔了一个巷口。"

"带路。"方遇对邹华点了点头。

几分钟后，众人来到了离宋家老宅不到一个巷口的一栋两层砖楼门口。看着外墙和门楣破败的样子，应该是废弃了很久。

"就是这里了。"邹华对着手机定位又确认了一遍,那个蓝色的小点就在附近几米处。

"等会儿见了人,不要激动,以说服为主。"方遇提醒道。

"知道了。"说完,邹华便带人轻声地推门而入。

整个房屋构造和宋家老宅没有多大差别,都是前楼后院的构造,入门也是一条架了防雨顶棚的走廊,这让佟遥回想起了第一次进宋家老宅时的情形。不过这次是找叶升,她倒没什么好害怕的,只是担心会不会丛哪个犄角旮旯又窜出只两眼冒光的野猫来。

天色已经差不多全黑了下来,整栋楼里只有正中的堂屋冒出一丝光亮,看着门缝泄出来的微光,仔细一听,里面还扬着一段舒缓的音乐。

邹华笑了笑,这心还真够大的。

和方遇对了对眼神,邹华一个手势,几名刑警立刻推门冲进了屋里。因为方遇交代在前,几人进门后并没有立刻采取强制制服的手段。不过这突如其来的破门而入,以及乌压压的阵势,依然把屋里的严焱吓得够呛。

"你叫严焱?"方遇进屋四周打量了一番,发现除了一个身穿灰白风衣的年轻人外,房间里并没有叶升的身影,于是赶忙向邹华做了一个上楼查看的手势。

邹华立刻带了一人出门右转,往楼上奔去。剩下的一人死死地盯着严焱,而另一人则冲进了内房进行搜查。

除了刚进门那一刻的惊吓,片刻之间,严焱就恢复了镇定,只不过看到方遇的时候,眼睛却瞪得老大,显出了一丝慌乱。而当佟遥的身影从方遇背后闪出来时,他便立刻舒了口气,还不忘向佟遥投了一道浅笑的招呼。

"怎么只有你一个人?"佟遥四下张望,大感疑惑。

严焱只是摊了摊手,没做过多的解释。

"叶老师的包在这里,他人去哪里了?"佟遥一下冲到严焱站的桌前,拿起了那个她再熟悉不过的黑色背包。

佟遥动作突然,方遇一时没来得及阻止,于是赶忙一个箭步冲上前,护在了佟遥和严焱中间。

"我真的不知道,老师只是让我守在这里。"嘴里回答着,但是严焱的目光却是盯在了方遇身上。

"守在这里干吗?叶升总有交代吧?"方遇看了眼桌上的电脑,然后问道。

"叶老师让我等在这里帮他录个东西,至于录什么没告诉我,我也很好奇。"严焱指了指电脑,一脸无辜的样子。

方遇听到录东西的时候,心里就有了一丝不好的猜测,正准备继续发问,耳边却传来了乔安亭的声音。

原来在两人问答间,佟遥在一旁着急地翻起了叶升的背包,无意中发现了里面的一支录音笔,出于好奇就直接按了播放键。

一听到亭姐的声音,佟遥心里就暗呼不好,这录音笔里播放的分明就是亭姐13年前对叶升进行记忆再造的那段过程记录。

看来叶升在送亭姐遗物的时候,早就已经查看了光盘,只不过当时没有电脑可供拷贝,所以就直接用随身的录音笔给录了下来。

佟遥第一时间想到的就是赶紧关闭录音,可是方遇却一把抢下了录音笔,放在耳边眯着眼睛仔细地听了起来。

佟遥没办法阻止,不过叶升的秘密听了也就听了,只希望亭姐对方遇的那段诊疗记录没有被录进去。

"上面没有……"邹华从二楼返回,突然冲进了房门,不过还没等他说完,便被方遇手势打断。

方遇看了看房间的众人,做了一个稍等的手势,然后一个人走进了堂屋右手边的内房,关起了门。

屋里就这样突然安静了下来,本已消逝的声音仿佛穿越了时间和空间在房间里回荡,让方遇心中五味杂陈。而更让他心中久久不能平复的,则是录音中安亭对13年前叶升记忆再造的描述。

专业性的东西方遇没有办法去质疑和评述,但是这样的做法却是让他忍不住唏嘘,安亭作出的牺牲何止之前知道的那一点两点。

十来分钟后,方遇默默地走了出来,脸上一阵肃穆。

"方叔,叶升知道了这段秘密,那……"佟遥在一旁着急得快要哭了出来,她似乎看到了叶升知晓了尘封多年的秘密后那悲伤绝望的样子。

方遇知道佟遥在担心什么,这样的状况下,叶升接下来最有可能做的事情,就是不顾一切地去找凶手,当然前提是他已经知道了凶手的身份。

"事关人命,现在马上告诉我,叶升去哪里了?"方遇朝严焱靠近,声音低沉得吓人。

面对方遇给到的巨大压迫感,严焱吞了吞口水,终于松口:"宋洋家。"

严焱刚说完,电脑屏幕中忽然由黑变明,从画面中可以很清楚地看见视角顿了一顿,然后以极快的速度进入了一个封闭的房间,而在屏幕正中忽然出现的,正是神色惊讶,面部扭曲的宋洋。

"是宋洋家的地下室。"方遇一眼便认出了地方,"赶紧出发,希望还来得及。"

说完,方遇便转身往门口冲去,邹华等人也都立刻跟上。

"我也去。"佟遥着急喊道。

方遇在门口停了下来,挡住了佟遥:"你就待在这里,视频有什么动静,记得电话通知我。"

佟遥知道这时候容不得自己任性,只得停下脚步点了点头。

方遇想了想,又交代了一名警员留下来陪同佟遥,然后便冲出大门,消失在夜色之中。

目送方遇离开,佟遥立刻转身推开严焱坐到了电脑旁,两眼盯着屏幕一动不动,生怕漏过了什么环节。

很显然,叶升是带了微型摄像头到了宋洋家里,而且已经与宋洋针锋相对。

她不知道下一秒在叶升身上会发生什么,她只希望时间、画面都能够静止下来,希望方遇能够在不幸发生前及时赶到。

第二十一章

绝焰

楼道间突然传来的急促脚步声,让宋洋心中一惊。

他第一时间想到的是司机老陈去而复返,于是便赶忙冲去关门。可是刚刚跑到门口,还没来得及摸到房门,一个让他绝没有想到的身影从洞开的大门中闪了进来。

"叶升!"宋洋心中大骇,差点叫出了声,身体也是本能地往后退了两步。

这名一直隔空博弈的对手忽然出现在眼前,宋洋既感到惊讶,又觉得理所应当,并不意外。

之所以没感到意外,是因为自从引警方到案发现场没有发现宋及春尸体时,他就一直有一种早晚会和叶升正面对上的预感。

而惊讶的则是虽然自己这些年来已经无比熟悉他,但是他却是没有可能知道自己的。这是一个绝对的暗局,只有自己隐在暗处,这一点毋庸置疑,他完全想不通叶升是如何怀疑到自己身上的。

或许他只是走投无路后,赌运气一般的瞎猜乱撞?

想到这里,宋洋赶忙露了一个惊讶加愤怒的表情:"你是谁?私闯民宅可是犯法的!"

"我是谁,你再清楚不过了吧?"叶升看到宋洋还在伪装,心里就是一阵怒火。不过他知道自己不能乱来,虽然现在扑上去杀了他,立刻就可以为安亨,为小晴、小雨报仇,但是那样就太便宜他了。

一定要搞清13年前到底发生了什么,他要剥开这个恶魔一样人渣的所有腥臊和肮脏,让它们曝光在阳光下。让惩罚和唾骂,就像他脸上的那团丑陋的乌黑一样,如疽附骨地黏附着他的血肉,灼烧掉他的灵魂。

"你如果再不离开,我可就要报警了。门口有监控联通保卫室,过不了多久保安就会过来的。可别怪我没提醒你。"宋洋边说边往门口慢慢地靠近。

他这样做第一是为了给叶升施压，第二是想把叶升引上楼，一定不能让他在地下室久待。

"是你在回廊坊杀了安亭不是吗？还有宋及春，真不知道你是一个什么样的人渣，连自己的儿子都不放过。"叶升时间不多，没有功夫再和宋洋瞎兜圈子，"你不用再伪装，你那晚的样子我清清楚楚地看在眼里。"

宋洋面露惊讶，那晚布置严密，怎么会泄漏了身份？

"给你个提示，你打晕我的那个卧室，正对门口有一面穿衣镜。"叶升紧盯着宋洋的脸，注意着他每一丝的表情变化。

"镜子！"宋洋心中一惊，仔细回想还真有那么一面镜子，自己怎么会漏了这么个关键因素！

虽然惊讶，但是宋洋立刻便恢复了冷静，既然叶升已经知道了真相，那么就不能让他活着离开。

他唯一的担心便是叶升会不会透露给其他人，不过接下来他便心里暗暗自嘲起来。警察已经找到了山那边，计划本来就已经全盘失败，哪还在乎这些鸡毛蒜皮？

现在要做的，就是解决掉眼前这个在节骨眼上阻挠自己离开的绊脚石，而且时间似乎已经不多了。

看了看脚下四周，并没有什么称手的工具可以当作武器。不过宋洋并不慌乱，右手插兜握住了钥匙串，钥匙尖从指缝中露出，虽不锋利，但却足以致命。

"那天晚上我的确在现场打晕了你，不过却不是我杀了乔安亭，我也是身不由己。我现在可以跟你去见警察，我知道凶手是谁。"宋洋一边指了指楼上，假装无害地向叶升靠近，一边在心里计算着将钥匙尖插入他侧颈的角度和时机。

叶升当然不会相信宋洋的满口鬼话，不过宋洋不退反进的异常行为倒是引起了他的注意。联想到刚刚那个司机送过来的两个蓝色塑料桶，又看了看旁边堆得乱七八糟的棉被，心里有了些许猜测。

看来这个地下室里有鬼。

"你是想烧掉地下室的秘密，然后逃跑！"叶升笑着后退了两步，然后用手摸索着将房门牢牢地关上，"不好意思，你今天哪里也别想去。"

"你管得太多了。"叶升的行为显然激怒了宋洋。

趁着叶升关门时的短暂分神，宋洋一个箭步向前，握着钥匙尖的右手，忽然从口袋里掏出，没有任何多余的动作，直直地刺向叶升的喉部。

叶升虽有防备，但是奈何宋洋速度奇快，只能是下意识地抬起左手抵挡。

瞬时间，叶升的左手小臂被划拉出一道长长的血口，伤口不深，但长度却足够吓人。

突袭的第一击被挡，单凭一把钥匙再想要制造致命伤基本上已经没了可能。双方力道相差不了太多，在都没有致命武器的情况下，只能是无休止的肉搏缠斗。

宋洋心里清楚，自己肯定没那么多时间，如果一直被叶升耗在这里，等到警察赶到，就没有一点机会了。

电光石火间，宋洋猛地弯下了腰，直接抱住了叶升的双腿，将叶升掀翻在地，然后身体顺势往前一扑，压到了叶升身上。

只有取得了上位，再用钥匙袭击身下叶升的眼、喉和太阳穴等软肋要害，才能一举将他制服。

身随心动，宋洋没有任何停留，扬起右手的钥匙尖就朝叶升的眼睛戳去。

叶升被宋洋抱腿后摔，后脑勺重重地撞在了地板上，一时间头晕目眩，感觉脑仁在脑袋里瞬间晃了百个来回。

刚回过神，就看见一把闪光的钥匙夹在宋洋指缝间，以极快的速度朝自己眼睛袭来。叶升根本来不及躲避，只能本能地闭上了双眼，可是等待了许久，那种锐器洞穿眼部的痛感却迟迟未曾降临。

1厘米？还是1毫米？

宋洋很庆幸，手中的钥匙尖在最后关头停了下来。

就在钥匙刺下的一瞬间，他在叶升的脸上似乎看到了一丝熟悉的影子，同时脑海中也闪出了未来可能出现的种种情形。他不能杀叶升，一旦真的下了手，自己守护的一切或许才是真的没有一丝转圜的余地了。

眼前的压迫感渐渐远离，身上的重压也慢慢减轻。叶升猛地睁开双眼，却发现宋洋举着钥匙，停在了半空。

叶升不知道宋洋为何突然间收了手，不过这样的好机会，他肯定不会放过。猛地伸手拽住宋洋的衣领，然后一个抬头，狠狠地撞向了宋洋的面门。

局势瞬间扭转，叶升发力将宋洋侧掀倒地，顺势骑在了宋洋的身上，然后狠狠地掐住了宋洋的颈部。

这让他立刻想到了13年前女儿被生生掐死的画面，手上顿时加上了全部的力道，身体的重量也顺势全压了下去。

脑袋还没回过神，颈部却被死死地扼住，宋洋双手本能地握住了叶升的腕部，可是喉管的剧痛加上脑部的缺氧，却让他根本使不上太多的力气。

"叶……一……"宋洋拼命地想要说些什么，可是声音却被越来越重的力道给卡在喉咙，挤成了一条线。

意识在一点点地抽离，而这十三年来的一幕幕过往也跟着在宋洋脑海里涌出，然后散成一片雾，就像一场虚幻的海市蜃楼，在折射出最后一道光亮后，最终化为一片透明。

这13年的幸福，始终是自己偷来的，现在还回去，也许才是最好的结局。

或许这真的只是一场并不真正属于自己的梦境吧！

宋洋开始慢慢地放弃了反抗，意识也渐渐变得模糊。而这时，他却忽然间感觉到颈部一松，然后就是一摊鲜血喷到了自己脸上。

叶升所有的力气都集中在双手上，发泄着自己积攒了13年的愤怒。可是突然间背后的一阵剧痛，就像利刃扎进了水袋，所有的力量、生机，包括意识，都像水流一样以极快的速度顺着背部的伤口漏走。

借着最后一丝神志，叶升慢慢地扭过身，看到了背后那个袭击他的身影。瞬间，停住了呼吸，扩大了瞳孔，他的心脏像是被闪电一样击中，可是嘴里却发不出哪怕一个字。

宋洋被一口血喷在脸上，眼前瞬间一片血红，脑袋也立刻跟着清醒了过来。他不知道叶升为何突然间松了劲，再接下来，叶升的身体便重重地压在了他身上。

宋洋吃力地想从重压下抽出双臂，可是却突然间在叶升的胸口位置摸到了一个连着电线的镜头状物体，这让他立刻就明白了叶升来这里的原因。紧紧地攥住摄像头，然后顺势用力一推，压在身上的叶升便瘫软地倒向了侧面。

随着叶升的倒地，一个模糊的身影，缓缓地出现在宋洋被鲜血染红的视网膜上。

用袖口抹了抹眼睛，又晃了晃脑袋，宋洋这才看清了所有的一切。

眼前满是猩色的画面让宋洋大惊失色，他甚至以为出现了幻觉。不过当他想起攥在手里的摄像头时，突然间不知道从哪里来的力量，一个激灵便立刻从地上跃起，然后用脚狠狠地将摄像头踩了个粉碎。

接下来，宋洋第一时间挡在了倒地的叶升身前，不过看了一眼叶升的状况之后,想要施救的想法立刻被瞬间浇熄。

叶升面部朝下趴倒在地,看不到身体的起伏。虽然无法断定是否完全没了气息,但从短匕首插入的位置来看,应该是穿过肋骨刺进了肺下叶和右心房的连接处。刚刚叶升有大量的吐血行为,肯定是刺中了肺叶,不过从叶升现在的情况看,不排除有伤及心脏或者心脏连接肺部的肺静脉的可能。

意思就是没得救了。

视线涣散地落在叶升身体外的银色刀柄上,宋洋完全没有想到最终会是这样的一个结局,顿时一股血液冲上头顶,让他立刻感到了一阵窒息和头晕,心脏也仿佛被一双巨大的手挤干了所有的血液,只剩下了一片灰白。

看了看身后那个依然在颤抖的身影,又看了看地上早已破碎的摄像头,宋洋懊悔似的一声重叹,然后脸上立刻又变得没有了表情。

接着他缓缓地蹲下身,掀起了叶升外套的下摆,一只手紧紧地捂在背部刀刃插入的地方,然后另一只手用力一拔。本来应该有大量血迹喷溅出来的声音,可是却在他手中的按压下变得悄然无声,好似什么都没发生。

说了让自己提前回家,但是宋洋却一直没露面,这让等在卧室的万霞无聊之中显得有些烦闷。

不过这与十多年来她一直被这两点一线所桎梏的生活相比,却是完全不值一提。

13年前,她本以为宋洋在夺去了她的事业和财产之后就会放过她,可是没想到接下来迎接她的,却是漫无天日的软禁生涯。

这么多年来,宋洋的确对她没有一丝恶行,甚至连一句打骂也没有,而且还把整个医院也做得风生水起。但是这些都和她没有半毛钱的关系,宋洋禁锢起的是她的意识,刺痛的是她的灵魂,那无形的锁链和有形的枷锁比起来,更让她感到痛苦和绝望。

而且,这痛楚和无望,在自己的目所能及之内,根本就是遥遥无期。

有时候,她真的宁愿宋洋能够伤她个半死,再还她以自由。可是她知道这完全不可能发生,如果没有意外,自己将成为他一辈子的工具。

思及如此,万霞没有一丝眼泪,如果这都要掉眼泪的话,这么多年来,她肯定早就哭瞎了眼。她只是用被子捂住了脸,让自己陷入黑暗,只希望这难熬的一天尽快地过去。

砰的一声,房门在门档上撞出巨响。万霞被惊得立刻从床上弹起。

只见宋洋戴着塑胶手套,提着一个开了盖的蓝色塑料桶站在门前,对着卧室一阵打量，然后走进房内。

万霞刚调整好了笑脸准备起身，可是一眼便发现了宋洋衣服上的殷红血迹："你怎么……受伤了吗？"

宋洋似乎当她不存在一样，没有回答她的问题，只是提起了塑料桶，倾斜成一个角度，对着木质地板开始倾倒出油光发亮的液体。

"你要干吗？"随着液体的慢慢倾倒，万霞很明显地闻到了刺鼻的汽油味道，再联想到他让自己莫名其妙提前回家的行为，瞬间她的整个灵魂都开始颤抖起来，"你是要烧死我吗？"

宋洋依然没有理会她，只是背过身开始往床上也倾倒起了汽油。

"还真是个废物啊，连威胁到生命时的质问都唯唯诺诺，不敢大声，看来自己的勇气已经被十多年的奴役给磨得一点都不剩了。"万霞被自己刚刚的质问引得一阵自嘲。

这时她猛然看见了宋洋背后腰带上插的匕首。那锋利的刀刃在灯光下散发着致命的寒光，她突然间意识到，如果再不反抗，自己的命到今天也就画上句号了。

没有丝毫犹豫，万霞探身从宋洋的背后猛地拔出了匕首，然后颤颤巍巍地举到了胸前："为什么？这么多年我一直都像个卑微的仆人一样顺着你，像牛像马一样地供你使唤，为什么你还不肯放过我？"

万霞的声音几乎是嘶吼而出，可是宋洋却仿佛没听见一样，只是慢慢地转过身，轻蔑地看了一眼她紧握的匕首，然后又抬高视线，盯上了她惊恐的双眼。

"山那边的尸体被警察发现了。"宋洋的话语中不带一丝感情。

"什么？"万霞的惊恐更甚，因为她知道毕家山那边的尸体一旦被警察发现，将会意味着什么。

"过了这么久，警察应该查不到什么吧……"万霞说着说着就心虚地没了声。

"你得马上逃走，这里也得全部烧掉，不能留下任何痕迹。"宋洋淡淡地说道。

"你不是要杀我？"从宋洋的话中，万霞读出了些什么，但是却不肯定。

"杀了你对我有什么好处吗？没有好处的事情，我可从来不做。"宋洋笑了笑，看着万霞继续说道，"况且，13年前我就已经和你在一条船上了。"

听完宋洋的话，万霞的心跳开始缓了下来。她的确是被宋洋刚刚的行为吓到，但是仔细一想却是自己反应有些过激了。她和宋洋已经牢牢地被捆在了一起13年，真要出事，两个人都不可能独善其身。

"接下来该怎么办？"万霞看了看宋洋提在手里的油桶，忽然间反倒没有那么惊慌了。这么多年，他几乎把所有事情都处理得很好，包括13年前那么凶险的状况，他都能解决得滴水不漏。现在既然他有了动作，那就代表他已经想好了应对的方法。

宋洋没有说话，而是慢慢地伸出戴着手套的手，从万霞手中轻轻地取回了匕首。万霞不知所措，完全没了抵抗。

将匕首插回身后，宋洋又马上从兜里掏出一张黄色封面的刻录光盘，递在了万霞眼前。

"不要收拾东西，现在你立刻离开，能走多远就走多远。警察肯定会怀疑到你身上来，毁掉它，就没有了证据。不过万一警察抓住了你，后面发生的事情，还是得有个说法。接下来，我会教你怎么说。时间有限，我只说一遍，你认真听，千万不要记错了……"

看到这张捆住了自己整整十三年的光盘突然出现在眼前，万霞有些恍惚，甚至本能地作出了伸手上抢的动作。不过立刻，她便从宋洋的话语中听出了不对，慌忙伸出的双手也瞬间停在了半空。

"什么意思？你不走吗？我们可以一起逃走，以后我还听你的。"很明显，宋洋的话中充满了诀别的味道。能够从宋洋身边逃离，这几乎是13年来万霞最大的奢望，不过现在她却发现自己完全离不开这个男人哪怕一步。

"我走不了了。"宋洋将光盘放在了万霞身边的床上，然后低头看了看身上喷溅的血迹。

"为什么走不了？你杀了人？"虽然不知道宋洋经历了什么，但是万霞已经猜到了大概。

宋洋苦笑着点了点头。

"我不要你帮我顶什么罪，跟我一起逃吧！我们有钱，可以去国外。"万霞抓住了宋洋的手，声泪俱下地哀求着。

宋洋看着万霞，脸上露出了从未有过的绝望。

"我已经没机会逃了。"宋洋从兜里掏出已经破碎的微型摄像头，然后侧过脸，将那块乌黑的胎记对着万霞继续说道，"而且你觉得，我这个样子，可以躲到哪里去呢？"

看着那块曾经让她想起都作呕的胎记，万霞整个人都怔了下来，不再说话。

"这些年我对不起你。不过你也知道,我从未想过要伤害你,拿光盘要挟你也是逼不得已……"

"我知道,我都知道,你不要说了。"万霞已经泣不成声。

"既然我已经没有了机会,那就把机会让给你吧。就当是这些年对你的补偿。"说完,宋洋的脸上露出了难得的笑容,仿佛最终获得了解脱一般。

"让盯在外面的人赶快破门。"一边冲出大门,方遇一边下达指令。

"人……"支吾了半天,邹华都没下文。

"人什么啊?赶紧打电话啊。"方遇掏出警官证左右张望,可是巷口却没有一辆行车。

"之前盯梢的人刚赶到,就看见宋洋的车开出了家,我当时让他们跟了上去。"邹华脸色难看到了极点。

"这……真是愚蠢至极。赶快通知小区保安。"方遇血气冲到了太阳穴,不过现在不是发脾气的时候,只能是强行压住了怒火。

接下来又跑过了一个巷口,众人才拦下并征用了一辆路过的私家车。可是刚开出了回廊坊,方遇便接到了佟遥的电话。

从佟遥撕心裂肺的哭声中,方遇知道已经晚了。

他总共就和叶升打过两次电话,碰过两次面,两人并没有什么太多的交集,甚至还一度进行了一场猫捉老鼠的隔空较量。但是,想到叶升和安亭一家人就这么在自己眼前烟消云散,一个不留,方遇心里就是一阵滴血。

不过他知道,现在并不是情绪发作、悲伤四溢的时候。他现在必须要做,而且唯一能做的就是不能让宋洋就这么堂而皇之地跑掉。

宋洋杀了叶升之后,第一时间肯定是要逃跑,现在赶过去最快都要十分钟,必须立刻做出万全的堵截措施,才能防止宋洋戴罪跑路。

方遇先是安排了还在山上寻尸的同事,从防护林赶去宋洋的别墅。虽然从毕家山徒步赶过去肯定比自己一行人乘车要慢,但是至少可以堵住宋洋从防护林那头逃走的路线。

接着,方遇又电话通知了"龙江汇"的保安室,封闭掉小区的所有进出口,不允许任何人、任何车辆进出。

十分钟后,方遇一行人猛踩着油门,赶到了宋洋家别墅的门口。这时,小区的一众保安已经在外墙一圈将别墅牢牢地围住。

"你们什么时候到的?"方遇问了问一名看起来像领头的保安。

"5分钟前。"保安队长回答道。

"有人出来吗?"

"没有,应该还在别墅里,刚刚在门口听到了里面还有动静。小区的进出口也都封住了,没地方可以逃得出去。"保安队长颇有信心地说道。

方遇想了想西南方向门洞大开的防护林,不过他却没有心思再跟他们较真。

"开门。"

"门是掩住的,不过我们没敢随意进,里面有汽油味。"保安队长指了指别墅大门然后回道。

方遇眉头一皱,不再纠结,大手一挥,便带着人冲进了房门。

一行人进门后,直接冲到了地下室。地下室的房门也是大开的,还没进门,方遇便看见了背后插着匕首,俯身躺在门口的叶升,而宋洋却站在地下室正中,仿佛等着他们到来一样。

这让方遇大感疑惑,不过邹华却是没这么多想法,也不担心是不是陷阱,跨过叶升的尸体就要往里冲。

方遇感觉不对,立刻伸手一把拽住了邹华,然后朝地板上指了指。

邹华顺着往下看,地板上湿漉漉的一层,浓烈刺鼻的汽油味也同时钻进了他的鼻腔,再看向宋洋,这才发现,他的手里捏着一个正冒着黄蓝火焰的防风打火机。

安排人抬走了叶升的尸体,方遇才带着一行人走进了地下室。不过因为担心宋洋的突然发难,众人都只是散开了站在了地下室门口前,几个黑洞洞的枪口,将宋洋牢牢地锁死。

而这时毕家山那边的队伍也匆匆赶到,一时间,地下室门口乌压压站的都是人。

"都散出去,这里危险。"方遇赶忙安排大家疏散,这样的情况,人多并不是优势。

按照方遇的指示,后来的众人立刻都向楼上撤去,而方遇则一把拉住了一名刑警小声说道:"报火警,让他们最快速度赶过来。还有,到小区门口进行排查,所有和宋洋可能有关系的人,一个都不能放走。"

"你已经无路可逃了。"邹华没有理会身后的情况,开始招呼起了眼前这个最大的敌人。

地下室里的走私药品早已被没收,现在只剩下孤零零的铁货架,简短的喊话竟然在地下室里荡出了回声。

"你们太慢了,早来一步的话,叶升也就不至于死掉了。"宋洋语气平缓,但是表情和腔调却是充满了嘲讽。

"那么你承认叶升是你杀的咯？"邹华被宋洋的挑衅激得脸色有些难看。

"要搞这么清楚干吗？你们不是已经发现山里的尸体了吗？对于我来说，最终的结果不都是一样？"宋洋苦笑了一声。

"这么说，你杀了乔安亭、朱冬还有宋及春灭口，就是为了掩盖山上尸骨的秘密咯？"邹华继续问道。

"他们的死跟我无关，该认的罪我认，和我无关的，你们可不能血口喷人。"

接下来宋洋便不再发声，看着挤满警察的房门口笑了笑，然后嘣的一声将打火机弹开，众人皆是往后退了一步，结果宋洋又嘣的一声将火机关上。

邹华被宋洋故意戏弄的行为惹得发毛，枪口瞄准了宋洋拿火机的那只手，可是却没什么信心。

宋洋所说，方遇肯定是不信的，不过宋洋的话却让他想起了佟遥提到的叶升之前的推断。叶升是因为安亭的通知临时连夜赶到的江城，宋洋不可能知道叶升那晚会突然出现在宋家老宅。后来的嫁祸戏码应该也是宋洋根据现场情况，临时想到的计划。

这么一看，朱冬和安亭还真有可能是宋及春下的手。能够安全并不引起怀疑地在窗外接近朱冬，宋洋肯定是无法顺利做到的。

"我相信你的话！"方遇突然间开口。

方遇忽然出声，让身边的同事都大为错愕，邹华转过头瞠目结舌地看向方遇，不过看到方遇的眼神时，他知道方遇肯定是有自己的想法。

方遇的确有自己的考虑。现在的情况很复杂，宋洋很明显就是在做困兽之斗。一旦让他引火自焚，虽然对其他人并没有什么危险，但是根据地上倾倒的汽油量来判断，宋洋自己肯定是没办法活下去了。而一旦宋洋死掉，不管是13年前的事情，还是宋家老宅的案件，包括毕家山新挖出来的两具无名尸体，很多真相可能就再也没有办法弄清楚了。

方遇的话似乎让宋洋也颇感意外，一直戏谑的表情慢慢收了起来，目光也开始落到了方遇的身上。

"一切都以证据说话，警方不会把莫须有的罪名强加在任何人的身上，所以还请你保持冷静，配合我们的调查。"方遇让众人放下枪，然后手掌空空地朝向宋洋，试图能够消除他些许的紧张。

"还以为你会有多高深的言论，没想到也是一堆没有意义的废话。"宋洋故意露出一脸失望的表情。

"你原本的计划不是这样的吧?"方遇换成了提问的方式来分散宋洋的注意力。

宋洋一抬眉,做出了个洗耳恭听的表情。

"虽然我不知道你是如何认识的叶升,但是最初的计划中,你根本就不会预料到叶升的出现。所以,最开始,你要的就是借宋及春的手杀掉朱冬和乔安亭。当然,也不能完全说是借,宋及春原本就是要杀两人灭口的,从根本的目的上来讲,你和宋及春的诉求是一致的。"

对方遇所说,宋洋不置可否,但是他的表情已经开始认真起来。

"所以按照你最开始的计划,宋及春最后也还是会死在你手上,只不过他必须死得悄无声息。这样的话,我们才会一直把注意力放在宋及春的身上,认为是宋及春为了掩盖13年前的罪状而杀人灭口,最后畏罪潜逃。这样看来,你应该是在朱冬到医院找宋及春的时候,知道了13年前案件暴露的事情。而在我第一次去找你的时候,你应该就已经制定好了计划。把13年前宋及春离家的信息透露给我,应该就是你故意的,事前宋及春偷领的那50万,包括让宋及春急着办出国手续,也应该是你提前安排好的吧?"

见宋洋没有回话,方遇继续说道:"当然,叶升的忽然出现打乱了你的计划。不过对于你来讲,却并不一定是坏事。我想你原本是准备将宋及春的尸体也偷偷地埋到毕家山那边吧。"

"虽然我们一天没发现宋及春的尸体,你就可以继续逍遥快活下去,不过对于你来讲,也算是留了个隐患。但是叶升的忽然出现,却给你提供了一个永绝后患的机会。所以你改变计划,打晕叶升,在宋及春按照原计划杀掉朱冬和乔安亭之后,你再突然发难,现场杀掉了宋及春并嫁祸给叶升。

"这一招确实狠毒,你的临场反应也的确让人叹为观止。这样一来,13年前所有的当事人都已经没办法开口说话,而唯一活下来的叶升,也只能百口莫辩,白白地帮你背锅。一石二鸟,干脆利落。"

话刚说完,宋洋便开始鼓起了掌,同时还不忘转向邹华揶揄了起来,"看到了吗?朱冬和乔安亭真的不是我杀的,你要为你刚刚的污蔑行为跟我道歉。"

"你……"邹华脸上有些难看,不过刚刚方遇所说的那些的确是他第一次听说,而且从宋洋的反应看来似乎都是对的。

"接下来,再说说你的动机。"方遇没有理会宋洋的挑衅,顿了顿继续说道,"刚刚我们的确在毕家山南麓挖出了两具尸骨,尸骨的身份我们暂时无法得知，不过我想应该是和13年前你妻子的失踪还有你突然高升获得医院的经营控制权有关。"

听到这里，宋洋的眼光一闪，前面的分析已经很让他惊讶了，他没有想到方遇竟然可以这么快地猜到尸骨的身份。不过转念一想，虽然十多年前做了手脚，但是自己突然获得医院的控制权的确是留了一个很难解释清楚的尾巴。现在想来，还真是贪念作祟，如果当时自己再耐心那么一点，或许结果会有那么一些不同吧。

"现在已经很明白了，你在宋家老宅谋划的一切，看上去就是为了掩盖13年前两具尸骨的秘密。但是，事实却远不止于此。"说到这里，方遇故意停了下来。

宋洋很明显是被方遇突然的转折和停顿吊起了胃口，突突燃起的打火机火苗也被他立刻按灭。

邹华也似乎忘了眼前面对的亡命之徒，扭过头等待着方遇的下文。

方遇死死地盯着宋洋的眼睛，然后缓缓地说道："你一个人留在这里，应该是为了拖延时间吧？"

听到"拖延时间"四个字的时候，宋洋本能地咽了咽口水，表情也是很明显地变了一下，而这一切都没能逃脱方遇的眼神。

"13年前的两具尸体，包括宋家老宅的事情，背后的计划和实施者应该不止你一人吧？"方遇换了个角度重复了一遍，不过这次他加大了声量，信心也更足了些。

本来，他一直和邹华一样，认为宋洋在宋家老宅所做的一切，都是为了掩盖十三年前埋掉的那两具尸骨。但是，当他来到地下室，见到满屋浇淋的汽油和宋洋打算引火自焚的行为时，他就立刻产生了一丝疑问。

如果只是为了掩盖山那边尸骨的秘密，宋洋是没必要烧掉屋子，并引火自焚的。就算是发现了警方正在搜寻毕家山，他第一时间最合理的行为应该就是逃走。就算是叶升及时地出现阻止了他，他在杀掉叶升后，也完全有时间做出逃跑的行为。

可是他没有立刻跑路，而是在这么紧急的关口选择了先淋汽油烧掉别墅，这就需要另作考虑了。13年前在叶时晴遇害前到底发生了什么，两具还未最终确定身份的尸骨到底因何而亡，这些现在都依然笼罩在一层迷雾之中。但是宋洋放弃逃跑，留在现场等着警方出现，却是眼前实实在在的情况。而在这样的情况下，一旦宋洋点了火，他自己是不可能有任何活路的。

面对这些，方遇能想到的就是拖延时间，而宋洋拼了性命地拖住时间还有警察，目的很显然只有一个，那就是为了保全其他人，保全他宁愿丢掉性命都要去保护的人。

正是有了这样的分析，方遇在刚来到地下室发现宋洋的时候，才安排了人到小区门口进行排查，不过对于能拦下什么人，他并不抱太大希望。当着宋洋的面讲出这些，他却是另有目的。

所有事情没弄明白之前，宋洋是一定不能死的。既然他愿意牺牲性命去保全别人，就代表他心中还有着那么一块柔软的地方。这让方遇看到了有可能的一丝机会，而他赌的就是这仅存的一丝希望。

对于方遇突然提出的问题，宋洋很明显想要回避，不过他却没有保持沉默："我想知道，你们是如何找到毕家山那边的。"

"那附近有一个隐秘的防空洞口，是从江大后山通过来的，叶时晴姐弟两人就是从那个洞口出来的时候碰到了宋及春和朱冬。"方遇如实回答。

"防空洞口？姐弟？你是说13年前那晚还有目击者？"宋洋诧异了一下后，便忽然间全明白了。

13年前埋尸之前，他在晚上的时候的确去踩了点并提前挖了尸坑，可是却并没有发现什么防空洞口。他选择那里作为埋尸地，只是出于那块儿保留地是离家最近的隐蔽地点。可是完全没想到在那里竟然还藏了个什么防空洞，而且还通往了江大后山，或许也只有顽皮的孩子们才会清楚那里的一草一木吧。

而且他一直以为这是一场只有自己知道牌面的暗局，可是却没想到当晚除了他以外还有其他的目击者。

"不对，你在骗我。"宋洋狠狠地摇了摇头，似乎并不能接受方遇的说法，"既然有其他目击者，为什么这13年来都没有动静，而一直到了今天，你们才找到那里挖出尸体？"

"叶时晴的弟弟叶时雨的确看到了当晚发生的事情，不过一切都没有你想的那么简单。天色太黑，他没有看到你的样子，所以他认为是宋及春返回埋了尸体。而且当时叶时雨还小，惊恐之下他把毕家山的防空洞口错当成了江大后山的防空洞。"方遇解释道。

方遇从没有想过宋洋会不知道这一切，不过现在想来，这似乎也在情理之中。如果他知道当时叶时雨的存在，也就不会整整等了13年后，因为朱冬重新引发了这段陈案才有所动作，而且也不会傻傻地让那两具尸骨一直埋在那里。

宋洋听完愣了一愣，原来中间还有这样的曲折。怪不得，13年前警察一直都在江大校园的后山进行搜寻，后来又莫名其妙地暂停了相关的动作。

13年前那晚之后，他一直关注着警方动向，他本也想过再找其他地方转移尸体，结果没想到毕家山这边一直都没有任何动静，所以他后来才打消了冒险重新处理尸体的念头。

"看来，一切都是造物弄人，命中注定。"宋洋神情绝望，满是自嘲。

方遇知道，这时候宋洋心里肯定起了些变化，这样的机会不容错过，于是他往前尝试性地挪了一小步。

"事后，因为目睹了姐姐的遇害，叶时雨也出现了精神问题，并意外身亡。那时候，他还只是个不满6岁的孩子。为了这件事，已经有太多无辜的人丧失了性命，叶时晴整整一家四口人，到现在全部殒命。既然你宁愿牺牲自己也要保全他人，那就代表你心里还留存着一丝善念和光亮。而且你现在这样的行为，并不能帮到任何人，甚至会将你想要保护的那人推向更加万劫不复的深渊。"说话的过程中，方遇又小心地往前挪了一步。

这样的行为其实是非常危险的，一旦宋洋认了死理，不顾一切地突然发难点火，那方遇也将会被火海瞬间吞噬，但是此刻他没有其他的选择。

方遇相信自己的判断，而且哪怕只有一丝机会，他都要赌上一赌。而且他注意到，宋洋眼中已经泛起了犹豫，对他上前的行为也没有立刻过激的动作。一切都在一念之间，只要宋洋心中还存在着一丝善念，那就一定还有希望。

方遇举起双手，正准备再往前挪上一步，而这时，屋外远远地传来了消防车的警鸣声。

不好，方遇心里咯噔一下，迈出了一半的脚立刻停了下来。

消防车的警鸣声，将宋洋从恍惚间拉回现实。这时他忽然抬起了头，表情怪异，不知是哭是笑。抬头看了看方遇，宋洋留了一丝微笑："既然一切都搞清楚了，那就让所有的悲剧在我身上画上句号吧。"

接着，随着砰的一声响起，打火机带着鬼魅的火焰，划出一道绝望的弧线落向了地面。

银色的打火机在地上弹了一下之后方才落地，而第一次触地的瞬间，地板上的汽油便被引燃，并以打火机火苗为中心，呈圆形朝四周辐射开来，就像一朵瞬间绽放的绚丽花朵。

方遇第一时间便转身往后跳开，不过油膜传输火焰的速度太快，再加上鞋底部以及腿上粘上的汽油。纵使身后的众人合力将他拖出了地下室，但是双脚却依然被火苗的边缘给咬住，瞬间两腿便被火焰爬满。

好在刚才已经提前准备好了灭火器，随着连续的几次喷射，方遇身上的火舌瞬间消失,整个门口也都被浓密的白色烟雾所笼罩。

没有理会腿上的灼痛,方遇赶忙撑着地面站起身,一把抢过灭火器,推开了挡在身前的邹华。可是小小的一个干粉灭火器,在一屋子的火浪下却显得杯水车薪。

面对着熊熊的烈火和铺面而来的热浪,一阵绝望和无力感悄然袭遍全身,方遇的心瞬间冰如寒冬。

不对,并没有看到屋里有奋力挣扎的身影,这样的情况下,宋洋只会比自己的情况更糟才对。

"看到宋洋了吗?"方遇赶忙转身询问。

身后的众人你看我,我看你,皆是无语摇头。

难道已经倒地殒命了?方遇挥舞着双手,想要散掉白雾,看清屋内地上的情形,可是上红下黄的重叠焰体,却让他无法得到任何确定的信息。

而这时,房间最远端的两个文件柜,在烟熏火燎中模模糊糊地进入了方遇的视线。

挪动过!

瞬间,方遇便知道发生了什么。

"错了,在旁边。"

说完,方遇便丢下灭火器,带头朝楼上跑去。灭火器落到地上叮叮咚咚地弹了几下,在众人的身后发出了嘲笑般的声音。

奔出了宋洋家,赶忙朝旁边的一栋联排别墅跑去,从屋外抬头简单一瞥,方遇更是心惊。

宋洋家只是地下室着火,楼上三层还没有波及,但是紧挨着的旁边一栋却是整个楼体都已经冒起了白烟。

方遇心急如焚,试图冲进房门,可是却一把被邹华给拉住。

"消防车已经到了,交给专业人士吧!"

慢慢站起身,和众人一起为消防车让开了道,方遇默默地走开,一个人坐到了远处的花坛边上。

方遇摸了摸身上,除了一盒薄荷糖外,两兜都是空空如也。抬头看了邹华一眼,邹华立刻叹了口气,掏出了烟。

"就差那么一点。"方遇的目光盯向了浓烟滚滚的别墅,如果消防车晚到那么几分钟,说不定自己就有机会将宋洋说服。

"你太冒险了。"邹华将打火机凑到方遇嘴边,"不过,真没想到两栋别墅是相通的。"

"等等。"方遇忽然推开冒着火苗的火机,然后猛地站起了身:"赶快去查查旁边别墅的业主是谁。还有,跟我去小区门口,说不定……"

方遇话还没说完,便被邹华给重新摁了下来,然后指了指已经被烧得只剩几块布条的裤管说道:"刚刚我已经都安排了,放心吧,该抓的一个都逃不掉。"

方遇点点头,坐在花坛边不再纠结。

"现在看来,宋洋不在场证明的问题倒是解决了。"邹华帮方遇重新点上烟,"他一直都是通过打通的地下室,从旁边一栋别墅内隐蔽地出入作案。这里离毕家山不远,过了西边的丁字路口,全部都是监控盲区。"

"之前,我们其实有机会发现这个秘密的。"方遇叹了一口气说道。

"你指的是?"

"我们第一次到宋洋家地下室搜查的时候。"方遇淡淡地回道。

邹华愣了一下,这才反应过来:"的确,一墙之隔,可惜当时我们只发现了那批走私药。"

"他是故意的,那批走私药只不过是他的障眼法而已。看来所有的秘密都藏在另一栋别墅,我们到最后都被蒙在鼓里。"方遇抬头看向火场,旁边那栋别墅浓烟更甚,很显然,汽油主要是用在了那里。

邹华正想接着说什么,这时别墅门口一阵喧闹,一名消防队员背着一人冲出别墅大门,所有人刷地一下围了上去。

"是宋洋,还有气儿。"邹华兴奋地说道。

"赶紧送医院。"方遇眼中也满是庆幸。

"报告。"这时,一名民警气喘吁吁地冲到两人身边,"别墅的业主身份查到了,名叫万霞。"

"万霞?"方遇听着这个女性化的名字,心里突然间有了些猜想。

"是的,太阳神男子专科医院的副院长。刚刚她想硬闯小区大门,被我们拦了下来。"

第二十二章

死局

"你叫万霞?"邹华问话的时候,头都没有抬,眼睛盯着桌上临时凑起来的资料,脑中却是在思考着问讯的策略。

回刑侦队的路上,他和方遇有过简单的分析。虽然事情还未明了,但是大概也能猜到些东西,说复杂倒也不复杂。不过现在毕家山的两具尸体身份未定,宋洋暂时昏迷在医院,烧得一塌糊涂的别墅也没有发现任何有用的线索。也就是说,坐在对面的这个女人,目前连嫌疑人都算不上。这样的情况下进行问讯,的确是有些无从发力。

万霞刚在小区大门被拦下,就被警察带到刑侦队关进了这间问讯室,一时间,有些不知所措,嗓子跟哑了似的,只能是惊恐地点了点头。不过让她心中不安的,最主要还是坐在房间角落的那个人。

那人面色阴沉,脸上也是满是烟尘的痕迹,两腿的裤管被烧得只剩了布条,乍一看去好像刚在哪里吃了亏。不过到底发生了什么,万霞心里却是再清楚不过,刚刚被拦在门口的时候,就是看到了消防车进入,她才着急着想要冲出小区。警察都被大火牵连了,宋洋的情况就更可想而知了。

"刚刚在小区门口,明明知道我们警方禁行,为什么还要强行闯关?"邹华思来想去,最后却只能从这一点入手。不过刚问出口,他就有点后悔,万霞肯定会以不知道,不清楚为借口,然后随便找一个有急事的理由来应付搪塞。

"有人要杀我,当时我也是有些慌了。"万霞怯怯地回道。

"有人要杀你?"邹华被这意料之外的答案惊得愣了一下,然后才抬起头认真打量起了这个女人。

按照资料显示,万霞比宋洋小了一岁,这样来看平日里保养得还算不错。容貌看上去不能说差,只是右眉靠鼻梁的内侧有一颗糖豆大小的黑痣，再加上一头时髦的卷发，让整个人看上去并不那么友善，或者说是有些凶相。

"是的，我当时急着逃走和报警，只知道有消防车进小区，并不知道你们也在。这个我和保安说过，你们可以去问。"万霞语速像机枪一样，生怕邹华不相信。

"谁要杀你？"

"宋洋。我和他在同一家医院工作，也是邻居。"

"既然他要杀你，你是怎么发现，又是怎么逃出来的？具体情况描述一下。"问询情况比预想中要顺利太多，不过不知道万霞葫芦里卖的是什么药，邹华不敢大意，只能接着套话。

"他今天在医院让我提前回家，等我回家时却发现整个屋子都淋满了汽油。我意识到不对，所以第一时间去了地下室，结果发现地下室也被浇了汽油，而且还堆了一堆易燃的棉絮。接着，我在地下室的时候听到了旁边的地下室有打斗的声音。出于好奇，我就过去看了一眼，却刚好看见宋洋刺死了一个男人。当时宋洋转身看到我，便拿着刀要追我，所以我才拼了命地逃出来。"万霞的表情尽量配合着描述的内容，特别是眼神。一般说谎时，眼神都会不自主地游移，所以她一直是盯着邹华的双手，不敢有一丝移动。这些应对技巧，包括刚刚陈述的内容都是宋洋交代过她的，她生怕说漏了嘴，所以基本上是原封不动地复述了一遍。

"你知道两边的地下室是打通的？"

"知道。地下室是用来屯走私药的，这些年宋洋主要是靠走私药来敛财，为了以防万一，方便转移，他才在两个地下室之间设了暗门。"

"大前天，也就是11月4号晚上，宋洋是不是转移了走私药到你家的地下室？"邹华这才明白了第一次到宋洋家搜到走私药的时候，为什么半个小时不到再去检查，很多箱子就变成了空箱，搜到的走私药价值也才区区几万块而已。

"是的。那晚他突然把我叫起来帮忙，吓了我一大跳。"这一点，万霞倒是实话实说。

"这么说，他杀你是因为你看到了他杀人？他杀的那人你认识吗？"

"他杀的那人长相我没看清，当时也没多想，他拿刀冲过来，我就立刻堵了门逃跑了。不过我想应该主要是这个原因。平时我和他有些利益分配上面的矛盾，但是还不至于让他对我下杀手。"

"如果说是因为你目睹了他杀人才要杀你灭口，汽油又是怎么一回事？还有，当时你发现家里被淋了汽油后，为什么第一时间要去地下室？"方遇的声音，从角落传来。

听到方遇的声音，万霞双手立刻颤抖了起来，头和眼神也一起埋了下去，看上去就像被当场抓了现行的小偷。不过此时她心里却是另一番状态，宋洋说过警察不好对付，所以才故意留了尾巴让警察去踩，没想到真被他说中。万霞心中暗自庆幸，如果没有宋洋，面对如此精明的警察，她真的不知道自己到底能撑几分钟。

"回答我。"

万霞依然埋着头，半天没有回音。

"宋洋让你提前从医院回家，并事先在你家浇了汽油，这些都发生在他在地下室杀人之前。而且，你回家后发现家里被淋遍了汽油，第一时间不是逃跑，而是去地下室，不是自相矛盾吗？"方遇一边说，一边站起身走到了邹华身边。

"我……我……"万霞的表情慌到了极点。

"不用再编了。"方遇厉声打断，"我们已经查过了监控，汽油总共两桶，是宋洋司机在你回家后才送到的，所以，你刚刚一直在说谎。"

"我没有说谎，他是真的要杀我。除了淋汽油那段是我临时加上去的，其他的都是千真万确。"万霞眼睛眉毛都挤在了一起，挤了半天还真让她从眼角中挤出了两滴眼泪。

"好，那你说说他为什么要杀你。杀人总得有个理由和动机吧？"方遇当然不会相信万霞所说，但是现在缺乏信息，那就继续听她还会编出什么花样。说得多，错得多，总比打碎牙封住嘴要好，至少有机会从中找出破绽。

"是因为尸体暴露了。"过了好久，万霞似乎经过了剧烈的思想斗争后，才又慢慢开口。

万霞给出这样的回答，方遇是绝没有料到的，看了看邹华，也是一脸的吃惊。

"什么尸体？尸体和你们有什么关系？"方遇继续追问。

"你们已经发现了尸体，就不要再折磨我了，我不是故意说谎的，我只是因为害怕才说错了话。"就着眼角的两滴泪水，万霞的声音也变成了哭腔。

"控制一下情绪，把你知道的都说一遍。"邹华在一旁打断道。

万霞抹掉眼泪抬起头，然后抽泣着说道："是我害死了宋洋的妻子还有我的丈夫！"

方遇没想到从万霞嘴里竟然蹦出这么一句。

"毕家山埋藏的两具尸体就是宋洋的妻子还有你的丈夫?"邹华也是听得目瞪口呆。

"毕家山?"万霞顿了顿,似乎并不明白尸体与毕家山的关系。过了一会才恍然大悟地说道,"原来他把尸体藏在了毕家山。"

"把事情说清楚。"

"事情还要从13年前说起。太阳神男子专科医院是我父亲生前留给我的。那时候,我对医院管理没什么兴趣,所以就把院长的职位挂给了我的丈夫齐斌。宋洋和齐斌是大学同学,也在医院工作,他是医院泌尿科医师,而他的妻子段红娟在医院当护士长。我一直对他们夫妻俩印象不错,而且还刚好和我们是邻居。"

"我们两家人除了在医院,工作之外也偶有来往,一直都是相安无事,邻里和睦。可是没想到后来,我渐渐发现丈夫和宋洋的妻子段红娟有不轨行为,而且似乎已经维持了很长一段时间。"

"你丈夫是不是有一只手的小指是断指?"方遇打断道。

"是的。"万霞显得有些诧异,不过想了想既然警方已经挖到了尸体,知道这些也就不足为怪了。

"他的手指是怎么断的,方便告诉我们吗?"方遇继续追问道。

"这件事就是这场悲剧的开始。"万霞面带痛苦,眼中充满回忆。

方遇示意她继续。

"2003年情人节的时候,我偶然间发现了齐斌手机上收到了一条段红娟发来的暧昧短信。第二天刚好是正月十五,所以我就威胁他告诉我实情,否则我就当着亲戚朋友的面当场服毒自杀。为了戏演得真一些,我还专门从医院领了医用吗啡。

"齐斌在我的威胁下承认了与段红娟的奸情,我本来是要和他离婚的,不过他当场拿刀切了小指,并向我发誓再不与她来往。我当时一时心软,就没有再追究。

"不过半年后,大概是8月份的时候,宋洋忽然找到了我,然后给我看了一段录像。"

"录像?"邹华有些好奇。

"是的,原来他们两人不仅没有断开来往,而且还越打越火热。同时不仅只有我发现了他们两人的奸情,宋洋也知道了这件事。但是他比我冷静,为了抓住两人的证据,所以就在他们家卧室偷偷装了监控。"

"看完录像之后,我几乎陷入了崩溃。让我绝望的不仅仅是他们所行的苟且之事,还有录像中偷录到的他们的计划。"

"齐斌和段红娟的计划？"

"是的，他们商量着要偷偷害死我和宋洋，然后两人好独占医院的资产。"

"所以你就杀了他们两人？"邹华问道。

"不，我哪敢杀人？当时我只是绝望，我想的只是快些和齐斌离婚，将他扫地出门。不过，第二天晚上从医院回家的时候，我却发现齐斌和段红娟的尸体出现在了家里的卧室里。"

"人不是你杀的？"

"不是。不过他们的死却和我脱不开关系。"

"怎么说？"邹华和方遇皆是不解。

"我当时看到两人死在了卧室里，心里立刻乱了套，不过看了他们的死状和吗啡中毒非常类似。所以我就查看了之前藏在糖罐里的吗啡，却发现早已不见。

"当时我以为是他们误服吗啡致死，但是后来才意识到不可能。他们都有医学常识，我藏吗啡的时候也是包得死死的，而且还特意做了标记，他们不可能误服。"

"难道是宋洋？"邹华想了想然后问道。

"是的，不过当时我并不知道。我不敢报警，一时不知所措，这时宋洋却刚好出现在我家门外敲了门。当时在猫眼中看到是宋洋在敲门的时候，我本来是准备假装家里没人不开门的。不过宋洋却打了我的手机，当时我的手机忘了调静音。

"所以我还是开了门，并跟他说了卧室里的事情。我想当时我刚刚到家，有进小区时的监控可以作证，而他也能为我做一些证明。可是他看了尸体后却断了我的念想。

"他说吗啡大幅超过致死剂量的话，可以瞬间导致死亡，所以我刚回家这一点并不能成为我没杀人的证据。而且药是我亲自从医院拿出来的，算是没法辩驳的物证。他还说大量毒杀都是提前藏毒的，再加上十足的动机，如果我报了警就相当于是自投罗网。"

"所以你就相信了他的话？你怎么这么愚蠢？这明显就是他的圈套。"后面的不说，邹华也都猜到了个大概，无非就是宋洋答应帮万霞处理了尸体，并以此为要挟，取代齐斌夺得了医院的管理权。

"我的确是蠢，不过当时的情况下，他的话完全没得反驳。而当他处理完尸体之后，我也就没有了再去反悔的可能。"万霞面带痛苦地摇了摇头。

"那你后来又是怎么发现是他杀的人?"等到万霞情绪稍稍缓和,邹华继续问道。

"等事后冷静下来,我才发现一切都是太过巧合了,不过我一直没有拿到他设局杀人陷害我的证据。"

"齐斌和段红娟两人死后这么多年一直没有出现,难道就没有人怀疑吗?你和宋洋是怎样掩人耳目的?"方遇突然想起了宋洋为段红娟宣告失踪,以及段红娟有出境和境外消费记录的事情。

"这些也都是宋洋一手处理的,我出的钱,他出的力。不过具体我倒不是很清楚,好像是他找了两个穷亲戚,冒充了齐斌和段红娟的身份偷偷出了国。"

"然后你们各自为他们两人报了'失踪'?"虽然知道万霞在说谎,但是这一段还是有一定参考价值的。

宋洋有走私药的渠道,偷渡出国并不是难事,伪造了两人的非法出境痕迹,再刻意地安排在国外留下消费记录,这样两个已死之人就有了逃亡国外的真实生活记录。

而更妙的一招就在于对两名死者的宣告失踪。这个行为看起来好像是主动引人怀疑,颇为冒险,但真正的目的却是在引导法院调查出他们早已安排好的那些痕迹。

当法院驳回了他们的失踪宣告后,就相当于为两名死者因奸情被戳穿逃亡海外作了最可信的官方背书。

当然,其中的过程肯定比想象中的要来得复杂,不过不管怎样,宋洋的安排都可以说是精细到了毫厘。

"是的,不过后来被法院驳回了。我当时觉得这样做很冒险,不过后来我才明白了宋洋的手段。也正是因为这件事,我才更加坚信这一切都是他提前设好,等我跳下的局。"

"你和齐斌一直没有孩子吗?"方遇忽然转了个话题。

"没有。"

"为什么不要孩子?十三年前,你应该也已经快四十了吧?"

"我子宫有些问题。"万霞犹豫了半天才说出口。

"宋洋当时儿子已经很大了吧?当时你们处理尸体,难道不怕被他儿子发现?"方遇又把话头转到了宋及春身上。

"你是说宋及春吧?他不是宋洋亲生的,宋洋对他平时也不怎么好。当时,宋及春一直被他丢在宋家老宅的父母家。"万霞回答道。

"不是亲生?可以说清楚点吗?"虽然早已知道,但是方遇还是觉得很是奇怪,他刚刚还猜测宋及春是段红娟和齐斌的私生子,不过听万霞的口气,似乎并不是这么回事。

"段红娟和宋洋结婚的时候,就已经挺了个大肚子,那时就有人传段红娟是个被人抛弃的女人,宋洋是找不到老婆才装了孙子接了盘。不过以宋洋那副长相,正经女人估计也没几个能看上他。"提到段红娟,万霞嘴里颇为不屑,"当然,这些都是医院同事之间传出来的,不过看宋洋对宋及春的态度,我觉得也八九不离十。"

"宋洋那晚是一个人处理的尸体?"宋及春13年前住在宋家老宅,这也倒和那晚的事相符合,至于宋及春的亲生父亲是谁,那就是更早之前的事情了,和案件也没什么关联,方遇便不再在这件事情上纠结。

"是的。那晚是他一个人处理的尸体,他本来要我一起帮忙,但是被我拒绝了。"

"处理完尸体之后呢?"叶时晴的尸骨一直到现在都没有找到,虽然知道宋洋不可能把事情告诉万霞,但是方遇还是决定撞撞运气。

"处理完尸体之后,便是医院的事了。之前已经答应过他,而且他抓住了我的把柄,我只能……"

"好了。先就到这里吧!"再听她胡说下去已经没什么意义,方遇笑着叫了停,然后给邹华递了个眼神,留下万霞一个人在房间里惶惶不安。

"这女人真能编,要不是知道宋洋宁死也要保她,我还真的信以为真了。如果罪犯脑袋都这么好使,估计我们都得失业了。"出了审讯室,邹华给方遇递了支烟,笑着摇了摇头。

"不是她聪明,都是宋洋一字一句教的。"万霞在问讯过程中的说辞堪称完美,不仅把故事编得严丝合缝,甚至还懂得欲擒故纵。方遇算是又一次领教了宋洋的手段。

"为什么不当场戳穿她?"邹华问道。

"拿什么戳穿?"方遇一阵苦笑。

话刚说完,方遇手机响起,看了看来电号码,赶忙接通贴到耳边。接下来不过三秒,方遇便挂了电话看向邹华:"要去啃更硬的骨头了。"

"嗯?"邹华一时没明白过来。

"宋洋醒过来了。"

"120赶到得很及时,基础施救也还得当。目前只是腿部有小面积的浅二度烧伤,我们已经做了消炎处理以防后续感染。昏迷主要是因为二氧化碳吸入过量,现在经过吸氧和颅内降压,总的来说问题已经不大。"医生摘掉口罩,在病房门外将宋洋的情况一一介绍。

"那现在患者可以进行沟通吗?"方遇问道。

"应该没什么问题,不过注意控制时间。"

谢过医生后,方遇和邹华推门而入。单人病房不大,宋洋躺卧在病床上,为了防止他反抗或逃跑以及进一步的自残行为,没有伤势的双手均用手铐铐在了病床栏杆处。

"我需要你回答几个问题。"方遇走到病床旁,言语没有夹杂任何情绪。

不知为何,虽然宋洋和万霞都已经归案,同时宋洋还甚至过度承担了罪行,但是方遇却觉得和眼前这个男人的正面交锋才刚刚开始。

接下来果不其然,宋洋立刻用闭眼缄默给了方遇和邹华一个下马威。

"叶时晴的尸骨到底在哪里?"方遇没有理会宋洋的无声抗议,继续问道。

选择叶时晴尸骨的问题作为开场,一是小晴的尸骨的确是悬在方遇心中久久未落的一块巨石,也是他对乔安亭的承诺,小晴的尸骨如果无法找到,就算最终案件真相大白,乔安亭也一定不会瞑目。

另外,这也是方遇思索再三后避重就轻的一个选择。13年前,宋洋是完全没有想到在埋尸过程中会碰到叶时晴遇害这档子事的。13年后的一系列案件的最终目的也都是掩盖毕家山两具尸骨背后的真相,也就是说,继续隐瞒叶时晴的尸骨现在对宋洋来说并没有多大的意义。所以先搞清楚叶时晴尸骨的下落,无疑是最好的选择。

现在宋洋还不知道万霞被控制的事情,不过等会儿肯定会在万霞的问题上拉扯交锋,不先把容易的事情搞定,说不定宋洋后续会把尸骨的真正下落作为博弈叫价的筹码。

宋洋睁开了双眼,不过依旧一言不发。

"说实话,13年前目睹叶时晴的遇害对你来说只是个意外,因为这个意外,她一家四人都已经殒命。让一家人最终能有个完整的结局,要求应该不算过分吧?"宋洋的行为让方遇怒火中烧,不过他知道现在只要动了怒,便输了一半了。

"梁子湖。"宋洋看向方遇,嘴唇轻轻动了动。

"你把小晴……具体沉湖地点呢?"方遇指关节攥得发白,不过他还是把自己摁在了原地。梁子湖比杭州西湖都要大上整整5倍,如果不搞清具体沉湖地点,想要找到13年前的尸骨,无异于海底捞针。

"毕家山北,亲水台。"宋洋回答得倒也干脆。

"接下来,我们来谈谈万霞的事情。"方遇从病房墙边搬了把椅子,心中也稍稍松了口气。他知道，这个时候对于叶时晴的尸骨，宋洋已经没有隐瞒说谎的必要。

从搬椅子到坐下的整个过程，方遇的视线一直没有离开过宋洋，不过宋洋的面色平淡，并没有因为听到万霞的名字而有丝毫波动。

"毕家山两具尸骨的身份，我们已经查出来了，你妻子段红娟和万霞的丈夫齐斌并没有私奔逃亡国外，而是在13年前被你埋在了毕家山。"

"你们警方的效率还真是不错，不过既然你们都搞清楚了，直接治了我的罪不就行了，还要来找我干吗？要听我声泪俱下地亲口忏悔吗？"宋洋嘴角挂笑，两眼却空洞地盯着天花板。

"尸体是你埋的，但并不代表人也是你杀的。"

"不是我杀的，我干吗冒那么大的险去运尸埋尸？"

"万霞投案了。"方遇决定不再浪费时间。

"哼。女人的确不值得信任。"宋洋冷哼一声，"她肯定是什么都说了吧？"

"她说了什么，你应该最清楚不过了吧？"

"我无所谓了，反正都是死罪难逃。"

两人你来我往，针锋相对，不过在宋洋铁了心的抵抗下，方遇也是一点办法也没有。旁边的邹华恨得牙痒痒，刚想爆粗口，却被方遇一把给拦了下来。

"你的目的不是这个吧？"看了看宋洋一脸无所谓的样子，方遇缓缓地说道。

"我不知道你在说什么。"宋洋两眼的眼皮依然耷拉着，但是眼神却是闪过了一丝异样。

"还有你听不懂的事情？那我就解释给你听。"方遇笑了笑继续说道，"13年前的埋尸和后续处理，都是你做的，不能说没留任何尾巴，但是过了这么多年，就算尸骨重见天日，科学技术再发达，也顶多只能追查到实际操作的你身上。我的意思是，你又是点火烧屋，又是当着警察的面拖延时间，如果只是为了帮万霞隐瞒段红娟和齐斌的死亡真相，大可不必搞出这么大的动作。"

"因为时间的关系，13年前的案件可能没办法最终还原真相。但是别忘了，叶升的死也就是几个小时之前的事情，你可别小看了现在的刑侦技术。"

"你在绕口令吗？"

"那我就说得再直白点好了。最终动手杀害叶升的并不是你，而是万霞不是吗？不论身高还是体力，你都比不过叶升。就算他再不小心，也不会弱到把背部这么大的空当留给你，让你如此轻松地一刀致命。所以，你真正要帮万霞掩盖的，是她插在叶升背后的那把刀吧？"

当听到那把刀的时候，宋洋错愕地看了方遇一眼，铐在床架上的双手开始止不住地轻微颤抖起来。

对方遇所说，一旁的邹华听得也是目瞪口呆，不过仔细琢磨，的确还真有那么一丝道理，而且似乎刚好戳中了宋洋的软肋。这一点，从宋洋的反应已经可以看出些端倪。

"早知道当警察就是编故事这么简单，我当年也应该去考警校。"宋洋继续负隅顽抗，但从表情看已经是强弩之末。

"你以为叶升会什么准备都没有做就去找你吗？他身上带着摄像头，地下室发生的一切，早就记录得清清楚楚。"

听到这里，宋洋就开始闭上眼睛不再说话，似乎想以此来保留作为失败者最后的尊严。

这时，病房门响了几声后被轻声推开，一名白衣护士推着小车走进病房："患者要进行二次清创了。"

"我问问指纹匹配的结果出来没有。"出了病房，刚关上房门，邹华立刻掏出了电话。

方遇知道邹华在做无用功，不过却没有心思阻拦。既然宋洋铁了心地要帮万霞背锅，又怎么会让万霞的指纹留在凶器上呢？

现在唯一的希望就寄托在了佟遥和严焱录的那段视频上，方遇在来医院的路上已经通知了佟遥赶过来，看了看时间，应该也差不多快到了。

"结果出来了。叶升背后的刀柄上录到了万霞的指纹，而且只有她的指纹。"一分钟后，邹华挂掉了电话，脸上写满了兴奋。

"什么？"方遇不喜反惊。

"而且不光如此，我们走后，勘验人员又在宋洋房间的保险柜里发现了一张光盘，内容是13年前关于段红娟和齐斌死亡现场的。我让他们压缩了格式，马上传过来。"说完，邹华手机立刻叮了两声，刚刚他所说的视频传到。

邹华打开后发现，传来的是两段视频，前一段视频较短，第二段视频要长上一些。邹华立刻凑到了方遇身边，然后按顺序点开了第一个。

视频中的画面很明显是暗藏的摄像头所偷拍的内容，摄像头的视线被沙发挡住了一半。虽然摆设并不熟悉，但是方遇还是认出了是"龙江汇"别墅的客厅，不过很难分清是宋洋家还是万霞家。

方遇看了看视频左上角的时间，2003年8月22日11点25分。

播放了大概十秒钟左右，万霞的身影出现在视频中。视频质量并不是很好，但是光线和清晰度还是足够，和十多年后的现在相比，除了妆容更浓了些，还烫了头发之外，长相倒是没有太大的变化。

万霞一个人慌慌张张地提着一个白色旅行箱从楼梯上下来，进到客厅。似乎并不担心房间里有人，在楼梯口放下旅行箱后，万霞便直接走到了酒柜旁，戴着手套拔开了一瓶开了盖的红酒的木塞，然后从兜里掏出一个小纸包，慢慢地打开，将其中一角折成一个小漏斗状，对着瓶口弹了几下。过后便将木塞塞回，其间还不忘拿餐巾纸将瓶口里里外外都认真地擦拭了一遍。

在完成了所有动作后，万霞锁上了酒柜，只留了刚刚那瓶红酒在外，然后便急急忙忙地拉着旅行箱消失在视频之中。从万霞的穿戴、行李，还有离开时的方位，她应该是出了家门。

看完视频，邹华和方遇立刻便明白发生了什么。时间显示的是13年前宋洋埋尸的前一天，万霞之前还提到了齐斌和段红娟是死于吗啡中毒，并否认了自己与两者中毒身亡的直接关系。不过从刚刚的视频来看，万霞的行为很明显就是在下毒。

接着邹华又打开了第二段视频，时间显示的是2003年8月22日20点12分。画面中依然是第一段视频中的那个别墅客厅，摄像头的角度也是一模一样。

虽然是晚上，但是因为开了灯，光线和清晰度要好上了一些，而画面中直接出现了在客厅沙发亲昵暧昧的一男一女，不用猜，便是齐斌和段红娟。

不过除了对两人接下来动作的好奇外，茶几上的锡箔纸和白色粉状物也同样吸引了方遇的注意。

"把握大吗？"段红娟从齐斌怀里挣扎而出，面部表情和肢体动作都显得异常地焦虑。

"我忍了她半年，等的就是这一刻。"齐斌慢慢地从沙发上站起，摩挲着左手缺了一截的小指，眼中闪烁着无尽的恨意。

"她从监狱出来了之后，会不会报复我们？"段红娟依然有些担心。

"她出不来了，说不定会直接判死刑。"齐斌边说边笑着走到了酒柜旁。

"走私药品会判这么重吗？"

"走私药品当然不会，但是制毒贩毒却是死罪难逃。"齐斌拿起酒柜旁餐台上的红酒,然后又用右手指缝叉起了两只高脚杯。

"啊!制毒?"段红娟惊得捂住了嘴。

"你觉得我俩平时的海洛因从哪里来的,我自己买的吗?"齐斌将玻璃杯放在茶几上,然后重新坐回段红娟身旁,指了指茶几上的锡箔纸和白色粉状物说道,"走私药品只是个幌子,从他老爹那时候开始,他们就和地下制毒作坊开始有勾结了。"

"还有,你以为这恶毒的婆娘真的那么好心让我坐院长的位子吗?"齐斌拔开红酒木塞,开始往高脚杯中倒酒,"她只不过是为了防止未来万一事发,提前把我摆在那里当一个替死鬼而已。"

"说实话,我倒还要感谢半年前她赏了我这一刀。否则,我还真不会下定决心挖出她这么多秘密。"说完,齐斌端起红酒,递了一杯给段红娟。那残缺的小指,在猩色红酒的衬托和折射下,显得异常地诡异。

当看到最后两人喝了红酒,双双痛苦地倒在沙发旁的时候,方遇和邹华知道,毕家山两具尸体的秘密,终于真相大白了。

"看来,13年前的事情也并不简单啊。万霞分明就是想制造两人吸毒过量而死亡的假象。"邹华指的是第二段视频中段红娟和齐斌的对话内容。

视频已经放完,方遇的视线却依然停在半空,对邹华的话也没有一丝回应。

"没想到幕后的大BOSS竟然是万霞。差点就被宋洋给这么糊弄过去了。"邹华脸露苦笑,心里也是一阵庆幸。

"事情没有这么简单。"这时,方遇终于开口。

"什么?"邹华一脸不解地看向方遇。

"我们都被宋洋给骗了。"

当屏幕上被摁倒在地的宋洋忽然被喷了一脸血迹,然后整个镜头立刻黑掉之后,虽然还不清楚发生了什么,但是佟遥知道一切都已经晚了。

一边哭着给方遇打了电话,佟遥一边冲出老屋,往从毕家山下来的回廊坊北面围墙方向跑去。翻过围墙,从山脚下穿过一片防护林,就可以到"龙江汇"。这是佟遥能想到的最短路径。

严焱手忙脚乱地将电脑和各种线缆塞进背包,然后也不管留下来的那名民警就立刻追了上去。等追到了门口,佟遥已经跑远,严焱只好放弃了开车的想法,跟着继续往北追去。

穿过防护林,来到宋洋家别墅外的时候,望着进进出出的消防员和警察,还有一片狼藉的房屋,佟遥和严焱皆是一脸惊讶。不过让佟遥奇怪的却是宋洋家旁边的一栋别墅似乎烧得更严重些,看起来就像火势是从旁边蔓延过来的一样。

刚冲进屋,还没来得及进地下室,佟遥和严焱两人便被拦了下来,不过之前和邹华一起问讯过佟遥的那名刑警还在,认出了佟遥后,不仅给二人放了行,还和佟遥讲了整个事情的来龙去脉。

听到警察亲口证实了叶升的死讯后,佟遥和严焱皆是一脸哀色。不过稍稍琢磨了一下警察描述的宋洋通过背刺的方法杀害了叶升的说法后,佟遥立刻发现了不对。

"电脑带了吗?"

"嗯?"严焱被问得一时没反应过来。

"电脑拿出来,我要再看看刚刚的录像。"佟遥看了看严焱身后的背包催道。

"要干吗?非要现在吗?"严焱举着手机灯光四下看了看,地面全是灭火时留下的水渍,周围也是一片狼藉,根本连个放电脑的位置都没有。

"你没有发现问题吗?"佟遥问道。

"什么问题?"严焱一脸疑惑。

"我觉得叶老师不可能是被宋洋所杀!"佟遥回答道。

"啊!"

"你先把电脑打开。"

见佟遥一脸严肃的样子,严焱连忙取下背包,拿出电脑,搭在已经烧得只剩铁框的货架上,然后调出了之前录好的视频。

"你仔细看这一段。"佟遥把视频拖到了宋洋偷袭叶升,两人开始缠斗的那一幕,然后在叶升扭转局势反压在宋洋身上的那一刻摁下了暂停,"发现什么了吗?"

严焱眼睛盯着屏幕,回忆了老半天才抬起头有些犹豫地回答道:"你是说宋洋收了手?"

"是的。再往下看。"虽然不知道具体原因,但是在钥匙尖正要刺中的关键时刻,的确是因为宋洋忽然间停手,才给了叶升扭转局势、翻身上位的机会。

视频继续,因为宋洋的突然收手,叶升反击并制服了宋洋。在叶升拼命的扼颈下,宋洋已经完全失去了反抗的能力,想说什么,却因喉部被扼压,发不出具体的声音。而下一刻,宋洋忽然就被溅了一脸鲜血,叶升开始松手。从镜头的运行轨迹上看,叶升是在转身往后看,但是最终镜头只停在了侧面。再接下来,叶升便倒向了宋洋,镜头也瞬间一片漆黑。

"有人从背后袭击了叶老师?"严焱吃惊地说道。

"非常明显。"在回廊坊时,佟遥就发现了这一点。当时她就观察过,甚至还仔细地分辨过声音,不过却没能找到一丝关于背后袭击者的线索。

"这样看来,从背后袭击的人才是杀害叶老师的真正凶手,这人到底是谁呢?"

佟遥也在想这个问题,不过却苦思无果。这时,地下室屋顶被烧得只剩尾端灯头的白炽灯落入了她的眼中。

灯泡是在屋顶正中,而叶升和宋洋的打斗地点是在地下室靠门处,有没有可能留下影子呢?

佟遥眼中一闪,立刻转向电脑拖动起了进度条。来回试了几次之后,最终画面定格在了宋洋脸上沾满鲜血而叶升往后回看的那一帧。

佟遥贴近屏幕,仔细将画面的每个局部都看了一遍,最后果真在宋洋头部的侧右方发现了两个淡淡的人影。其中一个是叶升的,而另一个人影从位置来看,正好落在了叶升身后。

单纯通过影子来确定凶手的身份基本上是不可能的,不过通过投射的影子还是识别出了一些基本的特征,比如说大致的身高、发型等等。而当佟遥稍一辨别分析,就立刻倒吸了一口凉气。

虽然影子被屋顶的灯光拉得稍稍变了形,但是有了叶升影子的对比,佟遥还是发现了一个让她难以置信的事实——身后的那人,很明显就是个小孩。

叶升身高一米八多一点,当时跪坐在宋洋身上,上半身加上蜷起的下半身,应该在一米三左右。而身后那个直立的影子则刚刚和叶升齐平。

"不对!从叶老师进地下室以来,我们都是一直盯着的,背后袭击的那人又是从哪里冒出来的呢?"在佟遥重新观看视频的时候,严焱发现了另一个疑点。

佟遥对严焱的发现也是一阵好奇,往地下室四周看了一圈,都是一目了然的只剩框架的货架,再向里墙看了看,靠墙的一组被烧得发黑变形的文件柜引起了她的注意。

文件柜灰白色的外漆被烧得大都剥落,几扇柜门也都被高温鼓开了一条缝。佟遥好奇地走到了柜前,翻开了柜门,里面放置的物品因为铁门的阻隔,虽然也都熏得发黑,但却幸运地躲过被焚烧一空的结局。随意翻了一下,里面堆放的大都是一些工具。

"原来如此!"严焱指着柜子侧面兴奋地说道,"这里貌似是打通的。"

佟遥走到柜侧,顺着严焱指的方向看去,柜子和墙体之间掩着一条巴掌大的缝隙。严焱用力一拉,整个文件柜与墙体之间倾角变大,一个长宽一米五左右的暗洞出现在墙上。很显然，暗洞通往的是隔壁别墅的地下室。佟遥立刻明白了两栋别墅都起了火的原因。

严焱二话不说举着手机便钻了进去，佟遥也立刻跟在了身后。穿过暗洞，这边地下室的构造和宋洋家的差不多，手机灯光照了下，似乎这里的火情更严重一些，能看到一堆一堆的被烧过的痕迹，但却无法辨别原来的面貌。

就在两人准备沿着楼梯继续往上的时候，佟遥的手机忽然亮起，看了看破碎的屏幕，是方遇的来电。

赶到医院的时候，刚好碰到方遇和邹华结束第二次问讯后从病房里出来。佟遥正想上前询问，方遇却猛然抬起脚往走廊的排椅上发泄似的踹了一脚。

排椅被踢得哐当作响，周围几人都被吓了一跳，佟遥还从未见过方遇如此失控的样子，看来是遇到了什么解决不了的问题。

"怎么回事？"佟遥担忧地问道。

"宋洋。"方遇还在气头上，邹华帮着回答了问题。

"不是说抓住他了吗？"佟遥看了看紧闭的病房大门，想要进去看看，却被邹华伸手拦住。

"宋洋是被抓了，不过现在看来我们却都被他给耍了。"

"到底怎么回事？"佟遥被这云里雾里的情况搞得百爪挠心。

接着，邹华便把两具尸骨的死因还有审讯万霞的情况简单说了一遍。

"这么说，宋洋看起来是在保护万霞，替她脱罪，但实际上却是在利用万霞咯？"佟遥听完也是大为吃惊。

"大致上是这么个意思。我搞了这么多年的刑侦，还从来没有碰到过这么难缠的罪犯。太他妈狡猾了。"邹华也是气得爆起了粗口。

"宋洋和万霞是什么关系？"佟遥问道。

"还能什么关系？利用和被利用呗。别说万霞这人也是真蠢，被人卖了还在帮人数钱。"邹华苦笑着摇了摇头。

"我不是这个意思，我问的是他们俩有没有什么其他的关系。严格意义上说，应该算是两人合谋杀了各自的妻子和丈夫，之后又在一起生活了这么久，他们两个会不会有了感情，或者说有没有可能生了小孩？"

赶来医院的路上，佟遥就在思考怎么会突然冒出一个小孩袭击了叶升，听了邹华的讲述后，她第一时间，而且唯一能想到的就是这种可能。小孩是从万霞家地下室偷偷钻出来的，宋及春也不是宋洋亲生，而且宋洋与万霞两人相当于住在一起，还共同守护了同一个秘密将近13年。

"如果两人真有感情，宋洋又怎么会拿万霞当替死鬼？不过放在宋洋身上也说不准，他连宋及春都狠得下心杀，我看他就是个只认自己利益的冷血恶魔。但是两人有小孩这种事情是根本不可能的，万霞没那个能力。问这个干吗？"邹华回道。

"没有能力是什么意思？"佟遥没有回答，反而好奇地追问起来。

"万霞没有生育能力。"虽然只是万霞单方面的供述，但是她的确没有子女，13年前齐斌的出轨相信和这个也有关系，邹华觉得万霞是没有必要在这方面撒谎的。

"啊！"佟遥一声惊讶之后，立刻陷入了沉思。

佟遥的提问虽然没有什么实质性的用处，但是却让方遇想到了另一个问题。那就是宋洋的目的。

之前他也认为，两人都经历了婚姻上的背叛，又在一起生活了这么久，相同的经历加上时间的积累肯定是生出了感情。所以宋洋才冒这么大的风险，甚至差点丢掉性命去保全万霞。

但是事实却证明这个想法大错特错。以宋洋的智力和手段，如果真的想要保全万霞，完全是有可能做到的，而且前半部分他一直做得都很好，甚至骗过了所有人。直到那光盘和指纹就这么轻易地蹦了出来，很显然就是宋洋故意而为之。

可是宋洋的真正目的又是什么呢？

宋洋亲口承认了两个有直接证据证明他不是凶手的罪名，但是却咬死也不承认与朱冬、乔安亭和宋及春的死有任何关联。很显然，他知道自己做得很完美，警方现在几乎没有任何证据可以证明他的罪行。唯一的亲历人叶升已死，那玄之又玄的催眠内容也没有任何实质性的用处。

这样看来，宋洋的目的似乎是在为自己脱罪。但是仔细思考过后，又有些不那么合理。

叶升不是他亲手杀的，但是不管怎么说在法庭上都逃不掉共犯的判罚。段红娟和齐斌的死，有实实在在的视频证据指向万霞，但是他承认了处理尸体和隐瞒凶手以及以此要挟谋利的行为，这些也都是重罪。而且还由此牵连出了他常年走私进口药的违法行为。

再加上恶意纵火、袭警这些罪名，合起来也足够让他把牢底坐穿了。如果宋洋还参与了制毒贩毒的过程，甚至还可能判个死罪。冒着被烧死的危险，兜了这么大一圈，只是为了逃脱死罪，在监狱里"安度晚年"？方遇打死都不信。

可是还有什么其他可能吗？

明明知道事情没有这么简单，但是却没有一点方向。方遇感觉就像吃了苍蝇一般地憋屈难受，这也是刚刚他从病房出来后发那么大脾气的原因。

"宋洋最后会怎么判？"在一旁沉思了很久的佟遥突然开口发问。

"有你们录下的监控，虽然是万霞直接动手杀了叶升，但是宋洋应该逃不掉共犯的指控。齐斌和段红娟的死，宋洋亲口承认了处理尸体，包括做假证包庇凶手等罪行，判得也不会轻，还有这么多年来走私进口药和假药，在经侦上也属于大案。总的来说，足够他在监狱里待上下半辈子了。"邹华在一旁掰着手指算着。

"就只有这些了吗？"佟遥抱着一丝希望看向方遇。

"从现有的证据链来讲，除了其他案子的连带责任外，宋家老宅这一段，宋洋基本上已经将自己完全给择了出去。叶升在催眠中见到他的事情，根本没法拿出来说。就算我们所有当事人都知道事情的真相，现在也相当于是一个无证的死局。"方遇想了想，虽然有些不愿意承认，但还是一脸愁容地点了点头。

"那亭姐不就枉死了吗？"连方遇都没了办法，那或许就代表真的没有办法了，佟遥有些欲哭无泪。

"不光如此。如果事情真的就卡在这里，还会有更坏的情况。"方遇有些犹豫，不过还是慢慢说出了口，"虽然叶升已死，但是如果宋洋不认罪，现有证据又无法推翻的情况下，宋家老宅的案子肯定还是会追诉到他身上。"

"怎么能这样？这也太不公平了。"严焱对于案件虽然只是一知半解，但这句话他还是听得明明白白。

"等等。"邹华似乎忽然想到些什么，"那这么说，宋洋刚刚交代的叶时晴的坠湖地点，会不会也是他瞎编的？"

听到这里，所有的情况已经坏到不能再坏，现场氛围也都压抑到了极致。不过录像中那个小孩模糊扭曲的影子却开始在佟遥脑中开始一点一点变得清晰。

"我要单独和宋洋谈一谈。"片刻沉默之后，佟遥忽然开口。

第二十三章

交易

对于佟遥的要求，方遇觉得并不合适，他怕佟遥情急之下对宋洋做出不理智的行为。不过在佟遥提出可以用手铐铐住她，不和宋洋有肢体上的接触，并苦苦哀求后，方遇还是点头默许。

仅仅一门之隔，万一有异常情况，完全有时间冲进去阻止。当然，最重要的是，方遇相信佟遥不会做傻事。

接下来，佟遥并没有立刻进入病房，而是又提了要先回一趟家的要求。

半个小时后，佟遥回到了病房外，不过却换了一身行头。这样的行为，让方遇和邹华都大感不解。

推开病房大门，佟遥立在门口，死死盯着铐在病床上的宋洋，却没有发出半点声音。

"警察就这么无能吗？竟然要让你这个小姑娘出马了？"宋洋懒洋洋地躺在床上，嘴角浮现出一丝轻蔑。不过当佟遥将外套脱下放在凳子上的时候，他的笑容却慢慢僵住，眼中也开始闪出一丝复杂的情绪。

佟遥此刻正穿着亭姐一直要求她见病人时穿的那件蓝色连衣裙，同时也是叶晴晴13年前遇害时穿的那条类似的连衣裙。这正是她刚刚先回了一趟家的原因。

就这么原地沉默地看了宋洋一分钟后，佟遥慢慢地走到了病床的左边。

不知道为何，佟遥一言不发，简简单单的行为，就让宋洋感到了极为不适，特别是在她的注视下，左脸上那块乌黑的胎记仿佛火烧一样地疼痛。想要换个姿势将胎记遮住，却是因为被铐了双手，徒劳无功。

"如果你没什么事的话，不好意思，我要休息了。"宋洋还是没能忍住。

"祝贺你,你的目的已经达到,所以可以高枕无忧了。"佟遥也不再保持沉默。

"我不知道你在说什么。"

"警察找到了13年前万霞毒杀齐斌和段红娟的录像光盘,杀害叶升的凶器上也发现了万霞的指纹。再加上你死咬着没有去过宋家老宅,其他三人的死,警察根本拿你没办法。难道我不该祝贺你吗?"佟遥语速缓慢,显得不急不慌。

不知为何,面对佟遥时,宋洋总感到一丝不安。不安并非来自于她话语中的调侃,这些对于他来说只能算是小儿科。按道理来讲,这些信息换了方遇,或者另外任何一个警察都不会透露给他,可是佟遥却毫无顾忌地当着面全盘托出。宋洋当然不认为是因为她经验不足,不过却完全搞不清楚她葫芦里卖的什么药。

"这也算是你能争取到的最好结果了。不过,死罪虽免,活罪难逃,你现在已经五十多了吧?剩下的罪名你觉得会让你在监狱里待到什么时候呢?"

"怎么活不是活,而且又有谁不怕死呢?能活下来就已经很满足了。"宋洋无法正视佟遥,于是干脆选择闭上了眼睛。

"那你当着警察的面烧掉别墅的自焚行为又是为什么呢?消防车晚到那么一分钟,你或许就没命了。"

这一次,宋洋闭着眼睛,选择了沉默。

"矛盾得连你自己也没法开口了是吧?那我就来帮你回答。"佟遥接着说道,"你的目的既不是在警察面前玩的那手保全万霞的把戏,更不是为了帮你自己脱罪。因为你早就已经做好了死的打算。在地下室和叶升搏斗的时候,你不就是中途选择放弃了吗?"

听到这里,宋洋惊得猛地睁开了双眼:"你……"

"我怎么会知道是吗?因为我就在摄像头的另一边,当时发生的所有事情,我都看得清清楚楚。"佟遥乘胜追击,"叶升不是你杀的,你当时被叶升掐着脖子差点丢了性命。当然更不是万霞,地下室发生的事情,万霞根本什么都不知道。所以你后来做的一切,都是为了掩盖那个袭击叶升而救了你的人的存在,不是吗?

"你说没有人会不怕死,这个观点我同意。但有些人看上去很自私,却是为他人而活着。从知道你为了掩盖真相,策划了宋家老宅如此凶残的灭口计划时,我就认为你完全是一个自私自利,毫无人性的恶魔。但是当我在录像中看到你在地下室，在可以给叶升致命一击却选择了收手放弃的时候，我才知道，你的世界并不只有腌臜肮脏，你的人性也没有被完全泯灭，你的心里还住着其他人，而你一直要掩盖的真相，也并不是完全为了你自己。

"再来说说你的引火自焚。本来你已经准备放弃抵抗，用你的死来为所有的悲剧画上句号。但是叶升遭袭，却让你不得不从死亡线上再疲惫地爬起，重新绞尽脑汁地策划一切。因为你可以死，但是你所守护的那人却不能背上杀人的罪行。"

"等着警察到场，当着警察的面烧掉别墅，目的无非有几点。第一，是为了抹掉真相和痕迹，至于抹掉谁的痕迹，我就不再多说；第二，也是为了给嫁祸万霞，制造假象引开警察的视线做铺垫。当时的情况下，能想到让万霞来背锅，实属不易，但是必须由你亲自上演一场以命换命的苦情戏。我很佩服你，你的戏份演得不错，至少万霞和警察都被你骗了过去。

"再有，就是为了拖延时间，当时你要保护的那人还在现场，你必须拖住警察，让他有足够的时间来逃跑。当然，以你的智商，肯定不会只考虑到这一步。火是你放的，两个地下室相通的秘密，警察当时也没有发现。当着警察面举着打火机对峙了这么久，你肯定算到了有人会报火警。所以，你在知道了消防车赶到才放火，应该是早就在算计之中了。否则，满屋的汽油，你却只是腿部轻度烧伤就有点说不过去了。

"你这样做的原因，别人不可能知道，但是我却能猜得出来。因为杀了叶升的那位，也就是你拼死要保全的那人，还没有完全自理的能力。一个未成年人，就算逃脱了罪名，如何继续生存下去也是个问题，不是吗？当然，你很有钱，但是当时事发突然，你根本来不及安排。所以你放火烧屋，还有一个目的，就是想借伤势保外就医，然后利用这争取来的一段时间，来为他做后续生活的安排铺垫。

"不过，你恐怕没有这样的机会了。想想一个孩子，孤苦伶仃地在外流浪，无人照顾，遭人欺负，甚至会自此走上邪路。这真的是你想要的结果吗？"

说完这些，佟遥口干舌燥，仿佛用光了所有的气力。她已经亮出了唯一一张底牌，剩下的，也只有站在原地，等待宋洋做出他最后的选择。

这是一场心理博弈，也是只有她和宋洋两人知道牌面的赌局，唯一不同的是，她只看到了一张牌面，而宋洋却知道全部的底牌。那袭击了叶升的小孩到底是谁，佟遥无从判断，她只能赌宋洋畏惧摄像头的存在，猜不透自己的底牌，从而露怯亮牌退出牌局。

当听到佟遥说到她就在摄像头另一端的时候，宋洋只是吃惊，但依然还在他的估计范围之内。既然叶升带着摄像头，那就一定有人会在摄像头的另一端盯着自己。不过他当时已经计算过，在天赐从另一间地下室出来的时候，叶升已经完完全全地背对了两个地下室的通道，摄像头不可能抓住天赐的任何信息。

可是当佟遥说出了天赐未成年身份的时候，宋洋就已经完全崩溃，而之后的分析也仿佛将他身上的衣服一件一件扒光。佟遥说的没有错，就在要杀掉叶升的那一刻，他的确想到了未来，想到了天赐的成长和幸福，所以他才在千钧一发之际收手放弃，甚至想当场告诉叶升实情。但是叶升当时扼死了他的喉咙，再加上天赐后来的偷袭，让自己连死都没有了资格。

佟遥说得对，现在自己已经完全没有了机会，天赐才11岁，没有了自己的庇护，等待他的将是数不尽的艰辛和苦难。

是时候放弃了，一切都是命数，而且自己已经太累，太累了。

宋洋慢慢地睁开双眼，嘴唇也颤抖着微微启开。可是就在他要将秘密脱口而出的时候，脑中却突然一震。

不行，这不是我想要的结果。天赐是男孩，未来的艰辛他一定可以自己熬过来，但是精神上的创伤却足以折磨他一辈子……

看着宋洋睁开眼睛，抗拒的表情也在一点点消失，佟遥知道自己已经赌赢了。可当宋洋张开嘴唇，发出声音，她却以为自己出现了幻听。

"叶升是万霞杀的。这句话我不想再说第二遍。"

"可是……"佟遥完全没有想到宋洋竟然会顽固到如此地步，"未成年人犯罪，法律上肯定会从轻照顾，而且当时的情况，一定程度上也算是过失杀人……"

"既然你不相信我，拿出证据就是了，干吗还要说这么多。"说完，宋洋脸上又恢复了平静，重新闭上了眼睛。

宋洋已经做出了选择，缄口不语，而佟遥着急万分，却又无话可说。刚刚还斗智斗勇，针锋相对，现在两人之间却唯有沉默相对。

不对！宋洋明明就是想好了以死来保护那个小孩，他怎么会又忽然变得如此狠心。

一定是哪里出了问题。刚刚宋洋的表情已经显示出他有所动摇，恰恰就是在最后那一刻，他又改变了主意。他应该是还有顾虑，可是他最终顾忌的到底是什么呢？

佟遥满怀挫败地看了看病房房门，又转身望了望窗外。天色已经全黑，她也做了所有的努力，可是想到亭姐的枉死，想到叶升丢了性命却还要担上法律的追究，她却怎么也不甘心就这样认输地走出门外。

还有一直到亭姐和叶升死都没有重见天日的叶时晴的尸骨。难道所有的真相都将永远被埋葬在这再不会复明的夜幕之中？

叶时晴！

忽然间，佟遥的脑中闪起了一丝散发着淡淡光亮的细线，而那纤细的光线就这么延伸向窗户上映照出的那道蓝色身影。

万霞没有生育能力，宋洋对她也足够绝情，那背袭叶升的那个小孩又是宋洋和谁的孩子呢？

接着，一道道更加明亮的光线开始出现，将玻璃窗上的那道蓝色身影映照得越来越清晰。

那小孩是从另一边地下室出来的，宋洋烧毁的也主要是那边的地下室。那就代表他要抹去的真正秘密是藏在地下室中的，而叶时晴的尸骨让人几乎花了所有的心思都一直没有找到。

难道？

可是……

佟遥使劲地摇了摇头，虽然太不可思议，但是她还是尽量让自己冷静下来，将所有的线索重新整理，希望能够找到那一丝微弱的可能。

按照方遇之前在毕家山寻尸现场的分析，佟遥脑中的画面回到了13年前毕家山的防空洞前。

在夜深人静的时候，宋洋将齐斌和段红娟的尸体从万霞家里穿过隔离林带，运到了毕家山脚下。

从顺序上来讲，宋洋当时不可能同时背两具尸体上山，将已经背上山的尸体放进提前挖好的洞中，再去背下一具尸体是最合理的过程。

而且宋及春和朱冬肯定不可能是在宋洋背尸上山的过程中临时跑出来的，所以两人很有可能是在宋洋来之前就在防空洞附近出没，而宋洋最有可能撞见两人伤害叶时晴的时间，应该就是背第一具尸骨上山的时候。也就是说，这时候埋尸洞里是空的。

从效率和安全性考虑，当时宋洋不可能多此一举地再重新挖一个埋尸洞来处理叶时晴的尸体。最合理最省力最高效的做法肯定就是将三具尸体埋在一起。

从今天的挖掘情况来看，埋尸洞已经足够深，宋洋的确可能将叶时晴的尸体埋在最下面。但是要知道，在挖出两具中年尸骨之后，工作人员又往下足足挖了半米多。宋洋没有理由，也没有必要，在埋了小晴之后，先填上了半米多的土，再去掩埋另两具尸体。

也就是说，如果叶时晴当时已经死掉，埋尸洞里挖不出她的尸骨就有点说不过去了，宋洋不会对这样一具尸体不管不顾，尸体也不会凭空消失。而既然没有挖出小晴的尸骨，那就代表小晴很有可能当时并没有死。

叶升从叶时雨那里得到的记忆是，宋及春是逼着朱冬一起掐死的叶时晴，朱冬如果心有抵触，的确可能出现手下留情的情况。如果朱冬真的因为恐惧而手下留情，那么叶时晴很有可能只是因为暂时性缺氧而进入了休克状态。

接下来，宋及春和朱冬逃跑，目睹了一切的宋洋出现。不论是为了帮宋及春收拾残局，还是为了保证埋尸洞不被发现，他一定会选择处理掉叶时晴的尸体。可是他是一名医生，当然懂得如何判断一个人是生是死。

面对一个还有生命体征的花季少女，宋洋或许会心狠手辣地将其灭口甚至活埋。但是当然也不能排除另一种可能——看着这样一个柔弱鲜活的生命，宋洋当时动了恻隐之心。

有了这种可能，接下来很多事情也就跟着变得清晰起来。宋洋救了叶时晴，但绝对不可能放了她，那么地下室到底藏着什么秘密，也就不言而喻了。

至于后来发生了什么，那个小孩又是如何诞生的，佟遥不好猜测，也不想去猜。但是宋洋之后的矛盾心理和行为也就有了最合理的解释。

在一切没有暴露之前，宋洋一定会不惜一切代价守住秘密，维持原状。这才有了宋家老宅一系列的灭口计划。可是当身份曝光，自知死罪难逃的情况下，他就只能退而求其次，换一个叶时晴和小孩的未来。

在地下室和叶升正面搏斗的时候，宋洋或许就是想到了这一点。只要叶升还活着，就不会对叶时晴和小孩不管不顾，所以他最终才选择在最后一刻放过叶升。在叶升反制了宋洋后，他甚至连像样的反抗都没有。

可是没有想到的是，接下来那小孩从背后的突然袭击，却让事情变得更加复杂。所以他才又在那样危急的关头，凭空制造了一套利用万霞的诡计。但是接下来的这一系列嫁祸的诡计，目的却不是掩盖小孩偷袭叶升的罪行，如果仅仅是这样的话，完全不需要这么复杂。

他一定有着更深层次的考虑和顾虑，而这也就是刚刚自己失败的最关键原因。

想明白了这些，佟遥立刻转身重新面向宋洋。虽然刚刚分析的这些她并不能百分百肯定，但是只要有一丝希望，她就必须再赌上一把。

"我身上没有窃听器，接下来我所说的也只有你知我知。但是我想强调的是，叶时晴还有你们孩子的未来，只有我能帮你。接下来的话，我只说一遍,最终做出如何的选择,一切随你。"

听到佟遥忽然提起了叶时晴和孩子的身份,本已决定不再多说一个字的宋洋,立刻又重新睁开了双眼。刚睁眼时,头顶的灯光让他一阵眩晕,立在床边的那一身蓝色连衣裙也让他恍惚之间仿佛回到了13年前。

"13年前的那个晚上,叶时晴并没有死,是吗?"

叶升没有回应,不过佟遥本就没期待从他口中得到什么证实。

"至于后来你和叶时晴之间发生了什么,我不想去猜测,但是当时你能救下她,就代表你的心并不是冷冰冰的铁板一块。"佟遥继续说道,"接下来,我们简单一点,说说你最终的顾虑。"

"你和叶时晴的孩子,当时在危急情况下为了救你,失手杀掉叶升,也就是他的外公。你的顾虑,同时也是你极力想掩盖的,应该是这一点吧?

"在和叶升搏斗时,你就已经放弃,因为你知道就算事情最终曝光,叶升未来也会用心照顾叶时晴母子两人,这应该是你完全可以接受的结果。但是叶升被杀,所有事情就完全不一样了。如果你不掩盖掉这层事实,叶时晴母子俩知道了真相后,必定会遭受到巨大的打击。

"当然,我说的是心理层面的打击,一个人一旦在记忆中留下了不可磨灭的创伤,那将会影响到他的一生,甚至会造成不可挽回的悲剧。你不想让他带着阴影长大,从而成为像我一样的人,对吧?这也就是你最终宁愿接受母子两人孤苦生活,也不想让真相曝光的真正原因吧?"虽然并不知道宋洋的成长环境是怎样的,但是从他扭曲而矛盾的行为和人性中,佟遥还是能猜到些什么。人不会无缘无故地变成最终的模样,所有的一切都来自记忆中的种子。

"说到底,你还是太自私。就算最终警方将叶升的死算到万霞身上,你觉得其他所有的事情就永远不会暴露在阳光下吗?只要和你有关的记忆,还继续存在于叶时晴母子的回忆中,他们总有一天会知道这所有悲剧的最终源头是谁造成的。"

宋洋颤抖着看向佟遥,眼神中已经没有了一丝鄙夷和防备。佟遥将他最后一点秘密和伤疤给揭开,反倒让他有了一种从未有过的解脱。同时,他也开始重新审视起了眼前这个带着些许叶时晴影子的女孩。

"我要说的已经说完。至于对错真假,你不需要给我答案。不过,最终你还是需要做出一个选择。"宋洋的反应,让佟遥已经不再怀疑自己的判断,接下来,她所要做的就是静静等待宋洋做出最后的选择。

"你是对的。"过了许久,宋洋才缓缓开口,不过脸上却尽是落寞与绝望,"一切都是我造成的,我的存在才是他们母子两人真正的噩梦。可惜时光无法倒流,就算我现在去死,给他们带来的伤害也不会少上一分。"

佟遥点了点头,她从宋洋的眼中看到了忏悔,但是他依然没有给出最后的选择。

痛苦、无奈、绝望和沉默仿佛一层厚茧,将宋洋层层包裹,让他没法继续发出任何一丝声音,就这样僵直地躺在床上,像一尊腐朽坍塌的雕塑。而在佟遥就快要失去等待的耐心时,宋洋却突然面无表情地看向佟遥,不过眼神中却闪出一丝希望。

"我知道你们想要什么。我可以相信你,也可以说出所有真相,承担所有我该承担的罪责。但是……我要和你做一个交易。"

终章

记忆的种子

冲出病房，佟遥立刻抓住了方遇的手腕，拉着他朝电梯奔去。
"去哪里？"方遇回头看了看尚未合上房门的病房，疑惑地问道。
"找叶时晴。"
听到这里，方遇便不再发问，赶忙朝邹华打了个手势，示意他一起跟上。
"你给他催眠了？"进了电梯，方遇这才注意到了佟遥身上的一袭蓝裙。
佟遥点了点头。这时候，也只有这种解释才能应付过去了。
"他把小晴的尸体到底埋在了哪里？"
"小晴没死。"
佟遥简单的一句话，却是让方遇包括跟上来的邹华和严焱都惊得说不出话来。
一路上，不管方遇如何发问，除了告诉了一家医院的地址外，佟遥便再也没说过一句话。确切地说，她已经没有任何力气再多说一句。此刻她正在拼尽全力地守住最后一丝抵抗，以让自己不陷入崩溃的绝境。
她没想到宋洋在临死一刻，都还在拼命地算计。
她更没想到宋洋竟在最后一刻，又把最终的选择权丢给了自己。
她不知道和宋洋的交易到底是对是错，但是现实提供给她的却没有更多选择。
车外霓虹闪烁，行人熙攘，可是佟遥的心里却像被抽空了汁水的椰壳，扪心叩问，尽是空空洞洞的回音。
同时，因为紧藏着无法示人的秘密，佟遥又觉得整个身体都被塞得满满当当，任何一丝新的意识挤入，都会让她满载超荷，濒临崩溃。

这时，车窗上时隐时现的蓝裙，又让她想起了乔安亭，以及亭姐最开始穿着女儿的同款衣服，一个人孤独地寻找女儿尸骨，挖掘真凶的场景。可惜天意弄人，谁也没想到，亭姐和叶升含恨殒命，最后却换来了叶时晴孤独地活在这个世界上。

不过这也应该算是所有不幸中最万幸的一种结局了吧！

不知道为何，所有人都说自己和叶时晴的长相还有性格颇为神似，但是现在，佟遥却觉得自己更像是亭姐生命的一种重合和延续。这其中不仅包含了这么多年来，亭姐对自己的细心照顾，耳提面命，同时还有亭姐一直所守护的秘密的传承和交接。这些秘密，亭姐孤独地守护了整整13年，不知道又会在自己心中最深的角落埋藏多久呢？

想到了亭姐守护的秘密，佟遥禁不住地转头看了看方遇。在自己上车保持了沉默后，方遇也没有再继续追问，只是面色如水地看着前路陷入沉思。此刻，他应该是在思考叶时晴为何能够得以幸存的事情吧？

以方遇的经验和智慧，如果不是缺少了宋天赐这关键的一环，最终，甚至更早发现其中真相和秘密的应该非他莫属。佟遥不想猜测如果方遇站在自己的处境上，最后会做出什么样的选择。她只知道，方遇的身份和性格，只会让他自己和最终的结果变得更加为难和不可预知。

想到这里，佟遥忽然间反倒轻松了很多。或许，这就是上天挑中自己的真正用意吧！

青山康复医院并不远，位于清幽的梁子湖南岸，这样看来，之前宋洋给出的地点倒也不算完全说谎。只不过如果按照原先的剧本演绎，方遇和邹华想破脑袋也不会寻到这么一家医院里来。

就在刚要转进医院大门时，邹华却将车子一个急刹，停在了刚刚升起的拦车杆前。

"怎么了？"方遇探身往前排问去。

"刚刚那车。"邹华说着就立刻挂起了倒挡，"宋洋的车，我安排的人下午就是跟着这车差点去了新洲。要不要追上去？"

"跑不掉的，以后再说。"宋洋和万霞均已落网，宋洋的司机也只是听命办事，方遇不想因此耽误确认叶时晴生死真相的事情。

四人停下车后，几乎是跑着进入了夜深人静的康复中心大楼，惹得值班的医生护士皆是厉声斥责。

从整个医院的环境和布置来看，说是疗养院应该更合适些，病房密度很低，而且似乎都是以单人间为主。或许是为了不引人注目，叶时晴的病房被安排在了二楼一个不起眼的角落。和其他病房比较起来，这里除了多一张陪护床外,没有什么其他特殊的地方,不过房间干净整洁,该有的维生设备也都一样不少,而从现在深夜时间还有专人陪护来看,宋洋这么多年的确没有少花精力在此。

负责陪护的是一位四五十岁的中年阿姨。见有多人闯入,而且各个面带急色,虽然阿姨神色有惧,但还是第一时间起身站在病床边,将方遇等人与病人隔开。

还未等阿姨开口询问,身后追过来的护士却在门口先呵斥了起来:"你们太不讲规矩了……"

没让护士把话说完,邹华就掏出警官证以示身份。

护士看到了证件,慌乱得有些不知所措,正准备转身离开去找领导,却被方遇叫住留了下来。

"她得的是什么病?"

"病人是因为脑部缺氧损伤了中枢神经,从而造成的不可逆的昏迷,也……也就是我们通常说的植物人病状的一种。"护士战战兢兢地回复了叶时晴的病症。

"这……"方遇一口气血涌入喉间,脑袋也阵阵发晕。

"13年前,朱冬收了力。"佟遥赶忙上前握住方遇指节发白的手解释道。

"你的意思是,当时宋洋救了小晴?"佟遥简单的一句,方遇便立刻明白了过来,双手渐渐又有了血色,刚刚还想冲回去给宋洋来上一枪的念头也立刻烟消云散。

"他是医生,发现了小晴还有生命迹象。"佟遥点了点头。

接下来,方遇和邹华三人便开始事无巨细地向护士和陪护阿姨了解起了叶时晴入住医院的过程,病情的沿革,治疗方案以及日常的陪护情况。

而佟遥却并没有参与其中,该了解的她都已经从宋洋的口中得以知悉,趁着几人注意力的转移,她正在四处寻望的是按照宋洋描述,现在应该出现在这里的另一个弱小的身影。可是看了一圈,却没有任何发现。

就在佟遥因为寻视无果而变得焦虑,甚至怀疑起了宋洋是不是又耍了诈的时候,她发现了陪护阿姨小心往病床挪移的举动。

顺着阿姨往后移动的方向,佟遥的视线下移,然后停在了黑洞洞的床底下。接下来,她疑惑地走上前,不顾阿姨的阻拦,半蹲了下来。而在床洞下,一双如受伤幼兽般惊恐的眼睛与佟遥的视线在半明半暗中正面相撞。

好不容易在阿姨的协助下,一个寸头大眼的小男孩才怯怯地从床底钻了出来。面对这样的突变，邹华和严焱都甚感疑惑，而方遇则似乎猜到了什么，看了看小男孩，又看了看躺在病床上安详平静的叶时晴，而最后带着疑惑和询问的眼神则落到了佟遥脸上。

佟遥压抑住心中万千，然后平静地点了点头。

"小朋友，你叫什么名字？"在佟遥那里验证了猜想之后，方遇慢慢朝男孩蹲下了身子。不过所有人都可以察觉到，不管是声音还是身体，方遇都已经止不住地颤抖。

"他叫宋天赐。"小男孩害怕地躲到了阿姨身后，佟遥则在一旁帮忙回答。

当听到宋天赐的名字时，邹华和严焱立刻也跟着明白发生了什么，而方遇则感到了突然袭来的阵阵晕眩。

稍稍缓和后，方遇似乎想到了什么，于是用依然有些颤抖的声音尝试着问道："你多大了？"

"12岁。"这一次不等宋天赐做出回应，佟遥便抢着作了回答。

宋天赐有些疑惑地看向了错报他年龄的佟遥，而佟遥则回以非常隐蔽暗示的眼神。

看着宋天赐沉默着继续低头躲在了阿姨身后，佟遥一直悬着的心稍稍落了地。这一次，她选择了欺骗方遇，并非因为宋洋，同时也不属于和宋洋交易的任何一部分。这个谎言，与其他无关，只是为了方遇。

一岁的差距，对方遇的认知以及后面可能产生的后果，将会有天差地别的差距。多了这一岁，一切都还会停留在原有的剧本中演绎，虽然艰难，但是时间总会将所有的裂痕慢慢抚平。可是如果少了这一岁，佟遥不敢想象方遇会对宋洋做出什么。

既然自己已经选择了保守秘密，多一份秘密又有何妨呢？既然所有的悲剧都已经产生，为什么要再增加一场新的悲剧呢？

深冬才来了初雪，冷寒却已相伴许久。

在找到叶时晴和宋天赐之后，不知不觉又过去了快三个月。二月初的时候，一场多年未见的大雪，将整个江城一夜之间覆盖得严严实实。皑皑白雪，封了马路，冻了河湖，同时也将城市中那些阴暗的角落遮盖一空。

这三个月中，方遇和宋洋之间的博弈依然还在继续。宋洋仿佛入定，除了之前承认过的，其他的一律再不多说，而方遇却因为叶时晴的幸存，而对宋洋少了那么一份咄咄逼人。

除了那段录像以及和宋洋的交易，佟遥将发生的一切都告诉了方遇。当然，对于来源，佟遥解释为了催眠。

中间除了销毁录像时发生了一些小插曲，让严焱吃了闷亏背了锅之外，没有激起其他波澜，方遇也没有产生什么怀疑。

因为缺少关键性证据，宋洋伤势复原后一直在城南看守所羁押，在两个月侦查羁押期届满之时，方遇又提请批准延长了一个月的羁押期。再过几天，就到了农历新年，延长的羁押又将到期，这让方遇一天比一天焦虑。

而方遇所不知道的是，农历新年也同样是宋洋和佟遥达成交易的最后期限。

"佟阿姨，为什么要带我来监狱啊？"因为路上积冰路滑，天赐走起路来格外地小心，小碎步的样子，让人看着忍俊不禁。

"你不是一直想打听你爸爸的下落吗？这里面有个人是你爸爸曾经的朋友，他或许知道一些消息。"佟遥摸了摸天赐的头，然后帮他理好了歪掉的围巾。这几个月，佟遥不仅悄悄地走进了天赐的记忆，同时更是全天候地照顾起了天赐的生活起居，两个人关系虽赶不上母子，但却已形同姐弟。

"我爸爸也是犯人吗？"天赐的表情有些难过。

佟遥不知道该如何回答，只能勉强地笑着摇了摇头。

见到佟遥摇头，天赐便不再发问，红着小脸老老实实地跟在了身后。

陈旧的铁门哐当一下响起，让佟遥仿佛走入了一间牢笼。几分钟后，玻璃窗后的房门打开，宋洋在狱警的押解下坐到了她和天赐的对面。

从走进接见室的那一刻起，宋洋的双眼就一直盯着佟遥身边的天赐。可以明显地看出，短短三月，宋洋一下就老了许多，不过此刻的眼神中，却似乎点燃了一道炬火，映照出一丝期待和希望的光亮。

或许是宋洋的眼神关注太过热切，天赐一直半躲在佟遥的身侧，怯怯地望着玻璃另一端被隔绝的男人。

"小朋友，你叫什么名字？"宋洋有些颤抖地拿起了话筒。

"叶天赐。"天赐似乎有些害怕，在佟遥的眼神鼓励下，好不容易才对着话筒开了口。

在天赐说出姓名的时候，宋洋的眼中闪出了一丝佟遥读不懂的复杂情绪。似乎是因为情绪激动，宋洋将脸别到一边。

"你知道我爸爸的消息吗？"宋洋不说话，天赐却壮着胆子对着话筒小声问了一句。

"你爸爸他……"宋洋完全没有准备，一时不知道该如何回答，看了看一言不发的佟遥，才又重新转向天赐，"我也很多年没有见到他了。"

"我爸爸是个什么样的人？他是坏人吗？为什么他要丢下我和妈妈？"天赐幼稚的声音略显急切，不过在佟遥耳中听起来却有些难过得想哭。

"他犯过很多错，不过他做过最大的错事却是不能照顾你和你妈妈，为此他感到非常内疚和自责。我见他最后一面时，他嘱托过我，如果见到你要我给你带句话。"

"什么话？"天赐抬起头，眼中谜一样闪烁。

"他希望你能代他照顾好你妈妈，你是个勇敢的男人，应该可以做到吧？"宋洋强行挤出鼓励的笑容。

天赐想都没想便使劲点起了头。

接下来，天赐还想问些什么，佟遥却摸着他的头，让他到门口去等。天赐只好乖乖地独自离开。

"结果你看到了，地下室的录像我也已经销毁，接下来该你履行交易的内容了。"一直等到关门声响起，佟遥才缓缓开口。

"谢谢你。"宋洋欣慰地点了点头，"至少没让他恨我。"

"不用谢我。记忆一旦形成便无法彻底抹去，记忆改造只能改变他对你的认知而已，我是为了不给他带来更大的伤害，与你本人无关。"

佟遥言语冰冷，不过宋洋却并不在意，他心里已经尽是满足。

"你是怎么知道有记忆改造这件事存在的？"佟遥想了想然后问道。三个月前在病房里，宋洋忽然提出以帮天赐进行记忆改造为交换的交易内容时，她就感到十分惊讶，不过当时宋洋拒绝了回答。

"在12年前小晴怀孕的时候，我就开始关注叶升和乔安亭的动向，当然也包括他们的研究领域。当时我曾想过把小晴还给他们，但是你知道我最终没办法这么做。"宋洋解释道。

佟遥冷哼一声，便要起身。

"等等。"

佟遥被叫停，侧过身好奇地看向宋洋。

"因为这张脸，从懂事开始，身边的人对我不是害怕，就是嘲讽。我从来都没和任何人透露过心扉，只有她，能够躺在那里静静地倾听……"说到后面，宋洋更像是在回忆中自言自语。

"够了。"佟遥直接打断了宋洋的呢喃自语，"不管任何理由，你的罪行永远都不会被饶恕。而且这也不属于我们的交易内容。"

说完，佟遥便愤然转身，头也不回地离开。

推开接见室的房门，一片被雪透洗过的阳光迎面扑来，不仅驱走了这牢笼中的潮冷，更是将一直萦绕在佟遥心中的阴霾瞬间化解消散。

"我们该回去了,方爷爷还在家里等着我们吃饺子呢。"

佟遥如释重负地呼出胸中残留的浊气,满含笑意地看了看一直乖乖等在门口的天赐。

"我要吃我自己包的饺子。"一提到饺子,天赐的脸上便绽出了花。

佟遥牵着天赐的手朝着天光发亮的户外走去,而接见室的房门则在身后缓缓地关闭。就在最后一丝阳光要被推出阴暗的房间时,天赐偷偷地扭过了头,眼中酿着潮湿,闪过一丝不忍的晶莹,最后望了一眼门缝中行将消失的幽暗。

(全文完)